KB148079

아리랑

조정래 대하소설

아리랑

4

제2부 민족혼

채념

제2차 세계대전 동안 독일의 히틀러 정권에 의해 학살된 유대인들의 수가 얼마나 될까. 유대인들이 주장하기로는 3백만이라고도 하고 4백만이라고도 한다. 또 최근에 우리나라에서 상영된 영화 자막에서는 6백만이라고 하기도 한다.

그럼, 일본의 식민치하 36년 동안 일제의 총칼에 학살당하고 죽어간 우리 동포들의 수는 과연 얼마나 될까. 3백만일까? 4백만일까? 아니면 6백만일까? 그러나 불행하게도 우리는 그 어림숫자마저도 공개되어 있지 않고, 공식화되어 있지 않다.

나는 그 어림숫자를 3백만에서 4백만으로 잡고 있다. 그리고 작품 『아리랑』을 써나가면서 그 숫자를 구체적으로 밝히고자 하고 있다. 그 작업은 『아리랑』을 쓰는 여러 가지 목적 중의 하나이다.

우리 동포들도 일제의 총칼 앞에서 삼사백만 명이 죽어갔다는 사실을 전제로 나는 독자 여러분들과 전체 민족성원들에게 한 가지 질문을 하고자 한다.

"한 학급 60명이 손바닥 다섯 대씩을 맞아야 하는 단체기합을 받게 되었습니다. 그 60명 중에서 가장 아픈 사람은 누구이겠습니까?"

내가 그동안 몇몇 사람들에게 물어보니 대뜸 '1번!'이라는 답이었다. 그러나 그건 틀린 답이다. 정답은 '60번!'이다. 왜냐하면 1번 학생은 제일 먼저 다섯 대를 맞고 나면 매의 공포로부터 완전히 해방되어 그 뒤의 학생들이 매를 맞는 동안 자유를 맘껏 누릴 수 있다. 그러나 60번 학생은 자기 앞의 학생들이 맞을 때마다 59번의 공포에 시달려야 한다. 이 답의 힌트는 흔한 우리의 속담 속에 있다.

'매도 먼저 맞는 놈이 낫다.'

유대인들은 단 3년 동안에 죽어간 것이고, 우리 동포들은 그 열 배가 넘는 세월인 36년에 걸쳐서 죽어갔다. 어느 민족이 더 괴롭고 고통스러웠겠는가?

유대인들보다 열 배가 넘는 공포에 시달리고 고통을 겪었음에도 불구하고 우리는 어찌하여 아직까지도 우리 동포들이 얼마나 죽어갔는지를 어림숫자도 모르고 있는 것인가? 또 어찌하여 다른 민족인 유대인들의 비극은 마치 우리의 일인 것처럼 실감하고 분노하며 독일군들을 증오하면서도 정작 우리 자신들의 비극에 대해서 이야기 꺼내는 것은 역겨워하고 지겨워하고, 망각하려 하고 기피하려 하는가? 그 시대가 달라서 그러는가? 과연 그 시대는 다른가? 유대인 처녀들이 발가벗겨져 독가스실에서 죽어갈 때 우리 민족의 처녀들도 동남아 일대 정글에서 정신대로 윤간당하며 죽어가고 있었던 똑같은 시대다.

그러면 우리는 어찌하여 그런 어리석은 군상들이 되었는가. 우리는 두 가지 집단최면을 당했던 것이다. 첫째는 자기네들의 수난을 전 세계적으로 알리고자 수없이 소설을 쓰고 영화를 만들고 TV드라마를 만들었던 유대인들에게 우리는 최면당했다. 둘째는 해방과 함께 우리 사회 모든 부분을 장악했던 친일파들의 조직적인 음모로 일제시대는 망각이 최선이고, 일제시대 이야기를 꺼내는 것은 촌스럽고 모자라는 짓으로 매도되는 최면을 당한 것이다.

유대인들은 그들의 수난을 극대화하며 자기네 민족의 자존을 확보하는 동시에 미래를 개척하는 민족의 동력으로 삼았다. 그런데 우리는 그들과 반대로 살아온 부끄러움을 저질렀다. 그러나 역사를 바르게 아는 데는 시기의 빠르고 늦음이 없다. 민족은 영원하므로.

1994년 7월

趙廷來

차례

아리랑 제2부 민족혼

4권

1

대지진

밤마다 자정이면 산줄기들이 우르릉우르릉 울린다고 했다. 그 소리는 멀고 먼 데서 천둥이 구르는 소리 같기도 하고, 수만 근짜리 종이 몇십 리 밖에서 울려오는 소리 같다고도 했다. 그 소리는 우람하고 웅장하면서도 너무 멀고 깊은 데서 울리는 소리라 감감하고 아득하게 들린다는 거였다. 그래서 그 소리는 여간해서 듣기가 어렵다고 했다. 예삿사람들이 일부러 자정까지 잠을 자지 않고 귀를 기울여도 그 소리는 들리지 않는다고 했다. 그런 사람들의 귀에는 그저 바람소리만 들릴 뿐이라는 것이다.

그 감감하고 아득하게 울리는 우르릉거리는 소리를 들을 수 있는 사람은 따로 있다고 했다. 죄지은 일 없이 마음이 청정하고 고아한 사람이거나, 자기 일에만 급급하지 않고 나라 걱정을 진심으로 하는 사람에게는 그 소리가 환히 들린다는 것이었다. 그리고 그런 사람들은 그 우람하고 웅장한 소리가 무슨 뜻을 간직하고 있는지 안다고 했다.

그 천둥이 울리는 것도 같고, 수만 근짜리 범종이 울리는 것도 같은 소리는 수천 년 긴 잠을 자고 있던 호랑이가 잠을 깨며 으르렁거리는 소리라는 것이었다. 처음 하늘이 열리고 땅이 솟길 때 하느님은 이 땅의 형상을 호랑이로 지었고, 그 정기를 산줄기를 따라 깊이 묻어두었다는 것이었다. 그 호랑이는 하늘에서 내린 정기를 품고 순하고 긴 잠을 자는 것이 일이라고 했다. 그러다가 제 몸이 무슨 압박으로 갑갑해지거나 어떤 상처를 입어 견딜 수 없이 아프게 되면 수천 년의 잠을 깨고 일어나며 그 정기를 토해낸다고 했다.

그 호랑이는 마침내 전신을 묶이고 다친 답답함과 아픔을 더는 참지 못하고 잠을 깨기 시작했다는 거였다. 산줄기를 따라 천둥소리처럼 우람하고 범종소리처럼 웅장하게 울리고 있는 소리는 호랑이의 정기가 함께 요동치는 것이라고 했다. 그 정기는 산줄기의 혈을 따라 큰 산으로 모여드는 중이라는 것이다. 큰 산들의 굵은 혈로 모여든 정기는 불길처럼 뻗치면서 장수들을 태어나게 한다는 것이었다.

그 정기가 모이고 있는 산은 백두산·묘향산·금강산·태백산·속리산·덕유산·지리산·한라산이라고 했다. 호랑이의 정기를 타고나게 될 그 여덟 장수들은 호랑이의 용맹과 기상으로 단숨에 왜놈들을 무찌르고 없애 이 땅을 구하게 된다는 것이었다.

여덟 개의 명산에서 호랑이장수들이 태어날 것이라는 소문은 찬바람에 실려 사방팔방으로 퍼지지 않은 데가 없었다. 어린아이들도 그 소문을 모르는 아이들이 없었다. 아이들은 그 이야기만 조잘거리는 것이 아니라 서로 소리 맞춰 노래도 불렀다.

환생이야 환생이야 녹두장군 환생이야
여덟 장수 호랑이장수 천군만마 몰아오네
좌로 치고 우로 치고 왜놈들 씨말리면
맺힌 한 풀어지고 설킨 한 삭아들지

아이들은 이 노래를 누가 지었는지 몰랐다. 또 누구한테 일삼아 배운 적도 없었다. 새야 새야 녹두새야 하는 노래처럼 그저 바람결에 들어서 알았고, 바람결에 실어서 보냈다. 그러나 아이들은 그 노래를 마음 놓고 아무데서나 불러서는 안 된다는 것을 알았다. 그 노래를 잘못 불러 헌병분견소나 경찰주재소에 잡혀가면 집안이 온통 결딴난다는 것을 환히 알고 있었다. 아이들은 저희들끼리 놀 때만 그 노래를 입맞춰 불렀고, 조금만 낯선 사람이 보였다 하면 딴 노래를 바꿔 불렀다.

명산의 정기를 받아 용맹이 출중한 장수가 태어날 거라는 이야기는 그것만이 아니었다. 지방마다 다른 줄거리의 이야기들이 떠돌기도 했다. 그런데 이야기들의 공통점은 머지않아 전봉준 장군 같은 사람이 나타나 왜놈들을 무찌르고 몰아낼 거라는 내용이었다.

그런 소문들이 떠도는 가운데 설이 지나고 보름이 다가왔다. 농사가 생업인 사람들에게 정월 대보름은 설보다 더 큰 명절이었다. 농사를 짓는 사람들에게 추석의 보름달이 알곡을 거둬들이는 만족감으로 꽉 찬 달이라면, 정월의 보름달은 농사를 잘 짓게 해달라는 기원으로 꽉 찬 달이었다.

그러나 박건식은 밤마다 달이 차오르는 것이 하나도 반갑지 않았다. 달을 올려다볼 때마다 시름만 깊어지고 있었다. 그는 떠오르는 달을 보며 정말 용맹스런 장수가 어서 나타나기를 바라고 있었다.

"으흠, 흠, 건식이 있능가?"

누군가가 인기척을 내며 사립을 들어서고 있었다.

"야아, 누구다요?"

박건식은 마지못해 고개를 돌렸다.

"나시, 만표 아범이여."

"야아, 날도 찬디 아재가 어쩐 일이시다요. 저녁언 잡수셨능게라?"

박건식은 남상명을 알아보고는 착잡한 기분을 밀어내며 인사를 갖추었다.

"인자 날도 많이 푹해졌구마. 절기넌 못 속이는 법이여. 자네도 밥언 묵었능가 어찐가?"

남상명은 나이든 사람답게 다정하고 포근한 어조로 인사를 건넸다.

"야아, 밥 막 묵었구만이라."

대답은 이렇게 하면서도 박건식의 속은 몹시 꼬이고 있었다. 저녁이라고 먹은 것은 밥이 아니라 죽이었다. 죽을 먹지 않을 수 없게 된 신세가 분하고도 한심스러웠다. 논밭을 빼앗기기 전까지는 잡곡밥일망정 죽을 끓인 적은 없었던 것이다.

"근디 말이시……."

남상명은 마루끝에 엉거주춤 걸터앉았다.

"방으로 드시제라, 날이 썬들썬들헌디."

박건식은 눈치 빠르게 윗방문을 열었다.

"자네 달 차올르는 것 알고 있제? 소리럴 맞춰봐야 헐 것인디 자네 어쩔라고 이러고 있능가?"

남상명은 방으로 따라 들어가며 용건을 털어놓고 있었다. 하기 거북한 말을 등뒤에다 대고 하는 것이 조금이라도 수월하게 느껴졌던 것이다.

"또 그 이얘기다요?"

박건식의 어조가 그만 달라졌다.

"성내지 말고 앉소."

"성내는 것이 아니랑게라. 사람이 맘이 편허고 속이 잠잠해야 농악얼 울리든 풍악얼 치든 헐 것 아니겄소. 아부지넌 이 삼동에 땡땡 얼어감서 징역살이럴 허시는 판에 나가 미친놈도 아니고 무신 신명 뻗쳤다고 징채럴 잡고 지랄얼 허겄소. 글고 말이오, 요런 나보고 징채 잡고 들썩들썩 놀아나라는 것이 이치에 맞고 도리에 맞는 일로 생각허시능게라?"

박건식은 소리가 커지지 않도록 애써 감정을 누르고 있었다. 5년 형을 언도받은 아버지를 생각하면 당장 의병이라도 일으키고 싶은 심정이었다.

“이, 그려그려. 자네 맘이 어쩐지도 다 알고, 자네 말도 맞는 말이시. 근디 그리 외곬수로만 생각허지 말고 맘얼 쬐깨 틀어서 생각혀 보잔 말이시. 긍게, 우리가 이적지 절기 따라 명절 따라 풍악얼 울림서 동네굿판얼 벌래온 것이 무신 연고등가? 가뭄 안 들고 홍수 안 나게 히서 풍년 들게 해도라, 호열자귀신 손님귀신 하루거리귀신 놀래고 겁묵어 돌림병 없게 해도라, 오만 잡귀 눌르고 쫓아 집집마동 잔근심 없이 액땜허게 해도라, 요런 것 빌자고 동네방네 돌아친 것이등가? 고런 것이야 샛가지 아니드라고? 그보담 더 중헌 것이 이웃간에 서로서로 화목허니 살자, 궂은일 좋은 일에 서로가 심얼 합치자, 동네사람 전부가 한마음 한뜻으로 한덩어리 되야 농새럴 잘 짓자, 요런 맘얼 얽고 엮자고 동네굿판 푸지게 벌리고 남녀노소 없이 얼크러지고 설크러져 돌아가는 것 아니겄어. 어지께 싸운 집안이 오늘 굿판서 손얼 맞잡고 웃어불고, 돌림병 심허니 훑고 지내간 담에넌 전보담 더 심지게 풍악얼 울려대고, 그 굿판 끝내고 나먼 사람덜이 새 기운얼 얻은 것이 왜 그러겄능가. 보소, 자네만 애가 타고 속이 터지는 것이 아니시. 자네 집안이 어르신 땜시 다른 사람덜보담 심헌 것이제 전답 뺏긴 사람덜언 전부가 속이 썩어 내래앉네. 근다고 농새 시작헐 명절이 왔는디 풍악얼 안 울릴 것이여? 그만 목심 끊을라먼 몰라도 또 살아가얄 것 아니겄어. 속터지는 일이 있을수록 더 심지게 풍악얼 울려 새 기운얼 채래야 허는 것이네. 그래야 또 한 해럴 살아내고, 뺏긴 땅도 찾게 될 것 아니겄어. 허고, 왜놈덜이 저리 악독허니 해댈수록 우리도 더 심내서 풍악얼 울려대야 헌단 말이시. 우리가 풍악도 안 울리고 동네굿판도 안 벌리고 기운 빠져서 찌그러들어 보소. 저놈덜이 얼씨구나 허고 더 독허니 나올 것이네. 나가 장담얼 허겄는디, 자네 어르신도 요런 때일수록 풍악얼 더 크게 울려야 헌다고 생각허실 것이고, 자네가 징얼 더 크게 치기럴 바래실 것이네. 나 말이 틀린가 어쩐가 자네가 가서 여쭤보소. 안 그렁가?"

"남생 말이 맞으요. 니 징채럴 잡어라."

샛문이 열리며 들려온 말이었다.

"아이고, 아짐씨가 거그 기셨구만이라. 저녁 잡수셨당가요?"

남상명이 다급하게 몸을 일으켜 박건식의 어머니 대목댁에게 인사를 차렸다.

"야아, 남생이 목타게 애 많이 쓰시요. 남생 말이 조목조목 다 옳으요." 대목댁은 남상명에게 인사치레를 하고 나서 아들에게 눈길을 돌리며, "남생 말대로 아부지도 니가 징채 잡기럴 바랠 것이여. 맘얼 널르게 묵고 고집 더 부리덜 말어. 예전보톰 나라에 우환이 생기면 풍악얼 더 심지고 찰지게 울려대서 사람덜 맘얼 한덩어리로 뭉치게 허고 심얼 짱짱허니 돋구고 혔응게." 대목댁은 차분한 말로 아들을 구슬렀다.

"하먼이라. 글고 건식이 이 사람이 믹이는 징소리가 어디 예사 징소리간디요. 심지고 걸직허고 팽팽험스로도 서럽고 절절허고 한시러운 것이야 시상이 다 아는 일 아니등게라. 이 근동서 당혈 사람이 없당게라. 그러니 딴사람으로 바꾸자도 누구로 바꿀 것이오."

남상명은 박건식의 솜씨를 추어올렸다. 그러나 그 말은 과장이 아니었다. 박건식의 징소리에 과부가 담을 넘고, 처녀들이 오줌을 질금거린다는 소문은 진작부터 나 있었다.

"쟈가 열서너 살 적보톰 징채럴 잡고 잡아 발싸심얼 해대다가 어런덜헌티 쥐어백히기넌 얼매나 혔소."

대목댁은 은근히 아들 자랑을 했다.

"아이고 엄니, 무신 말얼 헐라고 그러요."

무거운 얼굴로 앉아 있던 박건식이 어머니의 말을 막고 들었다.

"어쩐가, 인자 맘 정했제?"

"몰르겄소, 빌어묵을 놈으 시상."

박건식이 한숨을 쉬었다.

"되았네. 낼보톰 한 사날 소리럴 맞치세."

남상명은 큰 짐을 벗은 홀가분함으로 앉음새를 편하게 고쳤다.

"근디, 새로 시작허게 된다는 토지조사사업이란 것언 머시다요?"

토지조사사업을 또 시작한다는 소문이 부쩍 심하게 나돌고 있었다. 그러나 그 내용이 어떤 것인지를 아는 사람을 찾기는 어려웠다. 그렇지만 아버지가 맡았던 일을 대신하고 있는 남상명은 혹시 알고 있지 않을까 싶었다.

"글씨…… 나도 그 내막이야 캄캄 밤중이구마. 또 농토 뺏을라는 야료럴 부리는 것이 아닐랑가 몰르제."

남상명이 고개를 갸웃거렸다.

"아재 말이 맞을 것잉마요. 왜놈덜이 즈그 잇속 없는 일 벌일 리가 없응게라."

박건식은 단언을 했다. 자신의 미심쩍었던 짐작과 남상명의 짐작이 묘하게 일치했던 것이다.

"그리되면 또 시상이 난리 나라고?"

대목댁이 놀라움을 나타냈다.

"난리가 나든지 시상이 뒤집어지든지 아무 걱정헐 것 없소. 우리야 뺏기자도 더 뺏길 땅이 없응게."

박건식의 목소리에는 화가 돋아 있었다.

"쬐깨 더 두고 보드라고, 본심이 나올 것잉게. 자네, 낼보톰 시작이시 이."

남상명이 다짐을 하고 일어섰다.

손님을 배웅한 박건식은 들판 저 끝으로 둥그렇게 솟아오르고 있는 달을 하염없이 바라보고 있었다. 들녘 곳곳에서는 성급한 아이들이 놓은 쥐불이 불길을 널름거리며 번져가고 있었다. 아직 다 영글지 않은 열이틀 달이 쥐불놀이 연기에 그을리고 있었다.

박건식은 달이 징으로 보이고 있었다.

귀에서는 징소리가 징징징징 울려대고 있었다. 징소리를 따라 온몸이 스멀스멀해지면서 피가 뜨거워지고 있었다. 징소리는 쇳소리 중에서도 가장 폭이 넓고 깊이가 깊은 소리였다. 태산이고 파도이면서도 애간장 타는 속울음이고 천리 밖의 넋을 부르는 소리였다. 한번 쳐서 수백 겹의 파장을 이루는 그 넓고 깊은 소리의 긴 울림은 아련하고 아슴하고 아득하기가 사람의 혼을 빼가는 것 같았다. 그 소리에 들려 밥맛조차 잃고 징채를 잡아보려고 허덕거렸던 열서너 살 그때의 세월이 그리웠다.

"이놈아, 니 그리 쇳소리에 미치다가 소리패 따라나스겄다."

아버지의 노여움이었다.

"와따, 쟈가 누구 아덜인디 그리 천허니 될라고 허겄소. 소리 알아듣는 재주 타고났당게 지 허고 잡은 대로 냅두씨요. 동네 풍물얼 울리자도 재주꾼이 있어얄 것 아니겄소."

어머니의 역성이었다.

아버지는 다짐을 받고서야 징채를 잡게 해주었다. 자신도 소리패를 따라나서고 싶은 생각은 없었다. 소리패의 정처 없이 떠돌아다니는 배고프고 서글픈 행각이 전혀 마음에 들지 않았던 것이다.

정월 대보름이 열리고 있었다. 동쪽하늘에 밝은 기운이 번하게 번져오르고 있었다. 열기 없이 붉고 밝은 그 기운은 그지없이 부드럽고 아늑하고 포근해 보였다. 노을빛과는 달리 눈부시지 않는 그 빛은 맑은 물에 고루 퍼진 치잣빛이거나 온 산 가득 핀 진달래꽃빛이었다.

머지않아 달이 떠오를 참이었다. 저녁밥을 서둘러 먹은 외리 사람들은 동쪽에서 번져오는 연한 달빛을 밟으며 뒷산으로 발걸음을 재게 놀렸다.

"밥덜 묵었능가?"

"이, 배꼽이 요강꼭지가 되았네."

여자들이 들뜬 듯 생기 도는 소리로 인사를 주고받았다.

"밥 많이 묵었능가?"

"어이, 찬 걸게 많이 묵었네."

남자들도 힘 넘치는 쿠렁쿠렁한 소리로 인사를 나누었다.

"아재, 아재!"

"어엉?"

"내 더우!"

"뗏끼놈! 고것언 낼 아칙에 느그덜찌리 허는 것이여."

아이들도 신명에 들떠 어른에게 더위를 미리 파는 장난을 걸고는, 어른이 화를 내는 척하며 발로 땅을 굴러대면 재미있어 죽겠다는 듯 깔깔거리며 뺑소니를 쳐댔다.

정월 대보름날 밤에 저녁밥을 못 먹는 사람은 아무도 없었다. 아무리 가난한 사람이라도 오곡밥에 갖은 나물을 무쳐 푸짐한 저녁을 먹었다. 보름 한 달 전부터 죽을 끓이며 살아온 집들도 보름날만은 어김없이 푸짐한 상을 차렸다. 명절차림을 하려고 따로 아껴두었던 곡식을 털어낸 것이었다.

오곡밥은 기운을 돋운다고 했다. 갖은 나물은 더위를 이기게 한다고 했다. 농사절기의 시작인 대보름을 맞아 오곡밥을 먹어 기운을 돋우고, 갖은 나물을 먹어 삼복더위를 이겨내면서 또 한 해 농사를 잘 짓자는 뜻이었다. 벼들은 날이 푹푹 쪄대야 잘 자라지만 아이들은 그 무더위 속에서 여름을 무사히 나기가 어려운 일이었다. 끈끈하게 땀에 절어 부스럼이 생기고, 땀띠가 심하게 도져 살

속으로 곪아들고, 모기떼에 뜯겨 학질을 앓고, 이런저런 벌레들에 물려 고생을 하기가 일쑤였다. 그래서 아이들에게 호두 밤 잣 같은 껍질 두꺼운 열매들을 깨물어 까게 해 '부스럼을 미리 깨물어 없앤' 부적으로 삼았다. 그러나 그것으로도 안심할 수가 없었다.

아이들은 다음날 아침 일찍 일어나 자기의 더위를 남에게 팔려고 나섰다. 몰래 숨었다가 다른 아이의 이름을 갑자기 부르고, 그 아이가 엉겁결에 대답을 하는 순간 '내 더우!' 해버리면 자기가 한 해 동안 겪을 더위를 모두 그 아이에게 떠넘기게 되는 것이었다. 그러나 그 더위팔기는 그리 쉽지 않았다. 해가 뜨기 전까지 팔아넘겨야 했고, 누구나 더위를 팔려고만 잔뜩 긴장해 있었던 것이다.

동쪽하늘은 차츰차츰 더 밝아져 오고 있었다. 동네사람이란 사람들은 다 몰려나와 뒷산으로 오르고 있었다. 어른들이 서로서로 짝을 지어 이야기들을 주고받느라고 왁자지껄한 가운데 아이들까지 뒤섞여 소리를 지르고 장난질을 쳐대는 바람에 사람들의 행렬은 부풀어오르는 생기로 출렁거리고 있었다. 눈치 빠른 개들도 이리 뛰고 저리 뛰며 컹컹 짖어댔다.

"어이, 그 말이 참말일랑가?"

"그 말, 무신 말? 자네 시엄니 바람났단 말?"

"아이고, 염병헌다! 누구 죽는 꼴 볼라고 그런 숭헌 소리여."

"아 긍게 헐 말얼 딱 찝어서 혀."

"그려, 그것 말이시. 녹두장군 겉은 심진 장수덜이 생겨날 것이란 소문 말이시."

"자네 자다가 봉창 뚜둘긴가 시방?"

"참말로, 사람이 어찌 그리 뚝뚝허니 맘 짚은 디가 없능가. 나가 생각허기로넌 말이시, 이 대보름날 하늘서 내린 정기럴 홈빡 받고 그 장수덜이 산꼭대기서마동 쑥쑥 솟을 것 같단 말이시."

"음마, 듣고 봉게 그럴 법도 허시. 근디, 그 소문이 어디 참말이겄능가. 왜놈덜 등쌀에 하도 살기가 에룹고 앞날이 캄캄헝게 입심 존 말쟁이덜이 지어낸 소리제. 녹두장군겉이 쓸 만헌 사람덜이야 의병장수로 다 죽어분 것 아니드라고?"

"그려, 그리 생각허면 그렇제. 근디, 그 소문 왜놈덜이 들으면 좋아헐랑가?"

"어이, 좋아라고 상 줄 것이네. 자네가 가서 일러주소."

"아이고, 저놈에 주딩이!"

두 여자의 이야기는 더 이어지지 않았다. 그러나 다른 사람들은 여전히 왁자하게 이야기꽃에 웃음꽃을 피워내며 산등성이를 오르고 있었다.

해마다 그랬던 것처럼 펑퍼짐한 산마루에는 달집이 높직하게 솟아 있었다. 수십 개의 짚단과 생솔가지로 엮어세운 달집의 생김새는 둔한 듯하면서도 듬직해 보였다. 짚으로 만들어진 물건들이 특유하게 품고 있는 질감이고 형체감이었다. 그러나 달집의 둔한 듯한 느낌은 꼭대기에 꽂힌 솔가지다발의 특이한 형상으로 색다른 세련미를 갖추고 있었다.

달집을 만든 짚단들은 집집마다 추렴한 것이었다. 살림의 형편에 따라 많이 내고 적게 내고는 각자의 마음에 달린 것이었지만 살림이 궁하다고 하여 한 단도 내지 않는 집은 한 집도 없었다. 누가 강압하는 것이 아니었다. 농사를 지으며 마을을 이루고 살아온 오래고 긴 날에 걸쳐서 그렇게 마음 마음을 모아온 것이었다.

농사를 지으며 사는 사람들에게 짚은 단순한 볏대만이 아니었다. 그건 농경생활을 영위해 가는 데 다양한 쓰임새를 갖는 소중한 재료라는 것을 넘어서서 그 어떤 것보다 청결하고 신성한 뜻을 지닌 대상물로 여겨지기도 했다. 짚은 멍석 망태기 삼태기 새끼맷방석 섬 등속의 농사기구며 생활용품을 만들고, 지붕에 이엉으로 얹고, 신을 엮어 신으며, 땔감으로 썼다. 그런 생활의 긴요한 쓰임새 외에도 짚은 길운을 지키고 액을 물리치며, 저승길의 혼백을 받드는 제구(祭具)이면서, 하늘에 이승의 염원을 실어 비는 매개물로 쓰였다. 보름날을 비롯하여 온갖 액땜을 하는 허수아비가 짚으로 만들어졌고, 남녀 상제들의 머리에 얹히고 허리에 두르는 띠가 짚으로 엮어졌고, 3년상이 끝날 때까지 사립 밖에 걸리는 사잣밥 망태기가 짚으로 짜여졌고, 제사를 지낼 때마다 사립 밖에 붓는 물밥의 깔개가 짚이었다. 그리고 집집마다 모아 만든 달집의 짚단에는 또 한 해 농사가 가뭄도 홍수도 없이 풍년 들게 해달라는 사람들의 염원이 지푸라기 하나하나에 서려 있었다.

짚단과 함께 달집을 이루고 있는 솔가지도 그 쓰임새의 다양함이나 귀히 여겨지기로는 짚과 다를 것이 없었다. 그 많은 산들의 주인 노릇을 하면서 사철 푸르른 소나무를 충절이나 지조의 표상으로 삼은 것은 양반들에 국한된 것일 뿐이었다. 농사짓기에 평생을 바치는 백성들에게 소나무는 지겟감으로 없어서는 안 될 나무였고, 솔가리는 불땀 좋은 데다 향내까지 그윽한 땔감이었다. 가지에서 가지를 뻗어가는 소나무는 온몸에 진을 품고 있으면서 속살까지 질겼다. 그래서 가지가지 모양새의 생가지들은 시루 받침대며 맷돌 손잡이며 소쿠리나 망태기 걸이로도 쓰였다. 또, 향내 짙은 진은 온갖 벌레가 슬지 못하게 했고, 연하면서도 질긴 속살은 쉽게 썩지도 않고 금이 가지도 않으면서 긴 세월을 견디었다. 크고 작은 함지박이며 물통까지 만들어 쓰는 것은 그런 까닭이었다. 그리고 소나무는 약나무이면서 먹이나무였다. 솔가루는 근기를 돋우고 피를 맑게 하며 뱃속의 회충을 없애는 약이었고, 갓 흘러내리는 송진은 연장에 다친 상처에 바르면 소독제이면서 지혈제였다. 또한 보릿고개에 허덕이는 부황 든 아이들에게 소나무의 새순은 진달래꽃과 함께 간식이었고, 흉년이 무섭게 든 해에 송기는 어른들에게도 양식이었다. 따로 노임을 주지 않는 소작인들을 동원해 송홧가루를 털어 모으게 해서 샛노란 약과를 만들어 먹는 것은 배부른 양반들이 즐기는 호사였다. 그런데 사람들은 혹독한 눈보라 속에서도 푸르고 푸른 소나무의 그 맵고 굳센 힘과 예리한 바늘잎의 별난 생김이 하늘에서 특별히 내린 것이라고 생각했는지도 모른다. 사람들은 자식을 낳아 질병의 액을 막으려고 대문이며 사립에 치는 금줄에 꼭 솔가지를 끼웠다. 잡귀를 몰아내는 굿을 할 때도 솔가지로 비질을 했고, 묘를 이장하면 그 양쪽에 솔가지를 꽂았다.

부뚜막 위에 식초를 키우는 병에도 솔가지 끼운 새끼줄을 감았고, 간장을 담는 독에도 솔가지에다 숯을 곁들인 새끼줄을 둘렀다. 모든 잡귀들을 바늘처럼 생긴 솔잎들이 콕콕 찔러 물리친다고 믿었는지도 모른다. 사람들이 달집 꼭대기에 솔가지다발을 꽂은 것은 짚단 올올이 담은 자신들의 소망이 하늘에 잘 전해지기를 바라는 마음이었다.

"달이 뜬다, 불붙여라아!"

사람들의 왁자지껄함이 뚝 멎었다.

달이 이마끝을 살짝 내밀고 있었다. 장정 셋이 횃불을 높이 들고 달집으로 다가갔다. 모든 사람들은 숨을 죽이고 똑바로 서 있었다. 아이들도 제 부모 옆에 붙어서서 눈들만 또릿또릿 빛내고 있었다. 사방으로 드넓은 벌판이 내려다보이는 산마루에는 무겁고 엄숙한 침묵만이 쌓이고 있었다. 그 침묵은 모든 사람들이 마음을 하나로 모아 하늘을 향하여 비는 기원이었다. 하늘은 가뭄도 홍수도 마음대로 하는 절대자였다.

달집에 불이 옮겨붙었다.

"와아아—."

사람들의 함성이 울려퍼졌다. 누구나 목청껏 외치는 그 소리는 하늘에 닿을 듯 우렁차게 울리며 막힌 데 없는 들판으로 퍼져나가고 있었다.

아이들은 다시 들뛰기 시작하고, 불붙어 오르기 시작하는 달집을 넓게 에워싼 사람들은 왁자하게 새 이야기꽃을 피워내기 시작했다. 달은 크고 둥근 얼굴을 조금씩 조금씩 그러나 문득문득 내밀고 있었고, 제자리를 잡은 달집의 불길은 갈수록 거세게 일어나고 있었다.

잘 마른 짚단에 붙은 불은 산마루에 이는 바람을 받아 휘돌아 감기다가 맴돌아 퍼지다가 너훌너훌 춤을 추다가 하며 하늘을 향하여 타오르고 있었다. 그 불길 속에서 생솔가지들도 파란 연기를 피워내고 톡톡 튀는 소리를 내며 불붙고 있었다. 짚단과 생솔가지를 태우는 연기가 달빛 퍼지기 시작하는 밤하늘로 길게 길게 뻗어 오르고 있었다. 사람들의 간절한 기원을 싣고서.

일렁이고 너훌거리고 꿈틀대며 타오르는 불길은 싱싱하게 살아 있었다. 투명하게 이글거리는 현란한 빛깔에도 생동감이 넘치고 있었다. 불길은 붉은색이 아니었다. 황금빛도 아니었다. 꿰비치는 투명함으로 뜨거움을 내쏘고 있는 그 미묘한 빛은 세상의 그 어떤 꽃보다도 아름답고 싱그러운 신비의 빛깔이었다. 사람들의 얼굴 얼굴에 불빛이 번져 벌겋게 물들어 있었다.

달이 그 둥근 얼굴을 마침내 다 드러냈다. 달집도 꼭대기까지 온통 불길에 휩싸여 타오르고 있었다. 달빛이 충만해지자 불길의 색깔은 더욱 현란한 아름다움을 자아냈다. 어떤 여자들은 둥실 떠오른 달을 향해 합장하며 연신 허리를 굽히기도 했고, 어떤 남자들은 달집에 다가들어 담뱃불을 구하려다가 불길이 휘도는 바람에 질겁을 하며 물러나기도 했다. 달집의 불씨를 남 먼저 가져보려는 욕심쟁이였다. 달맞이와 불놀이를 함께 즐기고 있는 사람들의 들

떠오른 왁자함과 북적거림은 명절기분을 한껏 돋워올리고 있었다.

달빛이 점점 밝아지면서 드넓은 들판이 질펀하게 드러났다. 들판 멀찍 멀찍이 큰 무덤인 듯 솟아 있는 산마루마다 달빛을 사르며 불길이 일고 있는 것이 멀게 보였다. 그 불길에서 사람들의 외침이 아련하게 들리는 것 같았다.

"자네덜, 토지조사사업이란 것이 곧 시작된다는 소식 들었능가?"

"방구가 잦으면 똥 나오드라고 그놈으 소리 퍼진 지가 오랜게 무신 짓이고 간에 허겄제."

"그놈에 것이 대체 머허잔 것이여. 왜놈덜언 그저 맨드느니 머시고 해서넌 안 된다는 법이고, 끝도 없이 이 조사 저 조사로 사람얼 잡아묵을라고 헌당게."

"또 조사라고 허면 우리헌티 해가 되면 됐제 득될 것이야 있겄어. 다 즈그놈덜 좋자고 허는 일잉게 말이시."

"고것이 땅 뺏을라는 것 아닐랑가?"

"고것이야 안 되제. 임자가 다 있는디."

"총칼 들이대는디도 안 돼야? 누구넌 임자 아니라서 땅 뺏기고 작인 신세덜 되았간디?"

"지 에미 붙어묵을 놈덜, 언제꺼정 땅얼 뺏어야 배가 찰랑고."

"이 나라 농꾼덜 다 작인 맨들어야 배가 차 허겄제."

"니기럴, 조상 대대로 여그서 산 것이 웬수여. 나라 안 뺏갰을 때넌 온갖 잡세로 주리 틀리고, 왜놈덜 시상이 된게로 그놈덜이 질로 먼첨 치고 들어 난장판얼 지기고, 땅만 넓었제 실속언 하나또 없이 고상만 곱쟁이로 헌당게."

"그려, 이놈에 전라도땅에 태 묻은 것이 죄라면 죄제. 산골에 살았음사 그런저런 꼴 안 당해도 됐을 것잉마."

"왜놈덜 피해 논 팔아갖고 무주 장수 겉은 디로 이사럴 가부러?"

"사람 실답잖기넌. 갈라먼 아조 만주땅으로 가불제그려. 거그 가야 맘놓제."

"와따, 이 존 날에도 것질러대기여!"

네댓 남자는 달만 쳐다보았다.

사람들의 구김살 없는 신명에서 비켜선 삼포댁은 소나무 그늘 아래서 달을 하염없이 바라보고 있었다. 삼포댁은 눈물을 머금은 마음으로 간절하게 빌고 있었다. 그러나 그 소원은 풍년을 비는 것이 아니었다. 가슴에 겹겹이 쌓이고 있는 근심과 괴로움을 씻어달라고 빌고 있었다.

하눌님, 하눌님, 지 남정네가 그전맨치로 되게 굽어살펴 주십소사. 이 죄 많은 년 불쌍허니 생각허셔서 지 남정네럴 구해주십소사. 지옥살이가 따로 없습네다. 이년 사는 나날이 지옥살이구만이라. 음심 품은 일 없이 의심받는 맘지옥에, 사흘거리 매타작당허는 몸지옥얼 살고 있습네다. 진작에 목얼 매자도 친정부모 가심에 못치는 일이라 참고 또 참아왔구만이라. 헌디 참는 것도 한도가 있덜 않는게라. 온몸에 피멍이고, 멍 잽힌 자리에 또 멍이 잽히는디, 하눌님, 하눌님, 이년얼 살래주십소사. 이년 남정네럴 그전맨치로 되게 히서 이년얼 살래주십소사.

삼포댁은 피가 타드는 간절함으로 빌고 또 빌고 있었다. 그러나 하느님 앞에 행여 불경을 저지르는 것이 될까 저어해서 '남자 구실을 제대로 하게 해달라'는 야한 말은 입에 올리지 못하고 있었다.

남편의 행투는 날이 갈수록 심해지기만 했다. 생트집을 잡아가며 두들겨패는 짓만 하는 것이 아니었다. 농사일이라고는 아예 거들떠보지도 않고 술타령이 일이었다. 어찌하는 수 없이 자신이 소작농사를 차고 나서야 했다. 혼자 농사일에 뼈가 휘고, 사흘거리 매타작을 당하고, 수확의 반을 동척에 빼앗기는 추수를 해서는 그동안 밀린 술값부터 갚고 나니 남는 건 싸래기뿐이었다. 싸래기마저 두 달이 못 가 바닥나고 말아 품을 팔러 나서야 했다. 그러나 농사철이 아닌 삼동에 하는 품팔이가 품삯이 제대로 나올 리 없었다. 근근이 죽을 끓이는 형편에 남편의 술타령과 매질은 고쳐지지 않았다.

남편의 그런 행투가 고쳐지려면 다시 남자 구실을 제대로 할 수 있어야 했다. 순사놈들한테 잘못 맞아 몸을 망친 분풀이를 송두리째 자신에게 해댔다. 그렇게 매질을 당하고 살다가는 끝내 맞아죽을 수밖에 없었다. 친정부모만 살아 있지 않았더라면 진작에 목을 매달고 말았을 것이다.

삼포댁은 질겁을 하며 소리를 질렀다. 그러나 허리를 감김과 동시에 입을 틀어막히고 말았다.

억센 힘은 몸을 무작정 아래로 끌어내리고 있었다. 삼포댁은 발버둥을 치며 소리를 지르려고 애를 썼다.

"팔자 고쳐줄라는디 그만 뻗대. 나여, 나, 한 서방이여……."

남자의 숨가쁜 말이었다.

삼포댁의 눈앞에 스치는 얼굴이 있었다. 최 부잣집 머슴 한 서방이었다. 삼포댁은 몸에서 힘이 풀리는 것을 느꼈다. 상대방이 누군지 알게 되자 느닷없이 닥친 위험에서 벗어나려고 무작정 발버둥쳤던 기운이 빠지고 있었다.

한 서방은 아래로만 치닫고 있었다. 삼포댁은 아래로 끌려 내려가며 어찌해야 좋을지를 모르고 있었다. 힘으로 이길 수도 없었고 소리를 지를 수도 없었다. 또 입을 틀어막히지 않았다 하더라도 소리를 지르는 것이 마땅한지 어떤지도 알 수가 없었다. 한 서방은 상처를 하고 아이 하나를 혼잣손에 키우고 있었다.

한 서방은 후미진 데서 멈추더니 삼포댁을 나무에 기대세웠다.

"어째 이러요. 나 소리질를라요."

입을 막고 있던 한 서방의 손이 풀리자 삼포댁이 한 말이었다.

"이, 소리질러, 맘대로 질러."

삼포댁은 소스라쳤다. 치마 아래로 손이 쑥 들어왔다.

"아이고메, 참말로 소리질러 불라요."

"잉, 소리질르랑게. 나야 남자여!"

삼포댁은 숨이 멎는 것 같았다. 속곳 밑으로 손이 불쑥 들어왔던 것이다.

"여그서 어쩔라고 이러요……."

"어서 소리질를라먼 질러. 몸 섞어부렀다고 소문내면 그만잉게."

삼포댁은 남자를 떼밀며 두 다리를 꼬았다. 그러나 남자는 꼼짝도 하지 않았고, 남자의 뜨거운 손이 불두덩의 거웃을 움켜잡았다. 그 순간 찌르르한 울림이 전신으로 쫙 퍼졌다. 삼포댁은 몸을 부르르 떨며 또 남자를 떼밀었다.

"그런 억지소리가 어딨다요."

"누가 억지소리라고 믿어주간디."

남자의 손이 불두덩 아래를 파고들었다.

몸을 섞었다고 소문을 내버리면 그건 마지막이었다. 그것이 거짓말이라고 하더라도 변명이 통하지 않았다. 남자가 발설한 이상 모두 남자의 말을 믿어버릴 것이었다. 샛서방질한 년은 남편도 손을 대지 못했다. 그건 여자가 저지른 죄 중에 대죄라서 동네사람들 모두가 나서서 다스렸다. 그 벌은 끔찍스러웠다. 새끼줄에 목이 끌려 동네돌림을 당하며 돌질에 얻어맞거나 물벼락을 뒤집어써야 했다. 또는, 속곳을 벗긴 채 홑치마만 걸치고 배꼽 높이로 팽팽하게 맨 새끼줄을 가랑이 사이에 넣고 타야 했다. 그 둘 중에 어느 것도 견뎌낼 수 있는 벌이 아니었다. 그 벌을 받지 않으려면 동네사람들이 둘 중에 하나를 결정하기 전에 목을 매는 수밖에 없었다.

"나럴 어쩔 심판잉게라?"

"팔자 고쳐줄 것이여. 그 고자놈헌티 개겉이 맞고 안 살게 히줄 참이여."

아무리 힘주어 다리를 꼬았지만 소용이 없었다. 허벅지 사이를 파고든 남자의 손은 이미 거기에 닿아 있었다.

"말 들을텅게 여그서 이러덜 맙씨다. 누가 보면 한샌도 죽소."

"그 말 어찌 믿어. 말뚝얼 박아야 내 땅인 것이여."

남자의 숨길은 뜨겁고 거칠었다. 오랜만에 휘감기는 남자의 열기였다. 한 서방은 그동안 여러 차례 색다른 눈치를 보이며 말을 걸고는 했었다.

"참말이오. 여그서 이러덜……."

삼포댁은 깜짝 놀라며 말을 멈추고 말았다. 속곳에서 손이 빠져나가는가 싶었는데 불두덩 아래로 이상한 감촉이 느껴졌던 것이다. 남자는 이제까지와는 다른 힘으로 밀어붙이기 시작했다. 삼포댁은 남자의 뜨겁고 억센 힘에 떠받치며 전신이 저릿거리고 다리가 후들거리는 것을 느꼈다. 정신도 어릿어릿 흔들리고 있었다. 어쨌거나 속곳이 죄였다. 앞에서부터 뒤에까지 밑이 길게 터진 속곳이 죄였다. 속곳의 밑이 그렇게 길게 터지지만 않았더라도 일이 이리 쉽지는 않았을 것이다.

"아으…… 으음."

삼포댁은 눈에서 불꽃이 이는 것을 느꼈다. 뜨거운 바람이 가슴을 휘돌았다. 정신이 혼곤해지며 어디론가 붕 뜨는 것 같았다. 자신도 모르게 남자의 목을 끌어안았다.

"그려, 그려, 장단얼 맞춰야제. 보름달 음기 담뿍 받고 떡두께비 겉은 아덜얼 배부러. 나가, 나가 호강시킬 것잉게 나럴 믿어. 니 그른 팔자 나가 요렇타께 고쳐줄 것잉게."

남자는 뜨겁고 숨가쁜 소리를 쏟아내고 있었다. 주먹질을 해대는 남편을 떼밀었다. 남편이 나뒹굴어졌다. 남편은 다시 일어나지 못했다. 아니, 남편은 일어나지 못한 것만이 아니었다. 남편의 몸이 조각조각 부서지고 있었다. 그 조각들이 또 조각으로 부서지더니 흔적도 없이 사라지고 말았다. 그 순간 자신의 온몸에 잡힌 피멍도 말끔하게 걷히는 것이었다.

"이, 인자 되았어!"

남자가 긴 숨을 토해내며 말했다. 그리고 바지를 끌어올렸다.

삼포댁은 고개를 돌리며 머리를 매만졌다. 그때서야 산마루에서 왁자하게 울리고 있는 사람들의 소리가 귀에 들어왔다. 삼포댁은 덜컥 겁이 났다. 이제 어찌해야 할 것인가. 말뚝얼 박아야 내 땅인 것이여. 한 서방의 말이 생생했다. 이제 땅임자가 바뀐 것이었다. 딸자식이 하나 있기만 했더라도 한 서방을 끝내 받아들이지 않았을 것이다. 자식은 부부를 묶는 끈이었다. 사이가 벌어진 부부일수록 그 끈이 있어야 했다. 그 끈이 없이 사이가 벌어진 부부는 남남이 되기가 너무나 수월했다. 삼포댁은 스스로의 이런 생각에 적이 놀라고 있었다.

"얼렁 가세."

몸단속을 끝낸 한 서방이 삼포댁의 손목을 잡아끌었다.

"어디로 갈라고라?"

"요 동네서 살 수야 없는 일 아니라고? 나가 다 갈 디 정해놨응게 자네넌 따라만 오드라고. 사람덜 딴 디 정신 놓고 있겄다, 달언 징허게 밝겄다, 우리가 질 잡어 도망허기로넌 오늘보담 더 존 날이 따로 없당게."

한 서방이 환하게 웃었다. 그 얼굴에 솔그늘이 여린 무늬를 수놓고 있었다. 삼포댁은 문득 그 얼굴이 잘생겼다고 생각했다. 그러나 스스로의 생각에 낯뜨거워져 고개를 수그렸다.

삼포댁은 한 서방이 끄는 대로 비탈을 뛰어내리기 시작했다.

고샅고샅의 집집마다 사립 양쪽에는 붉은빛 선연한 황토가 아이들의 소꿉장난 흔적이듯 조그만 봉분 모양을 하고 있었고, 그 가운데는 초록빛 싱그러운 작은 소나무가지가 하나씩 꽂혀 있었다. 붉은색 황토와 초록색 솔가지는 서로를 돋보이게 하는 조화를 이루며 묘한 분위기를 자아내고 있었다. 그 분위기는 절의 단청이 품고 있는 엄숙함이면서, 한지에 찍힌 부적이 발산하고 있는 괴이스러움이었다.

사실 그건 그 두 가지 의미를 함께 간직하고 있었다. 황토는 농사일의 첫 시작인 객토를 뜻하는 것으로 한 해 농사를 새 마음으로 시작하겠다는 농부들의 다짐을 나타내는 것이었고, 솔가지에는 집안에도 농사일에도 그 어떤 잡귀도 붙지 못하게 해달라는 기원이 담겨 있었다. 그건 지난밤 늦게 가장들의 손으로 정성스럽게 꾸며진 것이었다.

그런데 그 황토와 솔가지에 얽힌 이야기가 있었다. 밤새 황토색이 변하면 흉년이 들고, 솔가지색이 변하면 흉사가 생긴다는 것이었다. 또 황토에 새 발자국이 찍히면 가뭄이나 홍수가 생기고, 솔잎들이 부러지면 집안사람들이 괴질을 앓는다고도 했다.

아침이 이른데도 아이들은 그 황토와 솔가지를 다치지 않게 조심해 가며 고샅을 더듬고 있었다.

"상길아, 이리 오너라."

몸을 숨기고 있던 한 아이가 고샅으로 나오며 앞에 가고 있는 아이를 향해 어른 목소리를 지어냈다.

부지런히 걸어가고 있던 아이가 몸을 획 돌렸다.

"니미다, 씨발눔아!"

몸을 돌린 아이가 거침없이 욕을 내쏘았다. 하마터면 속을 뺀했던 것이다.

"내 더우다, 좆겉은 놈아!"

상대방도 맞대거리를 놓았다. 그리고 두 아이는 씨익 웃으며 서로 등을 돌렸다.

어른 목소리를 지어냈던 아이는 다른 고샅으로 꺾어돌다가 말고 잽싸게 몸을 숨겼다. 계집아이 하나가 이쪽으로 오고 있었던 것이다. 그 아이는 몸을 숨기고 계집아이가 누군지를 살폈다.

"떡 묵어라, 버들아!"

"으응?"

"내 더우!"

사내아이는 계집아이 앞으로 튀어나가며 쨍 하니 외쳐댔다.

"아니여, 아니여, 둘러묵고 지랄이여……."

곧 울음이 터질 것 같은 얼굴로 계집아이는 발을 동동 굴러댔다.

"내 더우! 내 더우! 내 더우! 아이고메 좋아라, 더우 팔았네에."

사내아이는 계집아이가 발을 굴러대는 데 장단이라도 맞추듯 소리치며 깡충깡충 뛰고 있었다.

"버들아, 내 더우!"

사내아이는 계집아이에게 혀를 낼름 해 보이고는 등 돌려 뛰기 시작했다.

"으아앙……."

계집아이는 더 빠르게 발을 동동거리며 울음을 터뜨렸다.

"야아가 비암헌티 물린 것도 아니겄고 혼자서 어찌 이리 울고 야단이다냐."

물동이를 인 여자가 구시렁거리면서 계집아이를 지나쳐갔다.

"어이, 어이, 난리가 났네."

다른 여자가 그 여자를 보자마자 호들갑을 떨어댔다.

"뉘집 큰애기가 애럴 밴 것도 아니겄고, 밤새 난리넌 무신 난리."

"그리 태평시런 소리 허덜 말어. 밤새 안녕이란 말이 똑 맞당게."

"글먼 누가 죽기라도 힜능가?"

여자가 비로소 관심을 드러냈다.

"그보담도 더 큰 난리가 터졌단 말이시."

"아, 불때고 뜸딜이고 허덜 말고 얼렁얼렁 솥두방 열어부러!"

"인자 애달았제? 자네가 들으면 폴딱 뛰다가 물동우 찰팍 깰 이얘기시."

"어허 참말로 애믹이네."

"그려, 애묵지 말고 들어보소. 삼포댁이 밤새 배맞춰 도망얼 가부렀네."

"머시여! 나, 남정네가 누구여?"

여자는 말까지 더듬거렸다.

"최 부자님 머심 한 서방이여."

"그 홀애비 한 서방?"

"이, 그 젊은 홀애비 말이시."

"으쩌끄나, 그리 배가 맞었구나. 근디 김샌언 어쩌고 있능고?"

"연놈얼 잡아다 죽인다고 지정신이 아니시. 인자 그 팔자만 꼬드라졌제."

그 소문은 해가 뜰 즈음에는 온 동네로 다 퍼져나갔다. 사람들이 힐끔힐끔 눈치보아 가며 김용철의 집으로 모여들고 있었다.

동네가 뒤숭숭해졌다. 여자들은 끼리끼리 모여 수군거렸고, 남자들은 몹시 언짢거나 마땅찮은 기색이었다. 평소에도 그런 일이 벌어지면 동네의 수치로 알았고, 동네에 액운이 낀 것으로 여겼다.

그런데 하필이면 보름날 밤에 그런 일이 벌어진 것이었다. 남자들은 내놓고 말은 못했지만 어떤 변괴의 징조라고 생각했다.

"연놈이 배럴 맞쳤으면 맞쳤제 무신 초친 맛으로 보름날 밤에 그 염병이여 염병이."

"잡것덜이 수박밭이서 말 몰아대는 심뽀고, 잔칫상에 재 뿌리는 심뽀로구만."

"연놈얼 잡어다가 사내놈언 붕알얼 까고, 지집년언 사내끼줄얼

태와야 허는 것 아니겄어?"

남자들의 성질 돋은 말이었다. 그러나 막상 두 사람을 잡아오자고 나서는 사람은 없었다. 그건 한 발 건넌 남의 일이기 때문이 아니었다. 그들은 어차피 서로 마음이 동해 마을을 떠난 사람들이었다. 불륜의 현장을 잡은 것이 아닌 한 제 발로 떠난 사람들을 뒤쫓게 되어 있지 않았다. 세상의 숱한 인연 중에서도 남녀의 인연만큼 속 깊고 오묘한 것이 없었던 것이고, 불륜의 인연도 인연은 인연이었던 것이다. 그 기구한 인연의 길을 남들이 나서서 굳이 가로막지 않는 것을 인륜의 덕으로 삼았다. 그러니까 그들 남녀를 잡으러 나설 수 있는 사람은 피해 당사자인 김용철이뿐이었다.

"하이고, 삼포댁 고것이 얌전헌지 알었등마 똥구녕으로 호박씨넌 다 깠당게."

"음마, 무신 소리여. 삼포댁 그리 맨든 사람이 누군디. 밤호시 못 태와주면 패지나 말어야제."

"근다고 지집이 샛서방질얼 혀? 애초에 음기가 승헌 년인 것이제."

"넘 말 그리 악허게 허덜 말어. 날이 날마동 복날 개 패디끼 허는 일 안 당해보고 무신 말이여."

"그려, 남정네 짚은 정 없이넌 살아져도 맞고넌 못산다고 안 허드라고."

"아니, 김샌이 아무 꼬타리도 없이 그냥 팼겄어. 전보톰 음기가 승혔응게 미리 닦달허니라고 그랬겄제."

"자네 삼포댁허고 무신 웬수졌능가? 아니여, 새 맛 보고 살게 된 삼포댁이 샘나서 저러는갑구만."

"머시가 어찌고 어째!"

"아서, 아서. 이러다가 쌈덜 나겄네."

여자들의 편가리 된 입씨름이었다.

동네가 이렇듯 어수선하게 돌아가고 있는데 순사를 앞세우고 면사무소 직원이 나타났다. 그들은 다짜고짜 농악대를 찾았다. 점심을 먹고부터 풍악판을 벌이기로 했던 농악대는 그들 앞에 모일 수밖에 없었다.

"다들 똑똑히 들어라. 너희들한테 엄중하게 지시한다. 그것이 무엇인고 하니, 오늘부터 농악 울려대는 것을 일체 금지시킨다. 절대로 시끄러운 소리를 울려대서는 안 된다 그 말이다. 이 지시를 어기는 자들은 가차없이 처벌한다. 알아듣겠나!"

일본순사는 니뽄도를 획 빼들며 소리쳤다. 사람들은 묵묵히 서 있었다.

"왜 대답이 없나! 명령을 어기겠다는 건가!"

일본순사가 치켜들었던 칼을 내리쳤고, 면직원은 그의 말을 재빨리 통변했다. 긴 칼이 허공을 가르는 매서운 서슬에 놀란 몇 사람이 어물어물 대답을 했다.

"딴 놈들은 뭐야. 다 똑같이 큰소리로 대답하란 말이야. 대답하지 않는 놈은 당장 목을 치고 말겠다."

눈을 부릅뜬 일본순사는 다시 칼을 치켜들었다. 칼날이 햇빛을 되쏘며 번쩍거렸다.

"다시 묻는다. 알겠나!"

칼이 다시 섬뜩한 소리를 뿌렸다.

"야아……."

열대여섯 명이 목소리를 맞추었다. 그 마지못한 대답은 낮고 음산했다.

"바까야로! 황국어로 대답하지 못하겠나. 하이! 하고 큰소리로 대답하란 말이야. 다시 묻겠다. 알겠나!"

"하이……."

"더 크고 힘차게 해. 알겠나!"

"하이……."

"더 크게 못하겠나. 한 놈쯤 목이 달아나야 크게 하겠어?"

순사는 한 발 앞으로 나서며 칼을 내리쳤다.

"마지막으로 묻겠다. 알겠나!"

"하이!"

"좋아, 좋아. 진작에 그렇게 할 것이지. 이따위 것들은 다 불질러 버려!"

순사는 사람들이 메고 있는 북과 장구를 칼로 푹푹 찔러댔다. 그 행동은 너무 갑작스러웠고, 칼을 다루는 솜씨는 너무 재빨라서 사람들은 멍하니 당할 수밖에 없었다.

순사와 면직원이 떠나고 나서야 사람들은 마루며 토방에 주저앉았다.

"개허고 흘레붙어 좆대감지럴 못 빼고 뒤질 놈덜! 해도 해도 너무 허네."

한 사람이 찢어진 북을 내동댕이쳤다.

"나라 뺏고 땅 뺏고 인자 명절놀음꺼정 뺏는구만. 아이고, 분해 못살겄네."

다른 사람이 찢어진 장구를 내동댕이쳤다.

"참말로, 이리 징허게 몰아대서야 숨이 맥혀 어찌 살겄어."

또다른 사람이 한숨을 쉬며 쌈지를 꺼냈다. 다른 사람들도 침통한 얼굴로 쌈지를 꺼내고 있었다.

"아까 그놈헌티 물어볼라다가 말었는디, 요것이 무신 연고겄능게라?"

박건식은 남상명에게 물었다.

"글씨…… 그놈덜대로 무신 생각이 있어서 이러는 것일 것인디……. 그놈덜 속얼 어찌 알 수 있겄다고……."

남상명은 골똘히 생각하는 얼굴이면서도 마땅한 대답은 내놓지 못하고 있었다.

"우리가 꽹매기소리 징소리에 들뛰다가 발목얼 접질리든, 장구장단 날라리 가락에 춤추다가 어깨가 어긋나든 다 우리 일이제. 즈그놈덜헌티 무신 손해가 있다고 저럴게라? 우리 명절얼 없애서 못 쇠게 헐라는 것일게라? 그 드런 놈에 심뽀럴 알 수가 없구만이라 이."

"그려, 핵교서 아그덜헌티고, 우리헌티고 간에 즈그놈덜 말 억지로 갤친라고 허디끼 우리 명절얼 못 쇠게 헐라는 것일 수도 있고,

사방천지서 풍악 울림서 우리 조선사람덜이 한덩어리로 얼크러지고 설크러지는 것얼 막자고 그러는 것일란지도 몰르겄고……. 하여튼지 간에 무신 야료가 있기넌 있는 일잉게 더 두고 보드라고."

남상명이 먼 하늘로 눈길을 보내며 쓴 입맛을 다셨다.

그들은 모두 허탈감에 빠져 곰방대만 빨았다. 삼포댁 일로 마을이 뒤숭숭해진 것을 걸판진 풍악판을 벌여 가라앉히자고 마음을 모았던 것이다. 그러나 이제 그들의 마음은 니뽄도 칼날에 찢어진 북이고 장구일 뿐이었다.

"이년아아, 가쟁이럴 열두 발로 찢을 년아, 이년아아. 니년이 가먼 어디로 갈 것이냐아. 하늘로 솟을 것이냐 땅으로 꺼질 것이냐. 니년이 죽어라고 도망가도 이 땅 삼천리 안이여. 나가, 나가 느그 연놈얼 기연시 찾어내고 말 것이여. 나 평상얼 걸고 느그 연놈얼 찾아내서 갈가리, 갈가리 찢어쥑일 것이여. 이년아아, 오살육시헐 년아아……."

밤늦도록 술취한 김용철의 울부짖음이 동네 고샅고샅을 울렸다. 풍악소리도 울리지 않는 마을에 사람들의 발길은 일찍부터 끊겼고, 흐드러지게 밝은 달빛만 넘치고 있었다.

다음날 김용철의 모습은 보이지 않았다. 그 다음날도 보이지 않았다. 사람들은 그때서야 김용철이가 없어진 것을 알았다. 사람들은 혀를 차고 말았을 뿐 그의 일을 입에 올리지 않았다.

김용철은 닷새, 열흘이 지나도 돌아오지 않았다. 그가 비워놓고 간 집을 주막의 주모가 처분했다. 동네사람들은 그저 모르는 척했다.

삼포댁의 일로 내촌과 외리에서 그야말로 죄인 같은 처지에 빠진 몇몇 여자가 있었다. 김용철이처럼 잘못 맞아 성불구가 된 남자들의 아내였다. 그 여자들은 부쩍 심해진 남편 시집살이에다 이웃 여자들의 눈총까지 받아야 했다.

농악대로 나섰던 남자들은 풍악놀이가 근동에서 전부 금지되었다는 것을 알았다. 그러나 그 이유가 무엇 때문이었는지 신경쓸 겨를이 없었다. 동네마다 새로운 일이 벌어지고 있었다. 그건 다름 아닌, 그동안 소문으로만 퍼지고 있었던 토지조사사업에 필요한 지주 대표를 뽑는 것이었다. 사람들의 관심은 누가 지주 대표가 되느냐에 있지 않았다. 그 토지조사사업이라는 것이 무엇을 하는 일인지 알고자 했다. 그러나 그들은 서로 물을 뿐 그 내막을 알 수가 없었다. 그들 나름대로 아무리 선을 대고 어쩌고 해도 면사무소 쪽에서는 아무 내용도 흘러나오지 않았다.

논밭이 얼마 안 되는 사람들은 불안해서 어쩔 줄을 모르고 지내는 데 비해 농토가 많은 부자들은 그런 기색 없이 분주하게 면사무소 출입을 하고 있었다. 그것이 사람들을 더 불안하게 만들었다.

백종두는 매일 리(里) 단위로 양반지주들을 불러들이고 있었다. 토지조사위원회를 구성할 지주 대표인 지주총대(地主總代)를 가구 비례에 따라 뽑기 위해서였다. 그 일은 토지조사사업의 중추를 이루는 일이면서 모든 준비를 완료시키는 것이었다.

그 중요성 때문에 백종두는 한 사람씩 만날 때마다 신경을 곤두세워야 했다. 토지조사사업은 그동안 총독부가 추진해 온 여러 가지 일들 중에서 가장 핵심적이고 중대한 일이었다. 한마디로 말해서 총독부의 장래가 걸린 문제였다.

그동안 상부에서는 '권력은 본원적 자본축적의 조산부(助産婦)'라는 사실을 강조해 가며 사업을 성공적으로 완수시켜야 한다는 지시를 반복했던 것이다.

백종두는 그동안 조사사업을 준비해 오면서 '권력은 본원적 자본축적의 조산부'라는 말을 뇌고 또 뇌었다.

그 짧은 말 속에는 토지조사사업을 왜 하며, 어떻게 해야 하는지가 명확하게 들어 있었던 것이다. 그 말을 풀면, 총독부는 토지를 자본으로 축적하기 위하여 토지조사사업을 벌이는 것이며, 그 사업을 성공시키기 위해서는 총독부의 권력을 최대한 이용하라는 것이었다. 백종두는 말이 말을 품고 있는 말의 그 묘한 속내를 새삼스럽게 느끼며 고개를 끄덕이고는 했다.

지주 대표는 총독부의 그런 뜻을 십분 살릴 수 있는 인물로 뽑아야 했다. 한마디로 '우리 편'이 아니면 안 되었다. 그러니까 지주 대표의 기본 자격은 양반이면서 논밭을 많이 가진 부자여야 했다. 그들은 두 가지의 좋은 점을 가지고 있었다. 양반이라서 어느 동네에서나 힘을 가지고 있었고, 부자라서 자기네 재산을 더 불렸으면 불렸지 줄이고 싶어하지 않는 욕심을 가지고 있었다. 그런 그들을 '우리 편'으로 만드는 것은 그다지 어렵지 않았다. 토지조사사업을 하면서 그들의 재산은 일체 다치지 않고 지켜주겠다는 조건을 미끼로 던지는 것이었다. 그 미끼를 물지 않을 자가 없었고, 그러면 '지주 대표'라는 감투를 씌워 각 동네의 문제를 해결하는 바람막이로 앞세울 수 있었다.

그러나 양반지주들만을 전적으로 믿고 의지할 수는 없었다. 재산이나 권위에서 양반지주들만은 못해도 쉽게 부릴 수 있는 부류들이 있었다. 중인이면서 서리 출신이 그들이었다. 사무적인 일을 추진하는 능력은 서리 출신들이 양반들보다 훨씬 앞섰던 것이다.

그런데 백종두는 지주 대표를 뽑는 데 한 가지가 더 보태진 고민을 안고 있었다. 그건 다름 아닌 하시모토의 문제였다. 하시모토는 이번 기회에 죽산면의 논을 절반쯤은 몰아잡을 욕심을 품고 있었다. 그 욕심을 실현시키려면 지주 대표들이 '우리 편'만이 아니라 '내 사람'이어야 했다. 지주 대표가 현재의 자기 땅만을 지키려고 해야지 어떻게 해서든 땅을 더 늘릴 욕심을 가진 사람은 '내 사람' 일 수가 없었다. 왜냐하면 지주 대표가 맡게 될 일의 성격상 얼마든지 땅을 더 갖고 싶은 욕심이 동할 수 있었던 것이다. 지주 대표들에게 맡겨질 일은, 자기네 동네사람들이 토지신고서에 자기들 농토라고 기재한 땅의 소유권이 사실인지 아닌지를 확인하고 도장을 찍는 일이었다. 그 사실확인의 도장이 찍히지 않으면 1차적으로 토지소유권은 인정되지 않도록 규정되어 있었다. 바로 이 과정에서 사복을 채우고 싶은 욕심이 발동할 수 있었다. 그 욕심은 총독부의 재산을 축내기에 앞서 하시모토의 꿈을 깨는 것이었고, 하시모토의 꿈이 깨지게 되면 군수로 가야 하는 자신의 길도 막힐 수밖에 없었다. 백종두는 절대로 변심하지 않을 사람을 골라내는 데 고심하지 않을 수 없었다.

백종두는 구두 신은 두 다리를 책상 위에 내뻗은 채 지주 대표 후보자 명단을 뒤적이고 있었다. 아직 반의반도 결정이 되지 않은 상태였다. 권세와 돈 앞에서는 믿을 놈 아무도 없다는 생각으로 후보자들의 속마음을 더듬다 보니 일이 더디었다.

사무실 문이 쿵 쿵 쿵 울렸다. 그건 하시모토의 소리였다. 그러나 백종두는 두 다리를 내리지 않았다.

문이 열리고 하시모토가 들어섰다.

"이거 원, 없는 줄 알았소."

하시모토의 고까운 눈길이 백종두의 두 다리에 꽂히고 있었다.

"어서 오시오. 이걸 검토하느라고 정신이 없었소. 이것 참 골치 아파서……."

백종두는 서류를 흔들어 보이며 느리게 다리를 거둬들였다. 그는 일부러 다리 내뻗은 자신의 모습을 하시모토에게 보이고 있었다. 그건 하시모토의 일을 전적으로 보아주고 있는 자신의 힘을 과시하는 것인 동시에 쓰지무라 같은 고급관리들이 하는 것을 본떠 권위를 세우는 것이었다.

"아, 그거…… 얼마나 더 정해졌소?"

하시모토는 금방 웃음을 지었다.

"어저께 두 명을 결정하긴 했는데, 이러다간 이거 몇 달이 더 걸릴지 원."

백종두는 상을 찌푸리며 고개를 저었다.

"그거 좀 늦어지는 거야 신경쓸 것 없잖소. 신고서는 늦게 배부할수록 유리하게 돼 있으니까."

백종두는 그만 비위가 상했다. 토지신고서를 기한 내에 제출하지 않는 땅은 무조건 국유지로 편입시키게 되어 있는 토지조사사업의 기본 방침에 맞추어 국유지를 쉽게 확보할 수 있는 편법까지 빤히 들여다보면서 알은체하는 하시모토의 꼴이 더없이 시건방져 보이고 아니꼬웠던 것이다.

"꼭 그렇지도 않소. 전국에서 농토가 제일 많은 이 전라도는 이번 사업의 시행에서 총독부가 가장 중요시하고 주목하는 곳이오. 그래서 사업시행도 빨리 하라고 독촉하고 있고, 또 여기 사람들은 산골 사람들하고는 달라 눈치가 빠르고 똑똑하단 말이오. 거년에 실시한 국유지 조사로 전답을 뺏긴 옆사람들을 많이 봐서 여기 사람들이 이번 일에 얼마나 관심을 쓰는지 알고 있잖소. 지주 대표 정하는 것도 한정 없이 끌 수도 없고, 신고서 배부도 우리 좋게만 늦출 수도 없는 일이오. 섣부르게 했다간 큰 말썽이 일어날 테니까."

백종두는 하시모토의 콧대를 쥐어박는 기분으로 말했다.

"아, 전라도땅이 얼마나 중요한지, 그리고 전라도사람들이 얼마나 독하고 거친지도 잘 알고 있소. 갑오년 난리가 이 땅에서 일어나기 시작한 것도, 지난 폭도들의 난동도 여기서 가장 심했다는 것도 잊지 않고 있소. 허나, 그리 염려할 것은 없잖겠소? 우리 대일본제국의 헌병과 경찰력은 막강하게 엄존해 있고 또 백 면장님 같은 유능한 관리들이 일선에 배치돼 있지 않냐 말이오. 참, 이번 일을 보시오. 그 농악놀이를 금지시킨 결과가 어떻소? 우리 면에서는 단 한 부락에서도 그 지시를 어긴 데가 없잖소. 우리 면만 그렇겠소? 다른 면들도 다 마찬가지요. 전라도 평야지대 사람들을 그렇게 무서워할 건 없소."

하시모토는 오히려 반격을 가하고 들었다. 백종두는 그만 피해서야 한다는 것을 느꼈다.

"무서워하다니요. 일을 요령껏 눈치껏 해야 한다는 말이지요. 개도 밥그릇을 뺏으면 물고 덤비더라고, 땅은 농민들의 밥그릇 아니냐 그 말이오."

"그거야 그렇고, 내가 백 면장한테 한 가지 전해줄 이야기가 있어서 들렀소. 그게 뭔고 하니 말이오, 강원도에서 일어난 일인데, 일본 측량기사가 조선사람들한테 맞아죽었소. 그 사건이 어찌 됐는고 하니, 측량기사가 산간지를 측량하여 국유지의 경계를 확정하려고 하는데 그 부락 사람들이 몰려든 것이오. 측량기사가 고의로 측량을 틀리게 해서 자기네들 땅을 침범했다는 것이었소. 그런 식의 말썽이야 측량을 하는 곳에서마다 흔히 일어나는 것 아니겠소. 조선사람들은 미개해서 측량이 뭔지도 모르고 그저 적당히 경계를 표시해 농사를 짓고 살아오다가 정확하게 측량을 해서 경계가 바뀌게 되니까 그런 억지를 쓰고 덤비는 거란 말이오. 그거야 무식의 소치니까 더 말할 것이 없고, 그 측량기사는 사람들한테 밀려 더 측량을 할 수 없게 되니까 그 문제를 해결해 달라고 면장을 찾아갔소. 그래 면장을 대동하고 다시 그 자리로 갔는데, 거기서 문제가 발생했소. 면장이라는 자가 책임지고 측량기사를 보호하고 억지를 부리는 사람들을 몰아냈어야 하는데, 면장이라는 자가 어떻게 생겨먹었는지 사람들을 해산시키려 하다가 오히려 사람들이 난동을 부리게 만들고 말았소. 그 사람들이 난동을 부리며 덤벼들어 측량기사를 때려죽인 것이오. 그런데 기막힌 것은 일본 측량기사가 맞아 죽어가고 있는 사이에 조센징 면장놈은 도망을 갔단 말이오. 이게 도대체 있을 수가 있는 일이오. 이 일을 어떻게 생각하시오?"

하시모토는 제물에 흥분해 있었다. 백종두는 마치 자신을 공박하는 것 같아 입장이 거북하고 기분이 언짢았다.

"거기엔 주재소가 없었던가요? 그럴 리가 없을 텐데……."

백종두는 측량기사의 신변보호 책임은 경찰이나 헌병대에 있다는 것을 그렇게 표현하고 있었다.

"주재소에서 살인자 70여 명을 체포했다는 거요."

하시모토는 불쑥 이렇게 말을 하고 나서야 백종두의 말뜻을 알아들었다. 그는 신경질적으로 담배를 빼들었다.

"잘됐군요. 그런 못된 인종들은 다 사형을 시켜버려야 해요. 이번 사업의 첨병인 측량기사를 죽인 건 바로 총독부를 능멸하는 소행이 아니냔 말이오."

백종두는 하시모토보다 더 화난 기색으로 언성을 높였다. 이런 경우의 보신책쯤은 이미 몸에 익을 대로 익어 있었던 것이다.

"맞소, 그런 놈들을 일벌백계하지 않고선 이번 사업을 계획대로 성취시킬 수가 없소."

"그렇구말구요. 이번 사업이야말로 총독부의 백년대계가 걸린 문제 아닌가요. 어쨌거나 우리 죽산면에서는 그런 불미한 사건이 절대 일어나지 않고 우리 뜻대로 일이 잘 추진될 것이니 아무 걱정 말고 안심하세요."

하시모토는 비위 맞추기에 바쁜 백종두의 장담을 귓가로 흘리고 있었다. 백종두가 그런 장담을 하지 않을 수 없게 긴장시킨 것으로 자신의 목적은 달성한 셈이었던 것이다.

"알고 있소. 백 면장이 거기 면장이었다면 그런 불상사가 어디 일어났겠소." 하시모토는 슬쩍 사탕발림을 하고는, "헌데, 본토로 건너간 아들은 치료가 잘되고 있나요?"

자식과 가문의 문제에는 거의 맹목적으로 집착하는 조선사람들의 생리를 잘 아는 터라 그는 일부러 백종두 아들의 안부를 물어 친밀감을 드러냈다.

"아 예에, 염려 덕분에 치료가 잘되고 있다는 소식입니다."

백종두는 고개를 두 번 세 번 까딱거리는 일본식 인사를 하며 고마움을 나타냈다.

그러나 속은 또 뜨끔해져 있었다. 하시모토와의 사이에서 아들놈 이야기만 나오면 지레 겁이 나는 것이었다.

문이 콩콩콩 울렸다. 그건 사환아이의 소리였다. 토지조사국의 다나카는 똑똑똑이었고, 주재소 주임은 탕탕탕이었다. 그러고 보면 쿵쿵쿵 두들겨대는 하시모토가 제일 조심성 없고 시건방진 것이었다.

"오늘 면담할 후보자인 모양이오."

얼굴을 냉정하고 엄하게 바꾸며 백종두가 일어났다.

"아, 난 그만 가보겠소."

하시모토도 따라 일어섰다.

또 문이 조심스럽게 콩콩콩 울렸다.

"그려, 들어오니라아."

묵직하고 느릿한 백종두의 목소리였다.

문이 열리면서 한 남자가 들어섰다. 밖으로 나가려고 하고 있던 하시모토와 그 남자가 눈이 마주쳤다. 하시모토의 눈이 날카롭게 빛나면서 얼굴에는 적대감이 드러났다. 그 남자 역시 마땅찮다는 듯 갓전을 잡으며 얼굴을 틀었다.

그 남자가 김 참봉인 것을 알아본 순간 백종두는 당황하고 난처해졌다. 부르지도 않고 제 발로 걸어 들어온 사람인데 자칫 하시모토가 오해할 수 있었던 것이다.

"아니, 김 참봉 아니시오. 연락 취헌 일이 없는디 어쩐 일이다요?"

백종두는 오해를 막으려고 서둘러 이렇게 말했다. 그러나 해놓고 보니 그건 조선말이었다. 그 말을 알아들을 리 없는 하시모토는 벌써 문밖으로 나가고 있었다. 그렇다고 그 말을 일본말로 바꿔 다시 할 수도 없는 노릇이었다.

하시모토는 오래전부터 김 참봉을 미워했다. 김 참봉이 누구보다도 땅욕심이 많은 까닭이었다. 하시모토는 땅을 팔 생각은 전혀 하지 않고 사들이려고만 하는 김 참봉을 자신의 일을 방해하는 적으로 간주했던 것이다.

"헹, 불청객이라 앉으란 말도 안 허기요?"

김 참봉은 두루마기 자락을 내치며 눈꼬리를 세웠다. 반말을 내던져야 하는 아전 출신에게 존대를 쓰는 것부터 그의 심사는 꼬이고 있었다.

"아니구만요. 욜로 앉으시요."

백종두는 상대방의 양반 행투를 눈 아래로 깔아보며 의자를 손짓했다. 제아무리 양반이라고 해보았자 면장실을 찾아오지 않을 수가 없고, 양반에게 존댓말을 받고 있는 자신은 역시 과거급제보다 더 높은 출세를 한 셈이었다.

"나 면장헌티 따질 것이 있어서 왔소."

김 참봉은 큼직한 체구를 의자에 부리며 호령조의 목소리로 말했다.

"따지다니, 무신 일인디요?"

백종두는 '님' 자가 빠진 면장소리가 영 듣기 싫은 데다, 따질 것이 있다는 호령조의 말투가 더 기분을 상하게 해 자신도 시비투로 맞섰다.

"우리 동네 지주 대표로 이상건이럴 뽑았다는디, 고것이 무신 경우에 없는 짓이오. 대표 자격이 대체 머시요?"

백종두는 씁쓰레하게 웃었다. 이미 그 말이 나올 줄 알고 있었던 것이다.

"에에…… 대표 자격이 머신지 대라 그것인갑는디, 관청이 허는 일얼 사사로이 발설허는 것이야 법에 어긋나는 일이오. 허고, 이상건이란 양반이 지주 대표로 뽑혔다는 것도 잘못 안 것인디요."

백종두는 관청을 방패 삼고 면장이란 직책을 창으로 삼아 거부와 사실 부정을 동시에 해버렸다. 그의 반들거리는 눈은 차가웠고, 군살 없는 얼굴에는 거만이 끈적거리고 있었다.

"머, 머시여? 사사로이 발설얼 못혀? 그러고, 이 귀로 똑똑허니 들었는디도 잘못 알었다는 것언 또 무신 소리여! 이, 이……."

양반대접을 전혀 못 받게 된 김 참봉의 입에서는 존대가 사라지고 없었다. 그는 혀끝에 걸린 '이놈아'를 가까스로 참아내고 있었다.

"그리 소리질르지 마시오. 여그넌 공무럴 수행허는 관공선게로." 백종두는 말끝을 조심하라는 말을 이렇게 하며 상대방을 위압하고는, "아직 대표럴 정허지넌 안 했고, 후보럴 여럿 놓고 심사럴 허는 중잉게 누가 대표가 될란지넌 더 두고 봐야겄구만요." 그는 관리다운 책임회피를 세련되게 하면서 상대방을 혼란에 빠뜨리고 있었다.

"아니, 그런디 어찌서 이상건이넌 지가 대표가 되았다고 허는 고……?"

김 참봉은 어리둥절해했다. 그는 대표가 되고 싶은 욕심으로 백종두가 판 함정에 빠져들고 있었다.

"그것이야 그 양반이 대표가 되고 잡은 맘에 그리 말헐 수도 있겄지요."

백종두는 웃음까지 지으며 상대를 유인하고 있었다.

"글먼, 참말로 안직 안 정해졌소?"

김 참봉은 정색을 하며 함정으로 더 빠져들고 있었다.

"하먼이요. 누구 앞이라고 거짓말얼 허겄는게라. 이상건 양반이나 김 참봉 어런이나 다 후보로 올라 있구만요."

백종두는 상대방을 자기가 노리고 있는 데까지 완전히 끌어들이기 위해 '김 참봉 어른'이라고 깍듯이 호칭했다.

"어허, 그러먼 나가 그 위인헌티 속은 것 아니라고. 그런지도 몰르고 이거, 면장헌티넌 실수가 되았소."

김 참봉은 멋쩍고 어색하게 웃으며 사과를 했다. 백종두는 마침내 자기 목적이 이루어진 것에 통쾌감을 느끼고 있었다. 그 다음에 김 참봉이 어떻게 나올지는 보나마나 뻔했던 것이다.

"아니구만요. 그것이 어디 실수간디요. 그런 말얼 함부로 헌 사람이 잘못헌 것이제라."

백종두는 상대방이 맘놓고 덤빌 수 있는 자리를 깔아주고 있었다.

"그리 알아주니 고맙소. 근디 백 면장, 그 일이 그렇게…… 고것이 말이오……."

앉음새를 고치며 다가앉듯 하는 김 참봉의 어조는 착 낮아지며 끈적거렸다.

"예에, 허실 말씸 편히 허시씨요. 여그서 허는 말이야 다 공무닝게 밀봉되는구만이라."

백종두는 돗자리에 방석까지 깔아주고 있었다.

"나 그려서 살짝 허는 말인디, 이상건이허고 나허고 누가 더 낫소. 재산으로 보나, 나이로 보나, 족보로 보나 그 사람얼 나허고 비길 수나 있소? 이것이야 나가 말얼 안 해도 백 면장이 더 잘 알 것인디, 어찌 생각허시오?"

마침내 나올 말이 나온 것이었다. 백종두는 속으로 칼칼칼 웃어댔다. 그려, 재산도 나이도 니가 더 많제. 아니여. 욕심꺼정도 니가 더 많고말고. 근디 족보야 니가 어디 당허겄냐. 안동 김씨가 양반이기넌 허다마는 어쩌크름 전주 이씨 앞이서 턱쪼가리럴 들 것이냐. 야양반? 아서라, 권세고 돈 앞이서 느그덜이 대체 머시냐. 양반 체통? 당치도 않은 소리 허지도 말어라.

"아, 그것이야 그렇구만요. 대표야 이것저것이 다 출중해야 헝게 우리도 신중허니 심사럴 허고 있구만요."

"그거, 심사고 머시고 헐 것 머 있겄소?"

김 참봉은 은밀한 웃음을 지어 보이며 귓속말을 하듯 했다.

"예, 참봉 어런 뜻 잘 알겄구만요. 근디, 미리 소문이 나불면 될 일도 안 되는디요."

"그것이야 걱정헐 것 없소. 이상건이럴 생각해서도 입 딱 봉허고 있을 것잉게."

백종두는 마침내 무릎을 쳤다. 이렇게 되면 김 참봉을 무덤에 묻은 것이나 마찬가지였다. 하시모토가 바라는 대로 김 참봉을 완전하게 따돌릴 수 있게 된 것이었다.

"그리 알고 얼렁 가시는 것이 좋겠소. 누가 오기로 돼 있응게요."

"이, 알겠소. 면장만 믿고 있겠소."

김 참봉은 두루마기 자락으로 바람을 일으키며 후적후적 밖으로 나가고 있었다. 백종두는 그 뒷모습에 경멸을 보내고 있었다. 그건 양반이란 사람들 모두에게 보내는 경멸이기도 했다. 이번 지주대표를 정하면서 그 경멸과 멸시는 더욱 커졌던 것이다. 자기네들 재산을 지키기 위해 서로 대표가 되려고 다투거나 아부를 했지 거절한 사람은 아무도 없었다. 부자치고 극락 갈 놈 하나도 없다는 말은 역시 맞는 말이었다. 부자소리 듣는 양반치고 양반 같은 양반은 하나도 없는 건 자명한 이치였다. 장사를 하는 것도 아니고 농사일을 하는 것도 아니면서 부자로 떵떵거리자면 힘없는 사람들 못할 일이나 시키고 뒷구멍으로 못된 짓이나 할 수밖에 없었다. 그런 쿠린 양반들에 비하면 오히려 자신이 더 양반이다 싶었다. 그러나 내놓고 큰소리를 칠 수는 없었다. 양반 중에는 재물에 눈 돌리지 않고 꼿꼿하고 꿋꿋하게 살아가는 진짜배기 양반들도 없지 않았던 것이다.

다시 사무실 문이 콩·콩·콩 울렸다.

"머시냐아, 들어오니라아!"

백종두는 일부러 가다듬은 목청을 길게 뽑았다. 동헌을 울리는 사또의 호령과 흡사한 그 가성은 언뜻 들으면 문을 두들기는 사환아이에게 하는 소리 같았다. 그러나 백종두의 내심은 사환아이의 안내를 받고 있는 양반들에게 던지는 호령이었다. 최근 들어 그 호령을 많이 외치게 된 그는 비로소 면장자리에 오른 진짜 맛을 맘껏 즐기고 있었다. 아랫배에 힘을 주고 숨을 들이켰다가 그 호령을 터뜨리게 되면 가슴이 후련해지는가 하면 뿌리끝이 찌릿찌릿해지는 쾌감까지 느꼈다. 그리고 지난날 사또 앞에 그저 읍하느라고 움츠러들었던 어깨가 절로 펴지는 것 같은 기분도 맛볼 수 있었다.

"면장님, 밤새 무고평안허신지요."

엷은 옥색 비단두루마기에 전 넓은 갓을 받쳐쓴 사람이 얼굴이 안 보이게 고개를 숙여 인사를 했다. 그 공손함에 아주 기분이 좋아진 백종두는 의자에서 일어나며 상대방이 누군지 궁금했다.

"예, 염려지덕에…… 어서 오시지요."

백종두는 무고평안에 염려지덕으로 문자의 격을 맞추며 상대를 아는 척해 두었다.

"면장님, 불시내방이라 공무집행에……."

"아니구만요. 여그 좌정허시지요."

상대방이 안종인인 것을 뒤늦게 확인하며 백종두는 친절하게 자리를 권했다. 백종두는 어제 그를 면담해 본 결과 어느 정도 마음이 기울어져 있었던 것이다. 안종인은 뼈대 가늘게 생긴 대로 심약한 위인인 데다가 나이까지 많아서 땅에 대한 새 욕심을 부릴 것 같지는 않았던 것이다.

"저어…… 소생이 이리 불시내방에 무례럴 범헌 것언 다름이 아니라, 어지께 밤에 심야삼경토록 생각히 보니 낮에 면장님이 허신 말씸이 대오각성이 되덜 안컸는가요."

손을 모아잡은 안종인은 숱 적은 수염이 희끗거리는 얼굴에 겸손인지 비굴인지 모를 웃음을 피워내고 있었다.

"공무가 다망허니 용무만 짤라 말씸허는 것이 좋컸구만요."

백종두는 내키지 않는 문자로 말을 꾸미며 상대방의 말을 가로막았다. 양반 티내느라고 문자를 써대는 것도 비위에 거슬렸고, 왜 찾아온 것인지 속셈이 빤한데 천자문 읽어내리듯 질질 이어질 그 말을 언제까지 들어줄 수가 없었던 것이다.

"아, 니예에…… 그리허면 거두절미허고 용무만 말씸디리겄구만요. 저어 그러니께로…… 머시냐…… 소생이 불민허나 지주 대표에 중임얼 맽게주시면 면장님 의중대로 일얼 잘해내겄다 그것이구만요."

"글씨요…… 요분 일이 중대산디, 잘못허면 여그저그 관에 큰 미움 살 것인디요?"

백종두는 겁주듯 협박하듯 말하며 안종인을 빤히 쳐다보았다.

"자석덜 생각해서도 그리돼서넌 안 되겄지요. 나넌 내 것 말고넌 딴 욕심이 없응게 그런 일 안 일어날 것이오."

안종인의 말은 결연하기까지 했다.

그렇지! 대오각성을 해도 아주 제대로 했구나. 그 문자 쓸 만해. 백종두는 영리한 염소를 연상하며 그 순간 안종인을 대표로 점찍었다.

"알겄소. 근디, 소문이 발등 찍소."

"나, 환갑이 다 찼소."

마치도 선문답 같았다. 두 사람은 마주 보며 환하게 웃었다.

"자아, 한 대 뽑으시제라."

백종두가 궐련갑을 내밀었다.

"맛언 존디 서툴러서……."

안종인이 멋쩍어하며 궐련을 뽑았다. 백종두는 성냥까지 그어 안종인에게 먼저 불을 붙이게 했다. 말보다 더 효과적인 유대감의 표현이었다.

"헌디…… 어찌서 농자향악인 풍악놀이럴 못허게 급작시리 금헌 것이오?"

안종인이 문득 생각난 듯이 물었다.

"다 그럴 만헌 연유가 있구만요."

"무신 연유인지…… 그 놀이가 농사에 퇴비만치 중헌 것 아니겄소. 역대 상감들께오서 권장허신 뜻도 그러허고……."

"그것만 금헐 것이 아니오. 얼매 안 있으면 그놈에 고약시런 소문 퍼진 산마동 혈을 다 끊을 참이오."

"아니, 산마동 혈얼 끊다니. 그 무신 해괴헌 소리요?"

"아니오, 아니오. 나가 딴말얼 잘못혔구만요. 하도 일이 많해논께……."

불쑥 비밀을 털어놓은 백종두는 다시 주워담느라고 정신이 없었다.

한편, 하시모토는 말에 채찍질을 해가며 넓고 넓은 만경들판을 질주하고 있었다. 적갈색 말의 긴 꼬리가 수평으로 휘날리고, 고요에 잠긴 들녘에는 말발굽소리가 낭자하게 울리고 있었다. 볏섬을 그득그득 실은 느린 달구지들이 요란한 말발굽소리에 더러 멈춰서기도 했다. 들녘에는 객토하는 농부들이 띄엄띄엄 박혀 있었다. 어떤 농부는 말이 멀어질 때까지 한 식경씩 바라보기도 했다.

하시모토는 요시다와 함께 징게 맹갱 들에서 이미 그 이름이 짜하게 퍼져 있었다. 헌병도 아니면서 말을 타고 다니는 덕분이었다. 하시모토는 자기의 이름이 요시다와 함께 널리 알려진 것을 저으기 흡족해하고 있었다. 그를 본떠 말을 타게 된 효과를 톡톡히 본 셈이었다. 군산에 자리잡은 농장조합의 회장인 요시다 같은 거물과 이름이 나란히 알려진다는 것은 꽤나 기분 좋은 일이 아닐 수 없었다. 그건 말을 타기로 마음먹으면서 전혀 계산에 넣지 않았던 소득이었다.

그러나 하시모토는 요시다를 대수롭지 않게 비웃고 있었다. 농장조합의 회의 때는 요시다는 분명 회장자리에 버티고 앉아 있었고 자신은 말석을 차지할 뿐이었다. 오쿠라재벌의 막대한 자본이 투입되어 호남평야에서 제일 큰 농장을 이룩해 낸 오쿠라농장의 지배인 요시다의 영향력은 대단했다. 그의 발언권은 군산부윤은 말할 것도 없었고 총독부까지 뻗치고 있었다. 호남선 철도를 군산으로 끌어들이려고 했던 것도 그였고, 결국 강경과 군산을 잇는 군강선 설치 타협안을 이룩해 낸 것도 그였고, 호남선 중에서 군강선을 제일 먼저 개통시킨 것도 그였다.

이렇게 보면 그는 엄청난 능력의 소유자였다. 그러나 분명한 것은 그런 모든 일들이 그의 개인적 능력의 출중함으로 이루어진 것이 아니라는 사실이었다. 그의 뒤에는 오쿠라라는 막강한 힘이 버티고 있었던 것이다. 그는 거대 재벌의 영리한 하수인이고 성실한 창고지기에 불과할 뿐이었다. 그가 그렇듯이 농장조합의 간부직을 맡고 있는 아베농장·다목농장·구마모토농장의 지배인들도 다 마찬가지였다. 그들은 당장 돈 많이 받고 호의호식하는 월급쟁이일 뿐이었지 언젠가 주인에게 내몰리면 그것으로 끝나는 하루살이 같은 신세들이었다.

그래서 하시모토는 요시다 앞에서 정중히 인사를 하면서도 속으로는 얼마든지 비웃을 수 있었다. 자신은 어디까지나 자영농장주였던 것이다. 그리고 요시다에 비해 너무 젊었던 것이다. 자신이 앞으로 몇 년 동안에 죽산면 일대를 장악하게 되면 요시다는 나이 때문에 밀려나게 될지도 모를 일이었다. 그때의 초라한 꼴이 지금부터 환히 보이고 있었다. 그때쯤이면 농장조합의 회장자리가 자신의 차지가 될 수도 있었다. 그날을 향해서 오로지 매진이 있을 뿐이었다.

하시모토는 골백번을 해도 싫증나지 않는 그 생각에 또 마음 들뜨며 마구 채찍질을 해대고 있었다. 바람에 곤두서 나부끼는 말갈기가 얼굴을 훑어대는 매운 감촉에서 그는 짜릿짜릿한 성적 자극까지 느끼며 마음이 더 부풀고 있었다.

하시모토는 속도를 줄이면서 큰길을 벗어나 어느 마을로 접어들었다. 그가 말고삐를 잡은 것은 큰 기와집 앞이었다.

히힝, 히히힝!

말이 긴 목을 내두르며 코를 불었다.

말에서 내린 하시모토가 옷을 터는데 머슴이 허겁지겁 달려나왔다. 머슴은 허리가 반으로 접히도록 절을 했다.

"쥔 마님이 기둘리고 기싱마요."

하시모토는 말을 알아듣기라도 하는 것처럼 고개를 끄덕거리며 발길을 옮겼다.

"마님, 마님, 손님 오셨구만이라우."

머슴이 앞서 뛰며 마님을 불러댔다.

사랑방문이 열리며 얼굴을 내민 마님은 이동만이었다. 그는 호칭에 어울리는 큰기침을 하며 마루로 나섰다.

"어서 오십시오, 하시모토 상. 다리가 이 모양이라 멀리 못 나갔습니다."

유창한 일본말에 어울리도록 이동만은 일본옷 차림을 하고 있었다. 그는 말은 그렇게 했지만 일부러 나가지 않은 것이었다.

"아 그럼요, 그럼요. 그 옷이 이상한테 아주 잘 어울립니다."

그 뜻밖의 옷차림에 놀라면서도 하시모토는 이렇게 말했다. 그러나 속으로는 '이 얼빠진 조센징놈아, 네까짓 게 그런다고 우리 황국인이 될 줄 아느냐. 기와집에 앉아서 그 꼴 참 가관이로구나' 하며 비웃고 있었다.

"아, 잘 어울립니까? 옷이 아주 멋지고 편해서 좋단 말입니다."

이동만은 자신의 모습을 내려다보며 흐뭇하게 웃었다. 그러나 연초에 요시다에게 세배를 가며 해입었다는 말은 하지 않았다. 요시다를 입에 올리면 하시모토가 좋아할 것 같지 않았던 것이다.

"약속한 대로 측량학교에 길을 터놨소."

하시모토는 앉자마자 말했다. 그건 용건의 결론이면서 이동만의 입을 열게 하는 열쇠이고 무기였다.

"아, 그래요? 과연 하시모토 상은 안 되는 일이 없군요."

이동만은 좋아서 입이 헤벌어지고 있었다. 하시모토는 그런 이동만을 뚫어지게 쏘아보고 있었다. 아들을 전주 측량학교에 밀어넣게 된 기쁨에 취해 있던 이동만은 하시모토의 그 매서운 눈길을 느끼며 번쩍 정신이 들었다. 그 눈길은, 이젠 네 차례야, 하며 빨리 입을 열기를 독촉하고 있었다.

"에에…… 내가 한 말이 요시다 상 귀에 들어가면 큰일나오."

"몇 번씩이나 그 얘기요!"

하시모토가 싸늘하게 내쏘았다.

"에에또, 요시다 상이 짜놓은 계획이 두 가지가 있지요. 그 첫 번째가 지주 대표들이 정해지면 포섭해 나가는 것이오. 그 다음 두 번째가 지주 대표들의 도장을 못 받은 사람들을 미리 알아내 그 땅을 싸게 사들이는 것이오."

"그게 다요? 또 뭐 없소?"

"나한테 지시한 건 그것이 다요."

"포섭하다니, 어떻게 포섭한다는 거요?"

"그것이야 그때그때 사람 따라 하는 것 아니겠소?"

"사람 따라라……."

하시모토는 중얼거리며 눈길을 방바닥으로 깔았다. 요시다가 면장들에게 손을 써서 자기와 친한 사람들을 지주 대표로 앉히는 일은 없느냐고 물을까 말까 망설이고 있었다. 그건 자신이 쓰고 있는 방법이었는데 잘못 입을 열었다가는 오히려 모르고 있는 방법을 가르쳐주는 것밖에 되지 않았던 것이다. 그는 그 말을 묻지 않기로 했다.

"잘 알았소. 또 새 방법이 생기면 틀림없이 알려줘야 하오."

"아, 그래야지요. 측량학교에는 언제부터 다니게 되나요?"

"다음달 초순부터요. 또 봅시다."

하시모토는 말을 천천히 몰며 생각했다. 요시다의 첫 번째 방법은 별로 신통찮았지만 두 번째 방법은 역시 자신이 미처 생각하지 못했던 기발한 방법이었다. 이동만에게 먼저 손을 뻗쳤던 것은 열 번 잘한 일이었다 싶었다.

이동만은 어깨를 들썩이며 흐흐거리고 웃고 있었다. 아들이 그 들어가기 어려운 측량학교에 다니게 된 것이 그렇게 기분 좋을 수가 없었고, 하시모토에게 세 번째 방법을 가르쳐주지 않은 것이 또한 통쾌하기 그지없었다. 측량기사는 기술자 중에 최고로 우대받았다. 측량기사만 되면 앞길이 훤히 열리는 것이었다. 아들이 그 신식 기술자가 된다는 것이 꿈만 같았다.

하시모토와 뒷거래를 하긴 했지만 세 가지를 다 가르쳐주는 것은 요시다를 너무 배신하는 것 같았다. 그래서 기한 내에 신고되지 않은 땅을 사들이되 매매일자를 한두 달 전으로 소급시키는 세 번째 방법은 감추었던 것이다.

이동만은 한동안 제 흥에 겨워 흐흐거리다가 한 가지 사실을 확인해 보지 않은 것을 깨달았다. 지주 대표인 지주총대를 뽑는 데 자기 사람을 밀어넣고 있는지 어쩐지를 넌지시 알아보려고 했던 것이다. 그런데 아들이 측량학교에 들어가게 되었다는 바람에 그만 그 일을 깜빡 잊어버렸던 것이다.

그러나 그건 실수나 잘못은 아니었다. 오히려 잊어버리고 넘어간 것이 잘한 일일 수도 있었다. 괜히 그 일을 알아보려고 했다가 눈치 빠른 하시모토에게 그 방법을 들킬 수도 있었던 것이다. 요시다와 하시모토는 멀리 떨어져 있으니까 하시모토가 그 방법을 쓴다 하더라도 자기네 농장에는 아무런 손해될 것이 없었다. 그러나 하시모토가 그 방법을 써서 자꾸 농토가 불어난다는 것은 왠지 기분 좋지 않고 배아픈 일이었다.

그러나 이동만은 하시모토가 그 방법을 전혀 모르리라고 생각하지도 않았다. 그 빤빤하고 반드르르한 생김이며 사람속을 헤집듯 하는 눈초리가 젊은것이 예사가 아니었던 것이다. 자신에게 접근해 온 것부터가 보통으로 약고 영리한 사람이 아니었다. 그런 정도의 사람이라면 지주총대 인선에 벌써 자기 사람들을 끼워넣고 있을지도 모르는 일이었다.

요시다가 지주총대로 밀어넣을 사람들을 포섭하라고 자신에게 지시한 것은 이미 오래된 일이었다. 요시다는 농장과 접해 있는 모든 동네에서 자기편이 될 수 있는 사람이 최소한 하나씩은 지주총대로 뽑히기를 바라고 있었다. 아니, 그건 어길 수 없는 엄명이었다. 지주총대는 동네의 크고 작은 규모에 따라 인원수가 정해지도록 되어 있었다. 가구수가 많은 동네에서는 네 명까지 뽑게 되어 있었고, 한 명만 뽑는 동네는 거의 없었다. 그러니까 한 동네에 최소한 한 사람씩을 끼워넣는다는 것은 그다지 어려운 일도 아니었다.

지주총대를 결정하는 것은 거의 면장의 손에 달려 있었다. 주재소장이나 토지조사국 조사원이 있다고 하지만 그들은 일본사람이었던 것이다. 지주총대란 총독부의 토지조사사업을 앞장서서 추진해 나갈 선봉대였다. 그런 사람들을 뽑아내자면 같은 조선사람인 면장들이 눈이 밝을 수밖에 없었다. 요시다는 면장들의 포섭에 나서고 있었다. 사실 그건 포섭이라고 할 것도 없었다. 면장들치고 요시다의 말을 거역할 수 있는 자는 하나도 없다고 보아야 했다. 요시다의 비위를 거슬렀다가는 면장자리를 지키기 어렵다는 것을 그들은 잘 아는 터였던 것이다.

이동만은 양반족보에 농토 많이 가진 지주들은 아예 포섭 대상으로 삼지 않았다. 그들은 자기네 욕심을 차리느라고 혈안이 되어 있어서 아무 쓸모가 없었다. 그들 중에는 지주총대 노릇을 하려고 노골적으로 나서는 사람들이 있는가 하면, 겉으로는 양반 체면을 차려 점잖은 척 헛기침을 해대면서 뒤로 자기네 사람을 지주총대로 미는 경우도 있었다. 어쨌거나 그런 양반지주들은 방해꾼일 뿐이었다. 그래서 자신이 포섭 대상으로 삼은 것은 합방이 되면서 갓끈이 떨어져 후줄근한 신세가 되어 있는 서리 출신들이었다. 그들은 여러 가지로 안성맞춤이었던 것이다.

지주총대라는 것은 말만 지주 대표였지 그들은 땅 가진 사람들을 위해서 일하는 것이 아니라 토지조사사업을 신속 원활하게 추진시키기 위해서 일본조사관의 수족 노릇을 하거나 감사원의 보조원 역할을 하도록 되어 있었다. 조선의 실정이나 현지 사정에 어두운 일본조사관이나 감사원은 그런 앞잡이들이 없어서는 일을 해나갈 수가 없는 형편이었다. 지주총대가 맡아야 될 중요 업무는 토지신고서를 배포하고, 작성하고, 수집하는 일이었다.

그런데 서리 출신들은 지주총대가 될 수 있는 여러 가지 조건을 고루 갖추고 있었다. 그들은 우선 자기 농토를 얼마씩이라도 지니고 있는 '지주'였다. 그리고 한문자를 다 깨치고 있었다. 또 말직의 관생활을 통해 현지 사정을 꿰뚫고 있었다. 거기다가 그들은 기회만 있으면 떨어진 갓끈이 다시 이어지기를 간절하게 바라고 있었다.

이동만은 느긋한 마음으로 하시모토를 비웃고 있었다. 자신은 이미 쓸 만한 자들을 손아귀에 쥐고 있었던 것이다. 이제 남은 것은 지주총대들이 결정되는 것을 기다리는 것뿐이었다.

절기의 변화는 꼭 밤과 낮이 바뀌는 것처럼 완연하게 표가 났다. 대보름이 지나자 바람결부터 달라졌다. 밥때 피어오르는 연기를 북쪽으로 날려보내는 바람에는 느껴질 듯 말 듯 한 훈기가 스며 있었다.

남쪽에서 불어오는 그 바람결이 스치기 시작하면서 회색빛 들녘에는 파르스름한 빛이 아슴푸레하게 어리고 있었다. 아침이면 안개도 하늘 넓이로 아득하게 질어 들녘은 간 곳이 없고 바다가 밀려든 것 같았다.

햇볕도 두껍고 포근하게 변했다. 한낮의 햇볕은 화로의 온기처럼 따스해 응달의 땅에도 물기가 번지게 했다. 그리고 도랑에서 아기의 옹알거림처럼 물소리가 돌돌거리기 시작했다. 아침저녁으로 대나무 잎들이 쓸리는 소리도 스산하게 서걱거리는 것이 아니라 보드랍게 사운거렸고, 햇살이 퍼져오면 참새떼들의 활기찬 짹짹거림은 소나기 쏟아지듯 대숲을 온통 흔들어댔다.

가는 겨울이고 오는 봄이었다. 봄꽃 중에서 제일 먼저 봄맞이를 하는 진달래의 가느다란 가지끝마다 꽃망울들이 부풀어오르고 있을 즈음이었다. 죽산면 동네마다 지주총대들이 모습을 드러냈다. 그들은 농사철을 맞이한 농부들보다 더 바쁘게 돌아갔다. 그들은 집집마다 돌아다니면서 종이 한 장씩을 나누어주느라고 분주했다.

"요것이 머시다요?"

종이를 받아든 사람들은 으레껏 물었다.

"토지조사 신고서시."

지주총대들의 무뚝뚝한 대답이었다.

"그것이 머신디요?"

"당신네 전답얼 있는 대로 적어서 관청에 내라 그것이여."

"우리 논밭에 우리가 농새 지묵으면 됐제 멀라고 꾸척시럽게 적어내고 말고 헌다요?"

"어허, 관청서 허라면 혔제 무신 쓰잘디없는 말이 그리 한 바지게여."

지주총대가 안색을 바꾸며 눈을 치떴다. 그 위세에 농부는 주춤 움츠러들었다. 그러나 소문으로만 들어왔던 토지조사사업이란 것이 마침내 시작된 것이라서 겁부터 앞서고 의문은 한두 가지가 아니었다.

"아니, 근디 말이오, 요것얼 어칙게 적는 것잉게라?"

"아, 거그 문서에 적으란 대로 따라서 적으면 될 것 아니겄어."

"허 참, 깝깝허시. 어찌 이리 알아묵도 못헐 한문만 짠뜩 씌었다요?"

농부는 종이를 들여다보며 얼굴을 찡그렸다. 사실 농부가 들고 있는 서식 갖춘 서류에는 밑으로 길게 네모진 몇 개의 빈칸을 빼고는 그 옆과 위에 인쇄된 크고 작은 글씨들은 모조리 한자일 뿐이었다.

"글 모르는 것이야 당신네 일이제 무신 문서 타박이여. 좌우지간 당신네 일잉게 당신네가 알아서 헐 것이여."

"아니, 아니, 자꼬 갈라고만 허덜 말고 요것요것이 무신 소린께 어찌어찌 허라고 차분차분 갤차줘얄 것 아니겄소."

"아니, 바쁜 나보고 인자 와서 천자문얼 갤치라는 것이여 머시여. 우선에 받아두고 세세헌 것언 담에 말허겄구만."

"듣자니께 지주총대라는 것이 지주 대표라는 말이라든디, 글먼 우리겉이 무식헌 땅임자덜 편케 도와줘얄 것 아니겄소?"

"어허, 무식이 자랑 아닌게 그만 말허고 기둘리란 말이시. 그리 몸살 안 대도 차차로 알게 될 것잉게."

지주총대들은 꼭 무슨 벼슬이라도 한 사람들 같았다. 토지조사 신고서를 받아든 대부분의 농부들은 비록 한문을 깨치지는 못했지만 그들이 자기네들 편이 아니라는 것은 금세 알아차렸다. 지주총대로 나선 사람들은 하나도 빼놓지 않고 평소부터 자기네들을 업신여기는 부자양반들이거나, 양반도 아니면서 언제나 양반 흉내를 내며 눈꼴시게 구는 옛날 서리 출신들이었던 것이다.

지주총대가 된 부자양반들은 그나마 자기들이 직접 나서서 신고서를 돌리지 않았다. 마름이나 머슴들을 시켜서 돌리고 말았다. 그런 동네 사람들은 더구나 토지조사를 왜 하는 것인지, 신고서에 무엇을 어떻게 적어야 하는 것인지 알 도리가 없었다.

농부들은 잔뜩 불안한 속에서 서로서로 입을 모으고 귀를 열어 토지조사사업의 내막을 알아내려고 신경을 곤두세웠다. 그러나 그 노력은 별로 신통한 효과를 나타내지 못했다. 왜냐하면 면사무소에서 의도적으로 그 내용이 널리 퍼지는 것을 막고 있었던 것이다.

토지조사사업은 크게 네 가지 목적을 가지고 수행되고 있었다. 첫째, 조선의 전 국토를 대상으로 총독부 소유의 땅을 최대한 확보하자는 것이었다. 둘째, 모든 종류의 토지 소유자들을 명백히 하여 세금을 철저하게 징수하자는 것이었다. 셋째, 조선땅 전체를 샅샅이 측량하여 정치·경제·군사적으로 완전히 장악하자는 것이었다. 넷째, 양반계층의 재산을 보호해 줌으로써 식민성 지주로 예속시키는 동시에 친일세력을 대량으로 생산해 내자는 것이었다.

그리고 첫 번째 목적을 효과적으로 달성시키기 위해서 두 가지 시행조건이 첨부되어 있었다. 첫째, 모든 신고서는 해당 지주총대가 수거하여 확인한 다음 일일이 서명 날인하여 조사국에 제출하도록 되어 있었다. 그 확인과정에서 신고서에 기록된 땅의 소유권이 의심스럽거나 허위이거나 타인과 중복되었거나 하는 경우에 지주총대는 서명 날인을 하지 않도록 규정했다. 신고서에 서명 날인이 안 된 땅은 무조건 국유가 되는 것이었다. 둘째, 기한 내에 신고서가 제출되지 않은 땅에 대해서도 이유 여하를 불문하고 국유로 편입시키도록 되어 있었다.

그러한 이유 때문에 거의 모든 면사무소에서는 토지조사사업의 구체적 내용이 알려지는 것을 의도적으로 막았고, 지주총대들도 자기들 재산 보호나 이권 확보에만 급급해 그저 시키는 대로 할 뿐이었다. 그것뿐이 아니었다. 어떤 면사무소에서는 마감기일을 촉박하게 정해 신고서를 배부하기도 했다. 백종두가 바로 그런 작전을 구사하는 본보기였다.

토지조사 신고서는 논밭이든 임야든 대지든 잡종지든 분묘지든 무슨 땅이든 땅을 가진 사람들에게는 빠짐없이 배부되었다. 그건 그동안의 준비가 얼마나 치밀하고 철저했는지를 입증하는 것이기도 했다.

사람들은 밤마다 동네 사랑방으로 모여들었다. 사랑방마다 겨울보다 더 발 디딜 틈이 없게 되었다.

"나가 오늘 김제 나갔다가 들은 이얘기인디 말이시, 요분 조사란 것이 우리덜 땅 뺏자고 허는 것이 틀림없드랑게."

"그려? 무신 이얘긴디, 앞뒤가 맞게 차근차근 히보소."

"아니여, 어칙게 땅얼 뺏을라고 허는지보톰 말해 보소."

"어허, 저 사람 입이 둘이 아닝게 한 사람씩 묻도록 허세."

"이, 나가 양반 둘이서 허는 이얘기럴 살짝 귀동냥혔는디 말이시. 무식헌 것덜이 신고서럴 잘못 써내면 땅얼 다 뺏기로 되야 있다고 허드란 말이여."

"글먼, 왜놈덜언 허방 파놓고 기둘린다 그것이여?"

"아닌디, 고것언 자네가 잘못 들은 상싶은디. 나가 오늘 우리 처남이 와서 들은 소린디 말이여, 그 지주총댄가 머시긴가가 도장얼 안 눌러주는 신고서 땅만 나라 것으로 넘어간다든디."

"아니, 고것언 또 무신 소리여? 지주총대가 신고서에 도장얼 찍기로 되야 있능가?"

"그렇다고 허데."

"허먼, 어떤 신고서에넌 도장얼 누르고 어떤 신고서에넌 도장얼 안 누르는지 세세허니 말해 보소."

"그것이야 잘 모르겄구마."

"어허, 사람이 어찌 똑똑헌 귀신만도 못허고 긍가."

"나가 안 물어본 것이 아니고 우리 처남도 거그꺼정언 모르는디

워쩌."

"가만있어 보드라고, 그 말이 참말이람사 지주총대가 상감 아니라고!"

"어허, 사람이 어찌 그리 눈치코치가 없어. 시상이 달라졌응게 상감이 아니고 총독부시 총독부."

"상감이고 총독부고 다 소양없는 소리고, 낼보톰 당장 그 말이 참말인지 어쩐지 알아봐야 되겄구마. 지주총대라는 것덜얼 공연시 내세운 것이 아닐 것잉게 말이여."

"그려, 지주총대라는 물건덜이 우리 편이 아닌 것이야 첫새북에 알았응게."

"근디, 지주총대가 신고서럴 대신 써준다는 말언 무신 소리까?"

"안직 써받은 사람이 없응게 더 두고 보면 알겄제."

"아니여, 그놈덜얼 어찌 믿어. 그놈덜이 역부러 틀리게 적어 땅얼 뺏기게 맨들란지도 모르는디."

말은 전해지고 소문은 퍼지게 마련이었다. 농부들은 그런 식으로 토지조사사업의 내막을 하나씩 알아내 가고 있었다. 그건 사랑방에서 생기는 지혜였다.

그러나 그들에겐 언제까지나 사랑방에 모여앉을 수 있는 여유가 있는 것이 아니었다. 한정되어 있는 신고기간이 그들을 압박해 오고 있었다.

논밭이 조금이라도 있는 사람들은 누구나 불안하고 초조한 기색이었다. 그들은 일이 어떻게 돌아가는지 살피느라고 앞에 닥친 농사일들도 제대로 하지 못하고 있었다. 마지못해 논갈이를 하다가도 아는 사람이 지나가면 어떤 달라진 소식을 들을 수 있을까 하여 일손을 멈추었고, 기운 없이 거름손질을 하다가도 색다른 사람이 사립 앞을 지나가면 연장을 내던지고 마당을 가로질렀다.

그런 남자들 옆에서 여자들도 편할 도리가 없었다. 여자들은 남편들의 눈치를 보며 허둥거리고 시무룩했고, 걸핏하면 아이들을 나무라거나 쥐어박았다. 그리고 남편들 못지않게 귀들을 열어놓고 살면서 고샅 모퉁이나 우물가에 모여 서로 소식을 주고받았다. 어른들이 그러니까 아이들도 주눅들고 풀죽어 밥상머리에서도 찍소리가 없었고, 어른들을 피해 밖으로만 배돌았다.

논밭을 가진 사람들이 하나같이 그 지경이라서 땅뙈기 하나도 없는 소작인들이 오히려 속이 편한 판이었다. 사실 먼저 맞은 매가 낫다는 격으로 그 일을 덤덤한 마음으로 바라보고 있는 사람들도 없지 않았다. 그들은 바로 국유지 조사 때 이미 땅을 빼앗긴 사람들이었다.

그러나 양반 대지주들은 일반 농민들과는 딴판이었다. 그들은 평소와 다름없이 태연하고 유유할 뿐이었다. 달라진 것이 있다면 사랑채가 분주해졌다는 것이었다. 동네별로 논을 맡아 관리하는 마름들이 뻔질나게 드나들었다. 그 종종걸음을 치는 모습들이 꼭 추수철을 맞은 것 같았다. 대지주들은 동네별로 자기네 농토의 신고서를 작성하는 중이었다. 그들은 벌써 면사무소를 통해 자기네 재산에는 아무런 피해가 생기지 않을 것이라는 귀띔을 들었던 것이다.

동네마다 뒤숭숭하고 어수선한 가운데 새로운 일이 생겼다. 이장들이 논밭 가진 집을 돌아다니면서 난데없는 돈을 분담시키기 시작했던 것이다.

"요것이 세금도 아니고 무신 뜽금없는 돈얼 내라고 그런다요?"

"이, 지주총대덜헌티 줄 보수럴 추렴허는 것이다요."

"보수? 보수가 무신 소린게라?"

"어허 참, 그것도 몰르고…… 그렁게 머시냐, 품삯도 아니고 월급도 아니고…… 요분 일로 애쓴다고 주는 돈인디…… 그려, 수고비로구만 수고비."

"아아니, 그 이름이 보수든 보 머시든 나가 알 바 없는 일이고, 그 돈얼 어찌서 우리보고 내라고 그러요?"

"아, 그것이야 뻔헌 일 아니라고. 지주총대가 지주덜 전답 신고허는 일로 밤낮없이 애쓴게 지주덜이 십시일반으로 돈얼 추렴히서 수고비로 주는 것이야 당연지사 아니라고."

"허! 등치고 간 빼묵을라고 허네. 자아, 따져봅시다. 지주총대가 허는 일이 누구럴 위허는 일이오? 총독부럴 위허는 일이오, 지주덜얼 위허는 일이오? 이장 말대로 허자면 순전허게 지주럴 위헌다는 것인디, 어허어 참, 소가 웃겄소, 소가!"

"어허, 무신 말이 그려. 나야 위서 시키는 대로 전허는 것잉게 그리 똑똑 뿌러지게 따질지 알먼 당장 면사무소로 가서 쌈빡허니 따지도록 허드라고."

"닌장맞을, 항시 그런 소리로 입막음이제. 묵고 죽자도 땡전 한닢 없응게 그런 이치에 닿지도 않고 경우에도 없는 돈언 못 내겄소."

"그것이야 알아서 헐 일이여. 끌려가서 볼기짝이 터지든지 붕알이 깨지든지 그것이야 나가 당헐 일 아닝게로."

어느 집에서고 이런 말썽이 일어나지 않은 집이 없었다.

총독부의 내무부장관은 각 도장관에게 보낸 통첩에서 '지주총대는 주로 지주의 편의를 위하여 선정된 것이므로 각 지주는 지주총대에 대하여 상당한 보수를 급여해야 할 것은 당연하다'고 못박고, 그 보수금액을 책정했다.

지주총대의 보수금액은 '1인 1일 금 15전에서 30전의 범위 내에서' 정하고, '단 시가지 및 그 부근, 기타 특정의 사정이 있는 곳은 1인 1일 금 40전 정도를 지급할 것'이라고 명백하게 밝히고 있었다.

그 부당함을 따지려고 면사무소로 간 사람은 아무도 없었다. 억지 춘향이로 배당된 돈을 낼 수밖에 없었다.

신세호의 집에는 날마다 사람들이 바삐 드나들었다. 그 분주스러움은 대지주네 사랑채와 흡사했다. 사실 신세호의 집에서 하고 있는 일은 대지주의 사랑채에서 하고 있는 일과 똑같았다. 다만 신세호가 작성하고 있는 토지신고서는 자기의 것이 아닐 뿐이었다.

신세호가 동네사람들의 토지신고서를 작성해 주기 시작한 것은 지난날 서당을 다녔던 한 아이의 아버지가 찾아와 사정을 한 데서 비롯되었다.

"지가 하늘 천 따 지도 몰르는 무식쟁이라 어쩌겄는게라우. 지주총대란 사람얼 찾어가자도 콧대 높기가 하늘이고, 보순지 품삯인 지럴 냈는디도 또 뒷손얼 벌린다고 허둥마요. 그런 행투야 그런다고 치드라도 질로 걱정되는 것이 그 사람얼 당최 믿을 수가 없는 일이구만이라우. 그 사람이 지대로 안 적어주면 논밭이 다 날라갈 판잉게요."

그 간절한 부탁을 신세호는 외면할 수가 없었다. 신고서를 작성해 주고 안 해주고를 결정하기에 앞서 그 사람이 무슨 아픔처럼 자신의 무식을 토로하는 것에 신세호는 가슴찔림을 느꼈던 것이다. 그 가슴찔림은 뒤늦게 깨닫게 된 양반으로서의 자책이었다. 송수익이가 일갈했던 대로 의병으로 자진해 나서서 수없이 죽어간 것은 왕족들도 아니었고 양반들도 아니었다. 바로 배운 것 없는 무식쟁이 백성들이었다.

그런데 백성들이 무식한 것은 그들이 글배우기를 싫어했거나 아둔을 타고나서가 아니었다. 그들은 글을 배우고 싶어도 배울 수가 없었다. 상것들은 절대 글을 익힐 수 없는 것이 수백 년에 걸친 규범이었다. 그건 양반층이 자행한 횡포고 억압이었다. 양반층은 권력을 독점한 상태에서 일체의 세금만 안 낸 것이 아니었다. 그 권세를 세세만년 누리기 위해서 백성들을 무식한 바보로 만들어 마음대로 부려왔던 것이다.

옛날부터 전해져 내려오는 총각장수의 전설은 억울하게 당하고 살아온 백성들의 서러움을 잘 나타내는 것이었다. 어느 산골마을에서 한 아이가 태어났다. 그 아이가 태어나는 날 산이 우르릉거리며 울었고, 산짐승들이 그 집을 에워쌌다. 그 아이는 태어나면서부터 남다르게 몸집이 컸다. 그러나 부모는 아들을 얻은 기쁨에 앞서 산이 울고 산짐승들이 모여든 기이함과 아이의 큰 몸집을 걱정했다. 아이는 여섯 달 만에 걷기 시작했고, 열 달이 되면서 말이 또렷해졌다. 그리고 몸집은 다른 아이들보다 배는 더 커졌다. 아이의 부모는 점점 더 걱정이 커져서 아들의 그런 남다름을 자랑하기는 커녕 감추려고 애썼다. 아이는 쑥쑥 자라 열 살 때 벌써 볏섬을 번쩍번쩍 들어올리는 소기운을 썼고, 멧돼지를 따라잡을 만큼 몸이 날쌔졌다. 부모가 아무리 감추려고 해도 그런 소문은 입에서 입으로 전해져 퍼져나갔다. 아이는 열다섯 총각이 되면서 멧돼지를 때려잡았고, 열여덟 살에는 호랑이를 때려잡게 되었다. 그 소문은 사방으로 퍼져나갔다. 그런데 소문은 그냥 호랑이를 때려잡았다는 것이 아니었다. 세상을 바로잡을 총각장수가 태어났다는 내용이 되어 퍼지고 있었다. 그 소문을 마침내 관가에서 알게 되고 말았다. 관가에서는 수십 명의 군사를 풀었다. 아무리 기운이 세고 몸이 날쌘 총각이라도 수십 명의 군사를 당할 도리는 없었다. 쫓고 쫓기는 싸움 끝에 총각은 결국 잡혀가는 몸이 되고 말았다. 관가에서는 불문곡직하고 총각의 양쪽 어깨의 빗장뼈를 부러뜨려버렸다. 총각의 어깨가 무너져내리고 고개가 꺾여 처지고 말았다. 총각은 더 이상 기운을 쓸 수 없는 몸이 되고 만 것이다. 죄는 상것으로서 장차 반란을 도모할 것이라는 거였다. 병신이 된 총각은 산봉우리에 올라가 밤낮 사흘을 산골이 울리도록 통곡했다. 그리고 깊은 산골짜기 아래로 떨어져 죽었다. 총각의 시체를 찾아 장례를 지내고 난 어머니도 그날로 죽고 말았다. 그런데 총각은 100일 만에 호랑이로 환생했다. 그리고 총각의 어머니는 까치로 환생했다. 총각호랑이는 보통 호랑이와는 달랐다. 산신령님을 모시고 다니면서 아랫세상을 지켜보고 있었다. 그러다가 백성들의 고혈을 빠는 탐관오리들을 찾아내 물어갔다. 까치로 환생한 어머니는 꼭 아들 옆에 붙어다니면서, 높은 소나무가지에 앉아 아들에게 언제 닥칠지 모를 위험을 감시하고 있었다.

그건 그저 허황한 전설만이 아니었다. 실제로 행해지고 있는 일들을 토대로 하여 엮어진 백성들의 수난사였다.

상것들의 반란을 막기 위한 양반층의 횡포는 빗장뼈만 부러뜨리는 것이 아니었다. 양쪽 무릎뼈를 도려내 버려 앉은뱅이를 만들기도 했고, 두 눈을 지져버려 봉사를 만들기도 했다. 그런 야비한 횡포는 수백 년에 걸쳐서 당연한 것처럼 자행되어 왔던 것이다.

신세호는 그 전설에 서린 백성들의 한스러움이 바로 자신들의 무식을 토로하는 괴로움과 맞통하고 있다는 것을 새삼스럽게 깨닫지 않을 수 없었다. 결국 양반층은 송수익의 말대로 위로는 왕족을 업고 아래로는 백성들을 짓밟아가며 권세와 부의 감미만 빠는 그릇된 부류들인지도 몰랐다. 사실 그들이 올바르게 나라를 다스리고 있다면 백성들을 모두 강압적으로 우민을 만들 이유가 없는 것이고, 반란을 두려워해 사람을 그렇게도 잔인하게 병신을 만들 까닭도 없는 것이었다. 그러니까 양반층은 스스로 올바르지 않다는 것을 알면서도 올바른 길을 찾으려 하지 않고 오히려 올바른 것을 원하는 백성들을 올바르지 않은 방법으로 억압하고 탄압해 오면서 수백 년을 그릇되게 살아 내려온 것이었다.

신세호는 그 세월의 누적 앞에 자신이 양반의 족보를 타고났다는 것에 죄책감이 새로워졌던 것이다. 지난날 서당을 열 때와는 또 다른 마음으로 토지신고서를 작성해 주기로 마음먹었다. 아이들에게 글을 가르치자고 한 것은 뒷날을 위해서였지만 토지신고서 작성은 이웃들의 당장 생계와 직결된 문제였던 것이다.

한 사람의 신고서를 작성해 주게 되자 동네사람들이 잇따라 부탁을 해왔다. 어느 정도 예상하지 않은 것은 아니었지만 신세호는 긴장하지 않을 수가 없었던 것이다. 자칫 자신의 실수로 잘못 작성되어 그들이 피해를 입는 일이 생기면 큰일이었던 것이다.

신세호는 한 항목을 적을 때마다 두 번 세 번 확인을 해서 적어 나갔다. 논밭의 위치에 따라 별개 항목을 잡아야 했고, 항목마다 각각 자(字)·번(番)·호(號)·사표(四標)·등급(等級)·면적(面積)·결수(結數)·사고(事故) 순서로 기재하도록 되어 있었다. 그중에서 등급과 사고란은 제외되었다. 그 난은 지주총대와 토지조사국에서 기록한다는 것이었다.

신세호가 기재에 신경쓴 것은 사표와 면적란이었다. 사표는 논밭의 사방 경계를 자세하게 적는 것이었다. 동(東) 김수일전(金守一田) 남(南) 서문구전(徐文九田) 서(西) 이동호산(李東浩山) 북(北) 노(路), 하는 식이었다. 그런데 그런 것들은 전부 한자로 적어야만 했다. 사방 경계를 정확하게 파악하는 것도 중요했지만 글자를 틀려서는 안 되는 것이었다. 그리고 면적란에 신경써야 하는 건 정확성 때문이었다. 면적의 표시가 정확하지 않으면 말썽이 생길 우려가 컸던 것이다.

신세호는 오랜만에 먹을 갈아 세필로 글씨를 써나가면서 마음 뿌듯함을 느끼고 있었다. 다섯 살 때부터 시작한 한문공부였다. 스무 살이 다 되도록 어려운 한서들을 차근차근 읽어내지 않으면 안 되었다. 그 오랜 공부에 기쁨 같은 것은 별로 없었다. 이미 과거제도도 폐지되고 없었다. 그저 양반이니까 해야 하는 공부였다. 그런데 신고서를 작성해 주면서 서당을 할 때와는 다른 어떤 기쁨을 맛볼 수 있었던 것이다.

그러던 어느 날 나기조가 찾아들었다.

"양반 어른께서 그리 천헌 일얼 허니라고 애써서 어디 되겄능게라우."

나기조는 토방으로 올라서며 대뜸 이렇게 말했다. 그의 어조는 완연히 시비조였다.

"자네가 어쩐 일인가. 거그 앉소."

신세호는 붓을 멈추며 나기조에게 눈길을 보냈다. 그 눈길이 목소리만큼 싸늘했다.

신고서 작성을 부탁하러 온 두 사람이 나기조의 눈치를 보며 쭈뼛거렸다.

"어허 참, 명필이구만이라. 양반글얼 그런 천헌 일에 써묵기넌 아까운디요."

나기조가 철퍽 주저앉으며 더 노골적으로 시비를 하고 들었다. 그는 술냄새를 풍기고 있었다.

"자네, 술 마셨능가!"

다시 고개를 든 신세호의 목소리가 엄했다. 손에 들린 붓끝이 가늘게 떨렸다.

"야아, 술 묵었구만이라우."

"술 마셨으면 가서 자소."

"아니요, 따질 것이 있구만요. 지가 지주총댄지 아시는게라, 모르시는게라?"

고개를 삐딱하게 튼 나기조가 곧 대들 것 같은 기세로 신세호를 노려보았다.

"알고 있네!"

신세호는 붓을 벼루에 걸치며 싸늘하게 내쏘았다. 그의 매서운 눈길이 나기조를 향해 화살로 날아가고 있었다.

"그걸 알문서 어찌 요런 일얼 차고 나스고 그런게라?"

나기조는 신세호의 엄하고 매운 눈길 앞에서도 전혀 기세가 꺾이는 기색이 없이 따지고 들었다. 그건 이미 서리 출신에 불과한 중인의 태도가 아니었다.

"차고 나스다니! 어디서 그런 못된 말버르장머린고!"

신세호는 허리를 곧추세우며 호령했다.

"글씨요, 말버르장머리가 못된 것인지 어쩐지넌 여그서 따질 것이 아니라 면사무소나 주재소로 가서 따질 일이로구만이라. 긍게 그 일이야 제쳐두고, 거 머시냐, 총독부서 지주총대럴 뽑을 적에 이리 허깨비 놀이나 허라고 뽑은 것이 아니구만요. 총독부서 지주총대헌티 명헌 여러 일들 중에 첫찌가 무식헌 자작농덜 신고서럴 작성해 주라는 것이었는디, 요리 새중간서 넘 일얼 차고 나스는 것언 잘허는 일인지 어쩐지 몰르겄구만이라. 요런 일이 없었음사 여그 오라고 히도 안 왔을 것인디요."

나기조는 총독부를 앞세워 신세호를 몰아대고 있었다.

"그래, 자네 말 잘했네. 총독부서 그런 일얼 시켰고, 자작농덜헌티 억지로 추렴헌 돈으로 보수꺼정 받아묵고 있는 처지에 자네가 헌 일이 머신가. 자네가 자작농덜 편에 서서 일얼 착착 잘해주는디도 나가 나섰는가. 자네가 헌 일언 앞으로는 정해진 보수럴 받아묵고 뒤로는 또 딴 손얼 내민 것 말고 헌 일이 머시가 있는가! 자네가 일얼 지대로 했으면 나가 왜 나섰겄냐."

신세호는 말을 좀 돌려서 할까 생각하다가 괜히 이야기만 길어질 것 같아서 상대방의 약점을 정면으로 찔러버렸다. 서리 출신들이 으레껏 갖게 마련인 교활과 뻰뻰스러움을 더 보아주는 것도 역겨웠던 것이다.

"그, 그 무신 해괴헌 말씸이시요. 나가 언제 딴 손얼 내밀었다고 그러시요. 나넌 꿈에도 그런 일 없소." 나기조는 완연히 당황한 기색을 드러내며 변명하더니만, "옳여, 바로 당신덜이 그런 개잡소리 까발린 것이제!" 그는 바로 옆에 앉아 있는 두 농부에게 눈을 부릅뜨며 금방 멱살잡이라도 할 것 같은 기세였다.

"아닌디요. 아니어라."

한 농부가 당황하며 물러나 앉았다.

"쌩사람 잡을라고 허덜 마씨요. 학식 높고 맘씨 존 양반님네라 찾아온 것잉게."

다른 농부가 눈길을 딴 데로 돌린 채 오금을 박듯이 말했다.

"머시가 어쩌고 어째? 당신덜이 그런 잡소리 안 했음사 그런 소리가 어디서 나와. 지주총대럴 멀로 보고 그런 느자구없는 짓거리덜이여. 주재소에 끌려가서 매운맛얼 봐야 쓸랑갑네."

나기조는 만만한 두 사람을 물고 들었다. 신세호는 그 악랄함에 그만 혐오감을 느꼈다.

"어허, 무신 말얼 그리 고약허고 못되게 허나. 이 사람덜언 그런 말 헌 적 없네. 자네가 이 사람덜얼 주재소로 끌려가게 맨들라먼 나가 먼첨 자네럴 주재소로 밀어넣겠네. 자네가 누구헌티 뒷돈얼 받아묵었는지 알고 있으니."

"머, 머시라고라우? 저어, 머시냐……."

말을 더듬거리는 나기조의 안색이 싹 변하며 기세가 꺾였다.

신세호는 쓰게 웃었다. 저런 자들의 행투가 으레껏 그런 터라 넘겨짚은 것뿐이었다. 뒷돈을 요구한다는 소문이 파다한 이상 한두 사람에게 돈을 안 받아먹었을 리 없었던 것이다.

"자네가 진중허니 처신허면 내가 일삼아 일얼 시끄럽게 맨들지넌 않을 것이네. 자네가 이리 찾아왔으니 한 가지 일러둘 말이 있네. 무신 말인고 허니, 총독부서 신고서 작성얼 꼭 지주총대가 맡어서 허라고 못박은 것이 아니다 그 말이시. 신고서럴 누가 작성허든지 간에 아무 상관이 없는 것이야 자네가 더 잘 아는 일 아니라고? 안 그런가?"

"……."

나기조는 아무 대꾸도 못하고 눈길을 떨구며 입술을 달싹거렸다.

"그만 물러가소."

신세호는 다시 붓을 들었다.

"헹, 가난뱅이 양반 꼴에 학식언 들었다고 입이야 잘 놀리네."

나기조는 사립을 나서며 신세호가 들으라는 듯 큰소리로 내뱉고 있었다.

나기조는 고샅을 벗어나며 마음을 잔뜩 공글리고 있었다. 신세호가 아무리 자신의 일을 훼방 놓고 들어도 자신이 행사할 권한은 얼마든지 남아 있었던 것이다. 신고서에는 지주총대의 서명 날인란이 엄연히 자리잡고 있었다. 신고서에 도장을 찍느냐 안 찍느냐는 순전히 자신의 마음이었다. 동네사람들이 자신을 제쳐놓고 신세호를 찾아가고 있지만 일단 신고서 접수가 시작되면 그때부터 그들을 얼마든지 애먹일 수가 있었던 것이다.

나기조는 고샅을 벗어나며 억지로 카악 가래를 돋우어 내뱉었다. 신세호를 찾아가는 것들에게 단단히 앙갚음을 해줄 작정을 했지만 신세호에 대한 마뜩찮은 감정은 그대로 남아 있었다.

"어이, 자네 어디 간가?"

뒤에서 들려오는 소리에 나기조는 얼른 고개를 돌렸다.

"이, 이장 나리님이시여? 어디 가는 것이 아니라 일보고 발질 돌리는 참이시."

나기조는 어깃장을 놓듯 하는 어조이면서도 반색을 했다. 같은 지주총대라서 생기는 반가움이었다.

"무신 일인디? 자네넌 손수 돌아댕김서 신고서라도 써주능가?"

이장이 상대방의 속을 들여다보기라도 하는 것 같은 눈짓을 지으며 물었다.

"아이고, 나가 열쳤당가? 그 신세혼지 헌세혼지 허는 잘난 물건 만내고 나오는 질 아닝가."

나기조는 얼굴이 구겨지며 혀를 찼다.

"이, 그 양반이 신고서럴 써준다는 말이 나돌든디 어쩌등가?"

이장은 궐련갑을 꺼내며 정색을 했다.

"닌장맞을, 궐련이나 한 대 주소."

나기조는 더 세게 혀를 차며 손을 내밀었다.

"자네넌 어찌 맨날 맨손으로 궐련타령이여. 자네 궐련꺼정 대다가는 참말로 전답 팔아묵겄네."

이장은 거침없이 싫은 기색을 드러내며 퉁을 놓았다.

"어허, 사람이 어찌 그리 속 좁은 소리여. 이장님 덕 잠 보자는 것인디 궐련 한 대가 그리도 아까운가. 나가 이장이먼 옛 정리럴 생각히서도 자네헌티넌 맨날 궐련얼 갑째 사대겄네."

나기조는 상대방의 싫은 기색은 아랑곳하지 않고 오히려 오기를 부리고 들었다.

"아이고 또 그놈에 소리여? 지주총대 시켜주먼 그 소리 안 허기로 혔잖은가."

이장은 궐련 한 개비를 뽑아 나기조에게 건네며 눈총을 쏘았다. 나기조는 세상이 바뀌면서 면사무소는 고사하고 이장자리도 하나 차지하지 못한 것을 언제나 배아파했다. 그런데 지주총대가 되고서도 그 불만은 여전히 품고 있었던 것이다.

"지주총대고 머시고, 그 신세혼가 머시긴가 땀세 속편허니 해묵기넌 다 글러부렀네."

나기조는 침을 내뱉었다.

"그 양반이 어쩌는디?"

"어허, 듣도 보도 않는디 양반 양반 허덜 말소. 나가 말이시, 신고서 써주는 일언 지주총대 일잉게 간섭 말고 중단허라 헝게 그 물건이 학식든 주딩이로 요리저리 말얼 엮어감서 끝꺼정 써주겄다고 화럴 질르드란 말이시."

"자네가 찾아가기럴 잘못혔네."

"머시여? 자네도 화 질른가!"

나기조가 눈을 부라렸다.

"어허, 자네넌 그 푹푹 질러대는 성질이 탈이여. 옛말에 잠자리 봐감서 발 뻗으라고 허덜 안했드라고. 그 양반이 어디 흔헌 양반이간디. 살림이야 가난해도 맘 꼿꼿허기야 대쪽인디. 그 양반이 넘보담 빨르게 눈치나 보고 해되는 일 얼렁 피해 스고 허는 보통 양반덜임사 주재소에 끌려가 그 고초당헐 일얼 애초에 했을 것잉가. 자네 말 내친 것이야 당연지사제."

이장이 끌끌끌 혀를 찼다.

"자네, 불난 디 부채질이여?"

"시끄럽네. 그 양반이 자네 일 덜어준다 생각허소."

이장이 다른 고샅으로 발길을 돌렸다.

"이사람아, 술이나 한잔허세."

이장은 나기조의 말을 들은 척도 하지 않고 빨리 걸어가고 있었다.

"그려, 신세호가 예사 양반이 아니기넌 아니제. 주재소 안 무서와헌 사람이 나 말 들을 택이 있겄어."

나기조는 주막 쪽으로 걸음을 옮기며 쓴 입맛을 다시고 있었다.

"총대 어런, 총대 어런!"

뒤에서 낮고 다급하게 들리는 소리였다.

총대 어런……? 그 귀에 선 말이 자신을 부르는 것인지 어쩐지 알쏭달쏭하면서도 나기조는 고개를 돌리지 않을 수 없었다.

"안녕허신게라우, 총대 어런."

농부 하나가 나기조 앞에 꾸벅 절을 했다. 나기조는 분명 자기를 부른 것을 확인하며, '총대 어런'이란 호칭이 썩 그럴듯하다고 생각했다.

"자네 오 서방 아니라고?"

마음이 흐뭇해진 나기조는 상대방에게 친근한 웃음을 지어 보였다.

"야아, 시방 총대 어런얼 찾아댕기든 질이었구만이라우."

오 서방은 이쪽저쪽 고샅을 살피며 낮은 소리로 말했다.

"무신 일로 나럴 찾아댕겨? 자네도 신세호나 찾아가제."

나기조의 대꾸는 차가웠다. 그는 상대방이 무슨 남모르는 부탁을 하려고 하는 것을 눈치채자 자신의 값을 올려야 한다고 순간적으로 판단했던 것이다.

"아니구만이라, 넘덜이야 어쩌는지 몰라도 지넌 그 집 앞에 얼씬도 안 허는구만요."

오 서방은 고개를 내두르면서 또 주위를 빠르게 살폈다.

"헌디, 이얘기헐 자리가 마땅찮제?"

나기조도 좌우를 두리번거렸다.

"야아, 이따가 밤에 집으로……."

"어이, 그리허소. 그거이 한갓지제."

나기조는 상대방의 말이 끝나기도 전에 자기 말을 해치웠다.

"글먼 이만 가볼랑마요."

오 서방은 서둘러 돌아섰다.

나기조는 저절로 걸려든 고기를 바라보며 흐흐거리고 있었다. 아무려나 저런 눈치 빠른 것들이 많을수록 좋았다. 어차피 자신은 면장 백종두가 시키는 대로 할 수밖에 없었다. 그러나 아무 실속도 없이 백종두의 심부름꾼으로만 놀아날 수는 없었다. 지주총대의 보수도 적은 것은 아니었지만 모처럼 잡은 기회에 한몫을 따로 챙겨야 했다. 도장만 틀어쥐고 앉아 있으면 그 일은 별로 어려운 것이 아니었다. 신고서에 도장을 누르는 일에는 신세호 아니라 그 누구도 훼방을 놓고 들 수는 없는 일이었다.

나기조는 신세호에게 당한 언짢은 기분이 다소 회복되는 것 같았다. 벌써부터 밤이 기다려졌다. 남모르게 살짝살짝 받아먹는 뇌물맛이란 그야말로 깨소금맛이 아닐 수 없었다. 그것이 돈이건 물건이건 간에 공짜로 생긴 알짜배기 이익이라는 데는 그 맛이 다를 리 없었다. 그런데 신세호같이 힘들여 가며 이익 없는 일을 하는 얼빠진 위인들도 있었다. 왜 그리 멍청하게 사는 것인지 도무지 이해가 되지 않았다. 신세호 같은 사람은 백종두에 비하면 바보 중에 상바보였다. 백종두는 보잘것없는 중인족보로 면장자리를 차지했는데, 신세호는 고령 신씨라는 뜨르르한 양반족보를 타고나서도 손수 농사까지 짓겠다고 나서는 판이었다. 모자라도 말릴 수 없도록 모자라는 사람이었고, 어쨌거나 부러운 사람은 백종두였다.

나기조는 술기운이 깨는 걸 느끼며 주막으로 발길을 서둘렀다. 주막에 가면 자신 같은 서리 출신들인 지주총대 한둘을 쉽게 만날 수 있었고, 술추렴뿐만이 아니라 이런저런 소문들을 듣기도 좋았던 것이다.

"아니, 고것이 무신 소리여? 잠 세세허니 말해 보소."

나기조가 주막으로 들어서는데 술기운에 젖은 소리가 크게 울리고 있었다.

"긍게로 무신 소린고 허니 말이시, 저 익산군서 일어난 말썽인디, 신고서에 도장얼 안 눌러준다고 지주총대럴 괭이로 찍어죽여 부렀단 말이시."

"저런 놈에 일이 있능가. 그래 그놈언 어찌 되았능고?"

"그것이야 물으나마나 아니라고. 그날로 총살당해 부렀다네."

"근디, 지주총대가 괭이질얼 당헐 만치 경우에 없이 억지로 도장얼 안 눌른 것이까?"

"그것이야 어찌 알겄다고. 그나저나 우리 군면서도 신고서 접수가 얼매 안 남었응게 우리도 조심해야 헐 것이구마. 지주총대질얼 허는 것이 괭이나 삽에 찍혀죽자고 허는 일이 아닝게."

"그놈 총살얼 시킨 것언 아조 잘헌 일이시. 그나저나 우리헌티넌 영 재수 없는 소문이시."

"머시가 재수 없어. 다 눈치 없이 헝게 그 꼴 당허제. 술이나 한잔씩 허드라고."

나기조는 그들의 말을 헤집고 들었다.

"이, 자네 온가. 자네가 술 살 챔이여?"

"그러세, 나가 살라네."

나기조는 얼결에 호기를 부렸다.

"그나저나 익산군 지주총대덜이 붕알이 올라붙었겄는디. 땅얼 뺏기는 것언 농꾼들로서야 생사가 달린 일잉게 그런 사단이 벌어질 만도 허제. 우리도 눈치껏 잘해야 되겄구마."

한 남자가 눈을 껌벅이며 말했다.

"그려, 고창서도 몰매맞어 팔다리 뿐질러진 일이 생긴 지 메칠 됐드라고. 소문이 다 안 전해져서 그렇제 골골이 난리판굿일 것잉

마. 우리 면도 신고서 접수가 메칠 안 남었는디 살살 걱정이시."

다른 남자가 신중하게 말을 받으며 궐련꽁초를 까고 있었다.

"이사람덜아, 걱정도 팔자시. 다 지주총대라는 것덜이 못나서 그런 일 당허는 것이여. 대가 짱짱험사 즈그덜이 어디라고 뎀비겄어. 찍혀죽었든 맞어죽었든 죽은 놈언 죽은 놈이고, 우리넌 술이나 묵고 기운 채리세."

나기조는 주모가 가져온 술상을 끌어당기며 기세를 돋우었다.

한편, 토지신고서가 한창 접수되고 있는데 이동만은 의기소침해져 있었다. 그건 다름 아니라 옥구군에서 괭이에 찍혀죽은 지주총대가 바로 그의 휘하였던 것이다.

"그게 도대체 어떻게 된 일이오?"

요시다는 몹시 언짢아하며 물었다.

"예에…… 그것이 그러니까, 성질 거칠은 놈을 잘못 건드린 것이지요."

이동만은 자기가 잘못이라도 한 것처럼 어물거렸다.

"그걸 묻는 게 아니오. 어떻게 된 논인데 도장을 안 찍으려고 했느냐 그 말이오."

요시다는 짜증을 부렸다.

"아, 예에…… 그놈이 신고서에 적어낸 논이 절반은 그놈 것이 아니었습지요. 그러니까 전주에 사는 부재지주 논을 제 것이라고 슬쩍 속여 적은 겁니다. 그런 신고서에 도장을 안 찍는 것이야 당연지사지요."

이동만은 변명하듯이 말했다.

"그럼 그 논을 그놈이 소작 부치고 있었던 것이오?"

이동만은 그만 어리둥절해졌다. 그것까지는 모르고 있는 일이었다. 그렇다고 어물거릴 수도 없었고, 더욱이 모른다고 해서는 안 될 일이었다. 그는, 에라 모르겠다 하는 심정으로 얼른 대답했다.

"예에, 소작 부치고 있었구만요."

"소작 부치고 있는 논을 제 논이라고 적어낸 데는 무슨 연고가 있을 텐데, 그 연고가 뭐요?"

요시다는 이동만을 똑바로 쳐다보았다. 이동만은 가슴이 뜨끔해졌다. 전혀 예기치 못한 물음인 데다가, 그 매운 눈초리 앞에서 또 다른 거짓말을 지어낼 수는 없었던 것이다.

"예에…… 그건 잘 모르겠는데요. 그 사람이 미처 알려오지 않아서……."

이동만은 눈을 내리깔며 죽은 사람에게 책임을 떠넘기고 있었다.

"그게 도대체 무슨 소리요. 이상이 맡은 일이 뭐신지나 알고 있소!"

요시다가 버럭 소리질렀다.

"예에, 죄송합니다. 제 불찰이었습니다."

이동만은 지체없이 허리를 반으로 굽혔다. 군대식의 절대복종을 요구하는 요시다의 성미 앞에서 다른 군소리는 전혀 필요치 않았던 것이다.

"이상, 똑똑히 들으시오. 바로 그런 말썽이 일어난 뒤를 재빠르게 캐야 한단 말이오. 그 뒤를 캐면 연고가 나오게 마련이고, 그 연고에 따라 상대방을 적당히 회유해서 땅을 사들이면 우리 편 총대 안 죽이고 땅 확보하고, 일거양득 아니냔 말이오."

"예, 명심하겠습니다."

"다시 총대들에게 사전에 긴밀한 연락을 취하도록 조처를 하시오. 허고, 그 사람 장례는 언제요?"

"예, 이틀 남았구만요."

"알고 있겠지만 그 장례에는 얼굴을 내밀지 마시오. 그 사람이 우리 편이라는 게 드러나면 좋을 것 하나도 없으니까."

"예, 알겠습니다."

이동만은 고개 숙여 대답을 하면서도 가슴이 서늘해지고 있었다. 장례날을 묻기에 부조금이라도 좀 내놓으려나 생각했던 것이다.

"이상, 이번이 땅을 쉽게 확보할 수 있는 마지막 기회라는 걸 잊지 마시오."

요시다는 또 같은 말을 되풀이했다.

이동만은 요시다의 명령대로 그 사람의 장례에는 발길을 하지 않았다. 그 대신 다른 지주총대들에게 새로운 다짐을 보내고 있었다. 그러나 전과 달리 일에 신명이 붙지 않았다.

마침내 죽산면의 토지신고서 접수가 시작되었다. 그동안 진달래도 피었다 지고, 첫 순이 잘린 쑥도 새순을 키워올려 한 뼘 높이로 자라나 있었다.

그러나 논밭을 조금이라도 지닌 농부들은 꽃이 언제 피었다 졌는지 모르는 것은 말할 것도 없었고, 부싯돌 불씨를 옮겨붙일 쑥잎을 뜯어 말릴 겨를도 없을 지경이었다. 토지신고서를 틀림이 없이 작성해야 하는 어려움도 어려움이었지만, 신고서를 작성하고 나서도 행여 무엇이 잘못되어 땅을 뺏기는 것이 아닐까 하는 불안감으로 일손들을 제대로 잡지 못하는 형편이었다.

신고서 접수가 시작되면서 백종두는 뱃가죽이 빳빳해지는 긴장을 느끼고 있었다. 자신의 영향력 아래 있는 지주총대들에게 다시 주의를 시키고 다짐을 했지만 결과가 어떻게 될지는 안심할 수가 없었다. 날이면 날마다 다른 군이며 면에서 들리는 것은 지주총대들이 도장을 안 찍으려다가 당했다는 소문이었다. 토지문제는 역시 생각만큼 쉬운 일이 아니었다. 일을 시작하기에 앞서 헌병과 경찰력을 동원해 위협을 가할 만큼 가했고, 지주총대를 가해하는 자들에게는 가차없이 총살을 시켜대는데도 도처에서 말썽은 끊임없이 일어나고 있었던 것이다.

그 사고 소식들이 전해져 올 때마다 백종두의 속마음은 남모르게 불안해지고 켕기고 있었다. 자신의 면에서도 그런 불상사가 일어나서는 목적하는 바를 달성하기 어려울 뿐만 아니라 면장에게 책임추궁이 따를 위험도 있었다. 그는 자신이 도모한 일이 과하지 않았나 되짚어보고는 했다. 그러나 군수자리를 따내기 위해서는 어찌할 수 없는 일이었다. 부윤까지는 못해먹더라도 군수는 해먹어야만 평생의 한이 풀릴 것 같았던 것이다.

그러나 한편으로 생각하면 자신이 잘못 생각하고 있는 것이 아닌가 하는 의구심이 들기도 했다. 이번 토지조사를 통해서 천석꾼 못 되는 면장은 바보고, 만석꾼 못 되는 군수는 불출이라는 말이 생겨나고 있었다. 그런데 자신은 딴 면에 손을 뻗쳐 지주총대 몇몇을 심었을 뿐 정작 자신의 발밑에 있는 죽산면은 송두리째 하시모토에게 내주고 있는 형편이었다. 그것이 과연 잘하고 있는 일인지 곱씹히는 것이었다.

이번 일로 면장이라고 만석꾼이 못 되라는 법이 없었다. 하시모토가 바로 만석꾼의 꿈을 꾸고 있었고, 자신이 그 앞장을 서고 있는 판이었다. 모든 일이 계획대로 풀려 자신이 군수가 된다면 그 자리를 만석과 바꾸는 셈이었다. 만석꾼 면장과 천석꾼도 못 되는 군수, 어떤 것이 더 나은지 새삼스럽게 저울질을 하게 되는 것이었다. 그건 땅욕심과 함께 나이 때문에 일어나는 생각이었다. 자신의 나이는 어느덧 쉰고개에 이르러 있었다.

나이 쉰을 넘기며 군수를 해먹으면 몇 년을 더 해먹을 것인가……. 5년을 해먹는다고 치고 만석꾼 재산하고 바꿔? 그게 그만한 가치가 있을까? 아니지…… 군수야 면장에 비하면 하늘 아닌가. 남자가 한번 떵떵거릴 만한 자리지. 재산이야 군수자리에서 또 모을 수 있는 일이고. 헌데…… 이번 기회가 지나가버리면 어느 세월에 만석꾼 재산을 모은다? 평생에 천석꾼 재산은 모을 수 있어도 만석꾼 재산은 모을 수 없다는 말이 있잖던가. 이번 일은 세상이 뒤집히는 절호의 기회인 것이다. 합방이 겉세상이 뒤집힌 것이라면 이번 토지조사사업은 속세상이 뒤집히는 것이 아닌가. 만석꾼 면장으로 눌러앉아야 하는 걸 내가 잘못 생각한 것이 아닐까……. 허나 이제 와서 어쩐다? 아니지, 군수 앞에 쥐 놀이도 불알 찬 사내가 할 일은 못 되는데…….

찌르르릉.

백종두는 제풀에 놀라 수화기를 얼른 집어들었다.

"아, 모시모시(아, 여보세요)."

"아, 면장이시오? 나 주재소장이오."

다급하고 거칠게 쏟아지는 소리에 백종두는 오만상을 찌푸렸다.

"어참, 귀청 뚫어지겠소. 나 면장이오."

백종두는 궐련갑을 끌어당겼다.

"이거 태평스런 소리 하지 마시오. 살인사건이 터졌소, 살인사건!"

"무슨 소리요?"

"어떤 놈이 지주총대를 식칼로 찔러죽였단 말이오."

"뭐, 뭐라고요? 거, 거기가 어디요?"

전화기에서는 아무 대꾸가 없었다.

다급하면 주재소로 오라는 듯 전화는 이미 끊겨 있었다. 백종두는 얼떨결에 의자에서 벌떡 일어났다. 그러나 도로 털퍽 주저앉았다. 그의 가슴은 와르르 무너져내리고 있었다.

백종두는 책상 모서리를 틀어잡고 숨을 몰아쉬었다. 초장부터 일이 틀어지고 있었다. 낙담과 함께 울화가 치솟았다. 그는 다시 몸을 벌떡 일으켰다. 문 쪽으로 후적후적 걸어나갔다. 그는 문을 떼밀려다 말고 걸음을 멈추었다. 그래도 면장의 체면이 있었다. 직접 주재소로 달려갈 수는 없는 일이었다. 그는 책상 쪽으로 되돌아섰다. 그는 우왕좌왕하다가 책상 위의 궐련갑에서 담배를 빼물었다.

"어떤 팔푼이 겉은 놈이!"

그는 성질 사납게 성냥을 그어대며 내뱉었다.

그는 담배를 연거푸 빨아댔다. 코에서는 연상 짙은 연기가 나오고, 빨간 불똥을 단 담배는 쑥쑥 타들고 있었다. 담배가 반쯤 타들었을 때 그는 마침내 소리를 질렀다.

"여봐라아, 거그 아무도 없느냐아!"

그의 호령은 천상 옛날 사또나 양반의 호령 그대로였다.

"면장님 나으리, 불르셨는게라우?"

금방 나타난 사환아이가 허리를 굽혔다.

"니 말고, 문 주사 들어오라고 혀."

백종두는 담배를 잉끄리며 내쏘았다.

"면장님 나으리, 대령했구만요."

키가 껑충한 사내가 손을 모아잡은 불안한 자세로 백종두의 눈치를 살폈다.

"문 주사, 어떤 놈이 지주총대럴 식칼로 찔러죽였응게 얼렁 주재소에 가봐."

"야아? 그 총대가 누군디요?"

"정신 채려, 정신! 자네보고 가서 알아보고 오라는디 어디다 대고 넋나간 소리여 시방."

백종두는 삿대질을 하며 악을 썼다. 마침 분풀잇감을 잡은 것이었다. 문 주사라는 키 큰 사내는 혼비백산 면장실을 뛰쳐나갔다.

주재소장은 백종두보다 더 몸이 달아서 날뛰고 있었다. 지주총대를 찔러죽인 범인이 달아나버려 아직 잡지 못한 때문이었다.

문 주사는 그 사실을 알고는 잽싸게 주재소장을 피했다. 괜히 그 앞에 얼씬거리다가는 덤터기쓰기 꼭 알맞았던 것이다. 그는 기죽어 있는 순사보 옆에 붙어앉으며 이 사건이 예삿일이 아니라고 생각했다. 범인이 그 자리에서 잡혀 총살을 시켜버리면 일이 간단하게 끝날 텐데 도망을 가버렸으니 일이 복잡하고 시끄러워질 것은 뻔한 노릇이었다. 그러나 도망간 그 사람이 누군지는 몰라도 기왕 도망간 것이니 잡히지 않기를 바라는 마음도 없지 않았다. 지주총대는 어차피 죽은 사람이었던 것이다.

문 주사는 순사보에게 사건내용을 대충 들었다. 사건내용은 좀 엉뚱하고 색달랐다. 한 땅을 두 사람이 신고를 해서 발단된 일이었다. 농토가 많은 양반지주가 자기네 논들 옆에 붙어 있는 남의 논을 자기네 논이라고 신고를 해버린 것이었다. 그 중복된 신고는 지주총대의 확인과정에서 드러나게 되었다. 양반지주와 농부는 서로 자기네 논이라고 팽팽하게 맞섰다. 농부는 자기네 할아버지 적에 개간한 논인데 무슨 소리냐며 펄펄 뛰었다. 그런데 양반지주는 그 개간한 땅이 애초에 자기 집안 것이었는데 그냥 빌려준 것이었으니 이제 내놓아야 한다는 것이었다. 그런데 이 다툼 사이에 끼어든 지주총대는 양반의 신고서에는 도장을 찍어주고, 농부의 신고서에는 도장을 찍어주지 않은 것이다. 하루아침에 논을 잃게 된 농부는 양반의 편을 든 지주총대를 찔러죽여 버린 것이었다.

"그 양반지주가 대체 누구여?"

백종두는 눈꼬리를 세웠다.

"저어, 김 참봉이라고 허드만요."

"머시여, 김 참봉? 그 탐심 많은 위인이 결국 일 저질러부렀구만."

백종두는 김 참봉에게 괘씸함을 느끼는 동시에 지주총대에게는 배신감을 느끼고 있었다. 김 참봉을 따돌리고 주가에게 지주총대를 맡긴 것은 그따위 짓이나 하라는 것이 아니었던 것이다. 주가는 김 참봉에게 뒷돈을 받아먹은 것이 틀림없었다. 그런 의리 없고 속 검은 놈은 죽어서 싸다고 백종두는 마음을 정리했다.

"근디, 도망간 놈언 잡을 가망이 있는겨 어쩌는겨?"

"그것언 잘 몰르겄구만이라우."

백종두는 문 주사에게 그만 나가라고 손짓했다. 그는 자신의 책임이 주재소장에게로 떠넘겨진 쾌감을 맛보고 있었다.

그러나 백종두는 마음이 개운할 수가 없었다. 지주총대를 잘못 뽑은 책임이 약간 뒷전으로 밀려나는 것뿐 말끔히 지워지는 것은 아니었다. 어쩌면 이번 사건으로 주재소장과 사이가 벌어질 수도 있었다. 또 하시모토에게 불신을 당할 수도 있었다.

그런 생각을 하자 백종두는 마음이 초조해져 다시 담배에 불을 붙였다. 어떻게 보면 양다리를 걸친 지주총대 주가놈보다는 더 얄밉고 괘씸한 물건이 김 참봉이었다. 지주총대를 안 시켜주니까 마치 보복이라도 하듯 일을 꾸며 탈을 낸 것이었다. 정작 칼을 맞아 죽어야 할 것은 그놈이었다. 그런데 범인이 도망을 가버렸으니 그놈은 제 욕심을 다 차리게 된 셈이었다.

"아니, 가만히 있어라 보자! 일이 그리돼서넌 안 되는디."

백종두는 담배를 빨다 말고 퍼뜩 떠오르는 생각에 혼잣말을 쏟아냈다. 그의 윤기 나는 눈은 순간적으로 더 반들거렸다.

"그려, 그놈이 그 논얼 지 맘대로 집어묵게 냅둘 수야 있간디. 그려, 그려, 그리허먼 지놈도 꼼지락얼 못허고 그 논얼 못 묵게 되제. 힝, 지놈이 지아무리 꾀럴 써도 나럴 당헐 수야 없제. 흐흐흐흐……."

백종두는 스스로의 생각에 만족스러워 어깨를 들먹이며 음산하게 흐흐거렸다.

일을 차질 없이 추진하자면 지주총대를 다시 뽑아야 했다. 지주총대가 정해지면 김 참봉의 신고서를 다시 조사하게 하는 것이었다. 살인사건을 유발시켰으므로 그전의 것은 무효화시킨다는 이유를 내세우는 것이다. 그리고 재조사에서 지주총대가 도장을 찍지 않게 조정하는 것이었다. 그렇게 되면 김 참봉이 억지를 부릴 것이 틀림없는데, 그때는 토지조사국에 가서 재심사를 받으라고 떠넘기면 그만이었다. 일단 지주총대가 도장을 찍지 않고 토지조사국으로 넘어온 땅은 재심사를 하나마나 이쪽에서 쉽게 차지할 수가 있었다. 결국 김 참봉과는 얼굴 한번 맞부딪치지 않고도 그 말썽난 논을 고스란히 하시모토 소유가 되게 할 수 있었던 것이다.

백종두는 흐흐거리던 웃음을 그치며 자신과 선이 이어져 있는 지주총대들을 밤을 이용해 소집할 작정을 하고 있었다. 세상에 믿을 놈 하나도 없더라고 또다른 것들이 주가놈처럼 양다리를 걸치고 있을지 모를 일이었던 것이다. 땅이 손실되는 것도 막아야 했고, 불상사도 더 일어나서는 안 되었다.

나기조는 어둠 속을 더듬어 걸으며 마음이 줄곧 캥기고 있었다. 백 면장의 독 오른 한마디 한마디가 꼭 자신을 두고 하는 말 같았던 것이다. 김 참봉에게 돈을 받아먹은 것이 곧 들통날 것만 같아서 고개를 바로 들 수가 없었다.

김 참봉은 돈을 주면서 '자네한테만 부탁하는 것이니 입을 봉하라'고 몇 번씩이나 다짐했던 것이다. 그러나 알고 보니 주가한테나 자기한테나 똑같은 부탁을 한 것이었다. 그렇다면 또 누구한테 그랬는지도 모를 일이었다. 땅욕심이 하늘 넓이인 김 참봉은 서리 출신 지주총대 모두에게 똑같은 부탁을 했는지도 몰랐다. 얼마든지 그럴 수 있는 일이었다. 자신도 그랬듯 다른 사람들도 김 참봉의 말을 찰떡같이 믿고 돈을 받아먹었기가 십상이었다.

나기조는 어둠만큼 마음이 캄캄했다. 김 참봉에게 잡힌 뒷다리를 어떻게 빼야 할지 묘안이 떠오르지 않았던 것이다. 불쑥 돈을 돌려줄 수도 없었고, 백 면장을 팔기도 마땅찮았다. 그러나 어떤 수를 써서든 김 참봉과는 관계를 끊어야 했다. 면장의 의심을 사게 되어서만이 아니었다. 김 참봉이 원하는 대로 일을 해주려고 억지를 쓰다가는 자신도 주가처럼 해를 입을 수도 있었던 것이다. 위험한 일은 미리 피하는 것이 상책이었다.

"인자 오시오. 차 서방이 내내 기둘리다가 갔구만이라."

나기조가 인기척을 내며 마당으로 들어서자 그의 아내가 방에서 나오며 말했다.

"발바닥만 닳아지제 소양없어."

나기조는 퉁명스럽게 내쏘았다.

"차 서방이 피가 보트든디, 인심 안 잃게 잘히야 되겠드만이라."

"어허, 남정네가 허는 일에 예펜네가 어찌 배 놔라 감 놔라여."

나기조의 목소리에 성질이 묻어났다.

"시상이 하도 험해징게 안 그러요. 에진간허면 도장 눌러주는 것이 어쩌겄소."

"어허, 저 주딩이! 찬물이나 한 그럭 떠와!"

나기조가 벌컥 소리를 지르자 그의 아내는 뭐라고 구시렁거리며 되짚어 밖으로 나갔다. 나기조는 다시 소리를 지르려다가 그만 꾹 눌렀다. 마누라도 은근히 걱정이 돼서 그러는데 무작정 성질만 부릴 것도 아니었던 것이다.

나기조는 찬물 한 사발을 단숨에 다 들이켜고 나서 곰방대를 빨며 곰곰 생각해 보았다. 차 서방의 논은 김 참봉과 얽힌 것이 아니었다. 그렇다고 다른 어떤 양반지주와 말썽이 생긴 것도 아니었다. 차 서방은 서류상 자기 논이 아닌 것을 자기 논이라고 우기고 있었다. 그런 신고서에는 당연히 도장을 찍어서는 안 될 일이었다.

나기조는 차 서방의 신고서에 도장을 찍지 않아도 아무 말썽이 없을 것임을 다시 확인하고는 잠자리에 누웠다.

차 서방이 나기조를 또 찾아온 것은 아침밥상을 물릴 즈음이었다.

"안녕허신게라우. 인자 아침진지 드시는감요."

차 서방은 젊은 나이에 어울리지 않게 주눅든 몸짓으로 어물거리며 인사를 했다.

"어이, 어지께 밤에도 왔드람서? 그리 물이 못 나게 왔다갔다헌다고 어디 안 될 일이 되간디."

상을 찌푸린 나기조는 첫마디부터 것질러대고는 꺼억 트림을 해올렸다.

"아이고 참말로, 무신 말씸얼 그리 매정허니 허신다요. 지발 적선헌다고 도장 꾹 눌러 사람 잠 살래주시게라우."

토방에 엉거주춤하게 선 차 서방은 울상이 되면서 머리를 조아렸다. 밥을 먹었느냐고 건성인사도 건네지 않은 나기조는 마루에 앉으라는 말도 하지 않았다.

"허, 이사람 참 깝깝허고 답답헌 벽창호랑게. 나가 열 번 백 번 도장을 팍팍 눌러주고 잡아도 문서가 자네 논이 아닌디 나보고 어쩌라는 것이여. 나 말얼 그리도 못 알아묵겄어!"

짜증이 난 나기조의 목소리가 커지고 있었다. 부엌에서 얼굴을 삐쭉 내민 그의 아내가 성질을 내지 말라는 듯 눈짓손짓 해대고 있었지만 나기조는 보지 못하고 있었다.

"아 금메, 문서가 무신 소양이 있다요. 그 논이 우리 논인 것이야 시상이 다 아는 일인디요."

차 서방은 더욱 울상이 되어 두껍고 큰 손을 맞비볐다.

"자네 또 그 소리여? 그놈의 소리 또 헐라먼 더 들을 것 없응게 당장 나 앞이서 돌아스소."

나기조는 곰방대끝으로 사립 쪽을 가리켰다.

"그리 몰아치덜 마시게라. 문서만 앞세울 것이 아니라 사정얼 사정대로 다 알어야 쓸 것 아니다요. 그 논얼 우리가 사딜여 우리 아부지 때보톰 30년얼 내리 농새짐스로 온갖 잡세럴 꼬박꼬박 바쳐왔응게 그것이 문서보담 더 중헌 것이 아니고 머시당가요."

"어허, 그것이야 무식헌 자네 생각이고 관청서 허는 일언 문서대로만 허는 것이란 말이시. 논얼 사고팔았으면 그적에 당장 문서럴 고칠 일이제 인자 와서 무신 억지여, 억지가. 더 듣기 싫은게 그만 가소."

나기조는 획 돌아앉으며 쌈지를 펼쳤다.

"아이고, 억지가 아니구만요. 그 논얼 얼매나 기맥히게 장만헌 것이라고 그리 쉽게 말씸허신당가요. 그것이 긍게 우리 아부지가 평상얼 머심살이……."

"어허, 또 그놈에 사설 들으나마나 아니여. 우리 아부지가 평상얼 머심살이험시로 못 묵고 못 입고 푼푼이 모아 그 논얼 산 것이다. 근디 한가허고 우리 아부지넌 서로 친헌 사이라 문서럴 고치고 어쩌고 안 헌 것이다. 그러다가 한가네가 어디로 이사럴 가부러 이적지 그냥 농새짓고 살아왔다. 요것이 머시가 잘못이냐. 요런 이얘기 또 허잔 것이제?"

나기조는 차 서방을 치떠보며 코웃음을 쳤다.

"잘 아시느만이라. 그렁게 도장얼 눌러줏씨요."

차 서방은 대들 듯이 불퉁스럽게 말했다. 울상이었던 차 서방의 얼굴은 싸늘한 채 노기를 품고 있었다. 자신에게는 온 식구들의 목숨이 걸린 문제였다. 그런데 상대방은 자신을 놀리고 있었다. 속에서 불기둥이 솟았다. 그러나 가까스로 참아내고 있었다.

"아니, 어디다 대고 그런 호로시런 말버르장머리여. 도장얼 받고잡으면 그 한가놈얼 찾어와서 문서럴 고쳐!"

나기조가 눈을 부라리며 소리쳤다.

"머시요! 누구 복장 터칠라고 그런 억지소리 허고 앉었소 시방."

차 서방도 눈을 부릅뜨며 맞소리를 질렀다.

"아니, 요런 무식헌 불쌍놈에 새끼가 어디다 대고 소리럴 질르고 이러냐! 요런 개아덜놈에 새끼!"

나기조가 벌떡 몸을 일으켰는가 싶었는데 철퍽 소리가 났다. 차 서방의 볼을 후려친 것이었다. 모든 중인들은 언제나 자기네가 양반에 가깝다고 생각하고 있었고, 나기조는 지주총대라는 감투까지 쓰고 있는 몸이었다.

"허! 맞소, 나넌 무식헌 불쌍놈이오. 근디 무식헌 불쌍놈에 논얼 억지로 뺏을라고 허는 유식헌 사람이 더 나슬 것이 머시가 있소."

"머시여, 이놈아!"

나기조는 또 팔을 휘둘렀다. 그러나 차 서방이 그 팔을 내치고 말았다.

"아니, 이놈 보소. 니가 이놈아!"

열이 치받친 나기조는 차 서방의 멱살을 틀어잡았다. 그러나 차 서방은 나기조의 멱살을 맞잡을 수는 없었다. 그런데 나기조가 차 서방의 얼굴을 또 후려쳤다.

"아니, 어째 자꼬 사람얼 치고 이러요. 여그 놓고 말로 허씨요, 말로."

차 서방은 나기조의 손을 떼내려고 했다. 그러나 손은 쉽게 풀리지 않았다. 차 서방은 몸을 뒤로 확 제치며 마당으로 뛰어내렸다. 그래도 나기조는 멱살을 놓지 않고 따라 내려오며 또 차 서방의 얼굴을 내갈겼다.

"니미 씨펄, 나가 느그 집 개새끼여 머시여!"

화가 폭발하는 기운 그대로 차 서방은 나기조의 가슴팍을 떠다 밀었다. 상대방을 때리는 데만 열중하고 있던 나기조는 그 갑작스러운 공격을 받고 뒤로 벌렁 넘어갔다. 뒤로 넘어가던 나기조의 몸은 마루끝 모서리에 쿵 부딪히더니 토방으로 무너져내렸다.

"어!"

차 서방은 눈을 크게 떴다. 나기조의 퍼져버린 몸은 움직임이 없었다. 차 서방은 덜컥 겁이 나서 한 발짝 앞으로 다가섰다.

그때 우물을 다녀오던 나기조의 아내가 물동이를 이고 사립을 들어서고 있었다.

"워메, 무신 일이여!"

여자의 목소리가 찢어졌다. 엉거주춤 서 있던 차 서방이 후딱 고개를 돌렸다.

"니놈이 사람얼 해꼬지혔지야!"

여자의 비명 같은 외침과 물동이가 마당에 부딪혀 깨지는 소리가 함께 울리고 있었다.

"아닌디요, 아닌디요, 나럴, 나럴 먼첨 패대서 그냥, 그냥 밀쳤는디……."

차 서방은 허둥지둥 옆걸음질을 치며 말을 더듬어대고 있었다.

나기조의 아내는 남편을 향해 내닫고 있었다. 그 틈에 차 서방은 사립을 벗어나 내뛰고 있었다.

"아이고, 아이고, 차 서방놈이 사람 죽였네에. 차 서방놈이 사람 죽였네에!"

발악적인 여자의 외침이 고샅고샅으로 울려퍼지기 시작했다.

"……그려서 나가 그냥 떠다밀었는디 뒤로 벌렁 넘어가등마 토방에 푹 엎어짐스로 꼼지락얼 않드란 말이시."

얼굴이 하얗게 질린 차 서방이 숨을 헐떡거리며 아내에게 대충대충 이야기했다.

"글먼 죽어부렀다 그 말이오?"

그의 아내가 소스라쳤다.

"몰르겄단 말이시. 죽은 것 겉기도 허고, 안 죽은 것 겉기도 허고……."

"아이고메, 일통 터져부렀소. 이러고 있지 말고 얼렁 도망가씨요. 죽으나 안 죽으나 지주총대럴 그리 맨들어놨시니 몸 성허기넌 다 글렀소."

그의 아내가 차 서방의 등을 떠밀었다.

"아이고, 가면 어디로 갈 것이여. 자네허고 새끼덜언 어쩌고."
"우선에 살고 봐얄 것 아니겄소. 살어만 있음사 언제고 만내질 것잉게. 손자병법에 삼십육계 줄행랑이 질이라는 말도 못 들었소."
눈물이 뚝뚝 떨어지는 듯한 얼굴로 그의 아내는 발을 굴러댔다.
"그저 잠시 잠깐 정신이 깜빡 나갔는지도 모르는디."
"금메, 그려도 고이 넘어가덜 않는단 말이오. 그 사람이 누구요? 지주총대 아니요, 지주총대. 우리야 걱정 말고 얼렁 뜨란 말이오, 얼렁."
그녀는 울먹이며 남편의 등을 밀었다.
"그려, 새끼덜 굶기지 말소 이."
"야아…… 산으로 들어가씨요, 산으로……."
허리끈을 질끈 동여맨 차 서방은 사립을 나서자마자 뛰기 시작했다.
그러나 차 서방은 동네를 벗어나지 못하고 몽둥이를 든 서너 명의 지주총대들에게 붙들리고 말았다.
나기조는 죽지는 않았다. 그러나 몸을 전혀 움직이지 못했다. 한의원은 척추가 부러진 것이라고 진단했다. 한의원이 고개를 내둘렀으므로 나기조는 군산의 병원으로 실려갔다.
"나가 그놈 심뽀 고약허기가 놀부 저리 가라 허등마 기연시 일 당해뿌렀네그려."
"그나저나 허리가 뿌러졌는디 고것이 성허게 붙을랑가 몰라?"
"무신 태평헌 소리여? 살란지 죽을란지 몰른다는 말 듣지도 못

혔어?"

"그려, 살아나도 평상 빙신으로 눠서 세월 보내야 헌다고 안 그러드라고."

"이, 허리야 몸에 기둥인디, 기둥이 뿌러졌으니 그 꼬라지 안 되겄는디."

"글먼 살아봤자 산송장 아니라고. 그 꼬라지 볼만허겄네."

"긍게로 사람이 맘얼 바르게 쓰고 살어야 허는 것이여. 부처님이 공연시 인과응보라고 갤치셨가디."

동네가 어수선한 가운데 사람들은 여기저기 모여서 입을 모았다. 그러나 그 누구도 나기조의 편을 들지 않았다.

"심뽀 사나운 나가야 그렇다 치고, 차 서방언 어찌 될랑고?"

"글씨…… 차 서방이 탈이제."

"그 사람, 내빼라먼 홍길동이 둔갑술언 못 써도 송수의 장수맨치로 날쌔게 내뛰었어야제, 어쩌다가 잽히고 그려."

"아이고, 속편헌 소리 말소. 그 사람이야 잽히고 잡어 잽혔겄능가."

"그나저나 차 서방 생각히서도 나가가 죽지 말고 살아나야 되겄구마."

"나가가 살아나먼 차 서방도 별일 없이 넘어가게 될랑가?"

"전수 무사허기야 허겄능가. 우선에 죽는 것 면허고 징역살이럴 해도 그것이 얼매나 다행헌 일이겄어."

"몰르겄네…… 부안서 총대럴 패기만 헌 사람도 징역살이럴 안 시키고 험허게 했다는 소문 아니드라고."

"참말로 빌어묵을 시상이시. 겁믹이고 즈그 맘대로 헐라고 사람 목심얼 포리목심으로 몰아치니."

"차 서방이 젊어서 그리된 것이제. 도장얼 못 받아도 끝꺼정 참었어야 허는디."

"무신 소리여. 도장얼 안 눌러준 나가가 틀려묵은 것이제. 그런 경우넌 늙다리도 못 참을 일이여."

"그렇제. 넘 논 생짜로 뺏을라고 흑심 품은 나가가 백번 잘못헌 것이고말고."

"하먼, 그리된 논이 어디 한둘이여. 그런 사정 뻔허니 암스로도 억지럴 부린 나가가 명 재촉헌 것이제."

사람들은 하나같이 차 서방 편이었다. 그건 지주총대들에 대한 감정 때문만이 아니었다. 논들의 경계가 불확실하고, 논들의 넓이가 부정확하듯이 논의 소유권도 서류와 일치하지 않은 것이 얼마든지 있었던 것이다. 서로 믿거라 하는 사람들일수록 논을 사고팔면서도 서류상의 소유권 이전은 중요시하지 않았다. 그건 무지와는 상관없이 인간관계에서 존중되는 미덕의 하나였다.

여자들은 여자들대로 모여 수군거렸다.

여자들도 남자들과 다를 것이 없이 차 서방의 편을 들었다. 그렇다고 무슨 해결의 방법이 찾아지는 것은 아니었다. 남자들과는 달리 여자들은 넋을 잃고 있는 차 서방의 아내를 찾아가 위로하는 것이 전부였다.

신세호는 뒤늦게 사건 전모를 알고는 망연히 하늘만 바라보고 있었다. 자신이 미리 알았더라도 해결하기가 어려운 문제였다. 만약 미리 알아서 주변 사람들을 증인으로 내세웠다 하더라도 그것을 인정하지 않으면 소용없는 일이었다. 신세호는 세상이 뿌리부터 뒤집히는 일대 변란이 일어나고 있는 암담함에서 벗어나지 못하고 있었다.

백종두는 주재소로부터 또 사건이 터졌다는 전화를 받으며 앞이 캄캄해지고 있었다.

"지주총대 허리가 부러졌다고요? 살았소, 죽었소?"

"아직 죽지 않고 군산 병원으로 실려갔는데, 어찌 될지 모르겠소."

"그 사람 이름이 뭐요?"

"내가 조센징들 이름을 일일이 욀 필요 없잖소."

화가 난 주재소장의 대꾸였다.

"그건 그렇고, 범인은 어찌 됐소?"

"현장에서 체포했소."

"아, 그것 참 잘됐소. 이번에도 도망을 갔더라면 어쩔 뻔했소."

"자아, 전화 끊겠소."

"아니, 아니. 그 범인은 어쩔 셈이오?"

백종두는 곧 상대방을 붙들고 늘어지듯 다급했다.

"일단 조사중이오."

"조사고 뭐고, 당장 총살시키시오, 총살!"

저쪽에서는 아무 대꾸가 없었다. 이미 전화가 끊겨 있었다. 백종두는 자신이 좀 지나쳤다는 것을 깨달았다. 너무 화가 나고 급한 김에 마치 직속상관이 명령하듯 해버린 것이었다. 그러나 자신의 뜻을 확실하게 못박은 것을 속시원하게 생각하고 있었다.

다음날 점심 무렵이었다.

"민나 아쓰마레, 아쓰마레(다들 집합해, 집합)!"

"다덜 모이란 말이여, 얼렁얼렁."

"아새끼덜도 다 딜고 나와!"

고샅마다 고함소리가 살벌하게 울리고 있었다. 그런데 고샅고샅을 누비고 있는 사람들의 모습은 고함소리보다 더 살벌했다. 총을 꼬나잡은 순사들은 곧 총을 쏘아댈 것 같은 기세였고, 몽둥이를 들고 그 뒤를 따르고 있는 면직원이나 지주총대들도 살기를 품고 있었다.

사람들은 영문을 모르고 집 밖으로 떼밀렸다. 겁질린 아이들도 어른들에게 손을 잡혀 고샅을 종종걸음 쳤다.

고샅길은 다른 고샅길로 이어지고, 동네의 모든 고샅길은 당산나무 앞 넓은 길로 모아지게 되어 있었다. 고샅길들이 합쳐지면서 점점 불어나고 있는 사람들은 서로서로 눈치보며 수군거리기 시작했다. 신세호는 그런 사람들 사이에 섞여 묵묵히 걷고 있었다. 사람들은 그 갑작스러운 난동의 연유를 알아내려고 했다. 그러나 쉴새없이 몰아대고 있는 고함소리에 밀려 당산나무 앞 넓은 길로 나섰다.

아름드리 당산나무는 연초록의 이파리들을 수없이 매달기 시작하면서 언제나처럼 제자리에 의연하고 듬직하게 솟아 있었다. 동네사람들은 노인네나 아이들이나 그 누구든 가릴 것 없이 동네 앞

넓은 길에 나서게 되면 으레껏 당산나무를 바라보게 되었다.

당산나무에 눈길을 보내는 사람들마다 흠칫흠칫 놀라고 있었다. 그 놀라움은 사람들 사이를 바람처럼 빠르게 퍼져나가고 있었다. 당산나무에는 한 사람이 묶여 있었던 것이다.

"저것이 차 서방 아니라고?"

어느 눈밝고 눈치 빠른 사람의 말이었다.

"그려……? 이, 차 서방이 맞네!"

"아이고, 일 터졌네!"

사람들은 마침내 모든 것을 알아차리고 말았다. 사람들 사이에서 바글거리던 불안스러운 수군거림이 비질을 해나가듯 가라앉아 가고 있었다. 그리고 사람들의 얼굴은 싸늘하게 굳어지고 있었다.

"저짝으로 둘러서, 저짝으로!"

고함소리는 계속 사람들을 몰아대고 있었다. 동네를 등진 사람들은 당산나무를 향해 반원을 그리며 모아서고 있었다. 아이들까지도 찍소리가 없었다.

"에에 또, 지금부터 중대 사실을 공포하는 바이니 다들 똑똑히 들어라. 저기 묶여 있는 차갑수는 어제 지주총대에게 폭행을 가해 치명상을 입혔다. 그 만행은 바로 총독부가 추진하고 있는 중대 사업인 토지조사사업을 악의적으로 방해하고 교란하는 용서할 수 없는 범죄행위인 것이다. 따라서 죄인 차갑수는 경찰령에 의하여 총살형에 처한다!"

니뽄도를 빼들고 선 주재소장의 칼칼한 외침이었다. 그 옆쪽으로 엄하고도 무서운 얼굴을 한 백종두가 버티고 서 있었다.

주재소장의 말이 끝나자 순사보가 달려가 검은 천으로 차 서방의 눈을 가렸다.

"아이고메에, 득보 아부지이!"

한 여자가 숨넘어가게 외치며 앞으로 내달았다. 그 뒤를 두 아이가 울면서 따르고 있었다.

"득보야, 옥녀야아!"

몸 묶인 차 서방이 몸부림을 쳐댔다.

차 서방의 아내와 두 아이는 순사와 지주총대들에게 붙들려 당산나무 그늘 밖으로 끌려나갔다. 차 서방 아내의 외침과 두 아이가 아버지를 부르는 소리가 길게 이어지고 있었다. 사람들은 하나같이 얼어붙어 있었다.

"사격억 준비!"

주재소장이 니뽄도를 치켜들며 외쳤다. 네 명의 순사가 일제히 총을 겨누었다.

"발사아!"

총소리가 진동했다. 차 서방의 몸이 불쑥 솟기는가 싶더니 이내 축 늘어졌다. 그리고 왼쪽 가슴에서 시뻘건 피가 쏟아지기 시작했다.

주재소장과 순사들은 곧 떠나갔다. 그러나 동네사람들은 흩어질 줄을 몰랐다. 그들은 모두 눈을 감고 서 있었다.

"해필허고 당산나무에다가……."

누군가가 중얼거리며 뿌드득 이빨을 갈았다.

2

광막한 땅

"자아, 오늘이 무슨 날인지 아시오?"

송수익은 모여앉은 사람들을 둘러보며 잔잔하게 웃음지었다. 그 눈길에 이미 오늘이 예삿날이 아니라는 의미가 담겨 있었다.

그러나 지삼출을 비롯한 여섯 사람은 서로 눈치만 살피고 앉아 있었다. 그들도 오늘이 색다른 날이라는 것을 짐작하면서도 막상 짚이는 것이 없는 얼굴들이었다.

"저어, 대장님 생신 아닌게라우?"

배두성이가 뚱하게 내놓은 말이었다.

"어허, 저 사람 또 저 소리. 그 말얼 그리도 못 고친가? 선상님이여, 선상님!"

지삼출이가 지체없이 면박을 주었다.

"이 사람, 그 말 고치자면 앞으로 몇 년 걸릴란지 몰를 것잉마."

천수동이가 피식 웃었다.

"사람이 저리 둔헝게 사흘거리로 필녀헌티 꼬집힘서 살제."

엇진 소리 잘하는 강기주가 얼른 말장단을 맞추며 키득 웃었다.

"아따, 너무 그러덜 마시게라우. 나야 낫 놓고 기역 자도 몰르는 무식쟁이로 평상에 선상님언 모신 일이 없고 대장님만 모셨응게 당연지사 아니당가요."

배두성은 두꺼운 입술을 쑥 내밀며 자신에게 말질을 한 세 사람을 마땅찮게 둘러보았다.

"허 참, 그려도 헐 말언 있네."

지삼출이 어이없어했다.

"하먼이라, 송장도 헐 말이 있다는디 의병 험스로 살아난 나가 어찌서 헐 말이 없겄소."

"어이, 자네 장허시."

지삼출은 헛웃음을 치고 말았다.

"그려, 절로 뚫어진 구녕잉게 맘대로 대장님, 대장님 혀. 밀정놈덜 손에 죽음서 우리 타박만 안 허먼 된게."

강기주가 엇지르고 있었다.

"헤, 걱정도 팔자시. 나가 미련허게 암디서나 그러간디? 대장님 앞이서만 살짝 그러는 것이제."

어눌한 듯하면서도 말대꾸에 지지 않는 배두성을 보며 사람들은 쿡쿡거리며 웃었다. 송수익도 빙긋이 웃고 있었다.

그들이 만주로 온 다음부터 송수익에 대한 호칭을 바꾸도록 했었다. 일본밀정들이 숨어들어 은밀하게 활동하고 있는 형편에서 의병이라는 것을 완전히 감추기로 한 것이었다. 그저 농사꾼으로만 행세하는 것이 신변보호에도 좋았고 투쟁을 은폐하는 데도 좋았던 것이다.

"오늘이 바로 청명이고, 상투를 자르는 날이오."

송수익이 모두를 둘러보며 말했다.

"야아? 상투요……?"

"아이고메 상투럴……."

그들은 하나같이 놀랐고, 서너 사람은 얼떨결에 상투를 잡기도 했다.

"진작에 상투들을 자르게 할까 했지만 날이 풀리기를 기다리고 있었던 것이오. 상투를 잘라버리면 만주 엄동이 더 춥기도 하고, 그동안 나를 보면서 마음들을 작정하기도 하라고……."

송수익은 그들에게 환기시키듯 상투를 잘라버린 자신의 머리를 쓸어넘겼다.

"저어…… 상투럴 꼭 짤라야 허능게라우?"

김판술이가 어려워하며 말을 꺼냈다.

"다들 상투 자르는 것을 어렵게 생각하지 마시오. 우리는 지금 만주땅에 와 있소. 우리는 이제 의병이 아니라 독립군으로 새롭게 시작해야 하는 거요. 모두 상투를 잘라내고 새 마음 새 뜻을 굳건히 하도록 합시다."

송수익의 말은 범접하기 어렵게 엄숙했다.

"야아, 알겄구만이라. 당장 짤르도록 허겄구만요."

지삼출이 무슨 작전 명령이라도 받듯 절도 있는 태도로 고개를 숙여 보였다. 지삼출의 그런 태도에 다른 사람들의 모습에서도 긴장이 드러났다.

"됐소. 다른 사람들도 다 작정이 되었소?"

송수익이 그들을 둘러보았다.

"야아……."

"그리허겄구만요."

송수익의 눈길을 따라 그들은 빠르게 대답해 나가고 있었다.

"글먼 가시개가 있어야겄제. 삼동에넌 이 드글드글허고 삼복에넌 땀 찐득찐득헌 이놈에 상투럴 서로서로 싹뚝싹뚝 짤라내 불드라고. 글먼 머리가 얼매나 가뜬허고 씨언허겄어."

사람들의 미련을 쓸어없애기라도 하려는 듯 지삼출은 이렇게 말하며 자리를 털고 일어섰다.

"자아, 가시개 여기 있소."

송수익이 조그만 나무상자를 열어 가위를 꺼내 보였다.

"아이고 참……!"

지삼출이 놀라움과 함께 민망한 기색으로 엉거주춤하고 있었다. 다른 사람들도 모두 놀라는 기색이었다.

"야아, 글먼 그것으로……."

지삼출이 허리를 굽히며 가위를 받으려고 했다.

"아니오, 그냥 앉으시오. 상투는 내가 다 잘라주리다."

송수익의 말이었다.

그들은 그만 어리둥절해졌다.

"뭐 그리들 놀랄 것 없소. 우리가 새 마음 새 뜻으로 뭉치자는 거니까. 자아, 머릿수건들 펴놓으시오."

송수익이 가위를 들고 일어섰다.

아, 상놈의 상투를 양반이 손수 잘라주다니. 이럴 줄 알았더라면 미리 머리를 감았어야 하는데…….

지삼출은 머릿수건을 방바닥에 펼치며 새삼스럽게 감동하고 있었다. 송수익 대장은 이미 의병활동을 하면서 양반과 상민의 차별을 전혀 두지 않았었다. 그러나 상것의 때 전 상투를 손수 잘라준다고 하니 그 송구스럽고 황감한 마음을 주체하기가 어려웠다.

다른 사람들도 머릿수건을 펼치며 서로서로 옆눈길로 눈치를 살피고 있었다. 그런 그들의 기색도 지삼출과 다를 것이 없었다.

"지삼출 동지, 우리는 오늘부터 새로운 독립군이오."

싹둑 머리카락들이 잘리는 소리와 함께 송수익이 한 말이었다.

"야아……."

그 싹둑 소리에 가슴이 철렁하는 것을 느끼며 지삼출은 된소리로 대답했다. 그런데 '동지'라는 말은 처음 듣는 것이었다. 의병을 하면서는 쓰지 않았던 말이었다.

싹둑거리는 가위질소리는 네댓 번을 더 울렸다. 그리고 지삼출의 앞에 펼쳐진 머릿수건 위에 잘린 상투가 툭 떨어졌다.

그 머리카락 뭉치를 보는 순간 지삼출은 마음이 이상야릇했다.

서운한 것도 아니고, 시원한 것도 아니고, 아까운 것도 아니고, 홀가분한 것도 아니고, 뭐라고 형용하기가 어려웠다. 그런데 정수리가 서늘한 느낌인 것은 분명했고, 내 꼴이 어떨 것인가 하는 걱정이 불쑥 일어났다. 그리고 잘린 상투가 무슨 혹처럼 흉하게 느껴졌다.

"김판술 동지, 독립군은 의병보다 더 힘들 것이오. 새 힘을 냅시다."

"야아……."

김판술 앞에 펼쳐진 머릿수건 위에 잘린 상투가 툭 떨어졌다.

"양승일 동지, 독립군은 농사도 짓고 싸우기도 해야 하오. 힘을 냅시다."

"야아……."

양승일 앞에 펼쳐진 머릿수건 위에 잘린 상투가 툭 떨어졌다.

"천수동 동지, 독립군은 우리 동포들도 지켜야 하오. 더 용맹스럽게 싸웁시다."

"야아……."

천수동 앞에 펼쳐진 머릿수건 위에 잘린 상투가 툭 떨어졌다.

"강기주 동지, 독립군은 마적떼하고도 싸워야 하오. 더 용맹을 떨칩시다."

"야아……."

강기주 앞에 펼쳐진 머릿수건 위에 잘린 상투가 툭 떨어졌다.

"배두성 동지, 우리는 오늘부터 독립군이오. 새 힘을 냅시다."

"야아……."

배두성 앞에 펼쳐진 머릿수건 위에 잘린 상투가 툭 떨어졌다.

"됐소, 이제 내 머리모양처럼 되도록 서로 다듬으시오."

송수익이 지삼출에게 가위를 건네고는 자리를 잡았다.

그들은 한동안 말없이 묵묵히 앉아 있었다. 그들은 송수익 대장이 한 말들을 되새기고 있었다.

"히, 귀신덜이 따로 없네."

배두성이가 또 뚱한 소리를 내놓았다.

"그려, 요 숭헌 꼴 누가 볼랑가 무섭구마. 얼렁 머리덜 다듬드라고."

김판술이가 말했다.

"요 모양얼 여자덜헌티 한분 귀경시키는 것이 어쩌겄소. 그냥 다듬어불기넌 아까운디."

강기주의 말이었다.

"또 싱건 소리허고넌. 자네보톰 얼렁 이리 오소."

지삼출이 가위를 바로잡았다.

"아니, 머리 깎을지나 알고 그러요?"

강기주가 어이없다는 표정이었다.

"알고 몰르고가 워딨어. 허먼 허는 것이제."

지삼출이 벌떡 일어났다.

그들의 머리는 산발되어 흘러내려 있었다. 그런데 헤풀어진 그 머리 모양들은 여자가 머리를 풀어헤친 것하고는 영 달랐다. 상투는 머리카락을 전부 위로 걷어올려 트는 것이었다. 그런데 그것을 잘라버렸으니 머리카락은 위는 짧고 아래로 내려올수록 길어지고 있었다.

그들은 머리카락을 잘라내고 다듬고 하느라고 한동안 분주하고 소란스러웠다. 그러나 아무리 애를 써도 그들의 머리모양이 기술자가 깎은 송수익의 머리모양처럼 될 리가 없었다.

"흐흐흐, 천상 꽁지 빠진 수탉이로시."

"헤헤헤, 자네넌 칠월칠석 까치 대가린디."

"다덜 쥐 뜯어묵은 상호여."

그들은 서로의 변한 모습을 보며 웃음을 참지 못하고 서로 놀려댔다.

"우선 그만하면 됐소. 가시개 놀리는 것이야 여자들이 훨씬 더 나을 거니까 이따가 더 손질해 달라고 하시오. 허고, 오늘 점심에는 술을 한잔씩 하도록 합시다."

송수익이 지삼출에게 돈을 건네주었다.

"아이고, 술맛 보기 몇 년 만이다냐!"

술배가 큰 배두성이가 엉덩이를 들썩하며 반색을 했다.

"어이, 만주에 온 담날 묵었응게 육칠 년이 되았구만."

강기주가 기다렸다는 듯 잽싸게 엇지르고 들었다.

"아따, 강생언 나허고 무신 웬수졌소. 말끝마동 그리 토럴 달게."

배두성이가 뿌루퉁해졌다.

"그렁게 말얼 아구 맞게 똑바라지게 혀. 토 다는 나넌 심 안 드는지 알어?"

강기주가 되치고 나왔다.

"어이 두성이, 술 받으로 가게 일어나소. 자네 열을 합해놔도 저 사람 말재주에넌 못 당헝게."

지삼출이 몸을 일으켰고, 송수익은 빙그레 웃고 있었다.

"죽으면 입보톰 썩을 것잉마."

배두성이 따라 일어서며 내뱉었다.

"하이고, 오기넌 창창허시."

강기주가 헛웃음을 쳤다.

그들은 상투와 머리카락이 든 머릿수건을 움켜쥐고 방을 나섰다.

"아이고, 머리가 썬들허시."

"이, 찬바람이 휙 도는디."

"이러다가 고뿔 드는 것 아니여?"

"먼 소리여. 청명 한식에넌 동냥아치 고뿔도 나가는 법이시."

"어허, 몰르는 소리 말드라고. 그 말이야 우리 전라도땅에서나 맞는 말이제 여그넌 만주란 말이여. 전라도서넌 진달래고 개나리가 다 피었다 지고 쑥이 통통허니 살찜서 낭구마동 잎사구덜이 푸지게 돋을 것인디, 여그서야 무신 꽃이고 잎이고 간에 어디 귀경헐 수가 있능가. 엊그저께 눈이 펴붓덜 안혔냔 말이여."

"허기넌 그려. 오늘은 또 어쩔라고 하늘에 저리 구름이 찌고 바람꺼정 일어나네그랴."

"만주가 사람 살 디 못 된당게. 어쨌그나 우리 고향땅이 질이제."

그들의 이야기는 자기들도 모르는 사이에 또 고향으로 모아지고 있었다.

만주의 4월 초순은 봄기운을 느낄 수가 없었다. 꽃도 피지 않았고 나뭇잎도 돋지 않았다. 벙거지를 쓰지 않고는 머리가 얼어 옆집도 오갈 수 없을 지경인 한겨울 추위는 많이 풀리기는 했지만 하늘에 구름이 자주 끼고 바람이 세차게 불고는 했다. 그러다가 눈이 퍼붓기도 했다. 그들에게 그런 날씨는 고향의 겨울이나 마찬가지였다.

"얼렐레, 저것이 무신 꼴이랴!"

필녀가 제 남편 배두성을 보고 소스라쳤다.

"어찌 그리 놀랜다? 개명헌 신식으로 더 잘나 보이덜 안혀?"

배두성이는 짧아진 머리를 긁적이며 씨익 웃어 보였다.

"하이고, 이 도령 찜쪄묵게 잘나 뵈능구만그랴." 필녀는 헛웃음을 흘리며 어처구니없어하고는, "모과뎅이가 메주뎅이가 되야부렀어. 무신 넋나간 재앙얼 떨고 댕기는겨." 그녀는 눈을 부릅뜨며 소리를 질렀다.

"잔말 말어. 선상님이 손수 짤라주신 것잉게."

"머시여? 선상님이……?"

"그려, 우리 싹 다 짤랐어."

필녀는 그때서야 무슨 일이 있었는지 짐작했다. 송수익 대장님이 시킨 일이라면 더 할 말이 없었다.

"상투럴 짤랐으면 남치기 머리럴 잘 깎아야제 고것이 무신 꼴이여. 꼭 쥐 뜯어묵은 것맨치로."

필녀는 남편이 더 못생겨 보이는 것 같아 아무렇게나 깎인 머리 모양을 트집 잡고 들었다.

"남자덜 솜씬게 그렇제 머. 글안해도 선상님 말씸이, 가시개 놀리는 것이야. 여자덜이 훨썩 나슬 것잉게 뒷손 봐주라고 허라 그러시등마."

"그려, 욜로 앉드라고."

필녀는 배두성의 소매를 잡아끌었다.

"아니여, 이따가 혀, 이따가. 나 시방 어디 가야 혀."

"아니, 요 꼬라지 허고 어디럴 간다는 것이여. 요것이 사람 상혼지 알어?"

성질이 돋은 필녀는 밖으로 나가려는 남편을 사정없이 잡아챘다. 필녀는 더 못생겨 보이는 남편을 남들에게 보이는 것이 수치스러웠던 것이다.

"선상님이 술 받아오라고 허셨당게."

배두성은 아내의 속을 들여다보고 '선생님'을 앞세웠다.

"헹, 선상님 팔먼 머시고 다 되는지 아는감만? 술탁보넌 누군디."

필녀는 매정하게 자르며 가위를 집어들었다.

"어이 두성이, 금세 온다든 사람이 낮잠 자고 있능가?"

밖에서 들리는 지삼출의 목소리였다.

"나 시방 못 가게 생겼구만이라."

배두성이가 발을 뻗쳐 방문을 밀었다.

"이, 발써 시작이여? 이 집 열녀 났네그랴."

지삼출이가 머리를 손질하고 있는 필녀를 쳐다보며 빙긋 웃었다.

"음마, 아재넌 영판 젊어 보이시요 이. 아주 좋구만이라."

필녀가 눈을 동그랗게 떴다.

“체에, 넘 밥에 콩이 커 보이는 법잉게.”

배두성이가 뚱하니 말했다.

“하이고, 귀동냥언 또 혔네. 지 못난 것언 몰르고.”

필녀가 거침없이 퉁을 놓았다.

“아이고, 시방 집집마동 웃고 놀리니라고 난리 났네. 근디, 자네 머리 깎는 솜씨가 아조 좋덜 안혀?”

지삼출은 필녀의 말이 너무 민망해서 얼른 다른 말을 둘러댔다.

“아재도 깎아디릴게라?”

필녀가 약간 웃었다.

“이, 좋제.”

지삼출은 흔쾌하게 대답했다.

지삼출과 배두성이가 20리 밖 중국상점으로 술을 사러 떠난 동안에 필녀와 수국이는 물론이고 감골댁까지 나서서 남자들의 머리를 손질해 주느라고 바빴다. 다른 집 여자들은 아이들이 어려서 만주 추위를 피해 날이 완전히 풀리면 공허가 데려오기로 했던 것이다.

그들은 만주로 옮겨오자마자 집짓기에 모든 힘을 쏟았던 것이다. 날씨가 추워지기 시작해서 밤낮을 가리지 않고 일을 해야 했다. 오두막 네 채를 가까스로 지었을 때는 얼음이 어는 추위가 닥쳐와 있었다. 집짓기에는 송수익까지도 팔을 걷어붙이고 나섰던 것이다.

“참 요상허시. 만주넌 산도 낭구덜도 조선허고 다 똑겉은디 어찌서 땅만 요리 시컴허고 이렁고?”

흙을 이겨대며 누군가가 말했다.

그러면 송수익은 밥때 틈을 내서 그 까닭을 설명하고는 했다.

"이 만주는 200여 년 동안이나 봉금령(封禁令)이 내려졌던 땅이오. 봉금령이란 청나라를 세운 누르하치가 태어난 만주땅을 신성시하여 사람 출입을 일절 금지했던 금족령이오. 그 봉금령을 어기면 중죄인으로 다스려 죽였소. 200년 동안이나 그랬으니 이 넓고 넓은 만주벌판이 어찌 되었겠소. 무인지경에 짐승들 천국이 되지 않았겠소. 그 긴 세월 동안 나무들도 무성하게 자라면서 낙엽이 떨어져 쌓이고 썩고, 또 떨어져 쌓이다가 썩고는 한 것이오. 그래서 땅 색깔이 그렇게 시커멓게 변해 부엽토가 된 것이오."

"글먼 땅이 따로 거름 줄 것이 없이 아조 걸겄구만이라?"

"잘 맞혔소. 그래서 만주땅이 넓고도 농사가 잘된다고 소문나지 않았소?"

"근디 만주벌판이 끝도 안 보이게 넓다는 소문은 거짓말 아닝게라우?"

"아, 여기만 보면 그리 생각할 수 있소. 허나 여기서 한 300리만 올라가면 정말 끝도 한도 없는 벌판이 넓고 넓은 바다처럼 펼쳐져 있소. 길림이라는 데를 가면 동서남북 오륙백 리가 넘게 망망한 벌판이오. 징게 맹갱 들이 넓다고 하나 그보다 수십 배고, 징게 맹갱 들에 드문드문 솟아 있는 야산 같은 것도 그 벌판에서는 볼 수가 없소. 여기도 산줄기 사이사이로 들이 넓기는 하지만, 만주땅으로 보자면 산골인 셈이오. 여기 산줄기들이 저 동쪽 백두산에서부터 뻗어내리는 것인데, 우린 앞으로 왜놈들과 싸워야 하니까 압록강이 가까우면서 산들이 많은 이곳에 자리잡은 것이오."

"그 너른 벌판에 다 농사럴 짓는게라?"

"아니오, 농사를 짓기는 하는데 그냥 버려둔 땅이 더 많소."

"어메 아까운 거. 글먼 그 땅언 임자가 없능게라?"

"아니오, 임자가 다 있소. 농사지을 소작인들이 없어서 묵혀두는 것이오."

"저어, 용정이라는 디도 가보셨능게라? 우리 조선사람덜도 많고, 사람 살기도 좋다는 소문이든디요."

"다 돌아봤소. 소문대로 조선사람들이 중국사람들보다 훨씬 많기는 한데 사람 살기는 고약한 땅이오. 무슨 말인고 하니 용정은 군산이나 전주 같은 데하고 다를 것이 없이 왜놈들 손에 틀어잡혀 있는 형편이오. 왜 그런고 하니 왜놈들은 을사보호조약을 체결하자마자 득달같이 통감부 간도출장소를 용정에 설치했다가 합방 1년 전에 일본총영사관으로 바꿔서 헌병이고 경찰들을 대폭 늘린 것이오. 그건 다 조선사람들을 꼼짝 못하게 다스리자는 수작이었소. 형편이 그리되어 내가 갔던 작년 이맘때는 벌써 독립운동하는 사람들은 얼씬도 못하도록 수사망이 짜여져 있었고, 기왕에 자리잡고 있던 독립운동가들도 다른 데로 피신을 하는 처지였소."

송수익은 명동촌에서 잠시 만났던 여준 선생을 생각했다. 서전의숙 선생을 지내며 독립운동을 해온 그분은 용정에서 빠져나와 연해주로 가야 할지 서간도로 가야 할지를 숙고하고 있었다.

"신채호 선생께서도 머지않아 연해주를 뜨실 의향을 가지고 계시더군요."

송수익은 연해주를 거쳐온 소식을 알리지 않을 수가 없었다.

"어인 연고로 그러시던가요?"

여준은 놀라움을 감추지 않았다.

"예, 여러모로 형편이 여의치 않다고 하시더군요. 재산을 모은 동포들은 나라에 대한 반감이 깊어 독립운동을 탐탁지 않게 여기며 협조가 냉담하고, 일반 동포들은 생활이 곤궁하고, 권업신문 발행도 여간 애로가 많은 것이 아닌 모양이었습니다."

"부자들이 냉담하다……." 여준은 중얼거리며 한동안 말이 없다가, "그럴 법도 합니다. 함경도사람들은 조선왕조에 너무 괄시를 받고 홀대를 당해 원한이 사무쳤을 겁니다. 만주도 아니고 연해주까지 가서 재산을 모은 사람들이면 그 원한이 얼마나 더 크겠습니까. 허나, 그 사람들이 이제 조선왕조는 무너져 없어져 버린 것이고, 우리가 찾아야 될 나라는 새 나라라는 것을 이해하고 생각을 바꿔 먹어야 할 터인데……." 그의 말은 침통했다.

"예, 신채호 선생께서도 같은 내용의 말씀을 하셨습니다. 걱정을 하시면서도 앞으로 차차로 생각들이 깨어날 거라고 하시더군요."

송수익의 눈앞에는 신한촌 산비탈에서 블라디보스토크 만(灣)을 붉게 물들이는 노을을 바라보고 선 신채호 선생의 모습이 선하게 떠오르고 있었다. 살이라고는 붙지 않은 작은 체구는 너무 쓸쓸하고 괴로워 보였다. 그러나 그 작은 체구가 나약하거나 허약하게 보이지는 않았다. 그분의 작은 체구는 무쇠처럼 단단하고 강건하게 무너진 나라의 한쪽을 떠받치고 있었다.

"하얼빈을 거쳐 여기까지 오시었다니 그 발길이 벌써 수수천리 아닙니까. 과시 의병대장다우신 담력이고 용맹이십니다. 두루 돌아보시면서 느끼시겠지만 투쟁지로는 서간도 일대가 마땅하지 않을까 합니다. 제반 입지조건들이 그만하기가 쉽지 않을 것 같습니다."

체구보다 수백 배 수천 배 큰 의지와 열정을 눈에 담은 신채호 선생의 말이었다.

"예, 소생도 그리 생각합니다. 언젠가 또 뵐 수 있었으면 합니다."

"예, 뜻이 같으니 언제든지 또 만날 수 있을 것입니다."

신채호는 시가지와 맞닿아 있는 중앙부두 옆에 있는 마차역까지 송수익을 배웅하려고 나왔다.

"우리 동포들 마을은 애초에 저 고개 너머 시가지 우측 해변가에 있었습니다. 헌데 사람들이 자꾸 불어나고 장터까지 생기고 하니까 러시아관청에서 이 구석지 산비탈로 몰아낸 것입니다. 새로 마을을 이루면서 신한촌이라 이름 붙인 것이지요."

신한촌의 비탈길을 내려오면서 신채호가 한 말이었다.

폭넓은 긴 만을 양쪽에 끼고 있는 블라디보스토크라는 항구도시는 크고 작은 야산들의 비탈을 따라 이루어지고 있었다. 그래서 길들도 거의가 경사져 있었다. 신한촌은 중앙부두와 맞뚫린 대로를 넘어 그 반대쪽에 있어서 시내에서는 보이지 않았다. 야산 아래서부터 자리잡기 시작한 신한촌의 집들은 이제 중턱을 넘어서고 있었다.

송수익은 신채호의 말끝에서 한숨이 묻어나오는 것을 느끼고 있었다.

"만주는 물론이고 이 연해주 일대도 실은 다 우리 땅이었습니다. 보시면 아시겠지만 지형도 나무들도 조선과 다를 것이 없습니다. 싸리나무가 많아 동포들이 싸리비를 엮어 러시아사람들한테 팔고 있습니다. 여기가 다 발해의 영토였고, 도처에 발해의 유적들이 남아 있습니다."

신채호는 시가지가 한눈에 내려다보이는 고갯마루에 이르러 이렇게 말했다.

송수익은 그 말에서 사학자다운 면모와 동시에 나라 잃은 독립운동가의 깊은 회한을 느끼고 있었다.

"근디 저어, 어찌서 용정에넌 조선사람덜이 그리 몰켜살게 되었능게라?"

송수익은 회상에서 깨어났다.

"그게 그럴 만한 까닭이 있소. 산이 너무 많은 함경도의 가난한 사람들이 농토를 찾아 청나라의 봉금령을 어기면서 두만강을 건너다닌 것이 벌써 수십 년 전부터였소. 밤에 두만강을 건너가 만주땅에 농사를 짓고 새벽이면 돌아오고는 하는 것이오. 그러다가 잡히면 월강죄로 목숨을 부지할 수가 없었소. 허나 배곯는 사람들은 그 죄를 무서워하지 않았소. 사람들은 자꾸 강을 건너갔고, 청나라도 힘이 쇠해지면서 봉금령도 흐지부지되기 시작했소. 그러자 조선사람들은 만주땅으로 파고들어 들이 넓고 물길이 좋은 용정에 다 붙박이로 터를 닦게 된 것이오. 실은 이 만주땅이 예전에는 다 우리 땅이었소. 백두산이 가운데 솟아 북쪽으로 산줄기들이 뻗어 내린 땅이 만주고, 우리 선조들이 고구려라는 나라로, 또 발해라는 나라로 이 만주땅을 다스렸던 것이오."

송수익은 밥때만이 아니라 밤에도 그들을 모아놓고 여러 가지 이야기를 했다. 그건 교양교육이면서 정신무장이었던 것이다.

지삼출과 배두성은 생각보다 빨리 술을 사왔다. 그들은 새 기분으로 모두 둘러앉았다.

"이제 날도 풀렸으니 우리는 내일부터 급히 할 일이 있소. 우리가 진작 보아둔 대로 논을 푸는 일이오. 머잖아 식구들도 오게 되는데 금년부터는 추수를 해야 하오. 허고, 땅을 찾아오는 동포들을 한 가구라도 더 여기에 정착하도록 해야 되겠소. 여기 농토 넓이면 사오십 가구는 있어야 될 것이오. 하루라도 빨리 마을이 이루어져야 우리 힘이 커지지 않겠소. 자아, 마음들 단단히 먹고 한잔씩 합시다."

송수익이 잔을 들었다. 그들도 모두 잔을 들었다.

송수익은 며칠 뒤에 새벽길을 나서 합니하(哈泥河)로 가는 마차를 탔다. 독립군들을 양성해 내기 위해 설립된 신흥강습소 개소식에 참석하기 위해서였다.

작년부터 추진하기 시작했던 일이 마침내 결실을 본 것이었다. 만주에서 독립군을 길러내는 학교를 최초로 세우기로 발기한 사람은 우당 이회영이었다. 송수익은 서울사람 이회영에 대해 남다른 인상을 가지고 있었다.

송수익은 서간도땅을 밟은 다음 환인현에서부터 여러 현을 돌아다녔다. 의병활동을 하다가 압록강을 넘어온 사람들을 찾아다닌 것이었다. 동포들의 마을에 의지해 가며 소부대를 이루고 있는 의병대는 특히 환인현에 여럿이었다. 거기에 의병대가 많은 것은 환인현이 압록강과 접해 있는 까닭이었다. 그 의병대들은 거의가 평안도사람들이었다.

그런데 의병장들은 하나같이 임금을 하늘로 떠받드는 복벽주의자들이었다. 송수익은 그런 사람들과 뜻을 합칠 수가 없어서 번번이 돌아서지 않을 수가 없었다. 통화현을 거치고 유하현 삼원보에 이르렀다. 거기서 만나게 된 사람이 이회영이었다.

이회영은 투철한 개화사상을 가진 인물이었다. 그리고 그 사상을 몸소 실천하고 있었다. 종이든 상민이든 독립운동에 뜻을 두었으면 손을 맞잡으며 '동지'로 호칭하고, 존댓말을 사용하는 것이었다. 이회영의 그런 언행이 자신보다 더 철저한 것을 송수익은 느낄 수 있었다.

그런데 또 한 가지 놀라운 일이 있었다. 이회영은 1910년 말에 만주로 건너왔는데, 혼자서만 온 것이 아니었다. 6형제가 모두 가산을 정리하여 가족들까지 데려온 것이었다. 그 일가의 나라를 되찾겠다는 뜨거운 일념에 송수익은 머리가 숙여졌다.

송수익은 부하들이 만주로 이동해 오기 전에 최적의 투쟁지를 물색해 두어야 했다. 그건 공허와의 약속이었다. 그래서 석 달에 걸쳐 길림에서 하얼빈으로, 하얼빈에서 연해주로, 연해주에서 북간도로, 북간도에서 서간도로 돌아왔던 것이다. 그리도 여러 곳을 거쳤으면서도 통화에 자리잡기로 마음을 굳혔던 것은 두 가지 이유 때문이었다. 첫째, 통화가 독립군을 유지하고 보존하는 데 있어서나 국내의 일본군들을 상대로 싸우는 데 있어서나 여건과 입지조건이 그 어느 곳보다 나았다. 둘째, 이회영 형제들을 비롯한 독립운동가들이 독립운동 기지를 건설할 종합적인 계획을 세우고 있었다.

신흥강습소가 자리잡은 주변 경관은 마치 절터처럼 아늑하면서도 수려했다. 줄기를 이룬 산들이 넉넉한 품을 벌리며 에워싼 가운데 넓은 평지가 펼쳐져 있었고, 강습소는 산줄기의 가장 높은 봉우리를 호위병 삼듯 등지고 아담하게 서 있었다. 그런데 강습소의 크기에 비해 평지가 너무 넓은 것만 같았다. 그러나 그 강습소는 예사 학교가 아니었다. 독립군들을 길러낼 곳이었다. 그 넓은 평지는 훈련장으로 안성맞춤이었던 것이다.

송수익은 그런 터를 골라낸 눈에 저으기 놀라며 몇 번이고 사방을 둘러보았다. 그 땅과 강습소는 이회영 형제들이 사비를 들여 마련한 것이었다.

송수익은 뜻밖에 반가운 사람을 만나게 되었다. 작년에 명동촌에서 만났던 여준이었다.

"어인 일이십니까, 여 선생님."

송수익과 여준은 서로 손을 마주 잡았다.

"송 선생님과 인연이 깊습니다. 소생이 강습소에서 일하게 되었습니다."

여준은 신흥강습소 선생으로 온 것이었다.

"아 참 잘되셨습니다. 언제 오시었습니까?"

"며칠 안 됐습니다. 송 선생님께서 오늘 꼭 나오실 거라기에 미리 안부를 드리지 않았습니다."

"예에, 여독도 못 푸시고 강습소 일도 얼마나 바쁘셨겠습니까."

송수익은 굳이 용정의 사정은 묻지 않았다. 그가 1천 리 가까운 험로를 헤치고 서간도로 옮겨온 것으로 그 답은 충분했던 것이다. 서간도의 봉천도 일본영사관의 힘이 팽창되면서 나날이 위험지대로 변해가고 있었다. 봉천에서는 이미 보민회(保民會)니 거류민회니 하는 조선인 친일단체들이 생겨나 있었다. 그리고 그 조직이 다른 지역으로 퍼지고 있다는 것이었다.

"……우리의 목적이 독립군들을 양성해 내는 데 있는 이상 마땅히 그 명칭을 신흥무관학교라 해야 할 것입니다. 허나 중국관청과의 입장이 있고, 중국관헌들을 사주하는 왜놈들의 마수가 있고, 갈수록 늘어나는 밀정들의 침투 같은 것을 고려해 조선사람들의 단순한 교육기관인 것처럼 하기 위해 신흥강습소라고 한 것입니다. 이 점 여러분들께서……."

이회영의 인사말을 겸한 강습소 설립에 대한 경과 보고였다.

강습소 개소식은 조촐하게 끝났다. 모인 사람들도 많지 않았다. 30명 남짓이었다. 사람을 신경써서 골랐다는 것을 알 수 있었다. 임금을 떠받드는 사람들은 한 명도 보이지 않았던 것이다.

교주(校主)는 강습소 설립에 비용을 전담하다시피 한 이석영이었고, 교장은 이상룡이었다. 이상룡은 경상도의 대표적인 유림이면서도 드물게 개화사상을 소화한 인물이었다.

송수익은 집으로 돌아오는 마차 안에서 줄곧 가슴 벅찬 감격을 느끼고 있었다. 젊은 독립군들을 길러내는 신흥무관학교—그건 만주땅에 비치기 시작하는 서광이었다. 만주땅에서 보이기 시작하는 희망이었다. 자신은 돈이 없어 그 학교 설립에는 아무런 보탬이 되지 못했다. 그러나 앞으로는 어떤 방법으로든지 힘을 보탤 작정이었다. 의병 잔류병들만으로는 새로운 독립군이 이룩될 수 없었다. 일본과의 싸움이 하루이틀로 끝날 것이 아닌 바에야 당연히 젊은이들을 길러내야 했다.

송수익은 신흥무관학교가 앞으로 창창하게 뻗어나가기를, 독립군들을 수없이 길러내기를 간절하게 빌었다.

3

벽 그리고 벽

먼 산이며 가까운 들이 싱그럽고도 두툼한 초록빛으로 온통 물들고 있었다. 뻐꾹새 울음이 구슬프게 시작될 때만 해도 나뭇잎들이나 들풀의 초록빛에는 노란색이 연하게 감돌고 내비쳤다. 어린 버들잎에만 연노란색이 보드랍고 아련하게 돋아 올라 유록색이라 이름하는 것이 아니었다. 나무라는 나무의 어린 잎들은 모두 노르스름한 빛을 초록색 속에 품어 또다른 유록색들을 만들어내고 있었다. 다만 버들의 어린 잎이 치장하고 있는 연초록색이 유난히 곱고 그 자태가 유독 빼어나 '유록색'이라고 두루 부르는 것이었다.

연초록색의 어린 나뭇잎들은 햇병아리의 솜털처럼 보드랍고, 젖내 나는 아기의 발가락들처럼 앙증스럽고, 부끄러움 많은 처녀의 속살처럼 신비스러웠다. 나무들마다 감도가 다른 연초록 잎들이 뻐꾹새의 틉진 울음을 따라 차츰차츰 무성해지면 산들은 더할 수

없이 오묘한 환상의 옷을 입게 된다.

산마다 울리는 뻐꾹새의 틉진 울음소리가 구성지다 못해 사무쳐 자지러지면서 보리이삭이 패고, 나뭇잎들도 차츰 연초록색에서 진초록색으로 모습을 바꾸어갔다. 그즈음부터 한낮의 햇살은 따갑기 시작하고, 나무숲 그늘은 녹음이라 불러야 제격이었다.

산과 들녘에 초록빛이 짙어질수록 그와는 반대로 누른빛이 진해지는 데가 있었다. 보리밭이었다. 보리밭은 하루가 다르게 색깔이 황금빛으로 변해가며 타작을 재촉하고, 여름양식 장만해서 논농사를 시작해야 할 고비에 찾아드는 명절이 단오였다.

녹음 풍성한 속에 단오가 왔건만 그 어디에서도 명절 기분이라고는 느낄 수가 없었다. 동네마다 높고 실한 나뭇가지에 매는 그네를 찾기가 어려웠고, 장터마다 벌이는 씨름판은 더구나 찾을 수가 없었다.

공허는 험악해진 세상살이를 다시금 절감하면서 햇볕 속을 바삐 걷고 있었다. 추석만큼 중히 여기는 단오 명절이 이렇듯 썰렁하게 그냥 지나가는 것은 전에 한 번도 본 일이 없었다. 추석이 쌀농사의 수확을 고마워하고 자축하는 명절이라면, 단오는 보리농사의 수확을 기뻐하고 여름농사를 더 잘 짓자고 힘을 모으는 명절이었다. 사람들이 단오 쇠기를 작파해 버린 것은 다 토지조사사업 탓이었다. 땅을 마구잡이로 빼앗는 것만이 아니라 사람의 목숨까지 마구잡이로 죽여대는 판이니 그 누구든 명절을 쇨 신명이 날 리가 없었다.

공허는 길 왼쪽으로 발길을 옮겨가며 걸었다. 앞길 오른쪽 나무 그늘에서 농사꾼 내외가 점심을 먹고 있었던 것이다. 남의 밥상을 넘볼 수 있도록 가까이 다가서는 것은 예의가 아니었다. 더구나 승려에게 동냥하는 것을 공덕으로 삼고 있는 세습에 눈치 없이 밥 먹는 사람들 옆으로 다가가면서 마음의 부담을 주는 것은 중이 할 짓이 아니었다.

"시님, 시님! 여그 잠 보시제라."

그들 내외를 지나쳐 네댓 걸음 옮기고 있을 때 남자의 목소리가 다급하게 들려왔다. 공허는 못 들은 척 그대로 걸음을 옮겼다. 보나마나 내외가 짧게 의논했을 것이고, 여분 없는 자기네들 밥을 줄여 점심공양을 시키자는 것일 터였다. 힘든 농사꾼들에게 그런 폐를 끼치고 싶지 않았다.

"시님, 시님! 여그 잠 보시랑게라."

다시 들려오는 소리는 여자의 목소리였다. 공허는 걸음을 멈추었다. 인사라도 하고 떠나야 예의였던 것이다. 공허는 천천히 몸을 돌렸다.

"시님, 찬언 없어도 여그 진지럴……."

내외는 몸을 일으켜세우고 있었고, 남자가 어려워하며 말끝을 흐렸다.

"나무관세음보살, 소승언 아칙공양얼 느직이 헌 참이라 안직 시장털 않구만이라. 보살님네나 많이 드시씨요."

공허는 합장을 해 보였다.

"아니구만이라. 꼭 진지만 드시란 것이 아니고 여쭤볼 말씀이 있어서 그러는구만요. 저어 머시냐……."

이번에는 여자가 머릿수건을 풀고 합장하며 말했다. 그 여자는 곧 이쪽으로 걸어올 것 같은 몸짓이었다. 공허는 여자의 말에서 남자와는 다른 재치를 느끼고 있었다. 그건 그냥 보내지 않겠다는 마음의 표현이었다.

"어허, 무신 말씀이간디……."

공허는 빙그레 웃으며 그들에게로 걸음을 옮기기 시작했다. 보시행을 실행해야 하는 중은 중생의 지극한 보시를 외면하거나 묵살할 자격이 없었던 것이다.

"시님, 여그 그늘로 좌정허시게라. 즈그가 막 밥술얼 뜨든 참인디, 쌀밥언 아니라도 시님도 한술……."

"야아, 그것만이 아니구만이라우. 즈그덜이 요분참에 가심 터질 원통헌 일얼 당혔는디 그 일얼 어째야 좋을란지 여쭤볼라고……."

남자의 말을 여자가 재빨리 고쳐잡으며 자리를 권했다.

"이거 참, 지내가는 땡초 하나 그냥 몰른 척허실 일이제. 시장허신디 어서덜 진지 잡수시씨요."

공허는 그늘진 풀밭에 자리를 잡고 앉으며 두 내외를 바라보았다.

"시님, 시장허신디 여그……."

여자는 삼베보자기 귀에다 씩씩 문지른 숟가락을 쑥 내밀었다.

"아니구만이라. 아까 말씀디린 대로 소승언 아칙공양얼 느직허니 허고 질얼 나슨 참이라 하나또 시장허덜 않구만요. 소승얼 불러

앉힌 그 맘으로 배가 터지게 불른게 소승 걱정 마시고 두 양반이나 얼렁 드시게라."

공허는 손만이 아니라 고개까지 저으며 사양했다. 시장하기야 했지만 아예 숟가락을 들지 않기로 작정하고 되돌린 걸음이었던 것이다. 먹물옷을 걸친 자의 길은 어차피 고행의 길이었고, 모내기나 가을걷이의 새참이 아닌 농사꾼의 여분 없는 점심을 축낸다는 것은 고행자의 도리가 아니었다.

"아니 시님, 씨커먼 보리밥에 찬이 없어서 그러시는게라?"

민망해하는 남자의 얼굴에 서운한 기색이 드러났다.

작은 소쿠리에 담겨 있는 보리밥에는 쌀 한 톨 섞여 있지 않은 채 그 색깔은 거무칙칙했다. 그리고 반찬이라고는 된장에 풋고추가 전부였다. 그 눈에 익고 입맛 동하는 밥과 반찬에 공허는 오히려 군침 도는 식욕을 느끼고 있었다. 그러나 공허는 짐짓 식욕을 누르며 호리병으로 눈길을 돌렸다.

"소승언 도럴 통허지넌 못했어도 음식얼 개래감서 묵고 안 묵고 허는 간사시런 입언 안 지녔구만요. 참말로 속이 시장허덜 않고, 밥언 묵은 것이나 진배없응게 저그 곡차가 있으면 그것이나 한잔했으면 좋겄구만요."

공허는 호리병을 손가락질했다.

"야아, 여그 곡차가 있구만이라우."

여자가 호리병을 얼른 집어들었다. 여자는 절에 발길이 잦은 것인지 어쩐지 술이라고 하지 않고 눈치 빠르게 곡차라고 말을 받았다.

"예에, 그것 한잔이면 소승이야 족허구만요. 근디, 마늘 뽑니라고 바쁜 참인디, 마늘농새넌 잘되았는게라?"

공허는 슬쩍 말머리를 돌렸다.

"하이고, 농새고 머시고 그놈에 토지조사에 휘둘리다 봉게 농새 꼴이 하품 나오게 되야부렀구만요. 밑이 실허지도 못헌 것얼 그저 단오마늘이나 맨들어보자고 이리 뽑고 있구만이라우."

남자는 푹 한숨을 쉬었다.

단오마늘이란 단옷날에 맞추어 수확하는 마늘을 말하는 것이었다. 단옷날 한낮에 마늘을 뽑으면 마늘의 약효가 커진다는 말이 전해져 오고 있었다. 그래서 단오마늘을 약마늘이라고도 불렀다. 쑥도 단옷날 뜯어말리면 다른 날 뜯는 것보다 약효가 크다 하여 단옷날 전후로 약쑥을 뜯는 일손들이 바쁘기도 했다. 사실 단오 임시가 되면 진초록으로 키가 커진 쑥은 향내도 더없이 진해져 있었다.

"시님, 약마늘얼 까서 곡차 안주럴 허먼 어쩌겄는가요?"

여자가 토실한 마늘통 하나를 골라들며 말했다.

"아 예에, 소승이 먼첨 입 다셔서 괜찮헐랑가요?"

공허는 입맛을 다시며 반색했다.

"하먼이라. 시님이 먼첨 잡수시먼 우리 집에 복 내릴 일이제라."

여자는 환하게 웃음지으며 서둘러 마늘을 까기 시작했다.

"토지조사로 시상이 난리판굿인디 무신 손해넌 안 보셨소?"

공허는 남자에게 눈길을 돌렸다.

"아이고, 이 난리에 손해 안 볼라는 것이야 장마비에 몸 안 적실라고 허는 것 아니겄는게라우. 지도 배터지게 있는 전답 반이 넘게 날라가게 생겼응게 앞날이 막막허구만요."

남자는 떫은 얼굴로 입맛을 다셨다.

"아이고메, 속에서 불나는디 그 이애기 꺼내덜 마씨요. 시님, 들어봤자 속상허실 것잉게 어여 곡차나 드시제라."

여자가 공허에게 호리병을 건넸다.

잔이 따로 있을 리 없었다. 공허는 호리병의 긴 목을 잡고 다른 손으로 팡팡하게 퍼진 아랫도리를 받치며 병을 조심스럽게 기울였다.

아랫도리를 받쳐올리며 병을 기울임에 따라 고개는 자연히 뒤로 넘어가고 있었다. 호리병을 바로 입에 대고 술을 마실 때면 언제나 아슬아슬하게 조심스러웠다. 호리병은 목이 길고 잘쏙해서 안을 들여다볼 수 없는 데다, 무게로도 술이 얼마나 들어 있는지 쉽게 짐작하기가 어려웠다. 그렇다고 조심성 없이 함부로 병을 기울였다가는 술벼락을 맞기가 십상이었다. 병을 급하게 기울이게 되면 둥글넓적하고 팡팡하게 퍼진 아랫도리에 담긴 술이 좁고 긴 목으로 사정없이 쏟아지게 마련이었다.

공허는 호리병의 팡파짐한 아랫도리의 감촉을 손바닥에 느끼며 또 묘한 생각을 하고 있었다. 감촉 보드랍고 탄력 팽팽한 여자의 둥글고 투실투실한 엉덩이를 만지는 기분이었던 것이다. 호리병은 그 생김이 영락없이 벌거벗고 앉아 있는 여자의 몸매였다. 둥글넓적하면서 팡팡하게 퍼진 아랫도리는 실팍하고 튼실한 여자의 엉덩이였고, 가늘고 길면서 곧게 뻗은 목은 낭창거리고 잘쏙한 여자의 허리였다. 어떤 말쟁이는 그것이 허리가 아니라 여자의 목이라고도 했다. 그리고 호리병의 주둥이를 여자의 입이라고도 했다. 그리되면 호리병을 바로 입에 대고 술을 마시는 것은 발가벗은 여자의 알몸을 매만지면서 입술을 빨아대는 것이나 마찬가지였다.

공허는 천천히 술을 넘기며 그런 음탕한 생각을 하고 있는 자신은 천상 갈데없는 땡추라고 자조하고 있었다. 그러나 한편으로 생각하면 그건 자신이 저지른 죄가 아니었다. 애초에 죄를 저지른 사람들은 따로 있었다. 하필이면 그런 음한 마음을 품고 술병을 그리 야릇하고 묘한 모양새로 빚어낸 도공이란 사람들의 잘못이었고, 또 그런 야한 생김의 술병에 술을 담아 마시면서 아릿아릿 취해오는 술기운과 함께 여자의 알몸을 매만지는 기분을 은밀하게 즐겨온 사람들의 잘못이었다.

그런데 그 잘못도 어느 쪽에서 먼저 저지른 것인지 딱히 알 수가 없었다. 어느 장난기 승한 도공이 장난삼아 그런 모양을 빚어냈는데 사람들이 좋아하게 되자 다른 도공들도 따라서 그 모양새로 빚어내게 된 것인지, 아니면 어느 음한 마음을 가진 사람이 그런 모양의 술병을 원해서 도공이 만들어주게 되면서 널리 퍼지게 된 것인지 알 도리가 없었다. 그런데 한 가지 이상한 사실이 있었다. 평민들이 쓰는 호리병보다 양반들이 쓰는 호리병이 훨씬 더 여자의 알몸을 닮아 있었다. 그 차이는 아랫도리 생김에서 금방 표가 났다. 평민들의 호리병은 아랫도리가 거의 동그란 모양이면서 아랫받침이 작은 데 비해 양반들의 호리병은 아랫도리가 거의 반원에 가깝도록 펑퍼짐하면서 아랫받침이 넓적했다. 평민들 것에 비해 태깔도 유백색으로 고운 그 아랫도리는 영락없이 희고 토실한 여자 엉덩이의 편안한 앉음새였다. 그러고 보면 양반들이 첩질 잘하듯 술병으로 음행을 더 즐겼는지도 모를 일이었다.

물론 호리병이 그런 모양으로 빚어진 것은 꼭 남자들의 음심 때문이라고 할 수는 없었다. 목이 긴 것은 들기 편하고 잡기 알맞게 하려는 것이었고, 아랫도리가 둥글면서 팡팡하게 퍼진 것은 술이 많이 담기면서 넘어지지 않게 하려는 것이었다. 쓰기 편하고 간수하기 좋도록 만들어진 호리병에서 여자의 알몸을 연상하는 것은 음탕한 남자들의 마음이었던 것이다. 공허는 그런 남자들의 마음을 나쁘거나 죄된다고 속단하고 싶지는 않았다. 음탐이란 중생들이 갖는 자연스러운 마음이었고, 술병에서 그런 느낌을 즐기는 것은 중생들의 사는 재미라고 할 수 있었다. 그러고 보면 못된 죄인으로 남는 건 자신뿐이었다. 먹물옷을 걸친 자가 속에는 중생의 마음을 품고 있었던 것이다.

병밑이 하늘을 향하도록 공허는 고개를 발딱 젖히고 있었다. 목을 넘어간 술이 한 사발이 되는지 어떤지 알 수가 없었다. 공허는 아쉬움을 느꼈다.

"아이고 어쩔께라? 시님이 생기신 대로 술얼 영판 잘허시는구만이라 이."

여자가 미안스러운 얼굴이었다.

"어허, 사람 참……."

남자가 아내에게 눈총을 쏘았다.

"어참, 시언허니 잘 묵었구만요."

공허는 손등으로 입을 쓱쓱 문질렀다.

"여그 안주 드시제라."

여자가 싱싱한 마늘쪽들을 내밀었다.

"아이고, 고맙구만요. 시장헌디 얼렁 진지덜 드시씨요."

공허는 희고 곱게 생긴 마늘쪽 하나를 집어들어 된장을 듬뿍 찍었다. 술맛 젖어 있는 입 안에 신 침이 지르르 흘렀다. 공허는 마늘쪽을 으석으석 씹었다.

"맛이 으쩌신게라?"

여자가 흐뭇한 웃음을 머금었고

"마늘맛이 마늘맛이제 으쩌."

남자가 숟가락을 들며 뚱하게 말했다.

"하아, 맛이 기맥히구만이라. 매큼허고 쌉싸름허고 톡 쏨스로 쌈빡허고 알큰헌 것이 아조 지대로 된 약마늘이구만요. 단오술에 약마늘로 안주꺼정 했으니 이 중놈 금년 한 해 무병허게 나게 되았소. 덕분에 단오치레 톡톡허니 했구만요."

공허는 마늘쪽을 또 하나 집어 된장을 듬뿍 찍었다. 그저 입에 발린 단말을 하는 것이 아니었다. 여러 가지 맛을 지닌 햇마늘의 그 싱그러운 맛이 더없이 기분을 상쾌하게 해주었던 것이다.

"이럴지 알았음사 나가 술얼 덜 묵었어야 허는디."

남자가 밥을 우물거리며 중얼거렸다.

"하이고, 나가 안 말갰드람사 한 방울이라도 남았겄소. 말이 좋아 왜놈순사 보기 전에 뱃속에 털어넣어야 된다고 헌 것이 누구요?"

여자가 입을 삐쭉이며 눈을 흘겼다.

"허허허…… 헌디, 순사덜이 술 단속을 심허니 허능갑제라?"

공허는 쑥잎을 뜯어 향을 맡으며 물었다.

"아 글씨, 집이서 술 담가묵는 것얼 아조 뿌리럴 뽑을라고 대든 당게라. 빌어묵을 놈덜이 베라벨 법얼 다 맨들어 사람 살맛 떨어지게 볶아치고 지랄발광이제라."

남자는 밥을 뜨다 말고 금방 목에 핏줄이 서도록 화를 냈다.

"남정네덜 술 덜 묵게 허는 것잉게 그 법언 잘 맨들었소."

여자가 오금을 박고 들었다.

그건 전매법에 따른 밀주 단속이었다. 총독부에서는 세금을 거둬들일 수 있는 모든 방안을 강구해 나가고 있었다.

"시님덜언 앞날얼 내다보고 사시는 분네덜인디, 그나저나 요 팍팍헌 시상이 언제나 끝나질라는게라?"

남자가 기운 풀린 눈길로 공허를 바라보았다. 공허는 순간적으로 당황했다.

"글씨요…… 중덜이 그런 것얼 어찌 다 알간디요. 머시냐…… 이놈에 시상이 당장에 끝나기넌 에로와도 서로가 참고 살다 보면 오래가기야 허겄능가요."

공허는 될 수 있는 대로 막연하게, 그러나 낙담은 하지 않게 말을 하려고 신경을 썼다. 사실과는 전혀 다른 위안적인 거짓말을 하면서 공허는 송수익과 마주 앉았을 때보다 더 막막한 고통을 느끼고 있었다.

"왜놈들은 우리 힘으로 몰아내지 않고는 물러갈 놈들이 아니오. 헌데 우리의 힘은 거의 소진된 상태요. 이제부터 다시 힘을 모으고 키워야 하오. 이모저모로 총독부놈들의 핍박이 자심한데, 거기에 맞서는 힘을 키워나가자면 우리 모두가 꽤나 긴 세월 동안 고생하지 않을 수가 없을 것이오."

송수익이 침통하게 한 말이었다.

작년 11월에 만주에서 경학사를 토대로 하여 부민단을 조직한 것이 그 시발이라고 했다. 또한 앞으로도 그런 조직체들을 많이 만들어 일본을 물리칠 힘을 다시 일으켜야 한다는 것이었다.

"근디 말이제라 시님, 땅 뺏긴 사람덜이 이러지도 저러지도 못헐 형편잉게 살길얼 찾어 만주로 간다는 소문들인디, 거그 가면 살길이 열릴께라?"

여자가 기대와 주저가 엇갈리는 눈길로 물었다.

"어허 이사람아, 시님이 만주땅얼 안 가보고 그런 것얼 어찌 알 것이여. 예펜네가 만주귀신이 들렸능가 어쩌능가……."

남자가 혀끝이 떨어져 나가도록 혀를 차대며 풋고추를 된장에 푹 찔렀다.

"음마, 시님네덜이야 앉어서 삼천 리, 서서 삼만 리 내다본다는 것도 몰라서 그런 소리 허고 앉었소 시방?"

여자가 앙칼지게 내쏘았다. 그 남자는 공허를 힐끔 살피고는 마누라를 향해 눈을 부릅떴다. 공허는 내외간에 대립되고 있는 생각이 무엇인지를 알았다.

"만주야 청국땅잉게 왜놈덜헌티 설움 안 받고 살기로도 여그보담 낫제라. 허고, 땅도 한정 없이 널르고라."

공허는 정말 앉아서 삼천 리, 서서 삼만 리 내다보는 도사처럼 묵직하고 느릿한 설법조의 목소리로 여자 편을 들었다.

"어허 참, 시님언 어지께 만주땅 딱 보고 온 것맨치로 소갈머리 없는 예펜네 가심에다 헛바람 넣고 그러시요 이."

남자는 영 못마땅해하며 공허의 허점을 찌르고 들었다.

공허는 그 공격에 역습의 필요를 느꼈다. 다시 힘을 일으키자면 만주땅에 조선사람들이 많이 건너갈수록 좋았고, 이제 곧 헤어지면 그만일 사람들에게 만주를 다녀온 사실을 밝힌다고 무슨 문제 될 것이 없었던 것이다.

"저어, 소승 말얼 믿어도 좋고 안 믿어도 존디, 소승언 진작에 만주땅얼 돌아보고 온 몸이구만요."

공허는 말을 끝내면서 몸을 일으켰다.

"아이고메 어쩌끄나!" 여자가 찰싹 손바닥을 맞때리면서, "나가 첫눈에 딱 봉게 예삿중이 아니여, 아니여, 예삿시님이 아니다 싶등마 참말로 만주땅꺼지 댕개오신 장헌 시님이시구마. 근디도 또 헐 말이 있소? 시님 뜨실라는디 헐 말 있으면 얼렁 히보씨요." 여자는 넘치는 기세로 남편을 향해 손짓까지 해대고 있었다.

고개를 틀어돌린 남자는 끄응 힘을 쓰며 뭉그적거리고만 있었다.

"술 잘 묵고, 잘 쉬었다 가능마요. 매도 먼첨 맞는 것이 낫드라고 맘묵은 일이면 늑장부려 졸 것이 없을 것잉마요. 늦을수록 땅 차지허기가 에로울 것잉게라."

비틀거리는 남자의 다리를 단단히 감아돌려 완전히 메다꽂는 기분으로 말하며 공허는 밭둑을 내려섰다.

"시님, 시님, 요것 잠 지니시제라."

여자의 다급한 소리가 공허를 붙들었다. 공허 앞에 내민 여자의 손바가지에는 실한 마늘통 네댓 개가 들어 있었다.

"아니, 되았구만요."

공허는 난처하게 웃으며 고개를 저었다.

"중생이 허는 보시럴 퇴허는 법언 없응게라." 여자는 바랑을 잡아끌면서, "마늘이야 원기 돋구는 디 좋고, 내장 실허게 허는 디 좋고, 횟배 아픈 디 좋고, 입맛 돋구는 디 좋고, 시님맨키로 먼 질 댕김서 입에 침보트는 디도 존게 심심허면 까잡수시씨요." 여자는 정겨웁게 말을 해가며 바랑에 마늘을 넣고 있었다.

공허는 여자의 키에 맞춰 무릎을 구부리고 선 채 가슴 훈훈한 따스함을 느끼고 있었다.

공허는 어둠이 깃들이기를 기다려 신세호의 집을 찾아들었다. 송수익의 집과는 동네가 다르고 그동안 몇 달이 지나기는 했지만 다시 승복을 입고 있어서 경계를 소홀히 해서는 안 되었던 것이다. 헌병이나 경찰의 눈은 어느 동네 어느 고샅에나 빈틈없이 박혀 있다고 보는 것이 좋았다.

"아이고 스님, 그간에 무고허셨구만요. 그 일 후로 종무소식이라 무사헐 믿음서도 더러 걱정도 됐구만요."

신세호는 공허의 손을 덥석 잡을 만큼 반가워했다. 신분을 가리지 않는 그 언행에서 공허는 신세호의 마음 깊이 자리잡은 진정을 느끼고 있었다. 그리고 송수익이 마음을 맡길 만한 벗이라는 것도 다시 확인할 수 있었다.

"예에, 저녁얼 안직 못 묵었구만요."

공허는 빈말로 사양하지 않고 편안한 마음으로 저녁밥을 청했다.

"저어, 송 장군께서 안부럴 전허시등만이라."

"아, 그간에 만주럴 댕개오셨구만요?"

목소리를 낮춘 신세호가 반색을 했다.

"예에, 송 장군께서넌 건재허시구만요. 헌디, 송 장군께서 신중허니 맘쓰심서 전허시는 말씸이 있구만요."

공허는 표정 없이 무거운 얼굴로 신세호를 건너다보았다.

"무신 말인지 어서 허시요."

신세호는 자신도 모르게 허리를 세우며 바로 앉았다. 그는 전신에 긴장을 느꼈다.

"예에, 무신 말씸인고 허니, 송 장군께서넌 장군님 큰아덜허고 신 선생님 큰따님허고 혼인얼 맺었으면 어떨란가 허는 맘이신디, 그 뜻얼 전허라는 것이구만이라."

공허는 송수익의 뜻이 다치지 않도록 조심스러운 마음으로 말을 꺼냈다.

“아니, 그것이 진언이오?”

신세호는 너무나 뜻밖의 말에 되묻지 않을 수가 없었다. 그건 전혀 예기치 않았던 마음의 일치였다. 자신은 벌써 그런 뜻을 마음에 품고 있었으면서도 밖으로 낼 수는 없었던 것이다. 여자 쪽 입장인 데다가 송수익이 옆에 있는 사람이 아니었던 것이다.

“신 선생님 의향언 어쩌신지…….”

“이심전심이 따로 없구만요. 소생도 똑같은 생각얼 품어온 지가 오래됐구만요.”

신세호는 송수익에게 더없는 고마움을 느끼며 밝게 웃었다. 그 고마움은 딸자식을 가진 부모로서 느끼는 단순한 고마움이 아니었다. 송수익은 서로 사돈 맺기를 제안하는 것으로 자기 집안일 전부를 부탁하는 뜻을 담고 있었다. 그건 우정을 넘어선 마음의 표현이었고, 자신과 함께 행동하지 않았던 것조차 포용하는 마음이기도 했다.

“그러시구만요……. 만상의 인연이 우연인 것언 하나도 없다고 설허신 부처님 말씸이 이리 매듭지니…….”

공허는 큰 짐을 벗은 홀가분한 기분으로 고개를 끄덕이고 있었다.

밥상이 들어왔다. 점심을 건너뛴 공허는 시장할 대로 시장해 있었다.

“이거 원, 순 보리밥에 소찬이라서…….”

신세호는 공허 앞으로 밥상을 밀듯 하는 몸짓을 지으며 민망해

했다.

“여름에 보리밥, 겨울에 쌀밥이야 순리 아니겄는가요. 죄짓지 않고서야 여름에 쌀밥 묵어지는 것이 아니제라.”

공허는 시원스레 말하며 밥상 앞으로 바짝 다가앉았다. 그 활달함에 신세호는 마음이 편안해지고 있었다. 맨손으로 순사 둘을 때려죽인 그 기운만큼 마음도 화통하게 열려 있었던 것이다.

“그리 넓게 생각허시니 드리는 말씸인디, 이 보리가 소생이 난생처음으로 농사진 곡식이구만요. 많이 드시지요.”

“예에? 선생님이 손수……?”

숟가락 가득 밥을 뜬 공허는 눈이 휘둥그레져 신세호를 쳐다보고 있었다.

“예, 시장허신디 어서 드시씨요.” 신세호는 밥을 권하며 멋쩍은 듯 웃고는, “나라는 없어지고, 너나없이 살기가 에로와진 세상에 장부가 헐 일얼 못험서 졸부로 무위도식꺼지 허자니 죄가 따로 없드만요. 농사라도 손수 지어야 사람 노릇이 될 것 같애서…….” 그는 부끄러운 듯 말꼬리를 흐렸다.

“아아…… 그러셨구만이라…….”

공허는 더 무슨 말을 못한 채 놀라움이 가득한 얼굴로 신세호를 물끄러미 바라보고만 있었다. 그건 도무지 믿기 어려운 일이었다. 양반이라고 해서 손수 농사를 짓지 않는 건 아니었다. 그러나 그런 양반들은 가세가 몰락할 대로 몰락해 손수 농사를 짓지 않으면 굶어죽을 지경으로 궁지에 몰린 사람들이었다. 신세호는 부자라고는 할 수 없었지만 그래도 머슴을 부려 농사를 지어온 처지였다. 그런 대로 체면을 차리며 살 수 있는 양반이 어찌 손수 농사를 짓기로 작심하고 나설 수 있었는지 그저 놀라울 뿐이었다.

공허는 신기하고도 가슴 뭉클한 감동으로 신세호를 새롭게 느끼고 있었다. 난세를 만나 그나마 장부로서 할 일을 하려고 손수 농사를 짓기 시작한 마음이 귀하고 믿음직스럽지 않을 수 없었다. 이 땅에 그런 작심을 한 양반이 몇이나 될 것인가. 공허는 고마움과 함께 새로운 유대감까지 느꼈다. 누구보다도 송수익 대장이 반기고 흡족해할 것 같았다. 아니, 어쩌면 송 대장은 신세호라는 사람의 그런 심지를 알고 있어서 사돈을 맺고 집안일을 부탁했는지도 모를 일이었다.

"국 식는디 어서 진지 드시지요."

신세호는 공허의 뜨거운 눈길을 피하며 다시 식사를 권했다.

"아 예에…… 그 뜻 새김서 맛나게 잘 묵겄구만요."

공허는 의미 깊은 웃음을 지으며 밥이 그득 담긴 숟가락을 입으로 몰아넣었다.

"헌디…… 부처님 영험이 내리신 것인지 스님께서 아주 마땅허니 오셨구만요. 어디로 연락얼 취해야 좋을란지 몰라 맘만 급해지고 있든 중이었는디요."

공허는 볼이 미어져라 밥을 씹으면서 숟가락으로는 또 밥을 뜨면서 무슨 일이냐고 눈으로 묻고 있었다.

"예에…… 혹시나 임병서란 분얼 아시는지 모르겄는디, 그 양반이 만주로 송 장군얼 찾아갈라고 메칠 전에 여그럴 떵개갔었지요."

"무신 일인디요?"

공허는 밥 씹기를 멈추며 긴장했다.

"그러닝게 송 장군이 만주로 무대럴 옮겨간 후로 임병서 그 양반언 임병찬 대장얼 모시고 독립의군부서 활약했었지요. 독립의군부넌 여그 전라도땅에 본부럴 두고 그간에 전국적으로 조직얼 확장해 나가는 동시에 지난달에넌 임병찬 대장님이 총독부 경무총감얼 면담허고 국권반환얼 요구했구만요. 헌디, 총독부서넌 독립의군부 간부진 일부럴 체포허기 시작했구만요. 그려서 임병서 그 양반언 만주로 피헐 생각으로……."

신세호의 침울하기 그지없는 목소리가 막다른 골목으로 몰리고 있는 독립의군부의 운명을 그대로 나타내는 것 같았다.

"글먼 형편이 아조 급박허구만요. 그 양반얼 얼렁 만내는 것이 좋겄는디요."

공허의 즉각적인 반응이었다.

신세호는 공허의 그 신속한 결정에서 선방의 승려가 아닌 결단력 있는 무인을 느끼고 있었다. 역시 목숨을 내걸고 의병투쟁을 한 사람다운 태도였던 것이다. 신세호는 송수익한테서 느끼는 체취를 공허한테서도 문득 느끼고 있었다.

"예, 멀찍허니 피해 있으니 급허게 사람얼 놔도 이틀 뒤에나 만내게 되겄구만요."

"알겄구만이라. 그리 연락얼 취허시는 동안에 소승언 딴 일얼 잠

보고 욜로 다시 오겄구만요."

공허는 아예 밥숟가락을 놓은 채 그 일에 정신을 쏟고 있었다.

"아이고 이런, 어서 진지럴 드셔야제……. 허면 소생이 차질 없이 연락얼 취허도록 허지요."

신세호는 공허에 걸맞게 자신의 태도도 분명하게 하고 싶은 욕구로 말에 힘을 주었다.

공허는 더디게 숟가락을 다시 들며 입을 열었다.

"의병이란 의병이 다 씨가 몰라가는 판인디 독립의군부라고 성헐 리가 있간디요. 날로 달로 왜놈덜 세력언 태산이 돼가고, 마구잽이로 총칼얼 휘둘러 농사꾼덜 땅꺼지 뺏어대는 놈덜보고 국권얼 반환허라고 헌다고 나라가 되찾아지겄는게라. 그것이야 퇴깽이 잡아채 입에 문 늑대보고 퇴깽이 도로 살래도라고 사정허는 꼴이제라. 앞뒤가 콱콱 맥혀가는 판에 그리 꿈겉은 생각해서넌 사람언 사람대로 다치고 무시넌 무시대로 당헐 일 아니겄능가요."

공허의 얼굴에는 괴로운 빛이 허망함으로 드러나고 있었다.

"예에…… 송 장군이 만주로 떠난 뜻얼 임병서도 인자사 깨달은 것 아니겄는가요. 헌디 만주 사정은 어찌 돼가고 있든가요?"

신세호는 지난날 자신이 임병서에게 독립의군부가 추진하려는 국권회복운동을 비판했던 사실을 아예 입에 올리지 않았다. 공허 앞에서는 그런 말이 다 하잘것없는 군소리였고 또 면목 없는 일이었던 것이다.

"만주라고 일이 쉽덜 않구만요. 안직 조선사람덜이 터럴 잡지 못헌 디다가, 거그꺼정 왜놈덜 세가 짱짱허니 뻗치고 있응게요. 타국살이가 심드는 디다가 왜놈덜이 목얼 졸르고 드는구만이라. 무신 소린고 허니, 왜놈덜언 청국에다가 한일합방이란 것얼 내밈서 만주에 사는 조선사람덜얼 즈그가 다스려야 헌다고 허고, 청국서넌 왜놈덜 비우 안 거실릴라고 그러라고 해부렀시니 우리 조선사람덜언 만주땅에서도 왜놈덜헌티 모가지가 틀어잽힌 꼴이 되야부렀다 그것이구만이라. 헌디, 왜놈덜 행투넌 그것으로 끝난 것이 아니구만요. 그놈덜언 조선사람덜이 만주땅얼 사딜이지 못허게 허는 법얼 맨들으라고 청국을 압박허고 회유했구만이라. 그려서 이번 5월에 봉천성 의회에서넌 조선사람언 만주땅얼 사도 팔도 못허게 허는 토지매매 금지안얼 법으로 맨들었구만요. 왜놈덜이 어째 그러는지넌 더 말헐 것이 없제라. 허나, 왜놈덜이 그리 악독허고 고약시럽게 나대도 우리야 밑으로 헐 일언 다 해내고 있구만요. 독립운동단체럴 엮어감스로 조선사람덜 동네럴 맨들고, 만주서넌 조선사람덜이 질로 많이 사는 북간도 용정 근방허고도 은밀허니 연락험서 서로 결속허기로 해나가고 있구만요. 다덜 애쓰고 있응게 일이 잘 풀릴 것이구만이라."

공허는 일부러 앞날을 밝게 이야기했다. 상대방을 안심시키는 동시에 용기를 갖게 하기 위해서였다.

"다덜 그 고상덜인디……."

신세호는 너무 면목이 없어서 면목이 없다는 말조차 하지 못하고 말꼬리를 흐리고 말았다.

"밥 참 맛나게 잘 묵었구만요."

산 모양으로 고봉이었던 밥을 말끔하게 비운 공허는 목젖이 떨릴 만큼 걸찍하게 트림을 했다. 그건 자연스러운 생리현상만이 아니라 식객으로서의 인사이기도 했다.

"찬도 없는디 고맙구만요."

신세호는 주인으로서의 예를 갖추었다.

"저어, 소승이 송 장군님댁에 가기가 에로운게 이 글발얼 잠 전해주시면 좋겄구만요. 소승언 또 갈 디가 있어서……."

공허는 봉투를 내밀고 몸을 일으켰다.

"아니, 이 야밤에 어디럴 가실라고……?"

그 느닷없음에 신세호는 황망하게 따라 일어났다.

"소승이야 이짝으로 발길허면 야행허는 박쥐 신세 아니등가요. 약조대로 이틀 후에 다시 뵙도록 허겄구만요."

공허는 마치 박쥐 신세를 즐기기라도 하는 것처럼 씽끗 웃으며 방을 나섰다. 신세호는 그 야릇한 웃음이 섬뜩한 찬바람으로 끼쳐오는 것을 느꼈다. 그리고 그 묘한 기운은 전혀 다른 두 가지 생각이 엇갈리게 했다. 어쩌면 천진무구한 어린아이 웃음 같아서 세속의 번뇌를 초탈해 버린 승려의 모습 그대로인가 하면, 또한 어떤 두려움도 묵살해 버리는 자신만만한 웃음 같기도 해서 기운 세고 배포 큰 장부로 보이기도 했다. 그런 기질리고 뒤로 밀리는 것 같은 기분은 송수익한테서도 더러 느끼는 것이었다. 신세호는 문득 그 찬바람 같기도 하고 불길 같기도 한 기를 부러워하며 어둠이 맥질

된 마당으로 내려서고 있었다.

공허는 아무 말 없이 사립을 나섰다. 신세호도 아무 말 없이 공허를 배웅했다. 빠른 걸음의 공허는 곧 어둠 속으로 모습을 감추었다.

어둠으로 가득 찬 들판은 적막했다. 어둠 저 멀리 별똥별의 모둠들처럼 작은 불빛들이 깜박거리고 있었다. 그 불빛들이 그나마 들판의 어두운 적막을 이겨내고 있었다.

공허는 그 미약한 불빛들을 보면서 또 이 나라 백성들의 앞날을 생각했다. 그 가물거리고 깜박거리는 불빛들이 꼭 이 나라 백성들의 암담하고 기약 없는 앞날 같아 목이 메고 서러워지는 것이었다. 그건 만주벌판에서 맞닥뜨렸던 감정이었다.

"그 반대로 생각합시다. 저 불빛들이 언젠가는 이 어둠을 살라먹게 될 것이오."

송수익의 말이었다.

"언제꺼지 이러고 댕길 것이냐. 인자 중 노릇이나 진득허니 허도록 해라."

큰스님이 이번에 불러앉히고 마침내 꺼낸 말이었다.

"안직 헐 일이 다 안 끝났구만요."

"그만허면 중으로 헐 일언 다 끝났다."

"형편언 자꼬 더 에로와지고 있는디요."

"중이면 중으로 헐 일이 따로 있느니라."

"아수라지옥이 따로 없는디 중도 이 나라 백성이구만이라."

"니 혼자서 될 일이 아닌 것이다."

"지 혼자가 아니구만요."

"벽창호로구나. 기울르는 달언 새로 차올르기럴 기둘려야 허고, 쇠헌 기운언 다시 실해지기럴 기둘려야 허니라. 니가 승군으로 나섰든 그때로 한때가 지내갔니라."

"그러다가 어느 세월에 이 지옥이 끝나겄는가요. 이러다가넌 다 귀신밥이 되겄는디요."

"어리석은 자 맘이 급허고 아둔한 자 몸얼 급히 놀리는 법이니라. 급해서 얻는 것언 인명손실뿐이니라."

"아니구만이라. 당장 싸울라는 것이 아니라 새 심얼 모을라는 것이구만요."

"어허, 심얼 모을라고 헌다고 모아지는 것이 아닌 것이다. 바람이 불어야 구름이 모이고, 구름이 모여야 비가 오는 것 아니드냐. 때럴 기둘려라."

"시님, 날이 날마동 사방천지서 사람덜이 죽어감서 살기 에로운 지옥이 돼가는디 무신 바람이 불고 무신 구름이 모인다는 말씸이신게라."

"저런 봉사에 귀먹쟁이 놈얼 봤능가. 지끔 사람덜이 죽어가는 소리가 피바람이 아니면 머시고, 겁묵고 있는 사람덜 맘속에 쌓이고 있는 분이 구름이 아니면 머시냐. 사람이 짐승허고 달른 것이 머신지 아냐!"

말문이 막히고 말았다. 그건 눈이 열리고 귀가 뚫리는 깨달음이었다. 그렇다고 목탁을 치며 그때를 기다릴 수는 없었다. 아니, 그 사실을 알았으니 더욱 굳건하게 송수익 같은 사람들과 어깨동무를 해야 했다.

"업보로다, 업보로다."

큰스님은 탄식하듯 체념하듯 하며 고개를 돌렸다. 그런데 그 고개는 보일 듯 말 듯 끄덕거려지고 있었다.

공허는 하늘을 올려다보았다. 업보를 외친 큰스님의 목소리가 외로움을 몰아오고 있었다. 그 외로움은 슬픔을 건너뛰어 바로 증오가 되고 있었다. 집이 타던 불길 그대로 가슴에서는 증오가 타오르고 있었다. 그 증오의 불길이 약해질까 봐 복수의 기름을 들이부어 왔었다. 어머니의 기억이 퇴색하지 않는 한 그 기름은 마를 날이 없었고, 불길이 타오르는데 목탁만 칠 수는 없었다.

공허는 하늘을 올려다본 채로 긴 숨을 토해냈다. 들녘이 넓은 만큼 하늘은 넓었고, 어둡고 넓은 하늘만큼 가슴은 막막하고 답답했다.

달빛 없는 어두운 하늘에 초여름별들은 곧 쏟아져 내릴 것처럼 휘늘어져 반짝거리고 있었다. 공허는 가슴 가득 별을 안았다. 그는 별들의 무수한 반짝임을 보면서 서로 다른 두 가지 생각을 하고 있었다. 하나는 무상이었고, 다른 하나는 인간고였다.

절밥을 먹은 다음부터 하늘을 올려다보면 무상감에 몸이 녹아내리는 것을 느끼고는 했다. 목탁소리며 염불소리에서 막연하게 풀려나오는 그 감정은 끝도 한도 없이 넓은 하늘을 보는 순간 생생한 느낌으로 온몸을 덮쳐오고는 했다. 그 넓디나 넓은 하늘 아래 나

하나는 어찌할 수 없는 티끌이라는 깨달음이 반짝 불을 켜는 것이었다.

그러나 도를 통하지 못한 탓이었을까. 그 생각은 오래가지 못했다. 무수하게 반짝이는 초롱초롱한 별들이 다 살아 있는 것처럼 느껴지고, 그 별들이 이 세상 사람들로 느껴지면서 무상감에 빠진 마음은 다시 세속을 향해 고개를 들었다. 무상감은 순간이었고 세속으로 열린 마음은 무상의 진리를 잡아먹었다. 피눈물 나고 쓰라리고 아픈 나날의 세상살이가 바로 눈앞에 있는데 인생은 무상한 것이라고 가르치며 고개를 돌리라고 하는 것은 이해할 수가 없었다. 중생은 외적의 온갖 횡포 아래 죽어가고 피흘리는 고통에 시달리고 있는데 중들이 목탁 치며 색즉시공이요 공즉시색이라고 목청 높여 염불을 왼다고 하여 외적이 물러가고 중생들이 편안해질 리가 없었다. 그건 억지고 눈가림이었다. 태평세월 속에서 편안하게 한평생을 보낸 인생살이는 우주의 수억 겁 세월에 견주어 무상하다 할 수 있었다. 그러나 흉악한 외적의 총칼 앞에 목숨을 내놓은 채 날이면 날마다 짓밟히는 지옥살이를 해야 하는 사람들에게 인생이 어찌 무상일 수 있을 것인가. 그들의 나날은 너무 긴 고통의 유상이요, 괴로움의 유상이요, 절망의 유상인 것이었다.

공허는 큰스님 앞에서 자신의 뜻을 굽히지 않았던 것은 역시 옳았던 일이라고 되짚고 있었다. 그러나 마음속의 외로움은 더 커지고 있었다. 송수익에게 장담했던 일이 성사되기가 쉽지 않았던 것이다. 승려들을 다시 모으는 것은 생각처럼 여의치가 않았다.

"중이 무사는 아니고…… 중도 사람 아니라고……."

거의 이런 식으로 얼버무리며 더욱 단단하게 가부좌를 틀려 하거나 뒤로 물러나 앉으려는 태도를 취했다. 그들은 일반 백성들처럼 겁먹은 채로 무상이란 울타리로 친 도피처에 안주하면서 목탁을 열성으로 치는 것이 중의 할 일이라는 명분을 세우고 있었다.

"재작년에 공포된 사찰령얼 몰르는가? 인자 우리도 우리 맘대로 못허고 사는 신세덜 아니라고."

어떤 승려는 사찰령을 내세우며 그 뒤로 몸을 감추려고 했다. 사실 공허는 사찰령이란 것이 공포된 것을 뒤늦게 알았다. 그러나 사찰령은 승려들의 행동을 억압하거나 통제하는 법이 아니었다. 오히려 그 법은 뒤로 절 재산을 확대시켜 주고 승려들이 더 편하게 살 수 있도록 해주는 혜택을 감추고 있었다.

총독부는 조선의 불교를 선종(禪宗)과 교종(敎宗)으로 통합시키는 동시에 전국의 큰 절을 지역별로 선정하여 30개 본사(本寺)로 정하고, 작은 절들을 그 휘하에 속하게 했다. 그런 일사불란한 조직체계를 갖추게 한 것은 바로 조선에서 가장 큰 교세를 가지고 있는 불교를 장악하자는 것이었다. 그건 지배세력인 양반계층을 이런저런 방법으로 회유하고 유인해 가며 자기네들 편을 만들어가는 것과 똑같은 수법이었다.

공허는 여기저기서 앞을 가로막는 많은 벽들에 부딪히고 있었다. 의병은 뿌리가 뽑힐 대로 다 뽑혔고, 만주의 형편도 여의치 않게 변하고 있었고, 대중들은 억울하고 분하게 땅을 빼앗기고 있었고, 양반지주들은 재산을 지키기에 급급해 친일파가 되어가고 있었으며, 승려들은 승려들대로 눈앞의 잇속과 편안을 따라 넋을 팔고 있었고, 끝내는 독립의군부 같은 조직까지 깨져나가고 있는 형편이었다.

공허는 숨을 들이켰다. 그리고 이를 앙다물었다. 형편이 어떻게 변해가든 그 계획만은 실현시키고 싶었다.

의병투쟁 때도 그랬지만 지금 만주에서도 필요한 것은 사람과 자금이었다. 그런데 사람보다 더 급하게 조달해야 하는 것이 자금이었다. 자금이 비축되지 않고서는 아무리 큰 뜻도 허황한 꿈이었고 아무리 단단한 계획도 물거품일 뿐이었다.

그런데 자금이 급한 만큼 조달은 쉽지가 않았다. 물론 조선땅에 부자는 많았다. 들녘이 넓은 전라도땅에는 천석꾼이니 만석꾼이니 하는 지주들이 수두룩했고, 한양이며 개성에는 수십만 냥을 자랑하는 거상들도 많았다. 그러나 돈은 돈을 끌어당기고, 돈에 홀리면 부모 자식도 몰라본다는 말은 역시 공자님 말씀인지도 몰랐다. 부자들은 나라가 어찌 되고 세상이 어찌 되든 간에 솔선해서 돈을 내놓는 법이 거의 없었다. 목숨을 내걸고 싸우는 의병들이 모자라는 군자금을 충당하기 위해 화적떼처럼 부잣집들을 털지 않을 수 없었던 것도 순전히 그들의 인색 때문이었다.

의병들의 목이 사흘거리 눈앞에 내걸리는 판에도 손수 돈을 내놓지 않았던 부자들이 이제 와서 돈을 내놓을 턱이 없었다. 그들은 어쩌면 의병들의 흔적이 없어진 것을 은근히 좋아하고 있을지도 몰랐다. 지주들은 토지조사사업을 통해서 자기네들 논밭을 오히려 늘리려고 혈안이 되어 있었고, 상인들은 벌써부터 신식 일본 상품들을 좇아 서로 앞을 다투어 부나비떼가 되어 있었다.

공허는 그런 그들을 상대로 군자금을 모을 작정이었다. 그 방법으로 계획하고 있는 것이 비밀결사 조직이었다. 인원을 소수로 제한하고 극비리에 활동하여 효과를 크게 하자는 것이었다.

만경들판을 가로지르고 대야들판을 건너 공허는 자정이 지나 군산 언저리를 밟았다.

"손판석이가 어찌 되았는지 몰르겄네. 약도 지대로 못 쓰고……."

지삼출의 근심 짙은 목소리가 들려왔다. 지삼출은 무슨 일을 열심히 하다가도, 여럿이 모여앉아 쉬다가도 불현듯 그 말을 중얼거리고는 했다.

공허는 손판석네 움막 앞에서 잠시 머뭇거렸다. 일부러 밤을 틈타 왔으면서도 막상 찾아들기는 밤이 너무 깊어 있었던 것이다. 그러나 군산이라고 해서 마음 놓을 수는 없었다. 공허는 염치불구하고 목소리를 가다듬었다.

"손샌, 손샌! 자요? 손샌!"

공허는 낮으면서도 힘이 들어간 소리를 내며 움막을 찔벅거렸다.

"누구여, 거그 누구여?"

아직 잠이 안 들었던 것인지, 잠귀가 밝은 것인지 지체없이 안에서 들려온 소리였다.

"거그, 손샌이 맞소?"

"근디요. 거그넌 누구요?"

"이, 나 공허요. 땡초 공허!"

공허는 그만 반가움에 넘쳐 '땡초 공허'에 힘을 넣었다.

"아이고메 시님, 요것이 어쩐 일이다요."

왈칵 터져나오는 목소리에는 반가움과 놀라움이 뒤섞여 있었다. 그 목소리는 손판석이가 몸을 벌떡 일으키는 모습을 환히 보여주고 있었다. 공허는 그런 느낌과 함께 콧등이 찡 울리고 있었다.

"무신 소리다요…… 시니임?"

"얼렁 일어나 자리 치우소, 얼렁."

방 안의 수선스러워지는 소리를 들으며 공허는 미안쩍어 하늘로 눈길을 보냈다.

은하수도 북두칠성도 많이 기울어져 있었다.

"시님, 어여 오시게라우."

등뒤에서 들리는 소리에 공허는 후딱 고개를 돌렸다. 손판석이가 밖으로 걸어나올 줄은 몰랐던 것이다.

"아이고 손샌, 다리넌 어찌 되았소?"

공허는 다시 눈을 크게 뜨고 있었다.

손판석은 분명 지팡이도 없이 똑바로 서 있었던 것이다.

"다리야 머…… 빙신 못 면했구만요."

손판석의 목소리가 금방 시무룩하게 가라앉고 있었다.

"무신 소리요?"

이렇게 말이 나가는 순간 공허는 자신의 실수를 깨닫고 있었다.

"안으로 드시제라."

손판석이 돌아섰다. 그리고 걸음을 옮겼다. 공허는 가슴이 컥 막히는 것을 느꼈다. 한 발짝을 옮기는데 한쪽 어깨가 휘뚱 기울어지고 있었다. 어둠 속에서도 그 모습은 역력하게 보였다. 지삼출의 애태우던 걱정이 적중한 것이었다. 뼈가 상하고서야 몸이 성하기를 바라기는 어려운 일이었다. 그런데도 공허는 심한 절망감을 느끼고 있었다.

"인자 암디도 써묵을 디 없는 쩔뚝발이가 되야부렀구만요."

불구가 된 몸을 보여주기라도 하듯 앞서 방으로 들어선 손판석이 공허를 돌아보며 말했다.

"……."

공허는 손판석을 응시하기만 했다. 막힌 가슴이 더욱 답답해질 뿐 뭐라고 할 말이 없었다.

"욜로 앉으시제라. 돼지울 같애서……."

등잔에 불을 댕기고 난 부안댁이 옆걸음질을 하며 자리를 권했다. 공허는 손판석의 아내에게 목례를 했다. 표현할 길 없는 미안함이 가슴을 휘돌았다.

"앉으시씨요. 다덜 무고헌게라?"

손판석은 먼저 주저앉으며 물었다.

"지샌이 손샌 걱정얼 많이 허는디……."

공허는 긴 한숨을 내쉬었다.

"삼출이야 나가 이 꼬라지 될지 알었겠제라. 나도 다 짐작헌 일인디요."

손판석은 맥이 다 풀어진 소리로 말하며 담배쌈지를 펼쳤다.

공허는 또 말이 막혔다. 할 말이 없어서가 아니었다. 할 말은 많으면서도 무슨 말을 해야 좋을지 알 수가 없었던 것이다. 만주로 가기는 틀려버린 사람 앞에서 많은 이야기는 다 부질없는 것이기도 했다. 손판석 앞에는 불구로 살아가야 할 평생이 놓여 있을 뿐이었다.

"그나저나 이 일얼 어째야 좋소."

위로의 말마저 하기가 옹색해진 공허는 이렇게 탄식했다.

"다 운수 소관이제라. 죽어 극락보담 살아 지옥이 낫다는디, 그간에 수없이 죽어간 사람덜에 비허먼 요것도 상팔자 아니겄는게라우."

손판석이 마른 입맛을 다시며 곰방대를 입에 물더니 담배통을 등잔에 갖다 댔다. 등잔불빛을 받은 그의 얼굴이 씁쓰름하게 웃고 있었다. 그가 곰방대를 빨자 등잔불꽃이 휘어져 담배통으로 빨려들며 곧 꺼질 듯 잦아들었다. 담배를 빠는 그의 숨결을 따라 등잔불꽃은 자지러지듯 작아졌다가 소스라치듯 커지고는 했다.

마치 불꽃을 들이마시고 있는 것 같은 그의 모습을 바라보며 공허는 한층 더 할 말을 잃고 있었다. 그가 체념적으로 한 말은 차마 이쪽에서 먼저 꺼낼 수 없었던 위로의 말이고 격려의 말이었다. 그러나 그 말을 이쪽에서 먼저 꺼냈을 때는 자칫 몸 성한 자가 속편하게 지껄이는 무책임한 소리로 오해될 소지가 큰 말이었다.

어쨌거나 죽어 극락보다 살아 지옥이 낫게 하려면 그가 처자식을 먹여살릴 수 있는 일자리를 구해야 했다. 그런데 다리가 불구인 사람이 해낼 수 있는 일거리가 무엇일까……. 공허의 머릿속은 복잡해지고 있었다.

"손샌이 먼첨 그리 말허니 나가 더 헐 말이 없소. 근디…… 손샌이 묵고살 일자리럴 구해야 헐 것인디……. 그냥 급허니 생각나서 허는 말이요마는, 나가 어떤 절에 잡일허는 자리럴 구해보면 어쩌겄소. 그작저작 일허먼 심도 벨로 안 들고 아그덜도 배 안 곯코 키울 것인디."

공허는 손판석의 눈치를 살펴가며 조심스럽게 말했다.

"아니, 아니, 그리 안 해도 되겄구만요. 창고지기자리나 십장자리가 곧 생길 판잉게라."

손판석의 급한 대꾸였다.

"창고지기나 십장자리?"

공허는 직감적으로 되물었다. 그 뜻밖의 말에 불길한 생각이 번뜩 스치고 있었다.

"야아, 누가 그런 자리럴 시방 구허고 있구만이라."

손판석을 살피는 공허의 눈길이 예리했다. 그러나 손판석은 별다른 낌새 없이 이렇게 대답했다.

공허는 손판석의 그런 예사로운 반응이 더 의심스러워졌다. 창고지기나 십장자리? 그건 분명 다리가 불구인 사람에게 알맞은 자리였다. 그러나 그런 자리는 아무나 차지할 수 있는 것이 아니었다. 그런 자리는 군산 부두노동판에서 가장 편하면서도 세도를 부리는 자리였다. 그만큼 누구나 군침 흘리는 자리이기도 했다. 그런데 손판석이한테 그런 자리가 돌아온다고……? 공허는 의심을 떼칠 수가 없었다.

"아, 그것 참 잘되았소. 헌디, 그 자리럴 차지허기가 쉽덜 않을 것인디, 누구 잘 아는 사람이라도 있소?"

공허는 속마음을 전혀 내색하지 않은 채 넌지시 물었다.

"야아, 서무룡이라고, 지샌이랑 다 한패로 등짐 지든 총각이 있구만요."

공허는 무엇인가 빗나가는 것을 느꼈다. 손판석을 의심하는 것은 잘못된 것이 아닐까 하는 생각이었다. 손판석은 전혀 주저하는 기색 없이 사람의 이름까지 대고 있었다. 만약 마음이 변했다면 그렇게 솔직하고 담담할 수가 없는 일이었다. 공허의 의심은 서무룡이라는 인물에게로 쏠리고 있었다. 그 이름은 귀에 익은 이름이었다. 방대근이가 가끔 입에 올리곤 했었다.

"서무룡이도 만주로 같이 왔으면 좋았을 것인디요. 쌈얼 기맥히게 잘헌당게라."

"시님, 시님도 쌈얼, 아니 참, 도술얼 기맥히게 잘허신담서요? 지도 서무룡이맨치로 쌈얼 잘허고 잡은디요……."

공허는 그 서무룡이에게 손판석이가 속고 있는지도 모른다고 생각했다.

"서무룡이 그 사람, 지금 무신 일얼 허고 있소?"

"그냥 그대로 막노동허고 있제라."

손판석은 아무런 기색 없이 곰방대를 빼끔거리고 있었다.

"손샌, 그 사람이 성제간이오?"

"야아? 무신 말씀이신게라……?"

손판석은 그때서야 곰방대를 입에서 떼며 눈을 바로 떴다.

"성제간도 아닌 넘넘인 사이에 지넌 심든 막노동험스로 손샌헌티 그 편헌 일자리럴 구해주겄다 그것이오?"

"……."

손판석은 혀끝으로 아랫입술을 축이며 공허를 똑바로 쳐다보았다. 비로소 그 눈과 얼굴에 의혹의 기색이 드러났다.

"허고, 지가 무신 재주로 그 존 일자리럴 구해주겄다고 허겄소?"

"글먼, 그놈이 헛방구 뀌댐서 사람 가심에 헛바람만 채우는갑네요?"

손판석은 엉뚱하게 헛짚고 있었다. 공허는 그만 울컥 화가 치밀었다. 그러나 꾹 눌러 참았다. 손판석의 짧고 무딘 생각에 속이 상했지만 그건 또 그의 순박하고 착한 마음 탓이기도 했던 것이다.

"손샌, 그리만 생각허지 말고 쬐깨 더 눈얼 크게 뜨고 그 사람얼 살피시오. 창고지기고 십장자리넌 아무나 차고앉는 자리가 아니덜 않소? 근디 그 사람이 구해주겄다고 나섰다 그 말이오."

"워메, 글먼 그 사람이 왜놈덜……."

불쑥 튀어나온 여자의 목소리였다. 손판석의 아내 부안댁은 자신도 모르게 쏟아진 말을 손바닥으로 막으며 고개를 숙이고 있었다.

"저놈에 예펜네가 무신 소리여?"

손판석은 언성을 높이면서도 눈은 멀뚱하게 공허를 쳐다보고 있었다. 그 의혹에 찬 자신 없는 눈은 공허에게 답을 요구하고 있었다.

"그러요, 아짐씨 말이 맞소. 십중팔구 그 사람언 왜놈덜 끈일 것이오."

공허는 허리를 곧게 세우며 말에 힘을 주었다.

"그놈이 왜놈덜 앞잽이……? 그놈이 왜놈덜 끈이여……?"

당황한 손판석은 헛소리하듯 중얼거리며 곰방대를 입에 물었다 뺐다 하면서 안절부절못하고 있었다.

"금메, 인자 생각히 봉게 요 근자에 그 사람 돈 씀씀이가 전보담 헤퍼지덜 안혔소. 입성도 달버지고."

몸을 잔뜩 웅크리고 앉은 부안댁은 낮게 억누른 소리로 말했다.

"그려…… 그리 생각허고 봉게 그놈이 요상헌 것이 한두 가지가 아닝마……. 나가 새끼덜허고 묵고살 생각에 맘만 급해서 그런 뻔헌 것도 못 본 봉사가 되야부렀는갑네 이."

손판석은 어깨를 늘어뜨리며 자기 아내를 향해 허탈하게 말하고 있었다.

"금메 말이오, 열 질 물속언 알아도 한 질 사람속언 몰른다고 허등마……. 지도 미선소 안 나댕기게 될 것만 좋아서 눈이 멀었었구만요."

부안댁은 공허 스님의 눈치를 살피며 이렇게 말했다. 남편의 잘못을 덜어내고 싶은 심정에서였다.

공허는 손판석의 급했던 마음도, 부안댁의 들떴던 마음도 충분히 이해할 수 있었다. 그 어떤 것이든 욕심이 앞서면 누구나 마음의 눈을 바로 뜰 수가 없는 일이었다.

"시님, 지가 깜빡 잘못 생각혔구만요. 지가 다리빙신으로 비렁뱅이짓얼 허고 살았으면 살았제 어찌 왜놈덜 앞잽이 노릇얼 허고 살겄는게라. 시님 말씸대로 어떤 절에 일자리럴 구해주시면 그리로 가겄구만요."

손판석이 고개를 숙였다.

"아니, 그리 생각헐 일이 아니오. 그 사람이 손샌 행적얼 아요, 몰르요?"

"행적이라니, 의병 헌 것 말인게라?"

"그러요."

"아이고, 지 모가지가 둘이간디요? 고것이야 쥐도 새도 몰르제라."

손판석은 단호하게 고개를 내저었다.

"이, 그러면 잘되았소. 그 일얼 이리 헙시다." 공허는 장삼자락을 뒤로 내치며 앉음새를 고치고는, "어찌허능고 허니 말이오, 첨 생각대로 손샌이 창고지기든 십장자리든 되는대로 차고 들어가도록 허시요." 그는 마치 의병을 할 때처럼 말했다.

"야아? 고것이 무신 소리다요?"

손판석의 눈이 커졌다.

"머 놀랠 것 없소. 손샌보고 왜놈덜 앞잽이 노릇이나 해묵으란 것이 아닝게 손샌언 창고지기든 십장이든 해묵음시로 헐 일이 따로 있소."

"이짝 끈이 되라 그것인감요?"

손판석은 마침내 정곡을 찌르고 들었다.

"맞소, 바로 그것이오. 겉보기로넌 왜놈덜 좋아라 허게 험스로 속으로넌 우리 쪽에 이문이 되게 허라 그 말이오."

"워메, 그리 살얼음 걷다가 들키면 어쩔라고……."

부안댁의 겁먹은 소리가 침침한 어둠 속에서 가늘고 조심스러웠다.

"어허, 남정네덜 허는 일에!"

손판석이 왈칵 내질렀다.

공허는 그만 가슴이 뜨끔해졌다. 그리고 손판석의 아내에게 더 없는 미안함을 느꼈다. 그런 위험이 따르는 일을 어느 여자나 좋아할 리가 없었다. 더구나 손판석의 아내는 몇 년 동안에 몸고생 마음고생을 겪을 대로 겪은 처지였다. 당연히 말조심을 했어야 하는데 그만 마음이 급하다 보니 미처 신경을 쓰지 못했던 것이다.

"아짐씨, 의병 허든 것에 비허면 아조 수월허고 표 안 나는 일잉게 그리 맘 안 써도 될 것잉마요."

공허는 면목 없는 마음으로 정중하게 합장을 했다.

"야아, 지가 입방정이구만요."

부안댁은 황급히 마주 합장을 했다.

"시님, 여자란 것언 다 저런 물건덜잉게 맘쓰시덜 말고 어여 허실 말씸이나 더 허시제라."

손판석은 아내에게 눈을 째지게 흘겨대며 곰방대를 쌈지에 디밀고 있었다.

"저어…… 시상이 다 알고 있는 일로, 왜놈덜이 조선천지 골골이 즈그덜 앞잽이럴 얼매나 많이 박아놓고 있소. 그놈덜이 그리혀서 우리럴 꼼지락달싹 못허게 잡을라는 판에 우리가 그놈덜허고 싸와 이길라면 우리도 그놈덜 속으로 파고들어가야 된단 말이오. 그렇게 손샌언 맘 단단허니 묵고 그 자리보톰 차지허는 것이 좋소. 그리만 되면 손샌이 헐 일이 많으요. 서무룡이가 무신 짓얼 허는지 감시허고, 우리 쪽에 이문 되는 비밀얼 알아내고, 우리 일꾼덜헌티 잘해주고, 그럼서 우리 편 사람덜얼 늘려가고 허는 것이오. 의병이 뿌리가 뽑힌 판에 왜놈덜얼 엎으자면 헌병대고 경찰서고 면사무소고 우리 쪽 사람덜이 파고들어야 허는 것인디……."

공허는 긴 한숨을 내쉬었다.

"근디, 서무룡이 그놈이 참말로 왜놈덜 앞잽이면 어쩔께라?"

손판석이 이맛살을 찡그렸다.

"그야 당장 어쩔 것이 없소. 무신 짓얼 허는지 살피고, 누구허고 끈이 맺어졌는지 알아내고 험스로 잘 지내기만 허면 돼요. 어찌허는 것이야 그 담에도 얼매든지 헐 수 있응게."

"시님이 한번 만내보실랑게라?"

"아니오, 담에 만낼 날이 올 것이오."

공허는 느리게 고개를 저었다.

"참 뻔뻔허니, 속언 그리 검은 물건이 수국이럴 찾게 해도라고 발싸심이니."

부안댁이 혀를 차며 중얼거렸다.

"수국이럴…… 무신 소리요?"

공허가 손판석을 쳐다보았다.

"야아, 서무룡이놈이 수국이헌티 반해서 시시때때로 수국이럴 찾아도라고 졸르고, 소식 없냐고 물어쌓고, 영 성가시게 나대고 있구만이라."

손판석이가 담배를 빨며 코웃음을 쳤다.

"아니, 그놈이 수국이럴 찾는 시늉험스로 지샌이나 대근이 거처럴 알아낼라고 허는 심뽀 아니오?"

"글씨요…… 그놈이 수국이 인물에 미친 것언 틀림없는디, 글먼 꽁 묵고 알 묵고 헐라는 것인지도 몰르겄는디요."

손판석은 고개를 갸웃갸웃했다.

수국이의 곱고 참하면서도 우수가 어린 얼굴이 떠올랐다. 공허는 그 얼굴을 지우며 무릎을 짚고 일어섰다.

"가실라고라? 여그서 유허시제……."

서둘러 일어나는 손판석을 따라 부안댁도 몸을 일으켰다.

"닭 울기 전에 여그럴 떠야겄소. 자주 연락헐 것잉게 몸 성허니 잘허시오."

공허는 바랑을 지며 거적문을 밀쳤다.

"만주넌 언제 또 가신당게라?"

"잘 모르겄소, 하도 멀고 험헌 질이라. 인자 자주 안 가질 것이오. 만주보담 여그가 더 중헝게."

공허는 일부러 이렇게 말했다. 만주로 향하고 있는 손판석의 마음을 돌리기 위해서였다.

"야아, 글먼 자주자주 소식 주시게라."

"그럽시다. 맘 강단지게 묵으씨요. 다리 그런 것이야 숭이 아니라 장허게 산 표식잉게."

공허는 손판석의 손을 잡았다.

"시님……."

손판석은 공허의 손을 맞잡으며 힘을 주었다. 손판석이 힘을 주는 만큼 공허도 손아귀에 힘을 주었다. 맞잡힌 두 손은 부르르 떨리고 있었다.

손판석은 팔을 타고 오르는 떨림이 가슴을 찌르르 울리는 것을 느끼고 있었다. 그동안 이겨낼 수 없었던 절망감이 가셔져 가고 있었다. 그동안 시달려왔던 고적감이 사라져가고 있었다. 온몸에 새 힘이 솟고, 새 믿음이 열리고 있었다. 머리를 박박 깎인 채 철도공사장에서 고생하다가 대원들과 함께 도망쳐 의병부대를 찾아가던 때가 떠올랐다. 그때처럼 눈앞이 환해지고 새 기운이 뻗치고 있었다.

공허는 다시 어둠 속을 걷기 시작했다. 손판석을 찾아갈 때와는 달리 그는 가슴이 후련하고 발걸음이 가벼운 것을 느꼈다. 손판석의 문제는 뜻밖에도 흡족하고 홀가분하게 해결된 것이었다. 지삼출은 손판석이 불구가 되어 만주로 데려오지 못하게 될까 봐 못내 걱정했었다. 물론 손판석이 다리를 절름거리게 된 것은 딱한 일이었다. 그러나 만주로 떠난 사람들과 다름없이 중한 일을 하게 된 것은 더없이 기쁜 일이었다.

공허는 미약하나마 어둠 속에서 한 줄기 빛이 보이는 것을 느끼고 있었다. 자신이 마음먹고 있는 일이 손판석의 일로 실마리가 풀리고 있는 것 같았던 것이다.

공허는 줄기차게 걸으면서 어깨가 눅눅하고 발등이 축축해지는 것을 느끼고 있었다. 여름이면 습기 많고 후텁지근하기로 이름난 징게 맹갱 들판에 밤이슬이 내리고 있었다.

꼭꼭꼬오옥 꼬옥…….

어둠 저편 멀리서 장닭의 울음소리가 울리고 있었다. 있는껏 목청을 뽑아올린 컬컬하면서도 맑은 그 소리가 새벽들녘의 정적을 흔들며 긴 여운으로 퍼져나가고 있었다. 어기차면서도 부드러운 가락인 그 울음소리는 새벽의 싱그러운 기운 속에서 상쾌하고 정겹기 이를 데 없었다. 처음 울린 소리의 여운이 미처 사라지기도 전에 다른 쪽에서 새 울음소리가 울리고 있었다.

공허는 아련한 그리움과 함께 문득 피로감을 느꼈다. 새벽닭이 우는 소리는 세속의 소리였다. 그 세속의 소리는 어김없이 어린 날이 떠오르게 했다. 어린 날은 그리움이면서 눈물이었다.

공허는 밤새도록 걸은 피로감을 털어내며 걸음을 더 빨리했다. 날이 밝기 전에 당도해야 할 곳이 있었다.

"시님, 시님언 참 야박허고 인정도 없으시요. 그것도 다 부처님이 말씸허신 인연인디, 그 보살님 소원 안 들어주면 지가 찾어갈라요."

아기중 운봉이 제법 협박조로 들이댔던 것이다.

"이놈아, 나보고 첩질시키는 못된 중신애비가 되라는 것이냐 머시냐."

이렇게 호령을 하기는 했지만 그 여자를 생각하는 아기중의 외로움 타는 마음을 묵살할 수는 없었던 것이다.

공허는 어둠이 걷히고 있는 들녘의 안개밭을 헤치며 그 동네로 들어섰다. 기와집은 하나뿐이라서 집을 찾고 말고 할 것도 없었다. 공허는 대문 앞에 이르러 바랑에서 목탁을 꺼냈다.

요런 집서 시부모도 없이 청상과부가 혼자 살기넌 에롭기넌 에롭겄는디. 시부모가 오래 못살고 죽은 것이 탈이로구마. 근디 임언 몇천 리 밖에 있으니 어쩔 심판인 것이여…….

공허는 대문을 올려다보며 독경 대신 이런 생각을 하면서 목탁을 두들기기 시작했다. 목탁을 미처 열 번도 두들기지 않았는데 대문이 열렸다.

"시님……!"

부끄러움과 반가움이 뒤섞인 얼굴로 젊은 여자가 합장을 했다.

공허는 그 젊은 여자가 바로 홍씨인 것을 알아보았다. 시물너댓이 됐다냐 어쩌다냐……. 공허는 나이를 가늠해 보며 숙임막한 여자의 얼굴을 유심히 지켜보았다.

"아랫것덜이 있을 것인디 대문얼 손수 여시는게라?"

대뜸 이렇게 나가는 공허의 어조는 묘하게 꼬이고 있었다.

"목탁소리라서……."

얼결에 대꾸하던 홍씨는 얼굴이 화끈 달아오르는 것을 느꼈다.

자신을 똑바로 쳐다보고 있는 승려의 야릇한 눈길과 그 묘하게 꼬이는 말뜻이 자신의 속을 환히 들여다보고 있는 것 같았던 것이다.

"소승, 운봉 부탁으로 걸음했구만요."

공허는 피식 웃음지었다.

"예…… 안으로 잠 드시씨요."

홍씨는 옆으로 비켜섰다.

"갈 질이 바쁜디 안으로 들고 말고 헐 것 머 있간디요. 운봉이 부탁헌 것이나 알리고 그냥 가야제라."

바랑을 한쪽 어깨만 벗어 목탁을 넣으며 공허는 무뚝뚝하게 말했다.

"저어…… 장삼이고 짚신이고 다 젖은 것얼 봉게 밤질얼 오래 걸으신 모양인디, 아침공양 드심서 다리도 잠시 쉬고 옷도 몰리는 것이 좋겄는디요."

공허는 그만 마음이 동했다. 밤길을 오래 걸어온 것을 금방 알아보는 그 눈치 빠른 영리함이 제법이다 싶었고, 아침밥을 먹으라는 말에 왈칵 시장기가 일면서 마음이 흔들리고 말았다.

"글먼 아침공양이나 험스로 이얘기럴 허도록 헐게라."

공허는 바랑을 추스르며 대문 문지방을 넘어섰다.

공허는 하루 세끼 끼니를 거르지 않는 것을 철칙으로 삼고 있었다. 그건 부모가 가르쳐준 것도 아니었고 불경에 나오는 계율은 더구나 아니었다. 그 어떠한 일이 있어도 하루 세끼를 꼭 먹어야 한다는 생각은 어린 날 배곯고 살아온 설움이 뼛골에 사무친 까닭이었다. 그런 데다 의병에 나서면서부터는 그 생각이 더 확고해졌던 것이다. 기운 좋게 잘 싸우자면 굶는 일이 없어야 했고, 끼니를 거르지 않는 것만이 건강을 지키는 길이었다. 그리고 건강이 유지되지 않고서는 아무리 큰 뜻도 허황한 꿈일 뿐이었다. 절밥을 먹으면서 멀리할 수밖에 없었던 고기도 의병투쟁을 하면서 다시 입에 대게 되었다. 고기를 입에 대게 되니 큰스님들 눈을 피해 홀짝거렸던 술도 말술이 되고 말았다. 땡초라는 놀림을 피할 수 없게 되었지만 승려의 계율을 어겼다는 죄진 마음은 별로 없었다. 도통한 대선사가 될 욕심보다는 당장 눈앞의 일이 더 급하고 중하게 여겨졌던 것이다.

"저 대청으로 올르시씨요." 홍씨는 서두르는 몸짓으로 공허를 안내하고는, "말분아, 밥 얼렁얼렁 해라. 어멈언 안직 안 일어났냐." 하품을 하며 부엌에서 나오고 있는 처녀를 닦쳤다.

공허는 대청으로 오를 생각도 하지 않고 마당 가운데 서서 집을 둘러보고 있었다. 집은 사랑채와 안채가 구분되어 있었지만 별로 큰 규모는 아니었다. 족보는 양반이지만 몇 대 안에 큰 벼슬은 못한 것 같았고, 재산은 한 삼사백 석이나 될까 하고 공허는 어림하고 있었다. 그러나 아랫것들을 거느리고 있다고 해도 젊디나 젊은 과부가 간수하기로는 큰 집이고 큰 재산이었다. 그런데 젊은 과부는 이미 마음을 딴 데 팔고 있으니…….

"시님, 요것 잠……."

뒤쪽에서 들리는 소리에 공허는 멈칫하며 속생각을 털어냈다.

"아침공양 되기 전에 요 꿀물얼……."

홍씨는 대청마루에 앉아 꿀물을 타며 공허가 어서 오르기를 재촉하고 있었다.

"시상언 어지럽고 농사철언 되고……."

공허는 타령하듯 하며 대청마루에 털퍽 걸터앉았다.

"요것 드시고 잠시 쉬시면 금세 아침공양 올리겄구만요."

홍씨는 공허 앞으로 사발을 밀어놓고는 부산하게 몸을 일으켰다.

공허는 진하게 타진 꿀물 한 사발을 단숨에 비웠다. 꿀물을 마시고 나자 기운이 생기기는커녕 온몸이 나른하게 처져내리기 시작했다. 밤새껏 걸은 피로가 한꺼번에 물려드는 것이었다. 공허는 눈꺼풀을 밀어올리려고 애를 썼다. 그러나 졸음은 바람 탄 비구름처럼 밀려오고 있었다. 공허는 졸음에 파묻히며 꾸벅거리기 시작했다. 그러다가 결국은 대청에 벌렁 드러눕고 말았다. 등에 깔린 바랑에서 목탁이 옆으로 불룩 튕겨졌다. 공허는 금방 코를 골기 시작했다.

"음마, 숭해라……."

밥상을 든 처녀가 뾰로통해진 얼굴로 입술을 삐쭉했다.

"입조심허고, 얌전허니 시님얼 깨와라."

홍씨는 엄하게 일렀다.

"시님, 시님, 진지 잡숫시요. 얼렁 일어나 진지 잡숫시요."

밥상을 마루끝에 놓은 처녀가 공허 옆으로 다가서며 야무지게 목청을 높였다. 그러나 입을 헤벌린 공허는 아무 반응도 없이 코를 골아대고 있었다.

"시님, 시님, 얼렁 일어나 진지 잡수랑게라. 국 다 식는단 말이오."

공허 옆으로 바짝 다가선 처녀는 더욱 차고 맵게 소리쳤다.

"어엉……? 머시여, 머시여……."

공허는 몸을 벌떡 일으켰다. 그리고 잠이 흥건하게 젖은 흐리멍텅한 눈으로 여기저기를 두리번거렸다.

"쿡! 크크크……."

처녀가 터지는 웃음을 손으로 막으며 고개를 돌렸다.

"못된 것, 물러서라!"

홍씨가 처녀를 꾸짖었다. 그러나 홍씨는 처녀가 소리를 지르면서 토방 위에 놓인 공허의 발등을 짓밟아 비틀어버린 것을 모르고 있었다.

"아이고, 요거 죄송시럽구만이라. 잠귀신이 어찌케나 찰방지게 달라붙든지 간에……."

공허는 낯을 훔쳐대고 맨머리를 쓰다듬고 하며 면구스러워했다.

"다 장헌 일 허시니라고 고상이구만요. 찬이 변변찮은디 얼렁 진지럴……."

홍씨는 밥상을 공허 앞으로 약간 밀어놓았다.

공허는 밥상으로 다가앉으며 홍씨를 힐끔 쳐다보았다. 장한 일 한다는 홍씨의 한마디가 이상하게 가슴을 찔러왔던 것이다. 서로의 눈이 마주쳤다. 홍씨가 황급히 고개를 숙였다.

공허는 나직하게 헛기침을 하며 숟가락을 들었다. 처음으로 똑바로 쳐다본 홍씨의 얼굴이었다. 여자를 흔히 꽃이라고 했다. 그러나 정작 꽃으로 눈에 반짝 띄는 여자란 그다지 흔하지 않았다. 그런데 홍씨의 얼굴은 담박 꽃으로 여겨질 만큼 고운 편이었다.

"애기중 운봉헌티 송 장군 기신 디럴 알아도라고 허신 모냥인디, 거그가 만주땅 통화라는 디구만요."

공허는 밥이 가득 찬 입으로 어물거렸다. 여자의 열기 서린 눈이 그 소식을 알아보고 싶어했으리라고 생각했다.

"통화…… 시님언 언제 또 만주럴 가실라는가요?"

여자의 목소리가 가늘게 떨렸다.

"소승이 헐 일이 거지반 다 끝났응게 언제 발길허게 될란지 안직 몰르겄구만요."

공허는 일부러 시치미를 떼며 밥만 정신없이 먹어댈 뿐 여자를 본 척도 하지 않았다. 여자의 글발 심부름쯤 못해 줄 것도 없었지만 정작 송 대장이 달가워할 것 같지가 않았던 것이다. 송 대장은 오로지 독립군을 일으키는 데만 몰두해 있었지 언제 한번 농으로라도 여색에 대해 입에 올린 일이 없었다.

"만주로 간 조선사람덜언 어찌허고덜 사는게라?"

"글씨요…… 물도 설코 낯도 선 타국잉게 조선사람덜찌리 한동네럴 맨듬서 살라고 애쓰고 있구만요."

"살 만은 허등가요?"

공허는 그만 가슴이 뜨끔해졌다. 여자가 만주로 떠날 생각인지도 모른다는 느낌이 퍼뜩 들었던 것이다. 여자의 야무진 듯하기도 하고 고집스러운 듯하기도 한 인상이 그런 일을 저지를 수도 있다 싶었다.

"어디요, 죽지 못해 사는 것이제라. 농토넌 새로 맨글어야 허고, 긴 겨울은 여그보담 열 배는 더 춥고, 지옥이 따로 없구만이라."

"송 장군님언 쭉 혼자 지내시겄지요?"

공허는 가슴이 쿵 울렸다. 절에서 송 대장을 기어이 만났던 것도 여자 특유의 당돌함이 발동된 결과였다. 그 당돌함이 만주로 뻗치지 못하라는 법이 없었다. 홍씨는 자식도 시부모도 없는 몸에 재산까지 가지고 있었다.

"아니구만요. 거그 형편이 자리가 잽히는 대로 식구덜이 옮겨가기로 되야 있구만요. 나라럴 되찾자면 언제꺼지 거그 있어야 될란지 몰르는 디다가, 여그 사는 식구덜도 왜놈덜 등쌀에 날로 살기가 에로와지고 있응게요. 때가 오면 소승이 식구덜얼 옮길 작정이구만요."

공허는 얼렁뚱땅 거짓말을 꾸며댔다.

"……."

공허는 밥을 떠넣으며 소리 없는 한숨을 내쉬는 홍씨를 훔쳐보고 있었다.

쌀밥 한 그릇을 달게 먹어치운 공허는 곧 자리를 털고 일어섰다. 더 할 이야기도 없었지만 표나게 실망하는 홍씨에게 미안스럽기도 했던 것이다.

"소승, 오다가다 더러 문안디려도 괜찮헐랑가요?"

대문을 나선 공허는 작별인사를 겸해 그저 인사치레를 했다.

"아매 곧 이사럴 허게 될 것이구만요."

그 뜻밖의 말에 공허는 홍씨를 쳐다보지 않을 수가 없었다.

"지 팔자 박복히서 사촌 시동상헌티 이 집얼 내주고 딴 동네로 떠야 허게 생겼구만요."

공허는 그 물기 젖은 목소리의 말뜻을 금방 알아들었다. 제사지낼 혈육을 갖지 못한 여자는 문중이 정한 양자에게 밀려 쫓겨나는 신세가 된 셈이었다. 제주(祭主)를 낳지 못한 여자로서는 꼼짝없이 당할 수밖에 없는 일이었다.

공허는 비로소 모든 것을 깨달았다. 여자의 마음이 만주로 쏠렸던 것은 지극히 자연스러운 일이었는지도 몰랐다. 여자에게 엉뚱한 거짓말을 한 것이 더 미안해졌다. 그러나 그 거짓말을 바로잡고 싶은 마음은 없었다. 여자를 만주로 가게 하는 것은 송 대장의 일을 방해하는 것인 동시에 그 부인에게 죄짓는 일이었던 것이다. 어차피 송 대장과는 바른 인연이 아니었다.

"언제 어디로 가시는디요?"

"요번 가실 끝내고 나서…… 어디로 갈란지넌 안직……."

여자의 눈도 목소리도 눈물이었다. 공허의 가슴은 그만 찌르르 울리고 있었다. 여자가 더없이 측은하고 가여웠다. 그늘에 핀 한 송이 꽃 같은가 하면 비 맞은 한 마리 새 같기도 했다.

"다 부처님 인연잉게 또 만내게 되겄지요. 처지가 옹색헐수록 상심허면 안 되는구만요. 항시 부처님 염송허시면 맘에 기둥이 슬 것잉마요. 나무관세음보살……."

공허는 합장을 했다.

"시님……."

합장하며 숙이는 여자의 얼굴에 눈물이 주르륵 흘러내리고 있었다.

공허는 짙은 어둠을 타고 신세호의 집으로 찾아들었다. 신세호는 의관을 차려입고 기다리고 있었다.

"얼렁 밥상 내오니라."

신세호는 공허에게 묻지도 않고 안에다가 일렀다.

"아니구만요. 어둡기럴 기둘림서 주막서 미리 배불르게 묵었구만요."

공허는 신세호의 의관 차림을 보며 미리 밥을 먹고 오기 잘했다고 생각했다.

"참말이신가요?"

"자고로 중놈덜 공짜배기 좋아허기로 소문난 중에 체면 없고 비우짱 두껍기로 이놈이 질일 것인디요? 푸지게 배 채웠응게 얼렁 질이나 잡으시씨요."

공허의 걸쭉한 말에 신세호가 싱그레 웃으며 쥘부채를 들고 일어났다.

두 사람은 전혀 말이 없이 어둠 속을 빨리 걸었다. 어둠 속에 서린 풀냄새가 풋풋했다. 가늘고 맑은 벌레소리들도 여름을 알리고 있었다.

임병서는 향교 뒤채에서 그들을 기다리고 있었다. 수인사가 끝나자마자 임병서는 만주 이야기를 꺼냈다.

"신형한테서 만주 사정은 대충 건네들었소이다. 어찌, 송형을 찾아가면 내 한 몸 의탁하면서 장래 일을 도모할 수 있겠소?"

공허는 임병서가 신변의 위협을 몹시 두려워하고 있음을 느꼈다.

"예, 돈이 궁해서 탈이제 돈만 있음사 피신이고 장래 도모고 여그보담이야 편허고 낫겄지요."

공허는 상대방을 안심시키려고 느긋한 웃음까지 지어 보였다.

"그러면 잘됐소. 나를 송형이 있는 데까지 안내를 좀 해주면 좋겠소."

공허는 그만 비위가 상하는 것을 느꼈다. 그 말투는 완연히 명령조였고 하대였다. 임병서는 인사를 나눌 때부터 거만기를 드러냈다. 양반이면 으레껏 피우게 마련인 거드름을 얼굴에 바르고 있었다. 송수익은 말할 것도 없었고 신세호한테서도 느낄 수 없는 인상이었다.

"예, 그것이야 벨로 에로울 것이 없는 일이구만요. 근디, 독립의군부가 의병으로 나서서 총질얼 허고, 왜놈덜얼 때래죽이고 헌 것도 아닌디 꼭 만주꺼정 피해야 헐 만치 왜놈덜이 씨게 몰아치고 어쩌고 허겄능가요?"

공허는 상대방의 면상을 박치기해 버리는 기분으로 말을 해치웠다.

"아니, 독립의군부를 어찌 보고 하는 소리요. 그건 상감에 대한 불경이오!"

임병서의 노기 띤 외침이었다. 목소리에 걸맞게 화가 돋은 임병서의 얼굴이 촛불에 숨김없이 드러나고 있었다.

"무신 말씀이시다요……?"

공허는 어리둥절해서 임병서를 바라보았다. 느닷없이 상감을 들이대는 것이 무슨 영문인지 알 수가 없었던 것이다.

"무슨 말이냐니! 독립의군부가 어떤 연고로 생긴 줄이나 알고 말을 그리 함부로 하고 어쩌고 하는 거요? 독립의군부는 상감께오서 우리 병 자, 찬 자 대장님께 밀명을 내리시어 결성하게 된 것이오. 또한 독립의군부는 그간에 상감마마의 뜻을 받들어 총독부를 상대로 국권반환운동을 맹렬하게 전개하는 한편으로 전국 각지로 조직을 확대해 왔소. 따라서 독립의군부의 세력이 확대일로를 걷게 되자 결국 총독부에서는 두려움을 느끼고 간부들에게 체포령을 내리고 조직을 파괴하는 탄압을 자행하기 시작한 것이오. 이런 독립의군부의 활동을 비하하는 것은 바로 상감께 불경을 저지르는 것이 아니고 무엇이오!"

임병서의 말은 당당하고 거침이 없었다.

공허로서는 독립의군부가 상감의 밀명에 의해 조직되었다는 것은 금시초문이었다. 그러나 공허는 그 사실에 별로 놀라지 않았다. 독립의군부가 상감의 밀명을 받았다고 해서 그 활동이 새삼스럽게 달라져 보이는 것도 아니었고, 상감께 불경을 저질렀다는 자못 준엄한 지적도 이젠 아무런 죄목이 될 수 없었던 것이다.

"독립의군부도 그간에 큰일얼 해냈고, 총독부가 독립의군부럴 없앨라는 것도 당연지사일 것이오. 인자 당면헌 일언 간부덜이 한 사람이라도 더 다치지 않게 허는 것 아니겄소."

딱히 누구에게 하는 것인지 모를 신세호의 나직한 말이었다.

공허는 옆볼에 닿는 눈길을 느끼며 고개를 약간 돌렸다. 신세호의 눈이 무슨 말인가를 하고 있었다. 그 눈길은 무언가 만류의 뜻을 담고 있었다. 공허는 그 의미를 금방 알아차렸다.

그건 임병서와 말씨름을 하지 말라는 뜻이었다. 공허는 수긍의 뜻을 눈으로 나타내 보였다.

"그야 그렇구만요. 다 우국충정으로 나슨 분덜인디 다쳐서야 되간디요."

공허는 둥글둥글 넘어가기로 작정하며 이렇게 말했다. 임병서와 말씨름을 해보았자 외다리도깨비와 씨름하기였던 것이다. 양반들이 허깨비가 된 임금을 떠받드는 그 요지부동의 생각은 밤새도록 넘어뜨려도 끝없이 일어나 앞을 가로막는다는 외다리도깨비와 하나도 다를 것이 없었다. 그러나 임병서 같은 사람은 왜놈들이 베풀어주는 혜택 속에서 땅이나 탐하는 숱한 양반들에 비하면 그래도 월등히 나은 편이었다.

신세호는 공허 모르게 임병서에게도 눈짓을 하고 있었다. 임병서는 신세호가 무슨 말을 하고 있는 것인지 대충 눈치채고 있었다.

눈앞에 앉아 있는 중놈은 당돌하고 시건방지기 이를 데 없는 중놈이었다. 그러나 저것이 실실 동냥이나 다니면서 눈치 빠르게 과부를 덮쳐 재미나 보는 그런 막가는 땡초가 아니었다. 의병으로 나서서 목숨을 내걸었던 것이고, 지금까지도 송수익과 내왕을 하고 있는 보기 드문 위인이었다. 출신은 알 수 없으되 중놈으로서 그런 당돌한 생각을 갖고 있는 건 보나마나 송수익의 영향일 것이었다. 나라를 빼앗긴 것이 상감의 뜻은 아닐지라도 나라를 빼앗긴 이상 그 책임을 상감이 완전히 면할 길은 없었다. 송수익의 말마따나 을사오적을 대신으로 임명한 것은 바로 상감이었던 것이다. 그리고 이제, 지주인 양반이 눈속임을 하는 아래 소작인들을 마음대로 치죄할 수는 있어도 상감께 불경을 저지르는 죄인을 다스릴 법은 없어지고 말았던 것이다. 천한 중놈과 논쟁을 해보았자 이쪽 체면만 깎이는 일이었고, 당장 중놈의 힘을 빌리지 않고서는 위기에서 벗어나기가 어려운 형편이었다.

"스님 말이 맞소. 의병이나 독립의군부나 도탄에 빠진 나라를 건지자는 뜻은 다 똑같소. 더구나 독립의군부의 간부 태반은 초기에 의병에 나섰던 분들이오. 허나 이제 형세가 여의치 못하게 됐으니 장소를 옮겨 일을 새롭게 도모할 수밖에 없게 되었단 말이오."

임병서는 공허에게 화해의 손을 내밀었다. 그러나 공허는 속으로 코웃음 치고 있었다.

초기에 의병에 나서? 뻔뻔허기가 쇠가죽 낯짝이시. 다 도망질헌 물건덜이!

"새로 일얼 도모허시자면 송 장군님얼 만내보시는 것이 상책이겄제라이. 지가 송 장군님얼 쉬 찾어가시게 질얼 세세허니 일러디리겄구만요."

공허는 슬쩍 발뺌을 했다. 양반 콧대나 과시하는 사람한테 하시를 당해가며 길잡이할 마음은 전혀 내키지 않았던 것이다.

"아니, 그게 무슨 소리요? 스님이 동행을 안 하겠다는 거요?"

임병서의 말투는 곱지가 않았다.

"동행얼 안 허겄다는 것이 아니구만요. 저어, 송 장군님허고 의논헌 것인디, 지가 여그서 조급허니 꾸밀 일이 있어서 그렁마요. 허고, 통화라는 디가 만주땅이기넌 해도 압록강서 엎어지면 코 닿게 가차운 디다가 벨로 크도 넓도 안 해서 말만 세세허니 허면 금세 찾아지능마요."

공허는 임병서의 기색은 모르는 척하며 능청스럽게 말했다. 사실 비밀조직을 만드는 일이 급하기도 했다.

"그 일이 대체 뭐요?"

임병서의 말투는 마치 같은 조직의 상급자가 따져묻는 식이었다.

"글씨요…… 고것이 긍게…… 송 장군님이 은밀허니 허라고 당부허신 일이라…… 아조 중헌 일인디……."

공허는 일부러 송수익을 팔아가며 살살 꼬리를 사리고 있었다.

"어허, 이런 놈에 일이 있나! 그래, 나를 못 믿겠다 그런 말이오?"

임병서는 벌컥 화를 냈다. 심한 모독감으로 화를 참을 수가 없었던 것이다.

"공허 스님, 중헌 일일수록 입 무겁게 해감서 은밀허고 진중허니 해야 되겄지요. 허나 여그 있는 사람덜 맘이 송 장군 뜻이나 다를 것이 없응게 말얼 해도 탈이 없을 것이고, 또 말얼 듣고 보면 서로

돕게 될란지도 모르니 말얼 허는 것이 어쩌겄소."

신세호가 또 다리를 놓고 들었다.

"글씨요, 그 말씸도 맞는 말씸이기넌 헌디요 이." 공허는 짭짭 입맛을 다시며 뭉그적거리고는, "거 머시냐, 무당이 굿얼 허자도 떡이 있어야 허고, 소가 등얼 비비자도 둔덕이 있어야 하는 것 아니겄는게라. 같은 이치로 만주서 새 일얼 도모허자도 맨손으로야 될 일이 아무것도 없구만요. 폐일언허고 자금이 있어야 허는디, 그 자금얼 구헐 조직얼 은밀허니 짜야 되는구만요." 그는 신세호와 임병서를 번갈아 보았다.

"자금조달을 위해 비밀결사를 조직한다 그 말이오?"

임병서의 빠른 반응이었다.

"그렇구만이라."

"그것 참 좋은 생각이오. 마침 같은 뜻을 가진 사람이 있는데, 내가 소개를 하면 어떻겠소?"

임병서가 반색을 하며 하는 말이었다. 그 뜻밖의 말에 공허는 다소 당황하고 멋쩍어졌다. 그리고 임병서라는 사람이 금방 달라져 보이는 것이었다.

"그런 사람이 있으면 좋고말고라."

공허는 마음의 벽을 허물어내며 흔쾌하게 대답했다.

"그거 잘됐소. 내가 곧 소개하기로 하겠소. 그 사람도 독립의군부에 속해 있던 사람인데, 이번 검거를 당하게 되면서 생각을 달리 먹게 된 사람이오. 왜놈들에게 맞서자면 공개된 조직이 아니라 비밀조직이 있어야 한다고 생각한 것이오. 틀림없이 믿을 만한 사람이니 함께 손을 잡으면 실효가 클 것이오."

임병서는 자기 일은 잊어버린 듯 진지하게 설명했다.

"그러면…… 그 사람언 비밀결사럴 조직해서 왜놈덜허고 싸우겄다는 것인가?"

신세호가 의아하게 물었다.

"글쎄, 조직이 비밀결사니까 싸워도 내놓고 총질이야 하겠는가. 일을 어찌 해나갈 것인지 소상하게 알 수는 없어도 비밀리에 할 일이 한두 가지가 아닐걸세. 어찌 됐거나 그런 비밀조직이 필요할 때가 되었네."

신세호는 고개를 끄덕이며 공허에게 눈길을 돌렸다.

"공허 스님, 이만허면 말 본전은 찾으신 것 같으니, 임형 일언 어쩌실랑가요?"

"아이고, 본전이 아니라 이문얼 톡톡허니 봤구만요. 임 선생님이야 지가 당연허니 뫼셔다 디려야지라."

공허는 뒷머리를 긁으며 비식비식 웃음을 흘렸다.

"참 인심 사납소. 나 혼자 찾아갈 것이니 세세허니 일러만 주시오."

임병서가 화가 난 척 것질렀다.

"허, 송 장군님이 노허시라고요?"

공허가 손을 내저었다. 그들 세 사람은 서로 마주 보며 웃음짓고 있었다.

4

오누이

따다다탕!

"아부지이!"

어둠 속에서 졸고 있던 옥녀는 아버지를 외치며 화들짝 놀라 잠이 깼다.

밤마다 꾸는 똑같은 꿈이었다. 어머니를 따라 당산나무에 묶인 아버지에게로 달려갔다. 그러나 어머니도 오빠도 자신도 일본사람들에게 붙들렸다. 식구들은 당산나무 밖으로 사정없이 끌려갔다. 모두 발버둥을 쳐댔지만 아무 소용이 없었다. 나무 아래 동네사람들은 많고 많았다. 그러나 아무도 대들어 말려주지 않았다. 그런데 총소리가 귀청을 찢었다. 목이 터지라고 아버지를 불렀다.

언제나 꿈은 여기서 끝났다. 한꺼번에 울리는 총소리들은 숨막히고 가위눌렸다. 너무 무서워 아버지를 목터지게 부를 수밖에 없었다. 꿈을 꿀 때마다 아버지를 부르는 자신의 소리에 놀라 소스라쳐 잠이 깨고는 했다.

옥녀는 언제나처럼 벌떡거리는 가슴을 왼손으로 누르고 오른손으로는 허둥지둥 방바닥을 더듬었다. 그러나 손에 잡히는 것은 아무것도 없었다.

"오빠, 오빠, 일어나소! 엄니가 또 나갔네, 얼렁 일어나."

옥녀는 뒤로 돌아앉으며 소리쳤다. 그러나 오빠는 아무런 기척이 없었다.

"오빠아, 얼렁 일어나랑께! 엄니가 또 나갔단 말이여어."

옥녀는 오빠의 몸이 잡히는 대로 힘껏 꼬집어 비틀었다. 그러지 않고서는 잠이 깨지 않는 오빠였다.

"아야야야, 어째 염병이여!"

득보가 짜증스럽게 소리쳤다.

"염병언 무신 염병! 엄니가 또 나갔응게 정신 채리란 말이시."

옥녀의 목소리에는 그만 물기가 번지고 있었다.

"머시여, 엄니가 또!"

득보는 몸을 벌떡 일으켜앉았다.

"얼렁 엄니 찾으로 나가세."

옥녀는 오빠의 팔을 붙들었다.

"아이고, 엄니넌 어찌 그리 정신얼 못 채리는지 몰르겄다. 인자 또 어디로 찾으로 간다냐."

득보는 짜증스럽게 눈을 비비댔다.

"오빠는 엄니가 불쌍허지도 안헌가."

"니 또 그 소리여! 그 소리 다시넌 허지 말라고 혔잖여."

득보는 누이동생이 붙들고 있는 팔을 내치며 빠락 소리질렀다.

"알어, 알어. 나가 잘못혔네."

옥녀는 금방 오빠의 비위를 맞추고 들었다. 오빠가 짜증을 부리는 것이 서운해서 저절로 나온 말이었다. 그러나 오빠가 화내는 것을 막으려면 잘못했다고 할 수밖에 없었다. 이제 믿을 사람은 오빠밖에 없으니까 어쨌거나 오빠의 비위를 맞출 수밖에 없었다.

아버지가 살아 계실 때는 오빠는 그까짓 아무것도 아니었다. 마음대로 놀리기도 했고 화를 질러주기도 했다. 그러다가 때리려고 덤벼들면 아버지 뒤로 숨어버렸다. 아버지는 오빠를 제때제때 막아주었다. 그런데 아버지가 총살을 당하고 어머니마저 실성을 해버리자 오빠는 금방 다른 사람으로 변했다. 나이도 키도 똑같은데 갑자기 집안의 어른이 되어버린 것이었다. 오빠는 아버지가 농사를 지어 집안식구들을 먹여살렸던 것처럼 어머니와 자신을 먹여살리는 일부터 했다. 열 살인 오빠는 농사를 지을 수가 없으니까 끼니마다 바가지를 들고 밥을 얻으러 다녔다. 오빠는 그 일을 창피해하지 않았다. 그런 오빠가 마치도 아버지처럼 든든하게 여겨졌다. 오빠는 아버지가 살아 계실 때처럼 간지럼을 태우며 장난을 걸지도 않았고, 재미나는 이야기도 해주지 않은 채 실성한 어머니를 지키고 있었다.

"가보자, 당산나무 아래보톰."

득보는 누이동생의 손을 잡고 방을 나섰다. 옥녀는 손을 잡아주는 오빠한테 고마움을 느끼며 말없이 따라나섰다.

바깥은 방보다 어둡지 않았다. 마당에는 흐린 달빛이 깔려 있었다. 하늘가에 반달이 비스듬하게 걸려 있었다. 달빛을 밟고 마당을 가로지르며 옥녀는 오빠의 손을 더 꼭 잡았다. 밤에 당산나무 아래로 간다는 것은 너무나 무서운 일이었다.

아버지가 총살당한 다음부터는 낮에도 당산나무 아래로 가는 것이 무섬증이 들었다. 동네아이들도 당산나무 아래서 놀기를 좋아하지 않았다. 어머니가 아무리 불쌍해도 오빠가 없으면 혼자서 어머니를 찾으러 당산나무 아래로 갈 수는 없는 일이었다. 옥녀는 불현듯 꿈 생각이 떠올라 몸을 부르르 떨었다.

옥녀는 꿈 이야기를 할까 말까 망설였다. 오빠한테 꿈 이야기를 털어놓으면 무섬증이 덜할 것도 같았다. 그러나 입을 열지 않기로 마음을 공글렸다. 해가 뜨기 전에 꿈 이야기를 하면 액이 낀다고 했다. 할머니나 어머니한테 어려서부터 들은 말이었다. 그리고 오빠는 그날 일어난 일을 다시는 듣기 싫어했다. 언젠가 꿈 이야기를 꺼냈다가 이야기를 미처 다 하지도 못하고 아주 혼난 일이 있었다.

"오빠넌 꿈 안 꾼가? 나넌 밤마동 꿈얼 꾸는디."

"무신 꿈?"

"그날 당산나무……."

"시끄러, 시끄럿!"

오빠는 눈을 부릅뜨며 소리질러 댔다. 한마디만 더 하면 곧 두들겨팰 것 같은 무서운 기세였다. 그렇게 화가 난 오빠를 보기는 처음이었다. 화가 나지 않았을 때도 오빠의 주먹맛은 맵기가 고춧가루맛인데 화가 났으니 더 말할 것이 없었다. 꼼짝을 못하고 입을 다물고 말았다.

옥녀는 오빠의 빠른 걸음을 따라가느라고 숨이 가빴다. 오빠는 잠을 깨며 짜증을 부릴 때와는 달리 집을 나서기만 하면 언제나 그렇게 빨리 걸었다. 말은 하지 않지만 어머니를 빨리 찾고 싶어서 그러는 것이었다.

밤이 깊어 사방은 너무나 조용했다. 초저녁에 와글와글 바글바글 울어대던 개구리들도 잠이 든 모양이었고, 푸르스름한 등을 켜고 어지럽게 날아다니던 반딧불이들도 잠을 자는 모양이었다. 가끔 모깃소리만 에에엥 울리며 귓가를 스치고 지나갔다.

득보는 급한 마음 같아서는 어머니를 소리쳐 부르고 싶었다. 그러나 동네사람들이 싫어할까 봐서 그러지를 못했다. 동네사람들은 실성한 어머니를 딱하고 불쌍하게 생각했다. 그러나 가까이하려고 하지는 않았다. 어머니는 아무도 알아보지 못하고 히물히물 웃다가 느닷없이 소리지르며 덤벼들고는 했던 것이다. 어머니 눈에는 동네사람들이 그날의 왜놈들로 잘못 보이는 모양이었다.

그래도 동네사람들은 모두가 고마운 사람들이었다. 끼니때마다 어느 집에서나 눈치하지 않고 밥을 보태주기 때문만이 아니었다. 동네사람들은 돈을 추렴해서 아버지의 장례를 치러주었다. 그리고 아버지가 좋은 세상으로 가라고 당산나무 아래서 무당굿을 해주기도 했다. 그뿐이 아니었다. 시름시름 앓던 어머니가 실성을 하게 되자 의원에게 데려갔고, 또 굿을 해주었다. 아버지의 혼을 달래서 극락으로 보내고, 악독한 왜놈들 허수아비를 불태우는 굿을 했지만 어머니는 정신을 되잡지 못했다. 그때 어머니가 제정신을 찾게 해달라고 손바닥이 뜨겁게 빌었지만 아무 소용이 없었다.

아버지가 총살당하고, 논도 빼앗기고, 어머니도 실성을 해버려 당장 굶어죽을 형편이었다. 하루를 꼬박 굶었다. 실성한 어머니는 호박잎이고 뭐고 닥치는 대로 뜯어먹었다. 누이동생은 물만 마시다가 쓰러졌다. 더 창피한 생각만 할 수가 없었다. 바가지를 들고 옆집부터 찾아갔다.

"아이고, 금쪽 겉은 아덜자석 꼴이 하로아칙에 요것이 머시다냐."

아주머니는 눈물을 글썽이며 밥덩이를 바가지에 담아주었다.

다 왜놈덜이 이리 맨들었제라. 쏟아지려는 눈물을 이를 악물어 참으며 이렇게 속대답을 했다.

"어쩌끄나, 요것이 무신 일이다냐. 느그가 무신 죄가 있다고 요리 험헌 팔자가 되았다냐."

다른 아주머니도 울상이 되며 얼른 밥을 가지고 나왔다.

다 왜놈덜이 이리 맨들었제라. 슬픔과 창피스러움을 참아내며 또 똑같은 대답을 속으로 씹었다.

밥은 집집마다 차례로 얻으러 다녔다. 그러나 이장집이나 지주총대집에는 들어가지 않았다. 그들은 왜놈들과 함께 아버지를 죽인 사람들이었다.

아이들도 밥을 얻으러 다니는 자신을 놀리지 않았다. 그리고 실성한 어머니를 놀리지도 않았다. 아이들도 그날 당산나무 아래로 끌려나가 아버지가 당하는 것을 다 본 탓일 거였다.

누이동생 옥녀는 생각할수록 가엾었다. 일곱 살밖에 안 먹은 것이 어머니가 실성한 다음부터 어른 노릇을 해내야 했다. 우물에 가서 물을 길어와야 했고, 빨래도 했고, 자신이 밥을 얻어오면 밥상을 차려야 했다.

빼빼 마른 누이동생이 그런 고생을 하는 것을 보면 안쓰럽기 그지없었다. 속마음으로는 도와주고 싶은 생각이 간절했다. 그러나 모른 척하며 고개를 돌렸다. 그런 일들을 도와주었다가는 아이들에게 영락없이 놀림을 당할 것만 같았다. 그런 것들은 여자가 할 일이었지 남자의 일이 아니었던 것이다.

할머니나 어머니는 남자가 부엌에 드나들거나 우물가에 가면 불알이 졸아든다고 꽤나 자주 말하고는 했다. 누이동생의 고생을 덜어주는 것도 좋았지만 불알이 졸아드는 일을 한다는 것은 별로 내키지 않기도 했다. 이래저래 누이동생은 고생이었다.

큰길로 나서자 곧바로 당산나무가 나타났다. 당산나무의 울창하고 큰 숲은 흐린 달빛 속에서 검게 보였다.

누이동생이 손을 더 꼭 잡으며 바짝 붙어섰다. 득보는 누이동생의 손을 꼭 마주 잡아주었다. 옥녀가 당산나무 아래 가는 것을 얼마나 무서워하는지 너무나 잘 알고 있었다. 자신도 거기 가는 것은 너무 무섭고 싫었다. 그러나 누이동생 옥녀를 생각해서 생침을 삼켜가며 가까스로 참아내는 것이었다. 그리고 어머니를 찾으려면 어쩌는 수가 없었다.

이상하게도 어머니는 밤이 깊어지면 꼭 집을 뛰쳐나갔다. 누이동생과 자신이 깜빡 잠이 든 틈을 타 집을 나간 어머니는 으레껏 당산나무를 찾아갔다. 사람들 말로는 억울하게 죽은 아버지의 혼백이 어머니를 부르는 것이라고 했다. 그러나 어머니는 당산나무만 찾아가는 것이 아니었다. 당산나무를 끌어안고 꺼이꺼이 울기도 하고 키들키들 웃기도 하다가 여기저기 다른 곳을 헤매다니기도 했다.

득보는 뛰듯이 걸음을 빨리했다. 당산나무가 가까워졌는데도 사람 기척은 들리지 않았다. 득보는 그만 겁이 났다. 너무 늦게 나와 어머니가 딴 곳으로 가버렸는지도 몰랐다.

"엄니, 엄니이!"

마음이 급해 득보는 어머니를 불렀다. 어머니는 그 누구의 말도 안 들었지만 자신의 말은 곧잘 들었다. 동네사람들은, 실성은 했어도 핏줄은 당기는 모양이라고 했다.

어머니는 당산나무 아래 없었다.

"인자 으쩌까!"

옥녀의 목소리가 울음이었다.

득보는 아랫입술을 깨물었다. 어머니는 또 아버지의 묘를 찾아갔기가 쉬웠다. 전에도 아버지 묘 앞에 쓰러져 있는 어머니를 날이 밝아 데려온 일이 여러 번 있었다. 그러나 어머니가 당산나무를 거쳐 찾아가는 데는 아버지 묘만이 아니었다. 여기저기 엉뚱한 곳에서 찾아온 것도 한두 번이 아니었다.

득보는 울고 싶도록 답답했다. 어머니가 틀림없이 아버지 묘를 찾아갔다 하더라도 거기까지 갈 용기는 없었다. 거기는 무서워서 도저히 갈 엄두가 나지 않았다. 길도 멀었고 귀신들이 드글거린다는 묘지가 많은 산이었다.

"그냥 가자, 집으로."

득보는 축 처진 소리로 말했다.

"엄니…… 엄니이……."

옥녀가 걸음을 떼어놓으며 흐느꼈다.

뜸북 뜨뜸북 뜸북.

멀리서 뜸부기소리가 약간 슬픈 듯한 가락으로 들려왔다. 더 기울어진 반달이 무성한 당산나무 잎사귀들 사이사이로 조각나 있었다.

"울지 말어, 곧 날 밝을겨."

득보는 옥녀의 손을 꼭 잡아주며 말했다. 득보는 지금 총소리를 듣고 있었다. 낮이나 밤이나 당산나무 아래에 오기만 하면 들리는 총소리였다. 누이동생을 달래기보다는 그 끔찍스러운 총소리를 지우려고 말을 하는 것이었다.

옥녀는 울음을 삼키며 고개를 끄덕였다. 마음 같아서는 아버지의 묘로 가자고 오빠를 조르고 싶었다. 그러나 밤에는 어른들도 가기를 무서워한다는 곳이었다. 막상 오빠가 가자고 해도 무서워서

갈 수가 없었다.

아부지, 인자 엄니럴 정신 들게 해주씨요. 우리가 불쌍허덜 않으요.

옥녀는 간절한 마음으로 빌었다.

득보는 어머니가 집에 돌아와 있기를 고대했다. 당산나무를 찾아와 헛걸음을 하고 돌아설 때마다 바라는 것이었다. 그러나 그 바람은 번번이 빗나가고 말았다.

역시 텅 빈 집은 흐린 달빛이 지키고 있었다. 득보는 깊은 한숨을 내쉬었다.

"니 자그라. 나가 지킬 것잉게."

득보는 벽에 등을 기대며 말했다.

"아니여, 오빠가 자소. 나가 지킬라네."

헛걸음질을 하고 돌아와서는 언제나 똑같이 되풀이하는 말이었다.

득보와 옥녀는 서로 마주 보고 벽에 기대앉았다. 행여나 어머니가 돌아올지 몰라 잠을 잘 수가 없었다. 그리고 닭이 울기를 기다리는 것이었다. 닭이 울면 곧바로 아버지의 묘로 가야 했다.

득보는 또 앞일을 생각했다. 어머니는 언제까지 정신이 안 돌아올 것인가. 평생 정신이 안 돌아오면 어찌 될 것인가. 이제 밥을 얻으러 다니기도 낯이 없었다. 아직 싫은 기색을 하는 아주머니들은 없었지만 자꾸 눈치가 보이기 시작했다. 자신이 다섯 살만 더 먹었더라도, 아니 세 살만 더 먹었더라도 좋을 것 같았다. 열세 살만 되었더라도 어느 집에 꼴머슴살이는 들어갈 수 있었다. 그렇게만 되면 밥을 얻어먹지 않고도 어찌어찌 살아갈 수 있을 것이었다. 그러나 열세 살이 되자면 설을 세 번이나 더 쇠어야 했다. 그동안에 줄곧 밥을 얻어먹으면서 살 수 있을 것 같지는 않았다. 더 밥을 얻어먹을 수 없으면 어떻게 되나. 동네를 떠나서 정말 거렁뱅이가 되어야 하나…….

득보의 생각은 여기서 막혔다. 실성한 어머니와 누이동생을 데리고 비렁뱅이가 되어 여기저기 떠돌 것을 생각하면 가슴이 컥 막히고 눈물이 쏟아지려고 했다. 그전에 거지아이들을 보면 무턱대고 놀려먹고 돌을 던지고는 했었다. 그때 그 아이들은 나면서부터 거지인 줄 알았었다. 집안이 망하면 어떤 아이들이나 거지가 될 수 있다는 것을 그때는 생각지도 못했던 것이다.

옥녀는 꾸벅꾸벅 졸고 있었다. 득보는 누이동생을 물끄러미 쳐다보고만 있었다. 누워서 자게 하고 싶었지만 그대로 두었다. 어머니가 돌아오기 전에는 누워서 잘 누이동생이 아니었다. 괜히 잠만 깨우고 싶지 않았다. 누이동생은 고집이 센 편이라서 자신과 곧잘 싸우기도 했다. 한 대만 얻어맞으면 누이동생은 그 쨍쨍한 목소리로 마구 울어대며 아버지를 찾았다. 그렇게 되면 야단을 맞는 건 보나마나 자신이었다. 아버지는 누이동생을 무척이나 예뻐했고, 그 대신 어머니는 자신을 제일로 쳤다.

아버지가 누이동생을 유독 예뻐하는 데는 까닭이 있었다. 누이동생은 노래를 표나게 잘했던 것이다. 그건 아버지 내림이었다. 아버지의 육자배기 가락은 소문이 나 있었다. 땡볕 속에서 논일을 할 때 막걸리 한 잔보다도 아버지의 육자배기 한 가락이 더 낫다고들 할 정도였다. 그런데 자신은 노래 솜씨가 별로 없었다. 그러니 아버지가 누이동생을 감싸고 도는 것을 서운해하지도 않았다.

"가시내가 목청 좋아 존 것이 머시가 있소. 팔자 사나우라고."

어머니는 누이동생이 노래 잘하는 것을 영 마땅찮아했다.

"어허, 무신 소리여. 나가 재주가 모지래 한 말이 못 되고 닷 되라 명창이 못 된 것이 한인디. 우리 옥녀 재주가 한 말이 빨딱 넘어 시상 뜨르르허게 허는 명창이 됨사 이 애비 한 풀어주는 것이제."

아버지는 누이동생을 무릎에 앉히고 이렇게 역성을 들었다.

"하이고, 꿈도 오지게 커서 덕유산 지리산 다 말아묵겄소. 닷 되짜리 애비 재주 타고난 년이 무신 수로 한 말 재주럴 빨딱 넘겄소. 지까진 년이 기껏 돼봐야 두 되 가웃이제."

"쩌, 쩌, 예펜네 주딩이허고넌!"

어머니는 이 대목에서 입을 다물어야 했다. 무슨 말을 더 했다가는 아버지의 성미가 터져오를 판이었다. 어떤 일에나 아버지의 입에서 그 말이 나오면 화가 치밀고 있다는 표시였다.

동네에 소리꾼이나 놀이패가 들면 아버지는 꼭 옥녀를 데리고 구경을 나섰다. 옥녀도 노래 구경이야 하면 신바람이 났다. 옥녀는 정말 아버지가 바라는 대로 재주가 한 말을 빨딱 넘는지도 몰랐다. 한번 구경을 하고 오면 무슨 소리고, 노래고 흉내를 잘도 냈다. 자신도 옥녀의 곱고 구성진 노랫소리를 들을 때면 누이동생이 자랑스럽고 마음이 느긋했다.

옥녀는 고개를 꾸뻑 떨구었다가 몸을 바로잡고 하면서 세상 모르고 졸고 있었다. 득보는 누이동생한테서 눈길을 돌리며 눈물을 삼켰다. 실성한 어머니를 자신이 붙들고, 바가지를 든 옥녀가 노랫가락 아닌 장타령을 불러대는 모습이 눈앞에 선히 떠올랐던 것이다.

득보는 한숨을 쉬며 눈을 감았다. 기운이 없고 눈이 씀벅거려 머리를 벽에 기댔다. 그때 닭 우는 소리가 들렸다.

"오, 오빠, 가세!"

옥녀가 화들짝 놀라 몸을 바로 세우며 말했다. 언제 졸았냐 싶게 그 목소리는 또렷하고 맑았다.

"쬐깨 더 자제 그러냐."

득보는 느리게 눈을 떴다.

"얼렁 일어나소. 엄니 기둘린디."

옥녀는 벌써 방을 나서고 있었다. 득보는 모래가 든 것 같은 눈을 비비며 누이동생의 뒤를 따랐다.

흐린 달빛은 사라지고 있었다. 아직 어둠살이 남아 있는 사방에는 안개기운이 자욱하게 서려 있었다. 장닭들은 여기저기서 목청을 뽑아대고 있었다.

옥녀는 오빠가 따라오거나 말거나 앞장서서 사립을 나섰다. 닭이 울면 귀신들이 다 도망간다고 했다. 아직 어둑어둑했지만 귀신들이 없어진 그까짓 어둠쯤 이제 하나도 무섭지 않았다. 조금만 있으면 사람들도 오갈 것이었다.

옥녀와 득보는 다투듯 빨리 걸었다. 금방 마을을 벗어나 아버지의 산소 쪽으로 길을 잡았다. 동녘하늘이 희번하게 열리고 있었다. 어둠살이 가셔져 가면서 자욱한 안개밭이 드러났다.

안개가 어찌나 짙고 두껍게 끼었는지 풀잎이라고는 보이지 않았다. 옥녀는 종아리를 넘어 허벅지까지 차오르는 안개를 헤치며 부지런히 걸어가고 있었다. 득보는 마음이 급하면서도 누이동생을 앞서지 않았다. 고집이 센 데다가 샘도 많은 옥녀를 생각해서였다. 한없이 넓은 안개에 묻힌 옥녀의 키는 더 작아 보였다. 누이동생의 그 모습이 슬퍼 보였다. 득보는 또 안개가 슬픔처럼 그리고 한숨처럼 느껴졌다. 안개를 헤치고 어머니를 찾아다니게 되면서 그런 생각이 들게 되었다.

험상궂은 얼굴을 한 장승이 서 있는 마을을 지나고 개울을 두 개나 건너 아버지의 산소가 있는 산에 이르렀다. 누이동생은 뛰기 시작했다. 득보는 뛰어가기가 겁이 났다. 어머니가 여기 없으면 어쩌나 하는 생각이 앞을 막았다. 그러나 다리가 먼저 뛰기 시작했다.

"엄니, 엄니!"

옥녀는 숨을 할딱거리며 다급하게 어머니를 부르고 있었다.

"엄니이, 엄니이……."

득보도 힘껏 목청을 돋웠다.

아버지의 산소는 산이라서 안개가 끼어 있지 않았다. 그런데 어머니의 모습은 보이지 않았다.

"엄니가 없네. 엄니이……."

옥녀는 쓰러지듯 풀썩 주저앉았다. 그리고 기어이 울음을 터뜨렸다.

맥이 빠진 득보는 누이동생을 하염없이 내려다보고 있었다. 위아랫입술을 안으로 당겨서 꽉 물고 있는 입언저리에는 울음이 가득 담겨 있었다. 누이동생의 헐어빠진 짚신이며 다리가 이슬에 흠뻑 젖어 있었다. 아버지가 살아 계실 때는 누이동생의 짚신이 헐거워지도록 낡은 법이 없었다.

"가자, 해가 뜨면 오시겄제. 가서 밥 얻어다 놔야제. 엄니 배고픈디."

득보는 울고 있는 누이동생을 감싸안았다. 누이동생은 어깨를 들먹이면서도 몸을 일으켰다. 더 가볼 데가 없었고, 밥때가 지나면 안 된다는 것을 알고 있었던 것이다.

돌아오는 길은 멀고 팍팍했다. 득보는 누이동생의 손을 잡고 걸었다.

밥을 얻어왔는데도 어머니는 돌아오지 않았다. 해가 뜨고 안개가 다 걷혔는데도 어머니는 돌아오지 않았다.

"니 밥 묵어라, 배고픈디."

마루끝에 쪼그리고 앉은 누이동생은 사립 쪽에 눈을 박은 채 도리질을 했다. 벌써 두 번째 하는 말이었지만 옥녀의 고집이 꺾일 리 없었다. 그리고 꼭 옥녀에게 밥을 먹이려고 하는 말도 아니었다. 어머니가 걱정되는 마음을 덜려다 보니 그저 나오는 소리였다.

들로 일 나가는 어른들이 사립 앞을 지나가고, 아이들 떠드는 소리가 고샅에서 왁자하게 되었는데도 어머니는 돌아오지 않았다.

"엄니이…… 엄니이……."

기다리다 지친 옥녀가 삐질삐질 울기 시작했다. 득보는 또 몇 번째인가 뒷간으로 갔다. 꽁꽁 힘을 썼지만 오줌은 서너 방울 떨어지고 말았다.

"야덜아, 느그 집에 있었구나. 얼렁 나서라, 얼렁. 느그 엄니 탈났다."

어떤 아주머니가 마당으로 뛰어들며 소리쳤다.

"울 엄니가 어찌 됐간디요? 시방 어디 있는디요?"

득보는 정신없이 물었다.

"묻고 자시고 헐 것 없다. 가보면 안께 얼렁 가기나 허자."

아주머니는 어서 가자고 팔을 내저으며 허둥지둥 사립을 나갔다. 옥녀는 짚신을 질질 끌며 벌써 아주머니 뒤를 쫓고 있었다. 득보는 더 물어볼 생각을 못하고 바지를 치켜올리며 숨을 몰아쉬었다. 가슴이 벌떡벌떡 뛰고 눈앞에 노란 별똥이 오락가락하고 있었다.

아주머니는 아버지의 산소로 가는 길목에 있는 야산 쪽으로 발길을 돌렸다. 옥녀는 숨을 할딱거리면서 걸음이 뒤처졌다. 득보는 누이동생을 붙들고 걸으며 땀을 자꾸 훔쳐냈다.

"느그 놀래덜 말어라 이. 알겄냐?"

비탈을 오르던 아주머니가 갑자기 돌아서며 둘이를 번갈아 쳐다보았다.

"아줌니, 울 엄니가 죽었제라!"

옥녀가 느닷없이 내쏜 말이었다.

"아이고메 숭헌 것. 가보면 안다."

아주머니가 눈이 휘둥그레지며 얼른 돌아섰다. 옥녀가 아앙 울음을 터뜨렸다. 득보는 눈앞이 노래지며 숨이 막혔다. 옥녀의 말은 바로 자신의 마음속에 꽉 차 있었던 말이었다.

어머니는 그 야산자락의 조그만 저수지가에 거적으로 덮여 있었다. 뻣뻣한 어머니를 붙들고 몸부림치던 옥녀는 하얗게 까무러치고 말았다.

"옥녀야, 옥녀야!"

눈물이 범벅 된 득보는 누이동생을 끌어안으며 울부짖었다.

"어찌 여그넌 왔으꼬?"

"서방 묏등 찾어간다는 것이 질얼 잘못 들었겄제라."

"그까? 서방이 요리 불러 딜여간 것 아닐랑가?"

"그럴란지도 몰르제. 그나저나 뱃속에 든 것이 안됐구마. 배가 뽀속허니 불른 것 봉게로 예닐곱 달언 됐든디."

"예닐곱 달이면 차 서방 씨인 것이야 영축없는디, 그것이 유복자로 태어났으먼 또 어찌 되았겄소."

"허기넌 그러요. 그나저나 저 에린것덜 둘이가 탈 아니요."

"어쩌겄소, 다 팔잔디. 산목심잉게 어찌어찌 살아지덜 안컸소."

동네사람 네댓 명이 혀를 차고 한숨을 쉬어가며 침통하게 이야기를 나누었다.

어머니는 아버지와 함께 묻혔다. 장례가 끝나자 옥녀는 그날 밤으로 앓기 시작했다. 몸은 손을 대기가 무섭게 뜨거웠고, 질정없이 헛소리를 해댔다. 득보는 누이동생마저 어찌 되는 것이 아닌가 싶어 몸이 달고 애가 타서 이집 저집을 찾아다녔다.

이런저런 약을 얻어다 먹이고, 식은 보리밥을 다시 끓여 죽을 만들어 먹이고는 했다. 누이동생은 닷새를 넘게 앓고 가까스로 기운을 차렸다. 그런데 옥녀는 그전과는 표가 나게 달라지게 되었다. 조잘거리던 말도 없어졌고, 방싯거리던 웃음도 없어졌다. 슬픔이 가득 찬 얼굴로 먼 데를 바라보며 하염없이 앉아 있기만 했다. 그러다가는 가끔 입 속에서 울리는 소리로 노랫가락을 풀어내는 것이었다. 그런데 그 소리는 상여소리보다도 더 슬프고 서러운 가락이었다. 그리고 밤에 잠을 잘 때는 꼭 손을 잡자고 했다.

어느 날 아침에는 불쑥 이런 소리도 했다.

"오빠, 나 내빌고 혼자 도망가지 말어."

"무신 생뚱헌 소리여?"

"꿈에 나 내빌고 도망갔단 말이여."

슬픈기에 젖어 있던 옥녀의 눈에는 금방 눈물이 그렁그렁 찼다.

"아이고 반편아, 그건 개꿈이여, 개꿈. 니랑 나랑언 평상 꼭 붙어살 것이여."

"참말로?"

"하먼, 참말이제."

옥녀는 와락 안겨왔다. 득보는 누이동생을 꼭꼭 보듬었다. 쏟아지려는 눈물을 삼키느라 목이 메었다.

득보는 날이 갈수록 끼니때가 되는 것이 걱정스러워졌다. 바가지를 들고 나서기가 점점 힘들어지는 것이었다. 먼저 달라진 것은 아이들의 눈치였다. 아이들은 눈을 흘기거나 입을 삐죽이는 것으로 싫은 기색을 나타냈다. 저희들도 배불리 못 먹는데 밥이 축나는 것이 좋을 리 없었다. 아주머니들 입에서도 어머니 걱정이 없어졌고, 그저 덤덤하게 밥덩이를 보태줄 뿐이었다.

눈치가 보이기 시작하면서 득보는 언제까지 얻어먹고 살 것인가를 생각하게 되었다. 그러다 보니 발길은 더 내키지 않아 하루에 한 끼만 돌게 되었다. 그렇다고 옆동네로 가고 싶지는 않았다. 그리 되면 영락없는 거지였던 것이다.

하루에 한 끼만 먹고 살 수는 없었다. 핏기 없이 말라가는 누이동생이 가엾어서 견딜 수가 없었다. 그래서 아버지와 친했던 어른들을 찾아다녔다.

"아서라, 니가 멫 살인디 넘 집얼 살겄냐. 붕알 더 영글 때꺼정 그냥저냥 얻어묵음서 살어라."

"쬐깐헌 것이 생각이야 여물다만 그 새다리로 무신 꼴머심이나 허겄냐. 밥만 죽인다고 받을 집이 없제."

"한 입이 아니라 두 입이라 중살이럴 가자도 못 갈 판인디 넘집살이럴 어찌 가겄냐. 그냥 그대로 지내봐라."

아무도 살길을 열어주지 않았다.

겨우 하루에 한 끼만을 먹게 되자 옥녀는 시래기처럼 마르고 비틀려갔다. 그전 같았으면 앙탈에다 성화가 요란했을 옥녀는 슬픈 가락을 기운 없이 읊조릴 뿐 배고프다는 말은 한마디도 하지 않았다. 그런 누이동생을 지켜보며 득보는 걱정이 심해지고 있었다. 겨우 그렇게 풀칠을 해가다가 자기도 누이동생도 끝내 죽게 될지도 모른다는 생각이었다.

득보는 뼈가 앙상한 손을 부르쥐었다. 그렇게 시들시들 말라죽을 수는 없었다. 피떡칠이 된 아버지의 시체가 선하게 떠올랐다. 물에 젖어 눈을 번히 뜨고 있던 어머니의 모습도 떠올랐다. 그러나 자신의 주먹은 너무나 작았다. 말라죽지 않고 주먹을 돌덩이처럼 단단하고 크게 만들려면 끼니마다 밥을 먹어야 했다. 끼니마다 밥을 먹으려면 다른 동네로 밥을 얻으러 다녀야 했다. 득보는 마침내 다른 동네로 밥을 얻으러 다니기로 결심했다.

그건 진짜배기 비렁뱅이로 나서는 길이었다. 당장 창피스러운 일이었지만 누가 뭐라고 놀려대도 창피를 먹지 않기로 작정했다. 피떡칠된 아버지가 꿈에서 살아나 이르고 있었다. 이 애비 원수럴 갚아라! 어머니가 물에서 걸어나오며 다짐하고 있었다. 니가 옥녀럴 잘 거둬야 헌다. 알겄지야. 창피해해서는 아버지 어머니의 뜻을 따를 수가 없었다. 그런 못난이가 되고 싶지 않았다. 할머니의 말대로 불알을 달고 세상에 나왔으면 불알값을 톡톡히 하고 싶었다.

득보는 누이동생 옥녀 모르게 다른 마을로 밥을 얻으러 나갔다. 그런데 데꺽 앞을 가로막는 것이 있었다. 남의 집 사립 앞에 그냥 서 있을 수만은 없었던 것이다. 밥을 좀 달라는 말을 해야 했던 것이다. 얼굴을 다 아는 자기 동네에서는 필요가 없었던 말이었다. 거렁뱅이들이 흔히 하는 '밥 한술 주웁쇼'라거나 '묵다 남은 밥 한뎅이 보태주웁쇼'를 외쳐야만 했다.

그러나 그 소리는 너무나 하기가 어려웠다. 마음과는 달리 목구멍에 꽉 걸려 나오지를 않았다. 거렁뱅이들을 놀려먹으면서, 아이들과 거렁뱅이 흉내놀이를 하면서 옛날에는 거침없이 뽑아댔던 가락이었다. 그런데 정작 바가지를 들고 나서자 목구멍은 딱 막히고 말았다.

낯설은 동네인 데다가 밥 좀 달라는 말까지 못하게 되자 밥 얻기가 무척 어려웠다. 서너 집을 거쳐야 한 집에서 얻을까 말까였다. 거렁뱅이들은 으레껏 사립을 들어서며 '밥 한술 주웁쇼'를 가락 넣어 척 뽑아대면서 꾸벅 절을 하고, 아무 기미가 없으면 좀더 큰소리로 한마디를 보태고, 그래도 기미가 냉랭하면 바가지를 손바닥으로 쳐대며 장타령을 걸찍하게 풀어놓기 시작하는 것이다. 그러나 득보는 엉덩이를 뒤로 뺀 채 목만 길게 늘여 사립 안을 기웃기웃하다가 사람과 눈이 마주치면 '저어…… 저어……' 하는 것이 고작이었다.

"밥 다 묵고 치웠다."

"없어, 우리 묵을 밥도 모지랜다."

이런 차가운 말 앞에서 득보는 그냥 돌아설 수밖에 없었다. 다른 동냥아치 같았으면 그때부터 장타령을 한바탕 늘어놓아야 할 판이었다.

"이, 니가 첨 나슨 모냥이구나."

"쯧쯧쯧, 니가 무신 일로 쪽박 신세가 되았는갑구나."

이런 살가운 말과 함께 밥을 보태주는 아주머니들도 있었다. 그럴 때면 득보는 눈물이 쏟아지려고 했다. 그건 고마움 때문만이 아니었다. 냉정한 말을 듣고 애써 참아냈던 무참함이 마침내 서러움으로 사무치는 것이었다.

그러나 차갑게 내치는 말보다 더 견디기 어려운 것은 같은 또래 아이들의 놀림이었다.

거지 거지 땅거지
미나리밭에 거머리

아이들이 뽑아대는 노랫가락이었다.

그럴 때면 득보는 이를 앙다물고 땅바닥만 보며 걸었다. 그러면서 속으로 외치고 있었다.

아니여, 아니여, 나넌 그지가 아니여. 거렁뱅이가 아니여. 왜놈덜이 느그덜 아부지럴 죽이먼 느그덜도 벨수 없어.

그러나 득보는 이 동네 저 동네로 부지런히 밥을 얻으러 다녔다. 아무리 창피스럽고 무참한 일을 당하더라도 누이동생을 굶기지 않게 된 것으로 그런 것은 다 참고 이겨낼 수 있었다.

"옥녀야, 얼렁얼렁 많이 묵어."

득보는 언제나 누이동생 앞으로 바가지를 바짝 밀어놓았다. 어머니가 돌아가신 다음부터는 상을 차리지 않고 그냥 바가지째로 밥을 퍼먹었다. 그러자고 약속한 것도 아닌데 그렇게 되고 말았다.

"아니여, 오빠 많이 묵어."

옥녀는 오빠 앞으로 바가지를 밀어놓았다.

"나넌 밥 얻으로 댕김서 많이 묵었어."

득보는 다시 옥녀 앞으로 바가지를 밀었다.

"오빠, 나도 오빠허고 댕길라네."

"무신 소리여! 니넌 안 돼야."

"나 심심해서 그런디."

"금메, 니넌 안 된다니께."

득보는 눈을 부릅뜨며 소리쳤다.

득보는 옥녀의 마음을 다 알았다. 집에 혼자 있기가 심심해서 그러는 것이 아니었다. 그건 슬쩍 꾸민 거짓말이었다. 저도 힘을 보태려는 것이었다. 그러나 누이동생까지 무참한 꼴을 당하고 놀림을 당하게 하고 싶지는 않았다.

그날도 득보는 아침밥을 얻어가지고 잰걸음을 치고 있었다. 당산나무를 지나 마을 어귀를 벗어나려고 할 즈음이었다. 둔덕 아래 잡풀 우거진 속에서 두 아이가 불쑥 모습을 나타내며 소리쳤다.

"야 이 쥐좆만헌 새끼야, 거그 서!"

득보는 깜짝 놀라며 걸음을 멈추었다. 무언가를 우물거리며 자신의 앞을 막아서고 있는 두 아이는 얼굴에 때가 덕지덕지 끼고 옷을 누덕누덕 기워입은 진짜배기 거지였다. 그런데 그들은 자신보다 서너 살씩은 더 먹어 보였다. 득보는 자신도 모르게 밥바가지를 뒤로 감추었다.

"요런 콩알만헌 새끼야, 개씹에 보리알 끼대끼 누구 맘대로 넘 땅에 끼들고 지랄이냐!"

이마 툭 불거진 아이가 눈을 부라리며 내쏘았다.

"야이 니기미 씨펄눔아, 누구 허락받고 그리 시건방구지게 놀아나냐!"

벌렁코 아이가 침을 내뱉으며 한 발짝 앞으로 다가섰다.

"니 땅 내 땅이 어딨어."

득보는 바가지를 단단히 잡으며 맞쏘았다. 그들이 덤벼들면 내뗄 참이었다.

"하! 요런 느자구없는 새끼 주딩이 놀리는 것 잠 보소. 니 그 여물통 곱게 바치고 물팍 꿇고 앉어."

이마 불거진 아이가 손짓을 했다.

"요것언 나가 얻은 밥이여!"

득보는 바가지를 더 꼭 잡으며 한 발짝 뒤로 물러섰다.

"니 다리몽댕이가 작씬 뿐질러져야 정얼 다시겄냐."

벌렁코가 곧 대들 기세였다.

"말로 안 되겄다. 저새끼 잡아채!"

이마 불거진 아이의 말이 미처 끝나기도 전에 득보는 몸을 피해 뛰기 시작했다.

"잡어, 저새끼 잡어!"

"온냐, 니 인자 죽었다!"

두 아이가 소리치며 뒤쫓았다.

득보는 얼마 가지 못하고 여지없이 땅바닥에 엎어졌다. 한 아이가 뒤에서 다리를 걷어찬 것이었다. 득보가 놓쳐버린 바가지는 떼구루루 굴러가며 보리밥덩이들을 토해내고 있었다.

"아이고메 엄니, 나 밥, 밥……."

넘어진 아픔으로 얼굴이 찡그려진 득보는 굴러가는 바가지를 노려보며 몸을 일으키려 하고 있었다.

"쥐좆만헌 새끼가 뛰어야 벼룩이제."

이 말과 함께 흙먼지투성이인 짚신발이 득보의 손등을 짓밟았다.

"아야야야……."

"아나, 니 밥이다. 많이많이 처묵어라."

다른 짚신발이 흩어진 밥덩이들을 마구 밟아대고, 바가지도 밟아 깨뜨렸다.

"요새끼 정다시게 맹글어."

"하먼, 다시넌 얼씬도 못허게 혀."

네 개의 다리가 득보를 걷어차고 짓밟기 시작했다. 득보는 맞서 싸워야 된다고 생각했다. 그러나 누이동생 얼굴만 떠오를 뿐 힘을 쓸 수가 없었다.

"떼엑끼놈덜아, 무신 못된 짓거리냐!"

지게를 지고 일을 나오던 농부가 그들을 보고 소리쳤다.

"재수 드럽다, 그만 가자."

"요새끼럴 반 죽여야 허는디, 니 운 좋다. 또 끼들면 그때넌 알제!"

두 아이는 이렇게 내뱉으며 실실 도망치기 시작했다.

그들이 도망가자 득보는 기운이 나는 것이 아니라 오히려 맥이 빠지는 것을 느꼈다. 득보는 잔뜩 웅크려박고 있던 몸을 풀며 땅바닥에 네활개를 펴고 말았다.

"이놈아, 얼렁 코피 닦아라. 보리밥 댓 그럭 묵는다고 그 피럴 당허겄냐."

득보는 힘겹게 눈을 떴다. 혀를 차고 있는 낯모르는 아저씨의 얼굴이 까마득하게 올려다보였다. 득보는 그 아저씨에게 고마움을 느끼며 천천히 몸을 일으켰다.

"아새끼덜도 독헌 왜놈덜얼 탁해가니라고 저리 무작시러워지능가 어쩐가……."

농부는 혼자 중얼거리며 돌아섰다.

득보는 논가의 실개울에 코피를 닦아냈다. 코피는 개울물에 뚝뚝 떨어져내렸다. 핏방울들은 물에 풀리며 떠내려가고 있었다. 그 곱게 풀리는 색깔을 내려다보며 득보는 어지럼증을 느꼈다. 서둘러 쑥잎을 뜯어 비비대서 코를 막았다. 쌉싸름하면서도 화한 쑥내음이 진하게 콧속을 휘돌아 가슴 가득 찼다. 갑자기 배가 고파지면서 쑥버무리 생각이 났다. 쑥버무리는 솜털 많은 어린 쑥잎을 쌀가루에 버무려 쪄내는 떡이었다. 아버지는 쑥버무리를 무척 좋아했고, 쑥버무리를 만드는 어머니 솜씨는 최고였다. 득보는 누이동생의 눈을 피하려고 낯을 두 번이나 씻었다. 그리고 윗도리에 밴 피를 빨아내느라고 낑낑거렸다. 입으로 빨아보고, 돌에 대고 문지르고 해보아도 피 흔적은 말끔히 지워지지 않았다.

득보는 길 위로 올라섰다. 깨진 바가지쪽들과 흙투성이가 된 밥덩이들이 눈에 띄었다. 득보는 분이 솟구쳤다. 개겉은 새끼덜, 즈그가 그런다고 나가 무서와헐지 알고! 또 이 동네로 밥을 얻으러 올 작정을 하며 이빨을 갈아붙였다. 흙범벅인 밥덩이에는 개미들이 모여들고 있었다.

득보는 집으로 타박타박 걸어가며 머리를 짜내고 있었다. 그러나 어째서 바가지가 없어졌는지 둘러붙일 말이 마땅하게 떠오르지 않았다.

득보는 동네 어귀 개울가에서 코막이 쑥을 빼냈다. 그리고 코밑을 두 번 세 번 씻어냈다. 옷도 털었다. 옆구리며 등이 뜨끔뜨끔 결렸다. 아픔을 참아내며 다시 걷기 시작했다.

"오빠, 누구헌티 매맞었제?"

사립을 들어서자마자 옥녀가 대뜸 한 말이었다.

"아니여, 니 배고픈게 얼렁 올라고 뛰다가 엎어져 바가지가 깨져분 거이다."

득보는 얼떨결에 이렇게 말했다. 바가지를 어쨌느냐고 물을 것에 맞추어 미리 꾸며놓은 말이었다.

"거짓말이여. 누가 오빠 때렸제?"

눈을 똑바로 뜬 옥녀가 다가들었다. 옥녀가 그것을 어떻게 그렇게 귀신처럼 알아내는 것인지 득보는 얼떨떨할 뿐이었다.

"아니랑게, 참말로 엎어진 것이여."

득보는 고개까지 짤짤 흔들었다.

"아니여, 엎어지면 물팍이 깨지제 얼굴에 멍이 들간디. 여그, 여그 멍든 것언 누가 때린 자리여. 나 말이 맞제?"

옥녀는 손가락으로 득보의 얼굴 여기저기를 가리키며 다그치고 들었다.

"쬐깐헌 것이 몰르는 것이 없이……."

득보는 더 할 말이 없어 눈길을 돌리며 중얼거렸다. 얼굴에 묻은 피만 닦아내면 될 줄 알았지 멍이 든 것은 생각하지 못했던 것이다.

"오빠럴 누가 때렸능가. 얼렁 말해 보소."

옥녀는 눈물이 핑 돌며 득보의 옷깃을 마구 잡아흔들었다.

"암시랑 안 헝게 니넌 몰라도 돼야."

"안 돼야, 안 돼야, 얼렁 말해, 얼렁."

옥녀는 눈물을 줄줄 흘리며 발을 굴러대기 시작했다. 아버지가 오냐오냐 하며 키워준 옥녀의 고집이 빳빳하게 일어나고 있었다.

"그려, 그려, 말헐팅게 저그 앉자."

득보는 마루에 걸터앉아 이야기를 시작했다. 옥녀는 이야기를 따라 옷깃을 비틀고, 입술을 깨물고 하다가 두 아이가 차고 밟고 하는 대목에서는 마침내 엉엉 소리내 울음을 터뜨리고 말았다.

"빙신, 울지 말어."

득보는 먼 데를 바라보며 뚜벅 말했다. 그 목소리도 눈물에 젖어 있었다.

"오빠, 많이 아프제?"

"아아니, 암시랑 안혀."

득보는 힘지게 고개를 내둘렀다. 코피가 터졌다는 말은 하지도 않았다.

"아부지가 살았으면 그놈덜얼 잡아죽일 것인디."

옥녀의 이 말과 함께 둘이는 서로를 와락 끌어안았다.

잡초가 자라나고 있는 장독대 뒤켠에서 키 큰 접시꽃들이 서로 끌어안고 우는 오누이를 지켜보고 있었다.

득보와 옥녀에게 슬프면서도 기쁜 날은 아버지 어머니 산소를 찾아가는 날이었다. 산소에는 닷새에 한 번씩 찾아갔다. 어머니가 돌아가시자 옥녀는 날마다 집을 나섰다. 득보는 말릴 생각을 하지 않고 같이 다녔다. 그러나 며칠 다니다가 옥녀는 지쳐 쓰러지고 말았다. 서로 의논해서 닷새에 한 번씩 가기로 정하게 되었다.

산소에 갈 때는 꼭 옷을 빨아 입었다. 옥녀가 어김없이 하는 일이었다. 더러운 옷을 입고 가면 어머니가 속상해한다는 것이었다.

옥녀는 산소에 찾아가 오빠와 나란히 절을 하고 나서 또 한 가지 하는 일이 따로 있었다. 묘 앞에 단정히 앉아 노랫가락을 뽑는 것이었다. 그건 아버지가 좋아했던 육자배기 가락들이었다. 옥녀는 정성을 다해 가락을 뽑으며 아버지를 만나고 있었다. 든든하고 편안했던 아버지의 무릎에 올라앉아 노래를 불렀던 지난날의 기분이 그대로 되살아나고 있었다.

산소에서 내려온 득보와 옥녀는 언제나처럼 장승거리 나무그늘에서 다리쉼을 하기로 했다. 옥녀는 그늘에 자리잡고 앉아 걸어오면서 흥얼거린 노랫가락에 힘을 넣기 시작했다.

득보는 누이동생의 노랫가락에 자신도 모르게 고개를 끄덕거려 장단을 맞추며 강아지풀 줄기를 뽑았다. 털이 숭숭한 꽃술이 크고 길이가 긴 줄기를 골라뽑은 득보는 논두렁으로 내려서며 메뚜기들을 잡아채기 시작했다. 득보는 헛손질을 하는 법이 없었다. 잽싸게 손질을 할 때마다 손아귀에는 메뚜기가 한 마리씩 잡혀들었다. 메뚜기의 고개를 살짝 꺾으면 목을 덮고 있는 껍질 사이에 틈이 생겼다. 그 사이로 강아지풀 줄기를 밀어넣었다. 그렇게 되면 메뚜기는 갈데없이 강아지풀 줄기에 꿰어져 대롱대롱 매달리는 신세가 되었다. 강아지풀 줄기 하나에 메뚜기는 삼사십 마리씩 꿰어졌다. 열 꿰미만 잡아 볶으면 둘이서 군입맛을 다시기에는 썩 괜찮았다.

에미 죽어 우는 새야
니 갈 디가 어디드냐
애비 죽어 우는 새야
니 어디서 날얼 새냐

옥녀의 가락은 구슬프고 서럽게 넘어가고 있었다.

득보는 건성으로 고갯장단을 맞추며 메뚜기잡기에 열을 올리고 있었다. 메뚜기는 볶아먹기에 약간 일렀지만 배가 고픈데 그런 건 가릴 것이 없었다. 누이동생은 메뚜기잡기는 서툴러도 볶은 메뚜기는 아주 좋아했다.

"하이고야, 니 재주가 예사가 아니다 이." 한 여자가 나무그늘로 들어서며 반색을 하고는, "귀동냥헐 만헌 소리에 나무그늘도 있응게 떡 본 짐에 지사지내기로 다리 잠 쉬어가자."

여자는 수다스럽게 입을 놀리며 머리에 인 보퉁이를 내려놓았다.

갑작스러운 수선에 놀란 옥녀는 노래를 뚝 그치고 여자를 빠끔하게 쳐다보았다. 눈길이 마주치자 그 여자는 생끗 눈웃음을 쳤다.

"니 누구헌티 소리 배우고 있냐, 시방?"

여자의 물음에 옥녀는 고개를 저었다.

"참말이여? 아무헌티도 안 배움서 그리 소리럴 헌단 것이여?"

옥녀는 고개를 끄덕였다.

"허, 나가 귀동냥얼 헐 만치 허고 사는 사람인디, 지절로 나오는 소리가 저러먼 저것이 명창감 아니라고." 여자는 옥녀를 새삼스럽게 쳐다보며 혼잣말을 하고는, "느그 아부지 이름이 머시냐?" 옥녀 옆으로 다가앉으며 물었다.

옥녀는 도리질을 했다.

"무신 말이다냐, 아부지 이름얼 몰라?"

옥녀의 도리질이 커졌다.

"아이고 답답허다, 말로 혀라. 글먼, 아부지가 없냐?"

옥녀가 무겁게 고개를 끄덕였다.

"얄궂어라, 글먼 엄니허고 살겄네?"

옥녀는 다시 도리질을 했다.

"무신 일이다냐. 엄니도 없단 것이여?"

옥녀는 아까보다 더 무겁게 고개를 끄덕였다.

"참 벨일이시. 니 글먼 누구허고 사냐?"

여자는 침을 삼키며 옥녀 옆으로 더 바짝 다가앉았다.

옥녀는 턱끝으로 논 저쪽을 가리켰다. 그 턱끝에 매달린 여자의 눈길은 메뚜기를 잡고 있는 득보를 찾아냈다.

"누구다냐? 니 오빠냐?"

옥녀는 가볍게 고개를 끄덕였다.

"느그 둘이서만 사냐?"

옥녀는 고개를 약간만 끄덕였다.

"무신 수로 사냐? 얻어묵냐?"

옥녀는 고개를 떨구었다.

"쯧쯧쯧…… 배곯코 사는구나."

옥녀의 고개는 아무 움직임이 없었다.

"니 우리 집에 가서 살자. 끄니때마동 살괴기 믹여줄팅게."

여자의 말이 떨어지자마자 옥녀는 몸을 발딱 일으키며 소리쳤다.

"오빠아, 오빠아!"

그 다급한 외침에는 반가움이 아닌 겁이 실려 있었다.

득보는 누이동생의 외침을 듣자마자 고개를 홱 돌렸다. 물뱀이라도 나타났나 싶었던 것이다. 득보는 여러 개의 메뚜기꿰미를 든 채 마구 뛰기 시작했다.

득보는 큰길로 올라서서야 나무그늘 아래 낯모르는 여자가 앉아 있는 것을 발견했다. 득보는 숨을 헐떡거리며 누이동생에게 눈길을 보냈다.

"저 아짐이 나보고……."

옥녀는 재빨리 득보에게로 옆걸음질을 치며 여자를 눈짓했다.

"이, 니가 오빠로구나. 여그 앉거라. 느그가 엄니 아부지 없이 동냥살이허고 산단 말 다 들었다. 니 동상이 노래럴 잘허고, 느그 신세가 불쌍허고 히서 나가 우리 집에 가서 살자고 혔다. 느그가 우리 집에만 감사 삼시세끼 괴기국만 배불리 묵음서 살아진다, 하면."

여자는 살 오른 반드르르한 얼굴처럼 말도 거침없이 매끈하게 했다.

"세끼럴 괴기국만 묵어라……?"

득보는 의심스러운 눈으로 여자를 유심히 쳐다보았다.

"느그가 나럴 못 믿는갑제? 나가 주막얼 헝게 국밥 몰 괴기국이 크담헌 솥에서 항시 부글부글 끓는다. 나가 원체로 소리럴 좋아혀서 그렇게 니가 하로에 두어 번 소리만 허면 느그 둘이 거렁뱅이 짓거리 안 허고 삼시세끼 괴기국만 묵고 살게 혀주겄다 그 말이여. 허고, 니넌 사내자석잉게 장작개비나 실실 날라다 주는 일이나 거들고. 무신 소린지 알아묵겄냐?"

여자의 시원스러운 말이었다.

득보와 옥녀는 반짝 눈이 마주쳤다. 둘이의 마음은 하나로 엉켰다. 그러나 그건 순간이었다. 옥녀는 얼굴이 시무룩해지며 눈길을 산소 쪽으로 돌렸다. 그 속뜻을 금방 알아차리며 득보도 얼굴이 흐려졌다.

"어찌 그냐? 무신 일 있다냐?"

여자는 눈치 빠르게 물었다.

"저어…… 아짐 집이 여그서 얼매나 되는디요? 너무 멀먼……."

득보는 불안한 눈길로 아주머니를 쳐다보며 마른침을 삼켰다.

"이, 우리 집이 멀랑가 걱정이여? 아니여, 여그서 얼매 안 멀다. 쩌어그 저짝, 김제 나가는 질목잉게 여그서 거그꺼정 한 20리 안짝이다. 느그 걸음으로도 반나절 품이여."

"20리라고라!"

득보의 눈에 다시 반짝 불이 켜졌다. 그러나 옥녀는 불안한 얼굴로 득보를 쳐다보고 있었다.

"옥녀야, 아짐 집꺼지 20리면 우리 집 가기허고 매일반이여."

득보는 이미 기울어진 마음으로 누이동생을 깊이 바라보았다.

"근디, 집언 어찌고……."

옥녀는 오빠의 마음을 눈치챘으면서도 집이 걱정되었다.

"니 집이 아까와서 그러냐? 그런 맘 묵지 말어. 니도 소문 다 들었지야? 아그덜도 무서와 놀로 안 오고. 긍게 아까와허덜 말어."

득보는 속삭이듯 말하며 옥녀의 어깨를 감싸잡았다. 옥녀는 울 것 같은 얼굴인 채로 고개를 끄덕였다.

누가 낸 소문인지는 몰라도 득보네집은 못 쓰는 집으로 소문나 있었다. 득보 어머니가 죽으면서 생겨난 소문이었다. 집터가 세서 사람들을 친다는 것이었다. 그 말이 아이들 사이에서는 '귀신 나오는 집'으로 바뀌어 있었다.

"저어…… 참말로 세 끄니 다 괴기국 믹여줄랑게라?"

득보는 아주머니를 똑바로 쳐다보며 야무지게 다짐했다.

"하먼, 하먼. 느그가 배탈만 안 내먼 세 끄니 아니라 네 끄니라도 묵어라. 그려, 밤참으로 한 끄니럴 더 묵으먼 좋겄다."

여자의 시원시원한 대꾸였다.

득보가 옥녀를 쳐다보았다. 옥녀가 사르르 웃으며 고개를 끄덕거렸다. 득보도 마주 웃으며 고개를 끄덕였다.

"되았다, 가자!" 득보가 고개를 돌리는데 여자는 벌써 보퉁이를 들고 일어서며 "니 그 메뚜기 다 내뿔고 이 짐이나 들어라. 메뚜기가 안직 덜 여물어서 제비나 묵기가 좋제 사람이 묵기로넌 풋내만 난다." 여자는 보퉁이를 서슴없이 득보에게 내밀었다.

"야아, 쬐깨 기둘리씨요."

득보는 메뚜기꿰미들을 손에 잡은 채 땅바닥에 놓더니 짚신발로 밟아대기 시작했다. 날개를 푸득이고 뒷다리를 내뻗치며 몸부림치는 메뚜기들이 발밑에서 죽어가고 있었다.

"야아 야, 그 무신 징헌 짓거리냐. 그냥 내뿔고 말제."

여자가 얼굴을 찌푸렸다.

"야아? 그냥 내뿔면 요것덜이 도로 다 살아나서 나락 뜯어묵으라고라?"

득보는 허리를 접은 채 알 수 없다는 얼굴로 여자를 올려다보고 있었다. 옥녀도 득보와 똑같은 표정으로 여자를 쳐다보고 있었다.

"이, 느그 애비가 단단허니 갤찼구나. 얼렁 허고 가자."

여자가 먼저 걸음을 옮겨놓았다.

득보는 메뚜기들을 마저 다 밟아죽인 다음 허리를 폈다. 득보는 아버지한테 치하를 들은 것처럼 마음이 후련했다. 여름에 아이들이 논두렁에 들어서서 어른들에게 칭찬을 들을 수 있는 일은 메뚜기를 잡거나 물뱀을 잡는 일이었다. 물뱀을 잡는 대신 개구리를 장난삼아 회초리질해서 죽였다가는 어느 어른이고 호통을 쳤다.

농사짓는 사람들은 제비를 귀히 여기듯 개구리들도 귀하게 여겼다. 개구리들은 제비와 똑같이 벼를 갉아먹고 사는 메뚜기나 다른 벌레들을 잡아먹고 살았다. 그런데 물뱀들은 개구리들을 잡아먹었던 것이다.

메뚜기들을 다 밟아죽인 득보는 짚신바닥을 땅바닥에 두어 번 싹싹 문질렀다. 그리고 앞서가고 있는 아주머니에게로 뛰어가 보퉁이를 받아들었다.

"돌림병이 돈 것도 아닌디 어쩌다가 느그 집안 꼴이 이리되았냐?"

여자가 머리를 쓰다듬어 넘기며 물었다.

"저어, 긍게로 그것이……."

득보는 아무에게도 하기 싫은 이야기를 하지 않을 수가 없었다. 그래서 대충대충 이야기를 해나갔다.

"그려, 그놈에 토지조사사업이 무섭기넌 무섭구나. 뒤집히고 망헌 집이 수도 없응게. 그나저나 농사 안 지묵는 나가 상팔자다."

여자는 피식 웃더니 걸음을 멈추고 치마를 걷어올렸다. 속에 찬 주머니에서 궐련을 꺼내 입에 물었다. 득보는 놀랐다. 담배를 피우는 여자들은 많이 보았지만 여자가 궐련을 입에 척 무는 것은 처음 보았던 것이다. 돈이 아주 많은 모양이라고 생각했다.

아주머니의 말은 참말이었다. 주막에 당도하자마자 아주머니는 김이 무럭무럭 오르는 국밥 한 그릇씩을 상에 차려주었다. 그리고 살코기를 따로 한 접시 놓아주기도 했다. 득보와 옥녀는 서로를 멍하니 바라본 채 한동안 숟가락을 들지 못하고 있었다.

"배고픈디 얼렁 묵제 머허고 있냐."

여자가 마루로 올라서며 말했다. 그때서야 득보와 옥녀는 꿈에서 깨어나듯 서둘러 숟가락을 들었다.

살코기는 말할 것도 없었고 국밥 국물도 한 방울 남기지 않고 다 먹었다. 그리고 김치 한 가닥 남아 있지 않고 그릇이란 그릇은 다 말끔하게 비워졌다.

득보도 숨을 씩씩거렸고 옥녀도 숨을 씩씩거렸다. 너무 배가 불러 벽에 등을 기댄 둘이는 더없이 흡족한 웃음을 마주 보며 나누었다. 득보와 옥녀는 누가 먼저라고 할 것 없이 잠이 들었다.

그들은 부엌데기 아주머니가 깨워서야 잠이 깼다. 그들 앞에는 또 밥상이 놓여 있었다. 저녁밥이었다. 둘이는 또 남김없이 먹어치웠다. 그리고 다시 잠이 들었다.

"오빠, 오빠, 나 죽겄네. 배아파 죽겄네."

옥녀는 뒤틀리는 배를 움켜잡고 오빠를 마구 흔들어댔다.

"머, 머시여? 배가 아프다고?"

득보는 다른 때와는 달리 곧 잠을 깼다. 그도 잠결에 배가 아파 애를 쓰고 있던 참이었다.

"나 배가 째지게 아프네. 똥도 금세 나올라고 허고."

옥녀는 끙끙 앓는 소리를 냈다.

"잉 나도 배아퍼 죽겄다. 가자, 똥 누러."

득보와 옥녀는 다급하게 밖으로 나갔다. 배는 꼬이고, 똥은 급하고, 밖은 캄캄하고, 짚신을 찾아 신고 어쩌고 할 여유가 없었다. 둘이는 맨발로 마당을 가로질렀다.

"아이고 엄니, 나 죽겄네."

옥녀는 신음을 하며 주저앉았다. 그리고 설사하는 소리가 어둠 속에서 요란했다.

"아이고, 나도 못살겄다."

득보도 바지를 까내렸다. 또 설사하는 소리가 퍼져나가고 있었다.

둘이는 신음소리를 내고 끙끙 힘을 쓰고 하며 한바탕 설사를 해댔다.

"오빠, 괴기가 아까와 죽겄네."

"괴기야 또 묵으면 되제. 배가 얼렁 나사야 헐 것인디."

"근디 오빠도 나랑 항께 아픈게 좋네."

"지랄, 좋을 것도 많다."

"히히, 요 집에 잘 온 것이제?"

"그려, 아줌니가 고마운 사람이여."

한숨을 돌린 옥녀와 득보는 별들을 바라보며 이런 말을 주고받았다.

옥녀와 득보는 날이 밝을 때까지 두 차례나 더 설사를 했다.

"느그가 그 꼬라지 될지 알었다. 배 나슬 때꺼정 괴기국 묵지 마라."

주인여자가 고깝게 눈총을 쏘았다.

득보와 옥녀는 고깃국 대신 진저리쳐지게 쓴 약초즙을 마셔야 했다. 부엌데기 아주머니가 약초를 찧어서 짜낸 초록색 국물을 주인아주머니가 지켜보는 앞에서 마셨다. 주인아주머니의 눈초리가 매워서 쓰다고 엄살을 떨 수도 없었다. 약을 꼼짝없이 마시고, 고깃국 없는 밥을 적게 먹고 해서 배는 이튿날 다 나았다.

득보와 옥녀는 나날이 더없이 편하고 아늑했다. 끼니때마다 배부르게 먹었고, 하는 일이라고는 별로 없었다. 옥녀는 하루에 서너 번 노래를 불렀다. 주인아주머니가 어떤 손님들 앞에 내세워 부르라고 하는 것이었다. 옥녀는 처음에는 부끄러워하다가 몇 번 하고 나서는 엉덩이를 뒤로 빼지 않게 되었다. 노래를 들은 손님들마다 잘한다고 칭찬을 해서 그런지도 몰랐다. 득보는 옥녀에게 노래를 시키는 것이 마땅치 않았지만 주인아주머니에게 뭐라고 할 수는 없었다. 둘이를 세끼 배불리 먹여주는 밥값치고는 쌌던 것이다.

득보는 할 일이 없어 심심할 지경이었다. 밥때면 장작개비를 부엌 앞에 날라다 주고, 아침저녁으로 마당을 쓰는 일이 전부였다. 아니, 할 일이 한 가지 더 있었다. 부엌 뒤란의 우물가에서 하는 두레박질이었다. 그러나 그 일은 하지 않았다.

"사내자식이 샘가에 가는 것이 아닌디요."

득보는 세게 고개를 내둘렀다.

"하이고 야, 니도 붕알 단 사내꼭지라고 헐 말 다 헌다 이. 그려, 그려, 신세 쪼그라들었어도 사내넌 사낸께. 니가 커서 나중에 어찌 될지 몰르는디 나가 쬐깨 편차고 그런 던적시런 일꺼정 시키겄냐."

부엌데기 아주머니가 선선히 받아주었다.

득보도 옥녀도 살이 올랐다. 옥녀는 새 옷까지 얻어입어 제법 예뻐 보이기도 했다. 득보는 누이동생이 그전처럼 방싯방싯 웃기도 해 얼마나 좋은지 몰랐다. 누이동생은 노래하고 칭찬받는 것을 좋아하는 눈치이기도 했다.

옥녀는 네댓 명의 손님 앞에서 가락을 뽑고 있었다.

"으쩌요, 타고났제라?"

그들과 멀찍이 떨어져 앉은 주인여자가 옆의 남자에게 속삭였다.

"글씨, 더 들어보드라고."

수염이 더부룩한 남자가 곰방대를 빨며 심드렁하게 대꾸했다.

"아, 척 들어보면 알 일인디, 또 트집 잡을라고 그러제라?"

"또 그놈에 억지소리. 소리허는 디 매듭이 어디 한둘이간디?"

남자가 퉁명스럽게 내질렀다.

"나도 귀야 빤히 뚫렸는디, 저것언 아조 지대로 된 물건이오."

"물건이 지대로 되면 멀혀. 뒤탈이 읎어야 지대로 되는 것이제."

남자가 옆눈길을 주인여자에게 쏘았다.

"아따, 걱정도 팔자요 이. 나가 언제 뒤탈 생기게 일허능 것 봤소? 아무 걱정 말고 재주가 어쩐지나 판별허란 말이오."

주인여자가 야릇하게 눈을 흘겼다.

"재주야 저만허면 상질인디, 어째 인물이 빠지덜 않는다고?"

"아이고, 쟈가 시방 이팔청춘이오? 인물 흠잡고 어찌고 허게. 저것이 나이 에린 디다가 굶고 살아서 그렇제 이목구비 저만허기도 쉽덜 않으요. 허고, 가시네덜언 커남서 인물이 열 번 되는 것 아닙디여? 상질 재주에 중질 인물이면 그 담보톰이야 믹이고 꾸미기에 달린 것 아니겄소?"

"어허, 나이듬스로 느느니 주름살이고 변설이시."

남자가 뚱하니 말했다.

"하이고, 이쁨받을 소리만 골라서 허요 이."

주인여자가 부채로 남자를 때리는 시늉을 하며 눈을 흘겼다. 남자가 그 눈흘김을 받으며 음탕하게 웃었다.

"그리 징허게 웃덜 말고 요분에넌 톡톡허니 낼 생각이나 허씨요."

주인여자가 샐쭉 얼굴을 바꾸었다.

"그놈에 소리 토 안 달면 어디 병나는감, 니기럴."

"언제 뜨실라요?"

"이대로 그냥 뜨면 자네 머시기가 서운해헐 것잉게 하로밤 푹 자고 낼 아칙 일찍 떠야제."

남자가 저쪽 사람들의 눈치를 힐끗 살피며 주인여자의 엉덩이를 쓸었다.

"하이고, 인심 한분 후허시."

주인여자가 부채 손잡이로 남자의 손목을 톡 치며 자리를 털고 일어섰다. 남자는 쩝쩝 빈 입맛을 다시며 노랫가락을 한창 높이고 있는 옥녀에게로 눈길을 돌렸다.

주인여자는 옥녀를 깨워 일으켰다. 옥녀는 단잠이 깨지는 것이 싫어 어깨를 내두르며 짜증을 부렸다.

"이년아, 정신 채리고 얼렁 옷 입어. 당장 먼 질 떠야 헝게."

주인여자는 옥녀의 등짝을 퍽 때렸다. 옥녀는 그만 정신이 번쩍 들었다.

"야아? 어디로 가는디요?"

옥녀는 눈을 크게 떴다.

"잔소리 말고 얼렁 옷 입고 나오니라."

주인여자는 방문을 밀었다.

"오빠도 깨와야제라?"

"아니여, 니만 간다."

"야아……?"

그때까지도 오빠는 잠만 자고 있었다. 옥녀는 다급하게 오빠를 흔들고 꼬집었다. 너무 놀라고 겁이 나서 오빠를 소리내 부르지도 못했다.

"옥녀야, 얼렁 안 나오고 머허냐!"

주인아주머니가 쨍하니 소리쳤다.

"야아, 나가는디요……."

옥녀는 대꾸를 하면서 잠이 덜 깨 어벙벙해져 있는 오빠를 꼬집었다.

"얼렁 정신 채려. 아줌니가 나럴 먼 디로 보낼라고 헌단 말이여."

"잉? 머, 머시여?"

득보는 그때서야 잠이 확 깼다.

"아 옥녀야, 얼렁 나와!"

주인아주머니의 외침이 또 들려왔다. 옥녀는 울음이 가득한 얼굴로 일어났다.

"옥녀야, 무신 일이여, 무신 일?"

득보는 허둥지둥 옥녀를 뒤따랐다.

어둑어둑한 마당에는 주인여자와 함께 예닐곱 사람이 서 있었다.

"아줌니, 옥녀럴 어디로 보낼라고라?"

득보는 옥녀 앞으로 나서며 물었다.

"이, 니가 나슬 일이 아니다. 옥녀가 명창 되게 소리 잘 갤차도라고 저 아자씨덜 딸려보내기로 혔다. 옥녀가 명창 돼서 올 동안에 니넌 여그서 살어라."

"아닌디요. 나도 따라갈라요."

득보는 세차게 소리쳤다.

"지랄, 쬐깐헌 것이 말 씹히네."

텁석부리 남자가 침을 뱉었다.

"머허요, 얼렁 들쳐업고 뜨제!"

주인여자가 빽 소리질렀다.

"그려, 저놈언 자네가 맡소."

텁석부리 남자가 득보를 제치며 옥녀를 덥석 안아들었다.

"오빠아아……."

옥녀가 소리치며 버둥거렸다.

"옥녀야, 옥녀야!"

옥녀를 뒤쫓으려는 득보를 주인여자와 부엌데기가 낚아잡았다.

"오빠아아……."

옥녀의 울부짖음은 멀어지고 있었다.

"옥녀야, 옥녀야, 옥녀야……."

득보는 두 여자한테서 벗어나려고 몸부림치며 숨넘어가게 외치고 있었다.

"오빠아아……."

옥녀의 외침은 안개 속으로 아득하게 멀어져 가고 있었다.

5

지화자 잘도 논다

백종두는 하시모토를 초조하게 기다리고 있었다. 그는 또 궐련에 불을 붙여 성질 급하게 빨아댔다. 이제 믿을 건 하시모토뿐이라서 그는 더 몸이 달고 있었다. 쓰지무라가 하시모토의 부탁까지 퇴하지는 못하리라 생각하면서도 불안감은 떼칠 수가 없었다. 그건 그 문제를 대하는 쓰지무라의 태도가 너무 완강했기 때문이었다.

"그건 누구의 자식이냐가 문제가 아니오. 그건 대일본제국 헌병의 위신과 체통에 직결되는 문제란 말이오. 불구자는 헌병 근무를 할 수 없다는 건 원칙이고 철칙이오. 그쯤 알 만한 백 면장이 수신제가를 어찌했길래 아들놈이 그런 불상사를 저지르도록 방치했냔 말이오. 헌병제복을 입은 자가 그런 꼴을 당한 것만으로도 제국 헌병의 위신과 명예를 막대하게 훼손시키고 추락시킨 죄를 저지른 것이오. 그런데 또 근무 복귀를 시켜달라니 그게 말이나 되는 소리요? 자식놈 수신이나 잘 시키도록 하시오."

쓰지무라에게 거절만 당한 것이 아니라 훈계를 듣는 망신까지 당했던 것이다. 그 창피스러움을 생각하면 남일이놈을 당장 요절내고 싶었다. 그러나 그건 하나뿐인 아들이었다. 아들이 둘만 되었더라도 그렇게 매달리지는 않았을 것이다. 남일이놈이 헌병대에서 쫓겨나게 되면 자신의 집안은 권세를 잇지 못하고 볼품없이 되는 것이었다.

계집을 잘못 건드려 신세를 망치는 남일이놈도 열 뻗치게 미웠지만 아들이라고는 하나밖에 낳지 못하고 뻔뻔스럽게 조갑지들만 줄줄이 넷을 낳아댄 마누라는 더 꼴이 보기 싫었다. 아들놈을 일본으로 보낼 때만 해도 설마 눈병신이 되리라고는 생각지도 못했었다. 오히려 거기를 심하게 다쳐 남자 구실을 못하는 게 아닐까 걱정했던 것이다. 눈이야 일본에 가서 치료하는 거니까 말끔히 나아오리라 믿었었다. 그런데 아들놈은 검은자위에 명씨박이 명태눈깔이 되어 돌아왔다.

눈은 얼굴의 중심이요 마음의 거울이라고 했다. 그리 중한 눈 중에 하나가 검은자위가 없어져 희멀건하게 되었으니 그 꼴의 흉하기란 아들인데도 마주 대하기가 싫을 지경이었다. 그 흉하기가 콧등이 허물어질 정도로 빡빡 얽은 곰보나, 눕지도 엎드리지도 못하게 생긴 앞뒤꼽추는 댈 것이 아니었다. 남들이 하는 말로 귀신이고 도깨비가 따로 없고, 보기만 해도 재수가 없다고 하는 흉상이 되고 말았다. 그리 험한 꼴을 하게 되었으니 헌병대에서 더 이상 제복을 입지 못하게 한 것은 어쩌면 당연한 일인지도 몰랐다.

그러나 그대로 물러설 수는 없었다. 하나뿐인 아들이었고, 그 자리가 너무나 아까웠다. 아들을 헌병대에 밀어넣은 것은 다 계획이 있어서였다. 거기서 몇 년을 굴러 경험을 쌓게 한 다음 자신의 뒤를 이어 면장자리쯤 차지하게 만들어줄 작정이었던 것이다. 그런데 그 소갈머리 없는 놈이 애비의 그런 뜻도 모르고 색만 밝히다가 제 발등을 찍고 만 것이었다.

대문에 달린 종이 울리는 소리가 들렸다. 백종두는 벌떡 일어났다. 하시모토가 돌아올 때가 되었던 것이다.

백종두가 2층에서 바삐 내려와 마루로 나서는데 하시모토가 대문을 들어서고 있었다.

"어서 오시오, 하시모토 상. 수고하셨소."

백종두는 아첨기가 역연한 소리로 말하며 하시모토의 눈치를 살폈다. 그러나 하시모토는 너무 무덤덤한 얼굴이어서 아무 낌새를 알아차릴 수가 없었다.

하시모토는 2층 계단을 올라가면서도 아무 말이 없었다. 백종두는 일이 틀어진 것이라는 예감과 함께 어찌 됐느냐고 묻고 싶은 것을 가까스로 참아내고 있었다. 아무리 몸이 달더라도 하시모토에게 경박하게 보이거나 무시당해서는 안 되었다. 하시모토는 곧잘 그런 속 모를 얼굴을 해서 나이보다 무게 있고 점잖아 보이는 것이었다. 자신은 어디까지나 면장이었고 나이도 훨씬 더 많은 처지였다.

"에에 또…… 쓰지무라 과장님께서 한 가지 대책을 강구하는 선처를 베푸셨소."

하시모토는 자리를 잡고 앉으며 말했다.

"하, 선처를! 역시 쓰지무라 과장님한테는 하시모토 상 힘이 제일이오."

백종두는 너무 기뻐 목소리가 들떠오르고 있었다.

"과찬은 접어두시고, 쓰지무라 과장님께서는 촉탁근무의 선처를 하셨소."

"촉탁근무……?"

백종두는 그만 어리둥절해졌다.

"예, 그건 아들에겐 최선의 혜택이라 생각하오."

"촉탁근무? 그게 대체 뭐요?"

백종두의 목소리에는 열기가 묻어났다.

"아니, 촉탁이 뭔지 몰라서 그러시오?"

하시모토는 의아하게 반문했다.

"어허, 누가 촉탁을 몰라서 하는 소리요? 헌병대 촉탁이면 할 일이 대체 뭐냐 그것이오. 촉탁이면 헌병복도 안 입힐 것 아니겠소."

"그야 그렇지요."

"촉탁이고 부탁이고 다 하나마나 한 소리요. 됐소, 다 그만둡시다."

백종두는 마침내 화가 터지고 말았다. 궐련갑을 집어들어 다다미바닥에 떡을 쳤다.

"아니, 왜 나한테 화를 내고 이러시오. 내가 뭘 잘못했소?"

하시모토의 안색이 싹 변했다.

백종두는 아차 싶었다. 하시모토야말로 자신의 부탁을 받고 일부러 군산까지 나와 쓰지무라를 만난 것이었다. 다다미바닥에 떡을 친 것은 하시모토가 아니라 쓰지무라였다. 쓰지무라는 '촉탁근무'라는 얄팍한 꾀를 내서 말을 들어주는 척하고 있었다. 그건 중간에 선 하시모토의 체면을 세워주기 위한 잔꾀이기도 했다. 그러나 쓰지무라에게 반감을 드러낼 수도 없는 일이었다.

"그 무슨 섭섭한 말씀이오. 내가 하시모토 상한테 감사를 해야지 왜 화를 내겠소. 내가 화를 내는 건 못난 내 아들놈한테 그러는 것이오. 그 병신 같은 놈은 농사나 지어먹게 해야 되겠소."

백종두는 능란하게 둘러붙이면서 감정을 감추려고 성냥을 득 그어 담배에 불을 붙였다.

"그래요? 조선에서는 농자천하지대본이라고 하니 그것도 나쁠 건 없소."

하시모토는 이렇게 질러대고는 자리를 차고 일어났다.

"아니, 왜 일어나시오?"

백종두는 속이 발칵 뒤집히는 것을 가까스로 참아내며 빈 인사치레를 했다.

"다른 볼일이 좀 있어서 나 먼저 나가봐야겠소."

하시모토는 자기 할 일은 이제 다 했다는 듯 서둘러 방을 나서고 있었다. 백종두도 그를 더 잡아두고 싶은 마음이 없었다. 군산으로 나올 때는 일부러 인력거를 불러들여 태워가지고 나왔지만 이제 제놈이 기어가든 굴러가든 신경쓰고 싶지 않았다. 그놈 말하는 뽄새가 괘씸하기 짝이 없었다. 체한 놈한테 찰떡 먹이고, 설사하는 놈한테 아주까리기름 먹이는 격이었다. 토지조사사업을 하면서 농토를 배 이상 늘리도록 은혜를 베풀었으면 제놈이 발 벗고 나서서 일을 해결해도 시원찮을 판인데 주둥이를 그렇게 놀려대는 것이었다. 백종두는 심한 낭패감과 함께 배신감을 느끼고 있었다.

백종두는 배웅인사를 하는 둥 마는 둥 하고 돌아섰다. 치솟는 성질 같아서는 그놈 앞으로 돌려준 땅을 모조리 뺏어버리고 싶었다. 그러나 앞으로 가야 할 길은 더 남아 있었다. 아들놈 일이 난감하긴 했지만 자신의 일을 위해 참을 수밖에 없었다.

"어찌 되았소? 일언 잘 풀렸소?"

백종두의 아내가 치마를 거머잡으며 마루로 나서고 있었다.

"풀리기넌 머시가 풀려. 더 엉클어지고 설크러졌제."

얼굴을 고약하게 일그러뜨리며 백종두는 내쏘았다.

"되면 되고 말면 말제 머시가 또 엉클어지고 설크러지고 헌다요?"

"아, 시끄럿! 집구석에서 새끼럴 어찌 단속히서 요 꼬라지가 되게 맨글었어."

"아이고메, 아이고메, 인자 와서 쌩사람 잡을라고 허덜 마씨요. 다 커서 장개가고 새끼 난 자석얼 나보고 어쩌란 것이오. 그리 행실 궂은 것이야 다 당신 탁헌 것이 아니면 머시요."

"아니, 머시가 어쩌고 어째! 저 암탉 모강댕이럴 팍 삐틀어서 그냥!"

마침내 백종두의 감정은 폭발하고 말았다. 눈을 부릅뜬 그는 곧 아내의 목을 잡아비틀 것처럼 두 팔을 뻗치며 마루로 뛰어올랐다.

그의 성질을 잘 아는 아내는 잽싸게 몸을 피해 방 안으로 들어가 방문을 탕 닫았다.

"당장 때래부시기 전에 문 열어, 문! 그놈으 새끼 미런허고 못난 것이 딱 니년얼 탁헌 것이 아니먼 머시냐. 모강댕이럴 작씬 뿐질르고 말 거싱게 당장 문 열어, 문!"

백종두는 목청껏 소리치며 방문을 걷어차고 있었다. 방 안에서는 찍소리가 없었다. 그의 아내는 그가 죽산면장이 되어 내려간 다음 슬그머니 첩살림을 차린 것을 그렇게 분풀이한 것이었다.

백종두는 아들의 일로 정말 화가 나기도 했지만, 아무때나 불쑥불쑥 튕겨져 나오는 마누라의 강짜를 미리 억눌러버릴 심산으로 화가 난 것을 더 과장해 대고 있었다.

"문 안 열면 때래부실 것이여!"

백종두는 다시 숨길을 돌려 소리치며 방문을 걷어찼다.

"아이고, 나가 다 잘못혔소. 사방팔방 일본사람덜헌티 넘세스러운디 지발 적선헌다고 참으씨요."

그의 아내는 떨리는 소리로 애원하고 있었다. 백종두는 문득 면장으로서의 체면과 위신을 생각했다. 아내의 말마따나 자신의 집은 일본사람들 집으로 둘러싸여 있는 형국이었고, 판자로 된 일본집은 소리를 지르면 잘도 퍼져나갔던 것이다.

백종두는 그쯤 해서 못 이기는 척 돌아서기로 했다. 더 화를 내보았자 실속 없이 기운만 파할 뿐이었다.

"등신 팔푼이 겉은 놈, 지절로 달고 나온 물건이라고 지멋대로 내둘르먼 되는지 알어. 다 요령지게 눈치껏 재주껏 내둘러야 후환이 없는 것도 몰르는 멍텅구리 겉은 놈!"

백종두는 투덜거리며 2층 계단을 오르고 있었다.

한편, 장덕풍은 아들 칠문이를 통해서 백종두네 집안 사정을 살살이 들여다보고 있었다. 장덕풍은 근자에 들어서 세상 사는 맛이 깨소금맛이 되고 있었다.

그 깨소금맛이 입 안에 와짝 돌기 시작한 것은 백종두네 아들이 미선소 처녀를 잘못 건드려 반죽음이 되도록 두들겨맞으면서부터였다. 장덕풍은 날로 재산이 늘어나면서도 세상 사는 맛이 쓰디썼던 것은 백종두가 느닷없이 면장자리를 차지했을 때였다.

"아이고, 저놈이 무신 백여시 재주럴 부렸능가 사또가 되야부네, 사또가!"

장덕풍은 그때 가슴이 내려앉는 충격과 함께 이렇게 탄식했던 것이다. 이방 나부랭이가 면장으로 뛰어오른 것은 이무기가 용 되는 것보다 더한 득세였고, 자신과의 신분차이는 그야말로 하늘과 땅 차이로 까마득하게 벌어지고 말았던 것이다. 그가 이방이었을 때도 그 앞에서는 꼼짝을 못했었는데 면장이 되어버렸으니 더 말할 것이 없었다.

이방인 그에게 업신여김을 당하면서도 그래도 한 가닥 오기를 꼿꼿하게 세웠던 것은 재산으로 그 콧대를 꺾겠다는 것이었다. 그 다음으로 진을 쳤던 것이 아들 칠문이에게 권세를 갖게 하는 것이었다.

그런데 백종두가 면장이 되어버렸으니 제아무리 많은 재산으로도 그 높고 높아진 콧대를 꺾는다는 것은 어림없는 일이었다. 그래서 앞세운 것이 아들 칠문이의 출세였다. 자신의 재력에다가 아들의 권세를 합쳐서 버티자는 생각이었다. 아들을 순사보에서 순사를 만들려고 뒷손을 쓰고, 정식 순사가 되자마자 군산으로 끌어올리려고 몸살을 댔던 것도 다 그 까닭이었다.

그런데 백종두는 자신의 그런 속셈을 훤히 들여다보고 있기라도 한 듯 아들을 헌병보조원을 만들었던 것이다. 그뿐만이 아니었다. 백종두는 또 느닷없이 정미소와 미선소를 차리고 말았다. 그때의 충격은 백종두가 면장이 되었을 때보다도 훨씬 더 컸었다. 백종두가 돈까지 그리 많을 줄은 몰랐던 것이다. 돈으로도 백종두를 이길 수 없다는 참담함에서 벗어날 수가 없었다. 백종두가 갖지 않은 것으로 자신이 그저 내세울 수 있는 것은 사탕공장과 아들이 셋이라는 것이었다.

자신도 머지않아 정미소를 차리게 된다는 것으로 맥빠진 마음을 지탱해 나가고 있는데 백종두의 아들이 반죽음이 되어 병원에 실려가는 사건이 터졌던 것이다.

"어허, 고것 참 잘되았다. 어허, 고것 참 씨어언허다. 3년 묵은 체가 쑤우욱 내래간다. 어허, 고것 참 깨소금맛이다, 깨소금맛!"

아들 칠문이에게 그 소식을 들은 장덕풍은 곧 춤이라도 출 듯이 신바람을 일으키며 이렇게 외쳐댔다. 그리고 힘을 끙끙 써대며 방귀를 뿡뿡 뀌어댔다.

"아부지, 참말로 3년 묵은 체가 내래가는갑소 이. 속이 씨언허시겄소."

장칠문이가 옆에서 장단을 맞추었다.

그런데 장칠문이는 백남일이가 명씨박이 눈병신이 되어 일본에서 돌아왔다는 소식을 또 아버지에게 알렸다.

"어허, 어찌 그리 일이 잘되야간다냐. 요것은 참말이제 똑 깨소금에 간처녑 찍어묵는 맛이다!"

장덕풍은 무릎을 치며 깔깔깔 웃어젖혔다.

그 다음에 장칠문이가 물어온 소식은 백남일이가 헌병대에서 쫓겨나게 되었다는 것이었다.

"그려? 나 짐작이 딱 맞어떨어졌다. 나가 역부러 그 자석얼 귀경했는디, 그 허연허니 명씨백인 상호가 도깨비 화상이제 어디 사람 낯짝이드냐. 그런 험허고 숭헌 낯짝으로 헌병 노릇 못해묵제, 하먼 못해묵고말고. 헌병 체면이 있제, 하먼 천황폐하 뫼셔야 허는 일인디."

장덕풍은 이제 자기가 달리는 것은 정미소를 차리는 것뿐이라고 생각했다. 그러나 그것도 아무 문제가 아니었다. 건물은 이미 지어놓았으니까 일본에서 기계가 도착하기만 하면 정미소는 돌아가게 되어 있었다. 정미소가 돌아가는 날에는 자신은 백종두와 맞먹게 되는 것이었다. 아니, 자신이 백종두가 없는 것을 한 가지 더 가지고 있었다. 날로 달로 번창해 가고 있는 사탕공장이었다. 사탕공장이야말로 밑천 적게 들고 이문이 큰 알찬 장사였다.

"아부지, 일판 났구만요. 백 면장이 아덜얼 헌병대에 되집어넣겄다고 신짝 붙이고 나섰구만이라."

장칠문이가 아버지에게 귀띔한 또다른 소식이었다.

"머시여, 백종두 그놈이!"

장덕풍은 가슴이 철렁해서 아들을 쳐다보았다. 아들은 멀뚱멀뚱 서 있기만 했다.

"백종두 그 백여시가 또 이리 홰까닥 저리 홰까닥 재주 넘어 아들놈얼 헌병대에 되밀어넣으면 어쩔끄나?"

"그것이야 나가 아부지헌티 물을라든 말이었구만이라우."

"그려, 그려, 니넌 일이 어찌 돼가는지 눈에 불얼 쓰고 지키기만 혀라."

"아부지넌 어쩔라고라?"

"나넌 따로 헐 일이 있응게."

장덕풍은 그러나 아무것도 할 일이 없었다. 그 일을 막고 나서는데 도움을 청할 만한 사람도 마땅찮았고, 만약 그랬다가 그 소문이 백종두의 귀에 들어가는 날에는 평생 원수가 되는 것이었다. 백종두와 원수지간이 되었다가는 이득 될 것이 아무것도 없었다. 백종두는 어디까지나 총독부를 업고 있는 면장 나리였던 것이다.

"아부지, 일이 팍 틀어져 부렀소."

며칠이 지나 장칠문이가 헤벌쭉 웃으며 터뜨린 말이었다.

"머시여? 고것이 참말이여? 니 잘못 안 것 아니겄제?"

장덕풍은 아들 앞으로 얼굴을 디밀면서 연거푸 물어댔다.

"야아, 틀림없구만요. 당자가 나 앞이서 털어놓는 말얼 똑똑허니 들었응게라."

"무신 재주로?"

"나가 겉보기로야 친헌 칙험스로 술 받아줌서 살살 걱정허는 말얼 해주먼 그 미련헌 명씨백이가 술술 이얘기럴 다 털어놓는구만요."

"잉, 아조 잘혔다. 니야 나 아덜잉게로."

장덕풍은 눈이 다 감길 지경으로 웃으며 고개를 끄덕거렸다. 아들은 그간에 경찰서밥을 헛먹은 것이 아니었다. 어엿한 순사답게 머리를 쓴 것이 그렇게 믿음직스러울 수가 없었다.

그런데 장덕풍은 어제 새로운 소식을 듣게 되었다.

"백 면장이 일본사람얼 앞세와 또 그 일얼 해볼라고 했당마요. 근디 헌병대서 허는 말이 정 그러면 촉탁이나 해묵어라 했당마요. 촉탁이나 해묵으라고."

밤늦게 돌아온 장칠문은 술냄새를 풍기며 키들키들 웃어댔다.

"촉탁얼 해묵어? 목탁도 아니고, 고것이 무신 묵자 것이라고 해묵으란 다냐?"

장덕풍은 미심쩍은 얼굴로 아들의 눈치를 살폈다.

"아이고 아부지, 누가 듣겄소. 촉탁이란 것언 무신 묵을 것이 아니고 관공소서 임시로 일허는 것이란 말이오. 긍게로 헌병대서 백남일이헌티 정식으로넌 헌병얼 못 시켜준게 임시로 일해 묵으라고 혔당께라."

"그려서, 해묵기로 혔다냐?"

"아니구만이라. 촉탁이란 것이 헌병덜 심바람꾼도 아니고 꼬봉도 아니고 지랄 겉은 것인디, 칼 차고 헌병질 해묵든 사람이 어찌 촉탁질 해묵어지간디라? 헌병대서 입막음허자고 빈소리 해분 것이제라."

"글먼 백종두 아덜놈언 헌병질 해묵기넌 영영 글른 것이다 그것이제?"

"인자 꿈에서나 해묵겄제라."

"그려, 그려, 그 명씨백인 눈깔이 죽어서나 지대로 돌아올 것잉게. 크크크크……."

장덕풍은 고개를 끄덕거리고 어깨를 들썩여대며 웃음이 흐드러지고 있었다.

"나가 인자 낼 백종두럴 만내로 가야겄다."

장덕풍이 웃음을 그치며 불현듯 한 말이었다.

"야아? 그 앞에 가서 시방 웃디끼 웃어줄라고라?"

장칠문이는 질겁을 했다.

"요런 설익은 놈아, 니나 그래라. 이 애비넌 따로 헐 일이 있니라."

장덕풍은 더 군소리 말라는 듯 나무재떨이를 들고 돌아앉아 버렸다.

장칠문은 고개를 갸웃갸웃하면서도 그냥 돌아섰다. 모든 일에 셈이 빠른 아버지가 손해날 일은 하지 않으리라 믿었던 것이다.

장덕풍은 아침밥을 먹자마자 집을 나섰다. 상투를 새로 틀고 갓을 쓰지는 않더라도 옷이나 새로 갈아입을까 생각했다. 그러나 곧 제까짓 놈이 뭔데 하는 반감이 일어났다. 옷을 갈아입는 것마저 백종두를 윗사람으로 대접해 주는 것 같았던 것이다.

백종두는 집을 나서려고 옷을 챙겨입다가 장덕풍이가 찾아왔다는 말을 전해 들었다. 그는 그 말을 듣자마자 얼굴이 구겨지며 거침없이 내쏘았다.

"그런 불상놈이 식전 댓바람보톰 어디럴 찾아들어. 안 기시다고 내쳐뿌러."

어제부터 기분이 상할 대로 상해 있는 백종두로서는 쓰지무라가 찾아왔다 해도 반가울 것이 없었던 것이다.

"아이고 듣겄소, 마당에 들어서 있는디. 남일이가 기시다고 혔는디 어찌 또 말얼 뒤집겄소."

그의 아내가 울상을 지었다.

"저런 등신 팔푼이 겉은 놈!"

"아이고, 말이 씨 되는디 지발 그 등신 팔푼이 소리 잠 그만허씨요. 남일이가 아무 눈치 없이 기시다고 헌지 아시요? 그 집 아덜도 순사로 서로 알고 지내는 처진께 박절허니 못헌 것이제라."

"글먼, 아덜놈덜이 헌병 순사로 니냐 내냐 허고 지냈응게 애비덜도 벗허고 지내도 된다 그 말이여, 시방!"

백종두의 반들거리는 눈에 언뜻 화기가 내비쳤다.

"아이고, 사람 말 업어치고 뒤집어치고 허덜 마씨요. 지체야 하늘허고 땅 차이로 딱 유별허고, 당신이 높은 자리에 있음서 인심 잃으면 안 존께 허는 소리 아니겄소. 거렁뱅이 동냥아치도 경우 없이 내몰면 실인심허는 법이라는디 장가 그 사람이 상것이기넌 해도 돈도 지녔겄다, 일본사람덜허고 끈도 닿겄다, 나쁜 소리 해대자면 거렁뱅이 열이 당허겄소 백이 당허겄소."

"그놈에 예펜네 쐣바닥 한번 잘도 놀려대네. 후딱 딜여보내."

백종두는 아내의 말을 받아들여 주며 어험 어험 큰기침을 지어냈다. 그의 아내는 치맛귀를 잡아채고 돌아서며 마구 입을 삐죽거리고 있었다.

흥, 정승 판서 지낸 진짜배기 양반이었음사 사람 줄줄이 잡았겄다. 선무당이 사람 잡고, 족보 사딜인 엉터리 양반이 사흘거리 덕석몰이허드라고 저 물건이 바로 그 짱이여. 참말로, 권세 잡응게 마누래도 달리 대허고 첩질이나 허는 인종인디 넘덜헌티야 더 말헐 것이 머시가 있간디.

그녀는 아들이 야단맞을까 봐 남편을 위하는 척 비위 맞췄던 것이 속상해 마구 욕질을 해대고 있었다.

"아이고 면장 어런, 그간에 별고 없으신게라우?"

손을 앞으로 모아잡고 방으로 들어선 장덕풍은 허리를 두어 번 굽실거렸다. 그리고 앉으라는 말을 기다리는 눈치였다.

아니, 저놈이 큰절얼 안 허고!

큰절을 받으려고 버티고 앉아 있던 백종두는 그만 성질이 불끈 솟았다. 또, 그 구지레한 입성과 맨상투도 심히 비위에 거슬렸다.

"나가 바쁘시. 헐 말만 허소."

백종두는 벌떡 몸을 일으키며 찬바람이 홱 돌게 잘랐다.

"야아, 그리 바쁘시면 헐 말만 딱 짤라서 허겄구만요. 긍게 머시냐, 지가 메칠 있다가 정미소럴 돌리게 되는디, 그날 개업잔치럴 허게 되능마요. 그 자리에 면장 어런얼 뫼셨으면 허는디, 어찌 그리될라능가 어쩌능가……."

"이사람아, 버르장머리 없이 그것이 무신 소리여! 면장이 그런 가당찮은 자리에나 나댕기는지 알어."

백종두는 이것저것 싸잡아서 감정을 폭발시켰다. 거기에는 장덕풍이가 정미소를 차리게 되었다는 놀라움도 섞여 있었다.

"아니, 아니구만요. 하야가와 우편국장님도 그 자리에 오시겄다고 히서……."

장덕풍은 슬쩍 하야가와를 내세웠다. 그건 물론 꾸며댄 말이었다. 정미소 차리는 것을 자랑하는 것처럼 하야가와하고 그만큼 친하다는 것을 과시하자는 것이었다.

"되았네, 나넌 그리 한가헌 사람이 아닝게 그리 알고 가소."

백종두는 짜증스럽게 팔을 내저었다. 그는 하마터면 하야가와를 욕할 뻔해서 속으로 한숨을 돌리고 있었다. 하야가와 그놈이 미쳤나, 하는 말이 혀끝에 달랑달랑했던 것이다.

"야아, 공무에 바쁘신디 그리 알고 가겄구만요. 근디 순사질허는 우리 아덜놈헌티 이얘기럴 듣자니께 면장 어런 자제가 헌병대럴 못 댕기게 되았……."

"어허, 듣기 싫은게 그 이얘기 허덜 말소."

백종두는 말허리를 잘랐다.

"창창허니 젊은 나인디 맴이 아퍼서 당최…… 글먼 인자 정미소허고 미선소 일얼 맡어 헐랑게라?"

"아, 듣기 싫여! 썩 물러가!"

백종두는 목이 터지라고 불호령을 쳤다. 그의 가슴에서는 불길이 치솟고 있었다.

"아이고, 아이고, 고정허시게라우. 소인 물러가능마요."

장덕풍은 호령에 쫓기듯 엄살을 해대며 허둥지둥 2층 계단을 뛰어내리고 있었다. 그의 가슴속은 박하사탕 수십 개를 한꺼번에 씹어삼킨 것처럼 화아하고 통쾌하기 이루 말할 수 없었다. 모든 것을 마음먹은 대로 다 해치웠던 것이다.

"아니, 어찌 저리 베락얼 치고 야단이다요? 어디 상헌 디나 없소?"

2층으로 올라가려던 백종두의 아내가 장덕풍과 마주치며 성급하게 물었다.

"글씨요, 지도 잘 몰르겄구만이라. 지가 정미소 채리는 잔치에 와주십사 혔고, 아덜이 헌병대에 못 나댕기게 돼서 참 안되얐다 허고 인사디랬는디 저리 역정얼 내고 그러싱마요."

장덕풍은 고개를 갸웃갸웃해 가며 다시 할 말을 다 하고 있었다.

"아니, 장샌이 정미소럴 다 채리요?"

백종두의 아내가 눈을 크게 떴다.

"야아, 그저 쬐깐허니 채리는구만이라."

장덕풍은 그 놀라는 모습을 곁눈질하며 짚신에 발을 꿰고 있었다.

"면장님 나리가 요새 남일이 일로 속이 상해서 그러싱게 섭허게 생각지넌 마씨요."

백종두의 아내는 평소의 입버릇대로 '면장님 나리'로 호칭해 가며 남편이 욕먹지 않게 하려고 애썼다. '면장님 나리'는 백종두가 안팎으로 통일시켜 놓은 자신의 호칭이었다.

"하면이라, 그러시고말고요."

장덕풍은 마음 넓은 척 웃으며 대꾸하고는 돌아섰다.

머시가 으쩌고 으쩐다고? 면장님 나리시여? 허, 그 서방놈에 그 예편네랑게. 느그덜 허는 꼬라지에 날아가는 새 똥구녕이 웃고, 목청 뽑든 장닭 똥구녕이 웃겄다. 아서라 말어라, 아전놈이 팔자에 없는 베슬얼 따고 봉게 예편네꺼정 우세시러운지도 몰르고 속곳 가랭이 벌리고 나섰구나. 기왕에 미치기로 나섰음사 면장님 나리로 되겄냐. 거 머시냐, 대감마님 허디끼 면장님 마님이 어쩌겄냐. 아니시 아니여, 더 높으게 떠받드는 말이 있구마. 상감마마서 따다가 면장님 마마로 허능 것이 안 좋겄다고?

장덕풍은 맘껏 야유를 해가며 백종두의 집을 나서고 있었다.

"아부지!"

"이? 칠문이 니 아니여?"

골목 모퉁이에서 갑자기 아들과 맞부딪친 장덕풍은 어리둥절했다.

"무신 존 일 있는갑제라?"

장칠문은 안심이 되며 건성 물었다.

"존 일언…… 니가 여그 어쩐 일이여?"

장덕풍은 아들과 여기서 우연히 마주친 게 아니라고 직감하고 있었다.

"야아, 아부지헌티 무신 일이라도 없는가 맘이 찝찌그리히서……."

"하이고, 나가 무신 궂은일 당헐랑가 몰라 여그서 파수 보고 있었다 그 말이제? 와따, 니가 바로 효자 중에 효자다." 장덕풍은 온 얼굴이 찔그러질 지경으로 흡족하게 웃으며 아들의 어깻죽지를 철퍽 치고는, "나가 궂은일 당허기넌새로 백종두 콧배기럴 납짝허니 깔아문대 불고 나오는 참이다." 그는 어깻바람을 일으키며 헛기침을 해댔다.

"아부지가 무신 수로……?"

장칠문은 어이없는 헛웃음이 새나오려는 것을 얼굴을 돌리며 참아냈다.

"이놈아, 느그 애비가 누구여. 백종두가 화가 나 펄펄 뛰게 맨글어놨다."

"아니, 콧배기럴 납짝허니 깔아문댔담서 화럴 질러 펄펄 뛰게 맨든 것언 또 무슨 소리다요? 그 양반 화럴 질러서 이문 될 것이 머시가 있다고."

장칠문은 금방 낯빛이 변했다.

"이놈아, 짜잔허니 겁묵덜 말어. 백종두 지가 백여시면 이 애비넌 천년 묵은 호랭이여. 이 애비가 누군디 비싼 밥 묵고 손해날 짓거리 허고 댕기겄냐? 니넌 이 애비 걱정일랑 말고 니 헐 일이나 야물딱지게 잘허고 댕겨. 어쨌그나 이 애비가 이긴 줄이나 알고, 얼렁 가자!"

장덕풍은 호기 있게 말하며 또 아들의 어깻죽지를 철퍽 쳤다.

"야아, 그래도 백 면장얼 조심해야 헝마요. 그 양반 오기에다 성질머리가 오뉴월 모구에다, 구시월 독새란 것언 다 소문난 것잉게라."

장칠문은 아버지의 말에 마음을 놓으면서도 이렇게 귀를 달았다.

"이놈아, 말끝마동 그 양반, 그 양반 허덜 말어. 백종두야 아전이여, 아전!"

장덕풍은 입 안에 바람을 문 마땅찮은 얼굴로 아들을 째지게 눈흘겼다.

"아부지도 참. 나 인자 가볼라요."

장칠문은 픽 웃음을 흘렸다.

"니 시방 어디로 가냐?"

"경찰서로 히서 부두로 가는디요."

"또 누구 잡으로 가냐?"

"아닌디요. 누구 만내로 가능마요."

"안 급헌 일인갑는디 나허고 가자."

장덕풍은 아들의 경찰복 소매를 무작정 잡아끌었다.

"안 급허지도 않은디, 어디 갈라고라?"

"이놈아, 토지조사사업인지 난리판굿인지도 다 끝났는디 바쁜 칙끼허덜 말고 이 애비 따라가서 효도도 좀 혀."

장칠문은 그때서야 아버지가 어디를 가자고 하는지 알았다. 또 정미소 공사하는 데를 가자는 것이었다. 장칠문은 서무룡이와의 접촉을 미룰 수밖에 없었다. 요즈음 들어 부두노동자들이 부쩍 늘어나고, 노동조합이라는 것이 다시 움직인다는 정보가 잡히고 있었다.

"아부지넌 농새 안 지묵고 산다고 참 속편헌 소리 허시요. 이 토지조사사업이 군청이고 면사무소 가차운 평지서나 끝나가제 산골꺼정 다 해나가자면 앞으로도 몇 년이 더 걸릴란지 몰르는 것이 토지조사사업이다요."

장칠문이는 아버지를 따라 걸으며 제법 알은체를 하고 있었다.

"나야 돈이면 질이제 땅에넌 욕심 없응게 그놈에 토지조사사업이 5년이 더 걸리든지 10년이 더 걸리든지 그것이야 나가 알 배 아니고, 그 토지조사사업얼 험서 딱 한 가지 속시언허게 잘 정헌 것이 있다. 고것이 머시냐! 양반놈덜도 상것덜허고 똑같이 세금얼 내게 헌 거이다. 고것언 참말로 총독부가 잘허고 잘헌 일이다. 속이 씨언허니 팍 뚫리는 것이 3년 아니라 30년 묵은 쳇증이 내리는 일이여. 농사꾼이고 장사꾼덜언 쌔빠지고 좆빠지게 일혀서 온갖 잡세럴 이리 띧기고 저리 띧김서 사는디 양반놈덜언 한평상 팽팽 놀고묵음시로도 세금이라고넌 땡전 한 닢도 안 내고 뻥뻥 큰소리쳐댐서 사는 것얼 생각허먼 나가 오장육부가 비비꼬이고 피가 꺼꿀로 솟는다. 인자 총독부가 내 분얼 풀어줬응게, 이래저래 일본시상언 잘 온 것이여, 하먼 자알 온 것이고말고."

장덕풍은 제물에 흥분해 목소리가 커질 대로 커져 있었다. 오가는 사람들이 그를 힐끔거렸다.

"아부지, 사람덜이 숭보요."

장칠문은 민망해서 아버지의 팔을 찔벅거렸다.

"아니, 어떤 놈덜이 숭봐? 나 말이 어디 틀린 디가 있냐!"

장덕풍은 주위를 휘둘러보며 더 큰소리로 결기를 부렸다.

"아부지 말이 다 맞제라. 근디, 일본시상이 온 것이 잘된 것이란 말언 이리 내놓고 소리질를 일이 아니구만요."

장칠문의 목소리는 나직했다.

"그려……? 이, 니 말이 맞는갑다. 우리 집안에나 좋제 다 존 것이 아닝게."

장덕풍은 멋쩍은 듯 입을 훔쳤다.

사탕공장 옆에 진작 마련되어 있었던 빈터에 정미소와 미선소 건물이 나란히 세워져 있었다. 정미소 안에서는 힘 쓰는 사람들의 소리와 쇠를 두들기는 소리들이 울려나오고 있었다. 한창 기계를 설치하고 있는 중이었다.

장덕풍은 그 소리들을 들으며 한없이 만족스러운 웃음을 머금고 있었다. 이번 가을걷이에 맞추어 정미소가 돌아가게 짠 것이었다. 정미소가 돌아가면 돈이 쏟아지게 되어 있었다.

"니가 나럴 따라 들어가서 한바쿠 척 돌아라. 인부놈덜이 그 순사복얼 또 봐야 팔다리럴 재게 놀린다. 일본기술자도 맘 새로 묵고."

장덕풍은 헛기침을 하고 앞장서며 아들에게 눈짓했다.

장칠문은 모자를 바로잡고 옷을 털고는 아버지를 뒤따랐다. 이렇게 효도를 하려고 온 것이 벌써 서너 차례였다. 그는 아버지가 동행을 원할 때마다 귀찮아하지 않고 뒤를 따랐다. 꼭 아버지에게 효도를 하겠다는 마음이 동해서가 아니었다. 군산바닥에서 돈이 잘 벌리기로 정미소를 당할 것이 없었다. 정미소의 기계는 쌀을 찧는 기계가 아니라 돈을 박아내는 기계라고 해도 과한 말이 아니었다. 기계가 돌아가는 만큼 돈이 벌렸던 것이다. 그런 데다 볏섬들은 부두에 산더미로 쌓여 있어서 기계는 사시장철 쉴 짬이 없었다. 보물이 따로 없는 그 정미소는 언젠가는 고스란히 자신의 것이 될 터였다. 오래가도 탈이 안 생기도록 처음부터 감독을 단단히 해둘 필요가 있었다.

"수고 많으시오. 일은 잘돼가오?"

장덕풍은 정미소 안으로 들어서며 일본말로 크게 말했다. 그는 일본기술자를 찾고 있었다.

"아, 일찍 나오십니다. 어서 오세요."

키가 작고 머리를 치켜깎은 일본사람이 장덕풍 앞으로 달려오듯 하며 일본식 인사로 허리를 깝신거렸다.

"이런, 또 술 마셨소?"

장덕풍은 손바닥으로 코앞을 부채질해 대며 얼굴을 찌푸렸다.

"일은 기한 내에 틀림없이 마칩니다."

일본기술자는 술냄새를 풍기면서도 자신 있게 말했다.

"기한을 지키는 게 문제가 아니오. 술에 취해 기계가 잘못되면 큰일이니까 그렇지. 무슨 술을 그리…… 쯧쯧쯧……."

"그런 것쯤 아무 염려 마십시오. 저는 술을 마셔야 일이 더 잘됩니다. 그동안 수백 번 기계설치를 했지만 단 한 번도 잘못된 적이 없으니까요."

일본기술자는 삐뚤빼뚤하게 제멋대로인 데다 담뱃진까지 끼인 치아를 드러내며 헤헤거리고 웃었다.

아이고, 니넌 천상 왜놈이라고 하시당해도 싸다. 그 주먹뎅이만 헌 몸집에 그 못난 낯짝에 어찌 기계 척척 맨지는 기술언 지녔을끄나? 왜놈덜언 알다가도 모를 물건덜이여.

뒷짐을 진 장덕풍은 술기운 어린 상대방의 눈을 빤히 내려다보고 있었다.

"인부들은 말 잘 듣소?"

장칠문이 나서며 물었다.

"예, 잘들 하고 있어요. 인부들 애쓰는데 이리 오신 김에 술값이나 좀 주고 가세요. 그러면 기운 더 잘 쓰지요."

기술자가 농담하듯 말했고, 장칠문은 아버지를 쳐다보았다. 장덕풍은 잽싸게 그만두라는 눈짓을 했다.

장칠문은 인부들 쪽으로 걸어가며 생각했다. 아버지는 10전을 보고 물밑으로 50리를 가고, 마누라는 빌려줘도 돈은 안 빌려준다는 장사꾼이었다. 그러나 자신은 제복을 차려입은 순사였다. 술값 몇 푼을 안 내놓으면 순사의 체면이 말이 아니었다. 더구나 그건 기술자가 한 말이었다. 그 말대접을 하지 않으면 기계설치를 하면서 어느 대목에서 오기를 부릴지도 몰랐다.

"자네덜 일덜 잘헌담서? 술값 여그 있응게 이따가 한잔씩 허소."

장칠문은 호기를 부리며 술값을 내놓았다. 인부들이 와아 소리쳤다.

"니 나가 눈치허는 것 꺼꿀로 들었냐?"

장덕풍은 정미소를 나서자마자 따졌다.

"아부지, 나가 애기요? 돈얼 쓴 만치 기계가 잘 돌아간단 말이오."

"짜석, 속에 구렝이가 들앉었네."

장덕풍은 더없이 흐뭇하게 웃었다.

"저그 미선소넌 언제 문얼 연다요?"

"정미소가 돌아야제. 근디, 니넌 미선소 옆에넌 얼씬도 헐 생각 말어."

"야아?"

"아, 몰라서 그려? 백종두 아덜이 하로아칙에 신세 그 꼬라지로 엎어져뿐 것이 미선소 들락날락허다 그리된 것 아니여. 니넌 애시당초 발질얼 말어!"

장덕풍의 어조는 단호했다.

"야아, 그러제라."

장칠문은 순순히 대답했다. 그러나 속으로는 딴맘을 먹고 있었다. 아버지의 눈을 피해 얼마든지 드나들 수 있는 일이었던 것이다.

장덕풍은 아들의 접근을 미리 막아버린 것이 더없이 통쾌했다. 따로 첩을 두어 아까운 돈 죽일 것이 없었다. 혼자 드나들며 맘껏 재미를 볼 작정이었다.

6

역둔토 특별처분령

군산부두는 밀물 때를 따라 활기가 넘치고 시끌벅적해졌다. 밀물을 타고 일본배들이 다투어 몰려드는 것이었다.

군산포구도 서해안에 자리잡은 터라 썰물이 지면 거무튀튀하면서 윤기 나는 뻘 밭을 질펀하게 드러냈다. 뻘 밭은 차지고 미끄럽고 물컹거렸다. 게나 물새 같은 몸 가벼운 것들이 아니고서는 뻘 밭에 발을 들였다 하면 푹푹 빠지게 마련이었다. 몸집이 큰 데다 짐까지 실은 배들은 뻘 밭에 얹히면 꼼짝달싹을 못했다. 그런 배들은 다시 밀물이 들어야만 배 구실을 할 수 있었다.

군산항에 드나드는 모든 배들은 밀물을 타고 들어왔다가 썰물을 타고 나가야 했다. 마치 시곗바늘이 돌 듯 아침과 저녁으로 어김없이 밀물이 져오면 부두는 크고 작은 배들로 북새통을 이루었다. 그런데 군산의 중심지를 일본사람들이 장악했듯이 부두에 밀려드는 거의 모든 배들도 일본배였다.

일본배들은 화물도 많이 실어왔지만 그에 못지않게 사람들도 많이 실어왔다. 그들의 대부분은 가족을 거느리고 이민을 해오는 사람들이었다. 이삿짐까지 챙겨든 그들은 더위가 고비를 넘기면서 부쩍 늘어나고 있었다.

"요상허시, 오늘도 일본것덜이 저리 많이 쏟아져 들어오덜 않는다고?"

"그려, 저것이 어쩐 일인지 몰르겄네."

"우리도 자꼬 살기 에로와지는 판에 저것덜이 저리 몰려들먼 어찌 될랑고?"

"글씨 말이여. 넘 땅얼 똑 즈그덜 마당 들어서디끼 헌당게."

"자네덜, 자다가 봉창 뚜딜기는 소리덜 그만혀. 즈그 땅에 즈그덜 식구 디려다 살리겄다는 것인디 무신 실답잖은 말덜이 그리 많혀."

"즈그 땅……? 그려, 그렇기도 허제."

"참말로 요상시럽네. 어째 요새 저리 부쩍 많애질꼬?"

"그사람 참, 요상시러울 것도 많네. 더운 여름 지내고 묵을 것 많고 살기 존 가실 골라 오는 것이야 당연지사제."

"그려, 우리야 등짐 질 짐 많애진게 좋제 머."

"인자사 말 지대로 허네. 우리야 등짐 많이 지고 돈만 많이 벌먼 그만이여."

"그사람 참, 속창아리도 없네. 우리가 단말에 속아 땅 팔아묵고, 종당에넌 소작꺼지 뺏기고 요 꼬라지로 나슨 것이 무신 연곤디. 다

저것덜이 몰려들어 밥통 뺏긴 것 아니냔 말이여."

"아이고, 또 그 소리여? 죽은 자식 붕알 맨지면 무신 소양이여. 자네 언제꺼정 그럴랑가?"

"내 땅 되찾을 때꺼정 그럴라네."

"자네 평상에 못 찾으면?"

"아덜헌티 일르고 죽어야제."

"아이고, 저놈에 성미, 찔기기가 삼줄이여."

지게를 진 등짐꾼들이 부두의 울타리 밖에서 서성이며 말질을 하고 있었다. 그들은 부두의 막노동자들 중에서도 가장 처지는 축이었다. 노동자들 중에서 그래도 고정수입을 올리는 축은 볏섬이나 쌀가마를 등짐 지는 사람들이었다. 그런데 그들은 십장이란 사람들 둘레에서 조를 짜 움직였다. 그 속에 끼이지 못하는 사람들이 날품을 팔려고 일거리를 찾아 이리저리 떠돌았다. 그 지게 진 날품팔이들이 부두에서는 제일 천덕꾸러기였고 배고픈 사람들이었다. 그들은 일거리를 찾아 허덕이는 한편으로 쌀가마를 등짐질하는 자리를 노리고 있었다. 그러나 조를 짜서 돌아가는 그들 틈에 끼어들기가 쉽지 않았다.

하시모토는 쌀가마와 소금가마를 가득 실은 배가 밀물에 떠받쳐오르며 통통통통 발동을 거는 것을 보고 부두에서 돌아섰다. 그는 마음이 뿌듯하면서도 아쉬웠다. 배를 떠나보낼 때마다 느끼게 되는 엇갈리는 감정이었다. 자신의 생산품이 배에 실려 본국으로 간다는 것이 여간 뿌듯하지 않았다. 그러나 그 양은 영 셈에 차지 않았다. 쌀의 경우 지금의 열 배, 아니 백 배가 되어야 마음에 빈 구멍이 없어질 것이었다. 죽산면만 다 손아귀에 넣게 되면 어려울 것이 없는 일이었다. 이번 토지조사사업 덕에 땅이 늘어나긴 했지만 기대했던 것에는 미치지 못했다. 땅욕심을 가진 양반지주들 때문이었다. 그들이 앞으로의 난관이고 표적이었다.

하시모토는 이곳에 자리잡은 자신의 판단에 또 넘치는 만족을 느끼고 있었다. 서해안의 폭넓고 경사 완만하게 펼쳐져 나간 뻘 밭, 그것이야말로 보물단지였고, 도깨비방망이였다. 썰물 때 드러나는 뻘 밭은 마치도 바닷속에 숨겨진 평야처럼 질펀하고 드넓었다.

그 뻘 밭에 나직하게 둑을 막기만 하면 그대로 소금밭이었다. 그리고 소금의 질 또한 뛰어났다. 그뿐이 아니었다. 바닷물로 돈을 만들어내는 절대 조건인 인건비가 일본에 비해 너무나 쌌다. 거기다가 나라의 전매사업으로 철통같이 보호를 받고 있으니 돈은 거저 굴러 들어오는 것이나 다를 것이 없었다. 쌀에는 비교할 수가 없었지만 소금도 일본으로 실려가는 것은 질이 좋고 값이 싸기 때문이었다.

하시모토는 자신의 생산품이 일본으로 떠나는 날에는 어김없이 부두에 나오고는 했다. 그건 관청에서 지시한 것이 아니었고 스스로 좋아서 하는 일이었다. 그는 자신의 생산품이 배에 가득 실린 것을 보면서 애국하는 보람을 느꼈고, 돈벌이의 재미를 만끽했으며, 사업 확장의 의지를 불태웠다. 그리고 그때가 군산에 발걸음하는 좋은 기회였던 것이다. 그는 땅늘리기에 정신을 팔다가 군산과의 연결이 소홀해지는 것을 언제나 경계하고 있었다.

"안녕하십니까, 하시모토 상! 저 이동만입니다."

"아니 이상, 어쩐 일이시오?"

이동만이가 반가워하는 것에 비해 하시모토는 심드렁한 기색이었다.

"예, 또 이주객들 마중 나왔지요."

"수고가 많소. 헌데, 요새 이주객들이 왜 이렇게 많아지고 있소?"

불쑥 말이 나온 것과 동시에 하시모토는 아차 후회했다. 일개 농감(農監)에 불과한 조센징한테 그런 것을 묻는 것은 자신의 체면 손상이었던 것이다.

"저도 잘 모르겠는데요. 다 관청에서 알아서 하는 일 아니겠어요?"

이동만의 일본말은 능란했다.

"아, 알았소. 내가 며칠 전에 듣긴 했는데, 그날 술에 너무 취해서 들은 얘기라 그만 깜빡했었소."

하시모토는 날래게 둘러붙였다.

"아 예에, 그 연유가 뭔가요?"

"아, 그걸 여기서 발설할 수는 없고, 차차 알게 될 테니 기다리시오."

하시모토는 정말 그 내용을 알고 있는 것처럼 꾸며대며 자신이 관청과 가깝다는 사실을 거만스럽게 과시해 보였다.

"예에, 그렇지요. 관청일을 함부로 발설해서는 안 되는 법이지요."

이동만은 전혀 의심하지 않은 채 그저 하시모토의 비위만 맞추려들었다.

"아, 이상 아들은 측량학교에 잘 다니고 있소?"

하시모토는 마음이 찜찜한 것을 지우고 자신의 능력이 얼마나 큰지를 재확인시키기 위해 일부러 이동만의 아들의 안부를 입에 올렸다.

"예에, 하시모토 상 덕분에 우리 아들놈 출세길이 훤히 열렸습니다. 그놈이 곧 측량외업반을 따라나서게 되었습니다."

이동만은 다리를 절름거리는 몸이면서도 그저 허리를 굽실거렸다. 아들이 측량외업반에 편성될 때 또 하시모토의 힘을 빌리게 될지 모를 일이었다.

"아, 벌써 교육기간 6개월이 다 돼가는 거요?"

하시모토는 마침내 어깨를 뒤로 맘껏 젖히며 입꼬리 휘어지는 웃음을 지어냈다.

"예, 세월이 유수와 같지요. 하시모토 상의 은혜가 백골난망이옵니다."

"아 뭐, 그까짓 걸 가지고. 자 그럼, 난 부청에 들어갈 일이 바빠서……."

하시모토는 굳이 '부청'을 입에 올리며 손을 까딱 하고 돌아섰다.

"예, 살펴가십시오. 또 뵙겠습니다."

이동만은 서둘러 허리를 깊이 굽혔다. 그냥 서 있어도 기우뚱한 그의 몸이 곧 넘어질 것처럼 불안해 보였다.

말에 올라탄 하시모토는 말고삐를 부청 쪽으로 돌렸다. 그는 말발굽소리가 따가닥따가닥 박자를 맞추도록 말을 속보로 몰며 시가지를 두루 살피고 있었다. 새로 꾸며진 군산은 볼수록 아담하고 정이 들었다. 길들은 넓고 곧게 뻗어나가며 서로서로 연결되고 있었고, 그 길을 따라 크고 작은 건물이며 집들이 제각기 모습을 뽐내며 자리잡고 있었다. 군산은 신도시답게 질서정연한 바둑판을 이루고 있었다. 사통팔달 막히는 데가 없는 그 설계는 서양의 신식도시 그대로였다. 조선사람들이 살아오고 있는 구군산과 일본사람들이 중심을 이루고 있는 신군산은 그 규모나 모습이 도저히 비교가 되지 않았다. 해변가 버려진 땅에다 이런 신식도시를 꾸며내다니!

그는 또 감탄하고 있었다. 그건 위대한 조국 일본에 대한 경의인 동시에 자신이 바로 일본인이라는 뿌듯한 자긍심을 불러일으키는 하나의 계기였다.

일본이 조선을 집어먹은 건 너무나 당연한 결과다. 일찍이 청나라의 속국이었는데 일본이 청나라를 무찔러 지켜주었다. 그런데 또 러시아가 군침을 흘리며 집어삼키려고 들었다. 일본은 다시 러시아와 싸워 대승하면서 조선을 위기에서 구해주었다. 그러나 조선은 자력으로 지탱될 수 있는 나라가 아니었다. 일본이 물러가면 다시 러시아의 밥이 될 수밖에 없었다. 러시아에 밥상을 차려줄 이유는 없었다. 조선은 일본이 두 번씩이나 싸워서 당연히 차지하게 된 전리품이었다. 그리고 러시아와의 전쟁에서 공을 세운 내가 그 전리품의 극히 일부를 특혜받아 재미를 보는 것 또한 너무 당연한 결과인 것이다. 조선의 땅은 꽤나 쓸 만하다. 산이 너무 많은 것이 흠이지만, 산은 산대로 또 쓸모가 있다. 나무들이 울창해 산림자원이 풍족하고, 또 금이며 석탄도 많이 나오고 있지 않은가. 그러나 나는 산악지대에는 별 관심이 없다. 평야지대에 비해 위험하고 재미 없고 시간이 오래 걸린다.

돈은 안전하고 신속하고 사는 재미를 즐겨가며 벌어야 한다. 두고 봐라, 앞으로 몇 년만 더 있으면 반드시 내가 이 호남평야를 주름잡게 될 것이다. 그때까지는 조금씩 굽히며 사는 수밖에 없다…….

하시모토는 말이 뛰는 율동에 몸을 맡긴 채 이런 생각을 하며 부청에 다다르고 있었다.

"요즘 들어 갑자기 이주민들이 불어나고 있는데, 어찌 된 일인지요?"

하시모토는 의례적인 인사를 건네고는 곧 쓰지무라에게 물었다.

"왜 그걸 오늘에사 묻소? 하루이틀 된 일도 아닌데."

쓰지무라가 서류를 뒤적이며 웃음 담긴 눈길을 힐끗 보냈다.

"예, 처음엔 조금 늘어나나 보다 했는데 자꾸 많아지니까 이상한 생각이 들더군요."

"이상한 생각?"

쓰지무라가 서류를 덮고 돌아앉으며 담배를 빼물었다. 하시모토는 재빨리 성냥을 켜댔다.

"예에, 이렇게 많이 몰려들면 어떻게 할 것인가, 관청에서는 어떤 계획을 세우고 있는 것인가, 혹시 뭐가 잘못되고 있는 건 아닌가 하고 별의별 생각이 다 떠오르지 않습니까."

하시모토는 무엇인가를 탐지해 내려는 눈빛으로 상대방의 응답을 쉽게 유도하려고 애쓰고 있었다.

"그거 자네다운 의문이군그래." 쓰지무라는 양쪽 끝이 비비틀려 치켜올라간 콧수염을 쓰다듬고는, "허나, 자네 눈엔 총독부가 그리 시원찮게 보이는가?" 하며 담배연기를 훅 내뿜었다.

"아, 아니, 그게 무슨 말씀이십니까?"

하시모토는 너무 당황해서 말을 더듬었다. 자신의 말이 쓰지무라에게 그런 느낌을 갖게 했다면 그건 너무 입장 난처한 오해고 큰 일이었던 것이다.

"아 뭐, 그리 놀랄 건 없고. 내 말은 말이야, 대일본제국의 현신들이 모인 조선총독부가 자네가 생각하고 걱정하는 것처럼 그렇게 무계획하고 무책임하지 않단 말일세. 허허허허……."

"그거야 더 말할 것이 있습니까. 전 그저 이주민들이 너무 많이 몰려오니까 궁금해서 그런 거지요."

하시모토는 쓰지무라의 헛웃음에 안심하며 비위 맞추는 웃음을 지어 보였다.

"이주민들이 너무 많이 몰려온다? 그 생각에 바로 문제가 있네. 자네 생각엔 지금까지 내지에서 건너온 사람들이 대략 얼마나 된다고 생각하나?"

"글쎄요오…… 그게 그러니까…… 한 10여만에서 15만 정도……."

"됐네, 그 정도면 대충 맞힌 셈이네. 헌데, 동양 제일의 정치가이시고 정략가이시며 조선의 초대 통감이신 이토 히로부미 각하께서 일찍이 뭐라고 설파하신지 아나? 내지인 이주에 대해서 말이야."

"예에, 뭐라고 말씀하셨는지요?"

알아도 모른다고 할 판이었는데 마침 모르는 문제라서 하시모토는 그저 가르쳐주십시오 하는 태도로 공손하게 말했다.

"어허, 자네같이 똑똑한 사람이 그런 중대한 것을 몰라서야 되나. 에에 또, 그러니까 말이야, 이토 각하께서 말씀하시기를, 조선을 제대로 통치하려면 내지인을 200만 정도 이주시켜야 한다고 하셨네. 현재까지 이주민을 대략 15만으로 잡더라도 200만까지 가려면 아직 얼마나 더 남았나? 자네, 이토 각하께서 하신 말씀의 뜻을 모르진 않겠지?"

쓰지무라는 하시모토를 빤히 쳐다보았다.

"예, 알겠습니다. 백년대계로 내다보면 행정력이나 경찰력만을 가지고는 안 된다는 뜻 아닌가요?"

"맞았네, 역시 자넨 영리해서 좋아. 우린 앞으로도 계속 200만이 될 때까지 내지인을 이주시켜야 하네. 그건 우리의 기본 정책이야."

"예, 조센징들을 꼼짝 못하게 다스리자면 그렇게 돼야 하겠지요. 헌데 그 많은 이주민들의 생활대책이 무엇인지…… 저는 그게 걱정이라서……."

하시모토는 '궁금'하다고 하지 않고 '걱정'이라고 했다. 남보다 먼저 정보를 알아내고 싶은 자신의 속셈을 감추기 위해서였다.

"자네 그게 궁금해서 날 찾아온 모양이지?"

하시모토는 그만 가슴이 뜨끔해졌다. 쓰지무라는 역시 산전수전 다 겪은 촉수 예민한 공무원이었다.

"아닙니다. 오늘 출항하는 날이라 배 떠나는 것 보고 찾아뵐라고 했었습니다. 헌데 마침 이주민들이 너무 많이 하선하는 것을 보고 걱정이 돼서 찾아뵌 김에 여쭤보는 겁니다."

"아, 오늘 또 출항하는 날인가?"

쓰지무라는 별 관심 없는 척 눈길을 천장으로 돌리며 대꾸했다.

"저어, 이거……."

하시모토는 양복 속주머니에서 봉투를 꺼내며 문 쪽을 빠르게 살폈다. 그리고 책상 옆에 달린 서랍 하나를 약간 빼내 봉투를 밀어넣었다. 그 동작은 민첩하게 이루어졌다.

"자아, 담배 피우게. 자네 신수는 항시 좋구만. 말은 계속 잘 달리나?"

쓰지무라는 아무 일도 없었다는 듯 하시모토에게 담뱃갑을 내밀었다.

"예, 이젠 길이 익숙해져 저는 가만히 앉아 있기만 하면 됩니다. 아까도 부두에서 여길 오는데 제놈이 다 알아서 부청 앞에서 멈추지 않겠습니까."

"어허허허…… 그놈 참 기특하군. 말은 역시 개에 못지않은 영물이라니까."

"예, 영물이고말고요."

하시모토는 쓰지무라를 따라 헛웃음을 쳤다. 그 웃음은 봉투를 건네고 받을 때마다 나누는 것이었다. 그들은 상호 고마움과 유대감과 신뢰감 같은 것을 그 웃음에 담아내고 있었다.

하시모토는 배가 뜰 때마다 부두에 나왔고, 그때마다 쓰지무라를 찾아보는 것을 잊지 않았다. 사업을 확장시켜 나가는 데는 쓰지무라는 총독보다 더 긴요하고 효과적인 실무자였다.

"자네 말이야, 아까 이주민에 대한 생활대책을 걱정했는데 말이야. 자네가 공무원으로 앉았다면 어떤 방법을 강구하겠나?"

쓰지무라는 하시모토에게 옆눈길을 보내며 넌지시 물었다.

"글쎄요, 저 같은 우생이 알 도리가 있습니까. 저는 애당초 공무원 자질이 없는 위인인걸요."

하시모토는 그저 못난 척 겸손한 척 해 보였다. 섣부르게 입을 놀렸다가는 잘난 척하는 것이 되어 상대방의 기분을 상하게 하기가 십상이었고, 그렇게 되면 귀띔해 주려고 했던 정보마저 놓쳐버릴 위험이 있었다.

"글쎄, 자넨 공무원보다 사업가가 더 어울리기는 하지." 쓰지무라는 담배를 꼬나문 채 고개를 주억거리면서, "내지인들을 그렇게 이주시키면서 총독부가 속수무책일 리가 없지. 대책을 세우긴 했는데 그게 얼마나 효과가 날지는 잘 모르겠군." 그는 무덤덤하게 말했다.

하시모토는 긴장하며 마른침을 삼켰다. 드디어 자신이 알고 싶어했던 정보가 나올 참이었던 것이다.

"자네 가까이 좀 오게."

하시모토는 잽싸게 쓰지무라 옆으로 다가앉았다.

쓰지무라는 귓속말을 하기 시작했다. 입을 꾹 다문 하시모토의 눈은 이상하게 빛나고 있었다. 쓰지무라의 속삭임은 한동안 계속되었다.

"이 사실이 발설돼서는 안 되네."

쓰지무라가 허리를 펴며 하시모토의 눈을 응시했다.

"천황폐하께 맹세합니다."

하시모토의 결연한 선언이었다.

"됐네. 난 회의에 들어가야 하네."

"예, 다시 또 뵙도록 하겠습니다."

하시모토는 부청을 나오면서 새로 떠오른 생각에 사로잡히기 시작했다. 쓰지무라가 귓속말로 속삭여준 그 대책이란 전혀 예상 밖의 조처였다. 아니, 그걸 땅을 늘리는 데 이용할 수 있지 않을까! 그가 퍼뜩 떠올린 생각이었다.

하시모토는 말의 발걸음에 따라 흔들리며 그 생각에 골똘히 빠져들고 있었다.

이주민들에게 우선적으로 토지를 대여해 준다……. 대여는 어디까지나 대여로 이주민들은 경작권을 갖게 되는 것이고…… 주인은 총독부나 동척 그대로지……. 그렇지만 대여료가 아주 싸겠지……. 이걸 어떻게 이용하는 방법이 없을까……. 그리고, 그리고 말이야, 대여가 일정 기간을 경과하면 소유권 이전이 이루어지는

게 아닐까……. 이것이 제일 중요한 문젠데…… 그렇게 되기만 한다면 일이 뜻대로 풀리는 건데…….

"훠어이, 훠어이, 내 땅이여, 내 땅!"

이런 외침과 함께 말이 히히힝 코를 불며 앞다리를 치켜올렸다. 깊은 생각에 빠져 있던 하시모토는 질겁을 해서 고삐를 잡고 늘어지며 굴러떨어지는 것을 가까스로 모면하고 있었다.

"아하하하……."

"으어허허허……."

"저, 저, 저, 저것!"

"히야, 공짜 구경났다!"

여기저기서 사람들이 웃어대고 일본말로 소리치고 있었다.

그때서야 하시모토는 그곳이 군산역 광장이라는 것을 알았다. 말은 습관대로 죽산면으로 돌아가는 길을 잡고 있었던 것이다.

"훠어이, 훠어이, 내 땅이여, 내 땅!"

한 남자가 말 앞으로 팔을 휘젓고 달려들며 또 외치고 있었다. 말이 또 요동치려고 했다. 고삐를 틀어쥔 하시모토는 말을 다독거리며 안심시켰다.

"어허허허…… 잘한다, 잘해!"

"좋아, 좋아, 멋진 싸카스다!"

또 사람들이 일본말로 소리치고 있었다.

하시모토는 일순간에 화가 치뻗어오르고 있었다. 미친 조선놈이 말에게 덤벼드는 바람에 자신은 사람들 많은 역 앞에서 완전히 구경거리가 되고 있었던 것이다.

"바까야로!"

하시모토는 욕을 내뱉으며 거지꼴인 미친 남자를 말채찍으로 내리쳤다. 미친 남자는 얼굴을 가리며 비척거렸다.

"칙쇼!"

하시모토는 이빨을 갈아붙이는 험악한 얼굴로 다시 채찍을 내리쳤다. 채찍은 또 미친 남자의 얼굴을 갈겨댔다. 미친 남자는 더 심하게 비틀거렸다.

하시모토는 기민하게 말을 몰아 이리저리 방향을 바꿔가며 채찍을 휘둘러대고 있었다. 삽시간에 구경꾼들이 동그라미를 그리며 그들을 에워쌌다. 미친 남자는 얼굴이 찢어지고 귀가 찢어져 피를 흘리면서도 도망을 가지 않고 한사코 덤벼드는 몸짓을 하고 있었다. 하시모토는 연상 욕을 내뱉어가며 채찍을 휘둘렀다. 미친 남자는 결국 땅바닥에 쓰러지고 말았다.

"미친놈의 새끼, 재수 없게 누구 앞에서 지랄발광이야!" 하시모토는 침을 내뱉고는, "다들 비켜!" 사람들에게 외치며 채찍으로 말 볼기짝을 쳤다.

말 앞쪽에 서 있던 사람들이 황급히 양쪽으로 갈라지며 길을 틔웠다.

"빌어먹을, 조선것들은 사내고 계집이고 왜 저렇게 미친것들이 많아."

하시모토는 말을 세게 몰기 시작하며 또 침을 내뱉었다.

하시모토는 그 미친 남자의 생각을 지워버리려고 했지만 마음대로 되지 않았다. 그가 미치게 된 사연이 자꾸 떠올랐다. 그 남자는 언제나 역 주변을 맴돌면서 똑같은 소리를 외치는 것으로 유명했다. 그래서 그 별명도 그가 외치는 소리인 '훠어이, 훠어이'로 역 주변의 일본사람들에게 통하고 있었다. 그 남자는 역 일대에 농토를 가졌던 농부라고 했다. 그런데 철도공사가 벌어지게 되고 역이 들어설 자리가 정해지면서 그 남자는 농토를 전부 수용당하고 말았다. 억울함을 참지 못한 그는 그때부터 약간씩 이상해지기 시작했었다는 것이다. 그러다가 역이 다 지어지고 그 주변에 일본사람들의 상점이며 집들이 들어서게 되면서 완전히 미친 것이라고 했다. 왜냐하면 철도가 놓이지 않거나 역이 들어앉지 않은 땅을 조금도 되돌려 받지 못하고 일본사람들이 다 차지해 집을 지어버렸던 것이다. 그 남자는 관청이고 어디고 쫓아다니며 자기 땅이라고 주장해 댔지만 아무 소용이 없었다. 그건 이미 법적으로 일본사람들의 땅으로 변해 있었던 것이다. 관청에서는 기차역 부지를 아예 몇 배 넓게 수용한 다음 공사를 끝내고 나서는 나머지 땅을 일본사람들에게 싼값으로 불하해 주는 특혜를 베풀었던 것이다.

그건 군산에서만 특별히 그런 것이 아니었다. 일본사람들의 이익을 도모하기 위해 어느 곳에서나 사용하는 똑같은 방법이었다. 그래서 역이나 관청 주변 같은 요지는 손쉽게 일본사람들의 차지가 될 수 있었다.

"흥, 별수 없지. 누가 나라를 뺏기랬나."

하시모토는 코웃음을 치며 말 볼기짝에 채찍질을 가했다.

그러나 마음 한구석은 께름칙했다. 그 미친놈의 별명인 '훠어이, 훠어이'가 무슨 찌꺼기처럼 남아 있었던 것이다. 그 훠어이 훠어이란 조센징들이 나락을 까먹으려고 논에 내려앉은 새들을 쫓으려고 외쳐대는 소리라고 했다. 그럼 그 미친놈이 팔을 휘저어대며 훠어이, 훠어이 외치는 것은 무슨 뜻인가. 그놈은 일본사람들을 참새로 취급하는 것이었다. 정신이 돈 미친놈이 그렇게 멀쩡할 수가 있는가! 그놈이 혹시 정신이 멀쩡하면서도 괜히 미친 척하는 것이 아닐까? 글쎄…… 미치지 않은 놈이 그렇게 오래 미친 척을 하며 살 수가 있는 것일까?

하시모토는 말을 향해 무작정 덤벼들던 그놈의 모습을 떠올렸다. 그런 무모한 행동은 정신이 성한 자로서는 할 수가 없는 짓이었다. 그는 눈길을 멀리 보내며 미친놈을 그만 잊어버리기로 했다. 미친 것이 분명한 바에야 그건 구경거리일 뿐이었지 장애물은 아니었던 것이다.

들녘 저편으로는 일본집이 네댓 채 장난감처럼 작게 보였다. 그 친근한 생김을 보는 순간 하시모토는 문득 향수를 느꼈다. 들녘 군데군데에 일본집들이 자리잡게 되면서 불현듯 향수를 느낄 뿐만 아니라 어떤 때는 일본이 아닌가 하는 착각이 들기도 했다. 그리고 그 집들은 묘한 마력을 발휘하는 것이었다. 우리가 이 땅을 틀림없이 차지했구나 하는 확신을 느끼게 했다. 그건 군산 같은 도회지에 밀집되어 있는 여러 가지 일본식 건물들에서 그렇게 진하게 느낄 수 없었던 또다른 감정이었다. 그런 감정을 되새겨보면 이토 각하의 200만 이주정책의 발상은 그야말로 선견지명이 아닐 수 없었다. 200만을 이주시켜 조선땅 방방곡곡에서 살게 해야만 그것이 뿌리가 되고 울타리가 되어 조선땅은 영원히 일본것이 될 거였다.

하시모토는 넓고 넓은 들녘 여기저기에서 적으면 서너 채, 많으면 예닐곱 채씩 모여 새로운 일본인 부락을 형성해 가고 있는 일본집들을 보며 가슴 뿌듯함을 느끼고 있었다. 그 일본인 부락들은 조선마을들과 일정한 거리를 유지하고 있는 데다 집 모양도 달라서 금방 구별할 수 있었다. 일본농가들은 반듯반듯하고 날렵하고 산뜻한 데 비해 조선농가들은 둥그스름하고 둔하고 우중충해 보였던 것이다. 하시모토는 집 하나만 보더라도 일본이 조선을 지배하는 것은 너무 당연한 것이라고 생각했다.

늦더위가 가시고, 숨 잦아질듯 쥐어짜듯 울어대던 매미소리도 사라졌다. 해맑게 푸르러지기 시작한 하늘가로 새하얀 구름덩이들이 뭉클뭉클 피어올랐다. 하얀 천이 스치기만 해도 금방 초록물이 들 것처럼 짙푸르던 들녘에도 어딘가 노르스름한 기가 실바람 스치듯 내비치고 있었다.

가을걷이도 머지않았는데 이 동네 저 동네에서는 소동이 벌어지고 있었다. 일본사람들의 집을 짓는 일 때문이었다. 외리에서도 두세 사람이 눈에 불을 달고 이리 뛰고 저리 뛰고 야단법석이었다.

"저놈덜이 기연시 우리 밭에다가 말뚝얼 박아부렀소. 이 일얼 어째야 좋겄소."

한기팔은 주먹으로 마룻장을 내리쳤다.

"저런 죽일 놈덜이……."

남상명은 푹 한숨을 내쉬었다.

"이대로 당허고만 있어야 되겄소?"

이빨을 뿌드득 가는 한기팔의 목소리는 안타깝기 그지없었다.

"참말로, 저것얼 어째야 쓸랑고……."

남상명의 목소리는 더 힘이 없어졌다. 한기팔이가 자신을 찾아온 뜻을 잘 알고 있었다. 박병진이 감옥에 갇힌 다음부터 나잇값을 해내느라고 사랑방에 모여앉을 때면 좌장 노릇을 한 탓으로 한기팔은 제 밭에 왜놈들이 집 짓는 것을 막아달라는 것이었다.

한기팔의 애가 얼마나 타는지는 말할 것도 없었다. 그러나 남상명은 집을 못 짓게 할 방도를 찾을 수가 없었다. 말로 해서 들을 사람들이 아니었고, 그렇다고 땅을 빼앗긴 사람들이 그전처럼 모두 들고일어나 막을 수도 없었다.

만약 그렇게 나서게 되면 결말은 보나마나 뻔한 것이었다. 총을 들이댄 순사들에게 끌려가 또 죽도록 매타작이나 당하게 될 뿐이었다.

"그놈덜이 집얼 지어불면 그 땅언 영영 못 찾게 되야분단 말이오."

한기팔의 절박한 말은 그대로 뜨거운 핏덩이였다.

"참말로, 미치고 환장헐 일이 따로 없네. 이리 등신맨치로 당허고만 살아야 허니……."

남상명은 다 같이 들고일어나자고 할 수도 없고, 그냥 참으라고 할 수도 없어서 또 알맹이 없는 소리만 중얼거릴 수밖에 없었다. 그저 한기팔이가 이러지도 저러지도 못할 난감한 형편을 알아주기만 바랄 뿐이었다.

"한샌, 여그 기셨구만요. 나럴 찾으로 왔드람서요?"

사립 쪽에서 들리는 소리에 남상명은 얼른 고개를 돌렸다. 박건식이가 들어서고 있었다. 남상명은 실한 짐꾼을 얻은 기분으로 박건식이가 반가웠다.

"이, 자네 어디 갔었등가?"

한기팔이는 반색을 하고 들었다.

"땅이나 파묵고 사는 놈이 가면 어디럴 갔겄소. 소작질해 묵는 논에 나갔제."

박건식의 대꾸에는 심통이 차 있었다. 농토를 빼앗기고 도로 자기네 논을 소작지기 하고 있는 분한 감정이 그 말 속에는 퍼렇게 살아 있었다.

"여그 걸치소."

남상명이 자리를 권했다.

"어이 보소, 자네 우리 밭에다가 집 질라고 왜놈덜이 말뚝 박고 지랄발광 시작헌 것 안가, 모른가?"

한기팔의 목소리는 뜨거웠다.

"나가 봉사가 아닌게라."

박건식의 심드렁한 대꾸였다.

"이, 자네야 야물딱진께 누가 안 갤차줘도 다 알고 있구만. 근디 말이시, 그 일얼 어찌야 쓰겄능가?"

"야아? 어쩌기넌 머럴 어째라?"

박건식은 한기팔을 멀뚱하게 바라보았다.

"이사람아, 왜놈덜이 집얼 지어불먼 그 땅언 영영 못 찾게 될 것 아니냔 말이여. 근디도 당허고만 있어야 되겄어?"

한기팔은 목소리가 높아지며 자기의 가슴을 주먹으로 퍽 쳤다.

"아이고메, 간떨어지겄소. 나가 한샌 말얼 못 알아묵는 것이 아니오. 왜놈덜이 즈그덜 맘대로 땅얼 뺏고, 즈그덜 맘대로 집도 짓고 허는 것인디 어떤 장사가 나서서 그 일얼 막겄소."

박건식의 말은 조금도 주저함이 없었다. 남상명은 역시 젊은 사람이라 다르다고 생각하고 있었다. 그러나 자신이 해야 될 말을 시원하게 하는 것이었지만 한기팔을 너무 서운하게 할까 봐 마음이 불안하기도 했다.

"아니, 자네 시방 불난 디 부채질허잔 것이여 머시여!"

한기팔이 핏대를 세우며 버럭 소리를 질렀다.

"그 무신 섭헌 소리다요. 땅 뺏긴 사람덜 모두가 당장이라도 나서서 집 못 짓게 헐 수도 있소. 근디, 그러면 판이 어찌 되겄소. 주재소서 순사놈덜이 총 꼬나잡고 득달겉이 나와서 다 잡어갈 것 아니겄소. 잽혀 들어가먼 어찌 되겄소. 보나마나 또 반 죽게 매타작덜 당허고, 한샌언 우리 아부지맨치로 감옥에 갇힐란지도 몰른단 말이오."

“허, 말이야 청산유수로 뻰드르르허시. 다덜 즈그덜 논밭 성헝게로 손끝 맺고 앉어 귀경이나 허잔 심뽐시로 겉보기로만 날 위허는 칙허덜 말란 말이여. 다 그리덜 겁나고 무서우먼 나 혼자서도 얼매든지 왜놈덜 몰아낼 수 있응게 걱정 말드라고.”

얼굴이 벌겋게 들뜬 한기팔은 자리를 박차고 일어났다.

“어이 한 서방, 그 무신 앞짜른 생각이여. 일로 앉어보소.”

남상명이 다급하게 일어나 맨발로 토방을 밟으며 한기팔을 붙들었다.

“다 소양없소, 넘넘잉게!”

한기팔이 남상명의 팔을 내쳤다. 그 바람에 남상명은 곧 넘어질 듯 비틀거렸다. 한기팔은 열기 묻어나는 숨을 씩씩거리며 사립을 벗어났다.

“차암, 우리만 땅얼 찾은 것도 아닌디…….”

남상명이 한숨을 쉬며 주저앉았다.

“냅두씨요, 화 다 토해내게.”

박건식이 혀를 차며 쌈지를 꺼냈다.

“저 사람 저러다가 참말로 무신 일 저질르는 것 아닐랑가?”

“아니구만이라. 술 한잔 걸치고 자고 나먼 화도 까라지고, 앞뒤럴 잼서 참자고 맘묵게 될 것이구만요.”

“근디 말이시, 저리 집얼 지어분 전답언 한 서방 말대로 찾기가 에로와지는 것 아닐랑가? 집덜얼 헐어낼 수도 없는 일이고 말이시.”

“그렇기도 허겄제라. 헌디, 집 안 진 논밭도 언제 찾아질란지 몰르는 일 아닌게라?"

"그려, 그도 그렇제. 칼자리야 왜놈덜이 틀어쥐고 있는 판이니." 남상명은 곰방대를 물며 한숨을 푹 쉬고는, "그나저나 오뉴월 갈치 창새기에 쉬포리덜 몰리디끼 왜놈덜이 어찌 저리 몰아닥치는지 몰르겄네. 자네 혹여 무신 소문 못 들었능가?" 그는 박건식을 넌지시 건너다보았다. 아버지를 면회하려고 전주 걸음을 자주 하면서 행여 무슨 소식을 못 들었는가 해서였다.

"글씨요, 왜놈덜이 조선사람덜언 죽어도 안 믿응게 즈그 백성덜얼 불러딜여다가 조선사람덜얼 꼼지락달싹 못허게 맨들라고 그런다는 소문도 있고, 조선이 일본보담 꿉꿉허덜 않고 살기 존께 그리 실어날른다는 말도 있고, 머 그렇구만이라."

박건식도 무언가 속시원하게 아는 것이 없어서 전주를 오가며 귀동냥한 것들을 그저 옮겨놓았다.

"그려, 그렇기도 헐 것이여. 근디 말이시, 그 많은 사람덜이 멀 해묵고 살게 헐라는지 모르겄당게로."

"그것이야 뻔허제라. 면사무소고 주재소 근방에다 집얼 짓덜 않고 들판 여그저그다 집얼 지어대는 것얼 보면 왜놈농사꾼덜이 농사 지묵고 살라는 것 아니겄능가요."

"그야 그런디…… 그 많은 사람덜이 농사질 농토넌 어디서 나고?"

"아이고 참, 아재도 답답허시요 이. 왜놈농장덜이 그간에 몰아잡은 농토가 얼매나 많은디 그러요. 그 농장덜서 조선작인덜얼 왜놈덜로 사정없이 갈아치우덜 안혔소. 농장마동 작인덜얼 다 왜놈으로 바꿔치기헐라먼 왜놈농사꾼덜이 지끔보담 몇 배가 더 건너와야 헐 것인디요."

"판이 그리될라능가? 그나저나 조선사람덜만 죽사리치게 생기덜 안했다고."

"어쩔 것이오. 다 나라 뺏긴 죄제."

두 사람은 함께 한숨을 쉬었다.

밤이 이슥하게 깊어 있었다. 어둠 속에서는 개 짖는 소리도 들리지 않았다. 가을을 부르는 풀벌레소리만 스산하고 슬픈 가락으로 가늘게 울리고 있었다. 지게를 진 사람이 어둠을 아랑곳하지 않고 무거운 걸음을 옮겨놓고 있었다. 지게에서는 무엇인가가 묵직하게 꿀렁거리는 소리가 울리고 있었다. 그 소리와 장단을 맞추듯 지게 진 사람의 된 숨소리가 어둠 속에 흩어지고 있었다.

지게 진 사람의 숨소리가 더 거칠어졌다. 약간 비탈진 길을 오르고 있었다. 지게 위에서 꿀렁거리는 소리도 좀더 커지는 것 같았다. 비탈을 다 오른 그 사람은 지게를 받쳤다. 그리고 긴 숨을 내뿜었다. 휴우 하고 터져나오는 소리는 마치도 휘파람소리처럼 정적 깊은 어둠 속을 울리고 있었다.

그 사람은 끙끙 힘을 써가며 지게에서 짐을 내렸다. 그리고 무엇인가를 쏟아내기 시작했다. 아주 고약한 냄새가 금방 어둠 속에 퍼졌다. 어둠 속에 진동하고 있는 냄새는 오줌과 뒤섞여 썩을 대로 썩은 똥냄새였다. 그 사람은 똥장군을 끌고 다니며 똥을 쏟아내고 있었다.

아침밥을 먹은 농부들이 들로 일을 나가고 있을 즈음이었다. 이장을 앞세운 순사 두 사람이 고샅길을 바삐 걸어가고 있었다. 고샅에서 놀고 있던 아이들은 총을 든 순사들을 보는 순간 하나같이 얼굴이 딱 굳어지고 질리며 놀이를 멈추었다. 그리고 아이들은 잘 훈련이 된 것처럼 순식간에 양쪽 담으로 바짝 붙어서며 고샅을 넓게 틔웠다. 어떤 아이는 아예 담 쪽으로 돌아서 얼굴을 묻었고, 또 어떤 아이는 비실비실 옆걸음질을 치고 있었고, 나머지 아이들은 어깨를 움츠린 채 고개를 떨구고 있었다.

아이들은 벌써 오래전부터 일본순사들이 호랑이보다 더 무섭다는 것을 잘 알고 있었다. 호랑이는 할머니 이야기 속에서만 사람을 잡아먹을 뿐이었지만 순사들은 바로 눈앞에서 아무나 죽이고 두들겨패고 잡아가고 했던 것이다.

그때 이미 울며 떼쓰는 아이들의 울음을 그치게 하는 말이 바뀌어 있었다. 그전에는 '호랭이 온다, 호랭이!'였는데 언제부터인가 '순사 온다, 순사! 순사가 니 잡으로 온다'로 바뀌었던 것이다. 어디서나 말이 그렇게 바뀐 것은 그만큼 효력이 컸기 때문이었다.

이장과 순사들이 멀어져 가자 아이들의 겁 실렸던 눈들은 금방 의문과 호기심을 담아냈다. 아이들은 눈을 반짝거리며 서로서로를 쳐다보았다. 아이들은 소리 없이 눈짓말들을 빠르게 주고받으며 곧 마음이 하나가 되었다. 그들은 발뒤꿈치를 들고 살금살금 순사들의 뒤를 따르기 시작했다.

이장과 순사들은 어느 집으로 거침없이 들어갔다. 마당에서 모이를 쪼고 있던 닭들이 놀라 꼬꼬댁거리며 저희들 둥지 쪽으로 도망치고 있었다.

"한기팔이 나와, 한기팔이!"

이장이 목청을 돋우었다.

"한기팔이? 누굴 찾으신디요?"

부엌에서 나온 여자가 머릿수건을 벗어 손을 닦으며 어리둥절해 했다.

"아니, 서방 이름도 몰르요? 한기팔이가 서방이제 누구넌 누구요."

이장이 경멸하는 투로 쏴질렀다.

"이, 그렇구만이라. 하도 부르고 사는 이름이 아니라 논게……."

여자는 멋쩍은 듯 쑥스러운 듯 어물거리며 힐끔힐끔 순사들을 살폈다. 그 눈에는 두려움과 불안이 차 있었다.

"어쨌그나 한기팔이 어딨소."

"무슨 일인디라?"

"어허, 딴소리 말고 어디 있는지나 얼렁 대란 말이오!"

이장이 소리를 버럭 질렀다.

"노, 논에 일 나갔지라……."

여자가 수건끝을 입에 물며 울상이 되었다. 수건의 다른 끝을 비비틀고 있는 손이 떨리고 있었다.

"갑시다, 앞장스시오!"

이장이 턱짓을 했다.

"우리 아덜 아베가 무신 잘못얼 했다고 그런다요?"

여자의 목소리가 눈물에 젖어 있었다.

"어허, 말 그만 씹히고 얼렁 앞장이나 스란 말이오. 순사덜 화나기 전에."

이장이 눈을 부릅뜨자 여자는 입술을 속으로 맞물며 걸음을 떼어놓았다. 울음을 참느라고 입술 언저리며 볼이 씰룩씰룩 떨리고 있었다.

한기팔은 논두렁에서 꼴을 베다가 붙들렸다. 그는 총을 겨눈 순사들을 멀뚱히 바라보며 낫을 떨어뜨렸다.

"봇씨요, 무신 일이다요?"

쇠고랑으로 뒷결박이 되는 그를 아내가 붙들었다.

"아무 일도 아니여. 아그덜이나 잘 챙겨."

한기팔은 아내를 바라보며 억지웃음을 지어 보였다.

"수고했소. 이젠 돌아가서 쉬시오."

순사 하나가 이장에게 말했다. 다른 순사는 한기팔의 어깻죽지를 쳤다.

"병구 아부지……."

한기팔의 아내는 기어이 울음을 터뜨리며 논두렁에 주저앉았다.

"사람이 미련허기가 곰 찜쪄묵겄어. 밭 찾지도 못허고 저리 잽혀갈람서 멋났다고 똥언 퍼다 붓고 그려. 오기로 일본사람덜 이겨지간디. 시상살이럴 제때제때 눈치코치 봐감서 히야제."

이장이 중얼거리며 돌아섰다.

"네놈이 집터에다 똥 퍼다 부었지!"

"아, 아닌디요. 무신 소리다요?"

취조는 이것으로 끝났다.

한기팔은 곧 다른 방으로 끌려가 아랫도리가 벗겨져 열 십자 형틀에 묶였다. 한기팔은 어젯밤 마누라도 모르게 똥을 퍼다 부은 것을 후회하지 않았다. 빼앗긴 밭을 되찾으려고 똥을 퍼다 부은 것이 아니었다. 그 땅에 집을 짓고 살 왜놈들을 망하게 하려고 한 일이었다. 옛날부터 묏자리나 집터는 으레 명당에 잡는 것이었다. 명당에 서린 길운은 그 집안을 복되고 흥하게 한다고 했다. 그런데 그 명당을 남에게 빼앗겨버리면 길운도 그쪽으로 넘어가 이쪽에 액운이 끼치고 망한다는 것이었다. 명당의 기를 꺾고 길운이 돌아가는 것을 막는 데는 똥을 퍼다 붓도록 되어 있었다. 그런데도 그 자리에다 묘를 쓰거나 집을 짓게 되면 그 집안은 틀림없이 망조가 든다고 했다. 옛날부터 잦은 묏자리 시비가 일어날 때마다 똥통이며 똥장군이 동원되었던 것은 다 그 까닭이었다.

"이새끼, 똥을 퍼다 부었지!"

이런 외침과 함께 순사는 긴 채찍을 휘둘렀다.

"아야야야……."

엉덩이가 들썩 솟기며 한기팔은 비명을 질러댔다. 어찌나 아픈지 눈에서 불꽃이 일고 살이 찢어지는 것 같았다.

"이새끼, 어서 불어!"

또 채찍이 예리한 소리로 허공을 가르며 맨살인 엉덩이를 후려쳤다.

"아우쿠쿠쿠……."

한기팔은 몸을 비비틀며 아까보다 더 크게 비명을 토해냈다.

그의 비명이 엄살이 아니라는 것을 입증이라도 하듯이 엉덩이 두 군데에서는 새빨간 피가 흘러내리고 있었다. 어찌 된 것인지 채찍을 내려칠 때마다 생살이 찢어진 것이었다.

"이새끼, 똥 퍼다 부었지!"

채찍이 또 볼기짝을 물어뜯었다.

"아이고메, 엄니이!"

한기팔의 절박한 외침이었다.

"이새끼, 어서 불라니까!"

채찍이 네 번째로 볼기짝을 휘감았다.

"나가 그랬소, 똥 퍼다 부섰소."

한기팔은 더 견디지 못하고 실토하고 말았다. 그 아픔이 어찌나 지독한지 그전에 몽둥이질을 당할 때와는 댈 것이 아니었다. 채찍질을 당할 때마다 눈에서 불꽃이 튀며 정신이 아찔아찔해지도록 고통이 극심했던 것이다.

한기팔은 형틀에서 풀려나서야 엉덩이가 피범벅인 것을 알았다. 네 군데나 생살이 찢어져 피가 흘러내리고 있었다. 한기팔은 그때서야 자신이 말로만 들었던 쇠좆매를 맞았다는 것을 알았다. 쇠좆매 30대면 볼기짝이 다 찢어지고 갈라져 피걸레가 되고, 50대면 살이 파헤쳐지고 살점이 떨어져 나가 속뼈가 드러난다고 했다. 옛날

곤장 열 대와 쇠좆매 한 대가 맞먹는다고도 했다. 그리고 쇠좆매를 심하게 맞고 나면 찢어진 속살에 납독이 올라 살이 썩어들어 죽게 된다는 말도 있었다.

쇠좆매는 말 그대로 소 자지로 만든 채찍이었다. 소를 잡을 때 소 자지의 굵고 긴 뿌리까지 고스란히 뽑아내 그늘에서 바싹 말렸다. 통풍이 잘되는 그늘에서 말려진 소 자지는 길이가 길 뿐만 아니라 보들거리고 야들야들하면서 질기기가 그대로 채찍이었다. 그것으로 사람을 치면 가죽채찍의 아픔은 댈 것이 아니었다. 가죽채찍은 빳빳하고 가벼워서 살을 치고 튕기는데 소 자지는 보들거리면서 묵직해서 살을 착착 감고 들었던 것이다. 그런데 쇠좆매는 그 끝에다 삼각지게 깎은 납덩이까지 매달았다. 그 납덩이는 쇠좆채찍을 후려칠 때마다 생살을 찢고 뜯었다. 그리고 매질이 심해질수록 속살을 파헤치고, 살점이 떨어져 나가게 되었다. 그러니까 매를 맞는 사람은 쇠좆으로 맞는 것과 동시에 생살까지 찢겨지는 고통을 이중으로 당하게 되었다.

"건방진 자식, 감히 어디다 똥을 퍼다 부어. 당장 총살을 시켜버려야 마땅하나 자애로우신 천황폐하의 은전을 베풀어 태형 30대로 감한다!"

주재소장은 자못 엄숙하게 말했다.

한기팔은 통변을 통해 그 말을 알아들었다.

"태형 30대면 멀로 때린다요?"

"머넌 머시여. 쇠좆매제."

통변이 매정하게 쏘아질렀다.

"아이고메, 사람 살래줏씨요. 잘못했응게 나 잠 살래줏씨요. 다시 넌 안 그럴 것잉게 말 잠 해주시게라우."

한기팔은 통변을 붙들고 늘어졌다.

"나가 말헌다고 무신 소양 있간디. 고런 미련헌 짓 허덜 말아야제."

통변이 팔을 뿌리치고 돌아섰다.

한기팔은 끌려가지 않으려고 발버둥을 쳤다. 그러나 다시 끌려가 형틀에 묶이게 되었다.

기합소리를 대신하는 일본 욕지거리와 함께 한기팔은 새로운 비명을 질러대기 시작했다. 그런데 그 비명은 열 번을 넘기지 못하고 점점 가늘어지고 있었다.

한기팔의 아내는 점심나절이 되어 남편을 데려가라는 연락을 받았다. 주재소로 부랴부랴 달려간 그 여자는 얼굴이 눈물범벅이 되어 혼자 되돌아왔다. 혼자 힘으로는 남편을 데려올 수가 없었던 것이다. 정신이 나간 것 같은 남편은 걷기는커녕 엎어져서 꼼짝도 하지 못했다. 들것에 싣지 않고는 옮길 도리가 없었다.

남상명과 박건식은 어쩔 수 없이 들것을 만들어가지고 주재소로 갔다. 한기팔을 들것에 그대로 엎었다. 피투성이가 된 양쪽 볼기짝이 어찌나 많이 찢어지고 헐었는지 바로 누일 수가 없었던 것이다.

"징허고 독헌 놈덜……."

박건식이 어금니를 맞물었다.

"참말로, 쇠좆매가 무섭기넌 무섭네."

남상명이 고개를 내둘렀다.

“얼렁 뜹시다, 드런 놈에 시상.”

박건식이 주재소 쪽에다 침을 내뱉었다.

동네로 가는 동안 한기팔은 끊임없이 신음소리를 냈고, 그의 아내는 연신 훌쩍거렸다.

들녘에서는 가을걷이가 한창 이루어지고 있었다. 드높은 하늘, 선들거리는 바람, 논두렁 따라 하늘거리는 구절초 꽃무리, 황금빛 질펀한 들에서 일손이 바쁜 농부들. 멀리서 바라보자면 그런 것들은 조화롭게 하나로 어우러져 그지없이 아름답고 풍성한 농촌의 가을풍경을 자아내고 있었다.

그러나 정작 일손을 바삐 놀리고 있는 대부분의 농부들 마음에는 시름이 가득 실려 있었다. 역토나 둔토였던 논밭을 국유지로 빼앗겨버린 사람들은 여전히 소작인 신세로 감시받는 타작을 하고 있었던 것이다. 그리고 토지조사사업으로 농토를 잃은 사람들이 또 소작인 아닌 소작인으로 불어나 있었다.

그들은 그래도 일손의 힘겨움을 덜어보자고 오랜 세월에 걸쳐 불러왔던 육자배기 노랫가락을 뽑기도 했다. 그러나 노랫가락에는 그전 같은 신명이 넌출대지 않고 어딘가 서글픈 기운이 서려 있었고, 추임새를 넣는 소리들도 어기차게 힘이 뻗치지 못하고 탄식이 스며들고 있었다.

조선농부들이 겉배만 부르고 속배는 고픈 추수를 하고 있는 가운데 바다를 건너온 일본이주민들은 들녘 여기저기에 새로 지은 집들로 이사를 들어가고 있었다. 그 집들은 총독부가 아주 싼값으로 지어주고, 두고두고 갚아나가게 하는 특혜가 베풀어져 있었다.

그런데 들녘에 이상한 소문이 퍼져나가고 있었다. 그 소문은 바로 농부들의 땅에 직결된 것이라서 그 어떤 소문보다 빠르게 퍼지고 있었다.

"머시여? 역토고 둔토럴 즈그덜 이주민덜헌티 노놔주는 법얼 맨글었다고?"

"그렇트란 말이시."

"아니, 아니, 고것이 무신 소리여? 우리가 시방 서류럴 다 내놓고 따지고 있는 판인디 누구 맘대로 넘 땅얼 노놔주고 말고 혀."

"이사람아, 태평치고 서류타령허덜 말어. 총독부가 맘대로 헌다는디 누가 머시라고 헐 것이여."

"워메, 총독부놈덜 사람 잡네."

"그리되면 땅언 영영 찾을 가망이 없어져분 것 아니라고?"

"그려, 죽은 자석 된 심이제."

"맞어, 인자 봉게 속으로 고런 일 꾸며감서 즈그 농꾼덜얼 그리도 많이 끌어딜인 것이로구마."

"그렇구마, 집덜얼 논이고 밭이고 안 개리고 지어댄 것도 다 그런 야로가 있었든 것이랑게로."

"근디, 우리가 이리 당허고만 있어서야 쓰겄어!"

"안 그러면 어쩔 것이여. 총 이기는 장사가 어디 있둥가?"

농부들의 이야기는 대개 이런 식으로 끝나고는 했다.

그런데 얼마 지나지 않아 소문이 사실로 드러났다. 총독부에서는 '역둔토 특별처분령'이라는 것을 공포했던 것이다.

그것은 총독부가 무력을 앞세워 빼앗아 국유지로 편입시켜 버린 조선사람들의 역토나 둔토를 일본이주민들에게 대여의 우선권을 부여해 주는 특혜법령이었다. 그건 이민정책을 활성화시켜 이민을 많이 오게 하는 조건 마련인 동시에 조선사람들의 생계를 위협해 목숨을 부지하기 위해서는 소작이나마 얻으려고 굴복하지 않을 수 없게 만드는 지배술책이었다.

땅을 빼앗긴 외리 사람들은 약속이라도 한 것처럼 남상명의 집으로 모여들었다. 그들은 다 맥빠지고 침통한 얼굴들이었다. 마음이 답답하여 모여앉기는 했지만 아무도 말을 꺼내는 사람이 없었다. 침침한 등잔불가에 둘러앉아 애꿎은 담배들만 빽빽 빨아댔다.

"니기미 씨부랄 눔에 것, 이리 당허기만 험서 더는 못살겄는디 무신 수럴 내야 허는 것 아니겄어."

누군가가 불쑥 말했다.

"실답잖은 소리 허덜 말어. 니나 나나 의병 일어날 적에 뒷전 친 쫌팽이덜인디 인자 와서 무신 수럴 내겄다는 것이여. 초장에 못 몰아낸 도적놈덜인디."

누군가가 사정없이 대질러버렸다.

"그려, 죽으나 사나 초장에 전부가 나섰어야 헐 일인디. 그적에 실실 눈치만 본 우리덜이야 입이 열이라도 헐 말이 없고, 이리 당해서 싼지도 몰르제."

다른 사람이 한숨을 푹 쉬었다.

"글안해도 심 파허는 판에 그런 낯뜨건 소리덜언 허덜 말드라고. 서로 못헐 일 아니라고."

"그려, 우리가 못난 것얼 알면 된게 서로 가심에 못질허지넌 말세."

남상명이 사람들을 둘러보았다.

"근디, 우리넌 인자 어째야 허는 것이여? 땅 찾기럴 작파혀?"

"작파허고 말고가 어딨어. 왜놈덜이 안 주겠다고 딱 작정해 부렀는디."

"어허 참, 일이 이리되고 보니 저 사람 어러신만 헛고상이시네 그려."

그 말에 사람들의 눈길이 박건식에게로 쏠렸다. 박건식은 입을 꾹 다물며 눈길을 떨구었다.

"병진이 아재가 이 일얼 알면 참 기가 맥힐 것인디……."

남상명이 쓴 입맛을 다셨다.

"근디 말이여, 왜놈농꾼덜이 각단지게 땅을 차지해 불면 우리넌 인자 소작도 못 부치게 되는 것 아니겠어?"

"그리되는 것이야 두말허면 잔소리제."

"글먼 어찌 살으라고?"

"아이고, 답답허기넌. 총독부에 핑 가서 어찌 살라고 그러냐고 물어보소."

"이사람아, 이 호시절에 어찌 살란지 걱정일랑 말소. 땅만 파묵는 것이 어디 살길이라등가. 군산이다 목포다 부두에 나가면 등짐

져서 묵고살고, 강원도다 함경도다 산골로 들어가면 광산판에서 돈벌이허고, 톱질에 도끼질이 능험사 산판얼 찾아가서 한몫 잡고, 이도 저도 다 싫고 땅만 파묵고 살겄다면 만주로 봇짐 싸고, 이래도 한평상 저래도 한평상인디 아조 신간 편케 살아불라면 마누래 팔아묵고 딸래미 팔아묵어도 되는 요리 존 시상인디 무신 걱정이여, 걱정이."

어떤 사람이 판소리 사설 엮듯 가락을 맞추어가며 비아냥거렸다. 그 말은 그가 지어낸 것이 아니고 언제부터인지 모르게 떠돌아다니고 있는 말이기도 했다.

"옳여, 참 빌어묵게도 살기 존 시상이 되았구마. 하면, 살기 존 시상이제."

어떤 사람이 헛웃음을 쳤다.

"참말로, 우리 신세도 인자 쪽박 신세가 다 되야부렀구만. 왜놈 시상이 된다고 이리 드런 꼴이 될지넌 몰랐는디."

누군가가 짙은 한숨을 내쉬었다.

"나라 없는 백성이고, 부모 없는 새끼덜이고 다 끝장나 불었제 별수 있간디요. 나넌 그만 가볼라요."

박건식이가 자리를 차고 일어났다.

"쟈가 글줄 읽은 티내네."

"자네, 아부지헌티넌 언제 가볼 챔이여?"

남상명이 올려다보았다.

"한 사날 있다가 갈랑마요."

"그려, 나가 낼이라도 자네 집으로 감세."

남상명이 눈짓말을 보냈고, 박건식은 방문을 밀쳤다.

"우리도 인자 일어나제. 이리 뫼앉었다고 무신 일이 풀릴 것도 아니고 술추렴헐 맘덜도 못 되는디."

누군가의 말에 사람들이 서로 눈치를 보며 일어날 기미를 보였다.

남상명은 박건식을 따라 그의 아버지 면회길에 나섰다. 사정이 못쓰게 변했는데 그 소식을 아들이 전하게 하는 것이 마음에 걸렸던 것이다. 그리고 박병진을 만나 앞으로 어떻게 해야 될 것인지도 듣고 싶었다.

남상명에게 이야기를 다 듣고 난 박병진은 눈을 내리감은 채 한동안 말이 없었다. 감옥살이로 수척해진 얼굴에 괴로움이 서리고 있었다.

"여러 말 헐 것 없네. 다덜 맘 강단지게 묵으라고 혀. 사정이 어찌 되든 우리 땅언 우리 땅잉게 끝꺼정 찾어야 헝게로."

박병진의 차갑고 매서운 눈빛이 남상명과 아들의 눈을 쏘고 있었다. 그 눈빛만큼 그의 낮은 목소리는 질기고 완강했다.

"우리만 살고 끝내는 목심이 아니여. 그 땅언 새끼덜 것잉게 찔기게 물고늘어져야 혀, 찔기게."

더 낮아진 박병진의 목소리에는 끈끈한 힘이 묻어나고 있었다.

"야아, 명념허겄구만이라우."

남상명은 가슴이 저릿거리는 것을 느끼며 고개를 수그렸다. 새 힘이 솟기는 반면에 그동안 상심하기만 했던 것이 부끄러웠던 것이다.

"아부님이 허시고 잡은 말씀얼 다 못허신 것이겄제?"

남상명이 형무소를 나서며 물었다.

"그렇제라. 속으로넌 왜놈덜이 천년만년 가는 것이 아닝게 찔기게 참음서 기연시 땅얼 찾으라고 허고 잡았겄제라."

"자네가 어찌 안가?"

"그전보톰 그리 말씸허셨응게라."

"그려, 그려, 그 말씸이 맞네. 근디, 곧 삼동이 닥치면 고상이 크실 것인디……."

"……."

서늘한 바람 속에 10월이 저물고 있었다. 1913년도 황혼이 지고 있었다.

7

양반의 자제들

강경을 출발한 기차는 들판을 거침없이 달리고 있었다. 정도규는 창밖을 하염없이 바라보고 있었다. 들녘은 어느새 썰렁하게 비어 있어서 더 넓고 황량하게 보였다. 여기저기 물길을 따라 무성하게 자라난 갈대숲만 남아 있었다. 하얗게 피어난 갈대꽃들이 소슬한 바람결에 흐느끼듯 쓸리고 몸부림하듯 나부끼고 있었다. 벼들이 베어져 나가 더 키가 껑충해 보이는 갈대들은 들녘을 한층 더 적막하고 쓸쓸하게 만들고 있었다.

정도규는 바람에 쓸리고 나부끼는 무수한 갈대꽃들이 지향 없는 서러움과 한숨으로 가슴에 밀려드는 것을 느끼고 있었다. 그리고 감당할 수 없는 허망함과 무상감이 사무쳐왔다. 하얀 갈대꽃들의 흔들림 위로 어머니의 모습이 실려가고 있었다.

어머니가 오래 앓기는 했지만 이렇게 허망하게 돌아가실 줄은 몰랐다. 가슴이 텅 비도록 상실감이 컸다. 아버지가 돌아가셨을 때와는 너무나 달랐다. 어머니의 임종을 지키지 못해서가 아닌 것 같았다. 어머니……, 어머니인 까닭이었다. 어머니……, 그 앞에서는 언제나 마음이 어려지듯이 어머니는 언제까지나 살아 계실 줄 알았었다. 그 막연한 기대, 막연한 믿음이 한꺼번에 무너져버린 자리에 주체할 수 없는 허망한 상실감만이 회오리치고 있었다. 어머니는 가까이 있으면 따스하고 아늑하면서 멀리 있으면 그리움이고 목메임이었다. 그러나 이제 그 어디에도 없는 어머니는 사무치는 통곡일 뿐이었다.

정도규는 복받치는 울음을 삼키며 두 형을 생각했다. 어머니가 정말 그렇게 갑자기 돌아가신 것일까 하는 의문에 뒤따라 두 형이 떠오르는 것이었다. 어쩌면 큰형은 일부러 자신에게 연락을 하지 않았는지도 모른다는 의혹을 떼칠 수가 없었다. 만약 자신에게 고의적으로 연락을 하지 않았다면 큰형은 작은형에게도 어머니의 임종을 지키지 못하게 방해했을지도 몰랐다.

큰형은 자기 욕심을 채우기 위해서는 능히 그런 일을 할 수 있는 사람이었다. 재산을 독차지하려는 큰형의 욕심은 아무도 꺾을 수가 없었다. 작은형의 괄괄하고 억센 성질도 큰형의 욕심 앞에서는 아무 소득도 얻어내지 못했다. 집안어른인 어머니의 말도 안 듣는 큰형이 손아래 동생의 성질에 밀릴 까닭이 없었다. 어머니는 큰형을 다스릴 수 없게 되자 문중의 어른들을 동원하기도 했다. 그러나 그것도 헛수고였다.

정도규는 자신이 장가든 것을 생각하며 쓰게 웃었다. 어머니가 자신의 장가를 억지다시피 서둘렀던 것은 당신의 몸이 성치 못해서만이 아니었다. 막내아들을 장가들여 재산분배에 대한 발언권을 강화시켜 주기 위해서였다. 그러나 어머니의 그런 묘책도 큰형의 뻔뻔한 뚝심 앞에서는 하잘것없는 졸책이 되고 말았다.

"도규야, 니가 입 닫고 있어서넌 안 된다. 작은성님허고 심 합쳐 큰성님헌티 졸라대란 말이다."

방학이 되어 내려가면 어머니가 안타깝게 되풀이하는 말이었다.

"요분에도 또 그냥 넘어가면 어쩐다냐. 나가 살았을 적에 이 일이 순조롭게 풀려야 될 것인디."

방학이 끝나 집을 떠나게 되면 어머니는 조바심쳤다.

토지조사사업이 시작되자 큰형은 전에 없이 당당해졌다.

"토지조사사업이 먼지나 알어? 정신 잘못 채리면 재산이 다 날라가는 것이여. 신고 똑똑허니 해야 헝게 찍소리덜 말고 앉어 있어."

작은형도 오랜만에 그 말에는 토를 달지 않고 수긍했다. 그만큼 토지조사사업은 위력이 대단했다.

큰형은 토지조사사업으로 당분간 안전한 피난처를 마련한 셈이었다. 그런데 어머니까지 돌아가시고 말았다. 큰형은 제일 강한 적을 물리친 셈이었고, 작은형은 제일 믿었던 장수를 잃은 셈이었다. 자신은 작은형과 입장이 같지 않았다. 아버지의 유언을 묵살하고 재산을 독차지하려는 큰형은 아예 사람으로 보이지 않았고, 자기 몫의 재산을 찾으려고 발버둥치는 작은형의 욕심도 좋게 보이지 않았다.

정도규는 한숨을 쉬었다. 앞으로 두 형이 재산다툼을 어떻게 벌일지 생각만 해도 가슴이 짓눌렸다.

기차가 군산역에 다다르고 있었다. 사람들이 어수선해지기 시작했다. 정도규는 다급한 마음으로 가방을 들고 일어났다.

"아, 등뒤로 부리고 점잖허니 앉어 있으씨요. 인력거 첨 타보요!"

인력거가 주춤하는 것과 함께 인력거꾼이 버럭 소리쳤다.

정도규는 자신의 실수를 깨닫고 일으켰던 윗몸을 얼른 뒤로 부렸다. 그러면서 손등으로 눈을 눌렀다. 인력거가 동네 어귀로 접어들면서 제일 먼저 눈에 띈 것은 담 위로 솟은 차일이었고, 그것을 보는 순간 가슴이 컥 막히면서 자신도 모르게 몸을 벌떡 일으켰던 것이다. 그리고 복받치는 울음과 함께 눈물이 쏟아지려고 했다.

정도규네 집은 집 앞에서부터 초상집인 것을 드러내고 있었다. 어느 때 없이 솟을대문이 활짝 열려 있었고, 사람들이 아무 거리낌 없이 부산스레 드나들고 있었으며, 대문을 마주 보고 선 아름드리 나무 아래로는 거렁뱅이들이 들끓고 있었다.

돈을 던지듯 하며 인력거에서 내린 정도규는 정신없이 대문으로 뛰어 들어가고 있었다. 대문을 바삐 드나들고 있던 사람들이 정도규를 알아보고 길을 비켜서기도 했다.

"막둥이 서방님 오셨다아—."

누군가가 소리쳐 안에다 알리고 있었다.

"흐흐흐…… 오늘 재수 꿈에서 똥통에 빠진 재수시. 요것 곱쟁이가 아니라고." 생각보다 훨씬 많은 운임을 받은 인력거꾼은 기분이 늘어져 흐흐거리다가, "머시여, 막둥이 서방님? 으쩐지 기마이가 좋드라 혔제. 요런 부잣집 막둥이럴 태와갖고 왔응게 나도 밥 한술 얻어묵고 갈 만 안 허다고. 출출허든 참인디 배럴 채와야 군산꺼지 기운지게 가제." 인력거꾼은 초상집 앞에서 침을 세 번 뱉는 것을 잊지 않고 퉤퉤퉤 하고는, 대문으로 들어서며 목에 건 때 전 수건끝으로 이마의 땀을 훔쳤다.

"아이고오 어무님, 아이고오, 아이고오……."

빈소 앞에 무릎 꿇은 정도규는 목놓아 서러운 통곡을 하고 있었다.

장자로서 굴건제복을 한 정재규는 지팡이를 짚고 엉거주춤 서서 상제 몫의 곡을 건성으로 흘리고 있었다. 그 뒤로 멀찍하게 자리잡은 세 여자가 낭자머리를 풀어내리고 서로 목소리를 맞추어 곡을 하고 있었다. 문상객이 빈소에 들 때마다 며느리들에게 짐 지워진 눈물 없이 소리만 구슬픈 곡성이었다.

"참말로, 애간장 녹아내리게 서럽게넌 울어대네 이. 인자사 진짜배기 곡성 들어보겄구마."

넓은 뒤란 장독대 옆에 번철에다 솥뚜껑까지 뒤집어걸고 온갖 전들을 지짐질하고 있는 여자들 중의 하나가 코를 훌쩍이며 말했다.

"소문대로 막둥이아덜이 질로 효자넌 효자로구만. 마나님이 인자 지대로 눈감으시겄네."

"그려, 인자 집안 체면치레허게 생겼네. 큰아덜 작은아덜 같애서야 어디 양반이라고 본받을 것이 있겄드라고. 상제 노릇 뒷전 치고 재산쌈이니."

"긍게 말이시. 권세고 재산 앞에 부모고 성제간이고 없다는 옛말이 하나또 그른 디가 없당게. 다 너무 많이 있어서 생기는 우환이여."

"근디, 저 막둥이 아덜언 재산 욕심도 벨로 없담시로?"

"그렇타데. 이 집안이 지대로 됐을람사 큰아덜허고 막둥이가 서로 뒤바꽈서 태어났어야 허는 것인디."

"그런 맺힌 디 없는 소리 허덜 말어. 하늘이 다 알고 저리 점지헌 것잉게."

"무신 소리당가?"

"모르겄으먼 말얼 말어. 이 집 재산도 큰아덜 주색잡기로 삼 대 물리기 전에 끝판나게 생겼응게. 그것이 다 하늘이 알아서 허는 일이여. 이 집서 얼매나 야박허고 독허니 재산 모은지야 자네덜도 다 아는 일 아니라고?"

"그려, 겉보리 한 말 장리에 한 마지기 논 뺏고, 나락 한 말 장리에 집 뺏고, 쌀 한 말 장리에 딸 뺏은 인심이야 몰르는 사람이 어딨어."

"아이고, 어디 이 집만 그리 몰악시럽간디. 만석꾼치고 그리 안 헌 사람덜이 어디 있어야제."

"그려, 그리 독허게덜 안 허고서야 만석꾼 부자 누가 맨들어주간디."

"아서, 아서. 어쩌다가 말꼬랑댕이가 그리 흘러간당가. 이러다가 넌 씨엄씨 죽고 3년 만에 뱃창시에 지름기 잠 올릴라다가 뒴데 볼기짝 맞고 쫓겨나겄네."

"그려, 말해 봤자 우리 입만 아프고, 요런 날 쉽게 안 올 것잉게 눈치껏 배덜이나 채우드라고. 소작으로 띧긴 것 여그서 볼충 안 허면 언제 헐 것이여."

여자들은 서로 힐끔힐끔 눈짓말들을 나누며 입을 다물었다.

"자아, 자아, 그만허면 되았다. 어무님이 다 알아들었을 것잉게 인자 상복 갈아입고 절 올려야제."

"하면, 하먼, 출상꺼지 남은 날이 많은디 단번에 심 파허면 안 되제."

문중 어른들이 만류하고 일으켜서야 정도규는 풀어놓았던 감정을 수습했다.

정도규는 상복을 갈아입고 절을 올리고 나서야 큰형 옆에 작은형이 없는 것을 알았다. 아니, 작은형이 안 보이는 것을 안 것은 빈소에서 물러나면서였다. 그때는 잠시 자리를 비웠겠거니 생각하며 그냥 지나쳤던 것이다. 그런데 상복을 갈아입고 절을 올리고 나서도 보이지 않자 이상한 생각이 들었다.

"그저께 저녁진지럴 잘 잡숬는디 밤새 유명얼 달리허셔 부렀다……."

막내동생을 마주 대하고 앉은 정재규의 말은 짤막했다.

정도규는 큰형의 입만 멍하니 바라보고 있었다. 무슨 말인가를 더 기다렸다. 그러나 입은 더 열리지 않았다.

"오래 앓으심서 기운이 진해지신 것이제. 지무시데끼 편허니 가셨다."

문중 어른의 덧말이었다.

정도규는 그만 소리를 지르고 싶었다. 자신이 듣고 싶은 건 문중 어른의 그런 능란한 덧말이 아니었다. 그럼 아무도 임종을 못 지켰단 말인가요! 이 말이 터져나오려고 했다. 그러나 정도규는 이를 사리물었다. 그것이 사실인 것이 뻔한데 이제 와서 그 말을 꺼내보았자 아무 소용이 없는 일이었다. 자칫 잘못했다간 밤새 갑자기 돌아가신 어머니에게 타박이 돌아갈지도 모를 일이었다. 어머니는 이미 돌아가신 것이고, 영전에서 감정을 드러내 시끄러운 소리가 오가게 되는 것도 자식 된 도리가 아니라는 생각이 들었다.

"작은형님은……?"

정도규는 불안한 마음으로 큰형을 바라보았다. 아무도 임종을 못 지킨 것은 큰형에게는 유리할지 모르지만 작은형에게는 불리하기 이를 데 없는 일이었다. 작은형은 어머니의 유언으로 자기의 재산권을 다시 확인받을 기회를 잃어버린 셈이었다. 혹시 그 일과 작은형이 안 보이는 것과 연관된 것이 아닐까 하는 예감이 들었던 것이다.

"몰르겄다. 코가 삐틀어지게 술얼 처묵고 사랑방인가 어디서 자빠져 잘 것이다. 찾지 말고 냅둬라."

큰형이 눈에 독기를 품으며 자리를 차고 일어났다.

"쯧쯧쯧…… 느그덜이 이래서넌 안 되는디. 집안 체통에 먹칠허는 짓덜 말아야제. 넘덜 눈이 무서운디."

문중 어른이 근심스럽게 중얼거렸다.

그 어른의 말투는 무슨 말을 묻기를 기다리는 눈치였다. 그러나 정도규는 고개를 약간 수그린 채 묵묵히 앉아 있기만 했다. 들으나 마나 두 형 사이에 무슨 말썽이 일어났던 것이 분명했다. 그건 재산다툼인 것이 뻔해 굳이 묻고 싶지가 않았다. 형들에 대한 혐오감만 커지는 것이 싫었고, 자신까지 끼어들어 어머니를 욕보이고 싶지 않았던 것이다. 그리고 마음에는 어머니를 잃은 슬픔만 가득할 뿐이었다.

"하먼, 우리 문중이 어떤 양반이라고, 양반 체통얼 꼿꼿허니 지켜야제. 아부님 말씸대로 재산얼 분배허기 전에넌 어무님 장례럴 못 치르게 허겄다고 저리 나자빠져 있는 상규 고집이야 과헌 것이제. 상것덜헌티도 손꾸락질당허고 웃음거리 될 일잉게."

다른 어른의 말에 정도규는 반사적으로 고개를 치켜들었다. 그는 가슴에서 불길이 확 일어나는 것을 느끼고 있었다. 그건 작은형에 대한 증오감이었다. 결국 작은형은 어머니의 시신을 담보로 잡고 흥정을 하겠다는 심보였다.

"작은형님 어디 있습니까!"

정도규는 부르르 떨었다. 화를 내뿜고 있는 그의 얼굴은 싸늘하게 굳어져 있었다.

"아서라, 아서. 니가 그리 화냄서 맞대거리해서넌 안 된다. 니넌 지끔 형편이 그리된 줄이나 알고 뒤로 물러나 있그라. 니가 나슨다고 말 들을 작은성도 아니고, 또 시끄러와지면 어무님 욕뵈이는 것 아니냐. 문중 어런덜이 시방 방도럴 짜고 있응게 니넌 그저 상제 노릇이나 착실허니 잘해라."

정도규는 어깨를 늘어뜨리며 한숨을 토해냈다. 큰형이고 작은형이고 돈에 미친 짐승 같기만 했던 것이다.

"니 일어나그라. 문상객 오셨다."

정도규는 서둘러 몸을 일으켰다. 어디선가 어머니냄새가 물큰 풍겨오며 외로움이 밀려들었다. 누런 상복을 내려다보았다. 정말 어머니가 돌아가셨다는 실감과 함께 비감한 생각이 들었다. 어머니가 떠난 텅 빈 자리에 삼형제는 제각각 등을 돌리고 서 있는 꼴이었다. 셋이서 마음을 합해도 어머니가 떠난 자리를 메울 수 없을 터인데 셋은 뿔뿔이 흩어져 있었다. 형들에겐 돈만 보이고 어머니를 잃은 슬픔은 없는 것일까. 그는 눈물과 함께 비감을 씹으며 형들에게 정이 떨어지는 것을 느끼고 있었다.

"저어, 상규넌 어디럴 갔는갑지요?"

문상을 마친 두 사람 중에 하나가 머뭇거리며 정재규에게 물었다. 그들은 정상규의 벗들이었던 것이다.

"그 사람 시방 술에 취해서 자네."

정재규의 무뚝뚝한 대꾸였다.

"예에? 상제가 무신……."

그들은 그만 눈이 커졌다.

"아니, 상심이 커서 술이 좀 과해진 겁니다. 곧 깨울 것이니 우선 저쪽으로 자리하시지요."

정도규는 얼른 말을 꾸며댔다. 그러면서 앞뒤 없이 자기 감정을 드러내는 큰형에게 경멸을 느끼고 있었다. 서로 다투다가도 남들이 나타나면 감정을 감추어야 하는 것인데 큰형은 오히려 반대로 하고 있었다. 양반의 체통이니 뭐니는 그만두더라도 글은 무엇하려고 읽었으며 나이는 어디로 먹었는지 알 수가 없는 노릇이었다.

"미우나 고우나 성제간이 질인 거이다. 존 일에넌 넘이고 궂은일에넌 성제간이라고 혔는디, 그러자면 그저 우애가 짚어야 쓴다. 성제간이야 한나무서 뻗어나간 가지덜잉께, 뼈도 피도 살도 다 한가지다 그 말이제. 성제간에 우애 없으먼 넘덜 숭거리고, 집안 망헐 징조니라."

어머니가 늘상 이른 말이었다. 큰형도 작은형도 그 말을 진작 잊어버린 것만 같았다.

작은형은 저녁밥때가 되어도 모습을 나타내지 않았다. 저녁제를 올리는데도 자리를 지키지 않는다는 것은 말도 안 되는 일이었다.

"작은형님을 불러와야지요?"

정도규는 처음으로 큰형에게 말을 걸었다.

"냅둬라."

정재규의 즉각적인 반응이었다.

"그게 무슨 말이시오. 어쨌거나 사람 도리는 해야 되잖아요. 생전에 어무님이 이리 가르쳤던가요."

목을 꼿꼿하게 세운 정도규는 큰형을 노려보았다. 그 독 오른 눈에서 증오가 타고 있었다.

"니가 감히 어디다 대고……."

정재규는 속으로 당황하면서도 겉으로는 눈을 부라리며 막내동생을 억누르려고 했다. 무언가 켕기는 마음을 감추기 위해서도 그 방법밖에 없었던 것이다.

"도저히 더는 참을 수가 없어요. 작은형을 데려와야겠어요."

정도규는 큰형을 묵살하고 돌아섰다.

정상규는 네활개를 펼친 채 사랑방에서 자고 있었다. 맨상투머리가 헝클어져 있는 그는 상복 차림이 아니었다.

정도규는 그런 작은형의 꼴을 한심스러운 눈길로 내려다보고 있었다. 여지껏 상복을 입지 않고 있는 것과 재산을 분배하지 않으면 장례를 치르지 못하게 하겠다고 했다는 말이 직결되고 있었다. 작은형은 자기 몫의 재산을 찾기 위해 자식 된 도리고 남부끄러운 체면이고 다 내동댕이치고 나선 판이었다. 정도규는 화가 나다 못해 무릎이 꺾이는 것을 느꼈다.

"작은형님, 작은형님, 일어나시오!"

정도규는 작은형의 어깨를 세게 흔들었다. 그의 목소리와 손아귀에는 그대로 감정이 묻어나고 있었다.

"음냐, 에이 참……."

정상규는 침버캐 낀 입을 쩝쩝거리고 팔을 내저으며 돌아누웠다.

"작은형님, 나요, 도규. 일어나란 말이오."

정도규는 작은형의 등짝을 쥐어질렀다.

"어엉! 머, 머시여? 누구라고?"

정상규는 잠에 적셔진 소리를 내면서 후닥닥 몸을 일으켰다. 정도규의 성난 주먹질이 그의 잠을 깨우기도 했지만 더 효력을 나타낸 것은 '도규'라는 소리였다.

"니 누구여? 도규 니 언제 왔냐?"

놀란 정상규는 눈을 비비댔다.

"온 지 얼마 안 됐소."

"아아니, 근디 니 어쩔라고 상복보톰 입었냐. 요런 멍청아, 정신 채려!"

정상규는 오히려 자기가 정신이 번쩍 들어 소리쳤다.

"모르겠소, 누가 멍청인지. 내가 들은 말로는 허방에 빠질 사람은 바로 작은형님입디다."

정도규의 비웃음에 찬 대꾸였다.

"머시여? 무신 말얼 들었는디?"

술냄새를 풍기는 정상규는 눈을 치떴다.

"문중 어른들 말씀이, 작은형님이 재산을 분배받기 전에는 어무님 장례를 못 치르게 하겠다고 상복도 안 입고 이러고 있다면서요?"

"그려, 이리 버팀서 니가 오기럴 기둘리고 있든 참이다. 요것이 머시가 잘못돼서 나가 허방에 빠진다는 것이냐?"

정상규는 동생의 말뜻을 생각하느라고 기가 약간 수그러들고 있었다. 언제나 생각이 깊은 편이고 사리를 잘 따지는 동생의 말이 신경쓰였던 것이다.

"작은형님, 한번 생각해 보시오. 나라에 짓는 가장 큰 죄가 머시요? 불충 아니오? 또, 부모님께 짓는 가장 큰 죄는 머시요? 불효 아니오? 불효 중에서도 막된 불효로 치는 것이 늙은 부모 굶기는 것이고, 병든 부모 돌보지 않는 것 아니든가요. 헌데 그보다 더 흉하게 치는 불효가 있잖아요. 그게 바로 부모님 장례 지성으로 치르지 않는 것이란 말이오. 작은형님이 지금 이 덫에 꼼짝없이 걸려 있어요. 작은형님이 아무리 옳은 주장을 해도 어무님 장례를 막고 나서면 어찌 되지요? 작은형님의 주장은 다 묻혀버리고 천하에 둘도 없는 불효자식으로 몰리게 돼요. 저런 불효자식은 재산을 한푼도 주지 말어라. 저런 불효자식은 문중에서 몰아내라. 문중 어른들이 이렇게 들고일어나면 어찌 되겠어요. 큰형님은 얼씨구나 하고 재산을 다 차지해 버리고, 작은형님은 빈주먹에다가 불효자식이란 죄까지 뒤집어쓰게 된단 말이오. 벌써 문중 어른들 눈치가 큰형님을 편들고 작은형님은 나쁘게 보고 있어요. 이래도 허방에 빠지는 게 아니오?"

정도규는 작은형은 쳐다보지도 않은 채 나지막한 소리로 몰아대고 있었다.

"그 영감탱이덜, 언제고 장자 편만 드는 물건덜 아니냐. 근디, 장례럴 치르고 나서 큰형이 말얼 안 들으면 어쩔 것이냐."

정상규는 이미 마음이 흔들려 있었다.

"작은형님 혼자가 아니니 그건 걱정하지 않아도 돼요."

정도규는 비로소 작은형을 똑바로 쳐다보았다.

"그려? 니도 인자 나허고 한패로 나스겄다 그것이여?" 정상규는 반색을 하다가는, "글씨, 니가 또 뒤 물르게 어물어물허는 것 아니여?" 동생을 믿을 수 없다는 듯 고개를 갸웃거렸다.

"이제 어무님도 안 계시고, 나도 장가든 몸이오."

정도규는 결의를 나타내 보였다.

"참말이여? 믿어도 되겄어?"

"나도 살아야 되겄당게라."

정도규는 일부러 전라도말로 다부지게 대꾸했다.

"되았어. 상복얼 입도록 허제!"

정상규는 먼저 몸을 일으켰다.

"작은형님, 대체 무슨 수로 장례를 못 치르게 하려고 했소?"

정도규는 작은형의 생각이 하도 엉뚱하고 가당찮아 무릎을 짚고 일어나며 물었다.

"수야 많제. 상여가 대문얼 못 나서게 잡고 늘어지고, 그래도 안 되면 상여 앞에 뻰듯이 드러눕고 말이여."

"참, 작은형님도. 몰매맞어 죽든지 밟혀죽을 뻔했소."

정도규는 너무 어이가 없어 헛웃음이 나오려고 했다. 그건 역시 성질이 급한 대로 앞뒤를 가리지 않고 행동하는 작은형다운 생각이 아닐 수 없었다. 한편으로 정도규는 가슴이 서늘해지는 것을 느끼고 있었다. 만약 사태가 그렇게 되었더라면…… 그 수라장을 상상하기조차 싫었다.

"도규 니 재주 용타?"

정재규는 대청마루로 올라서는 두 동생을 외면하며 것질렀다.

정도규는 큰형의 얼굴에 경계의 빛이 스쳐가는 것을 느꼈다.

"도규 재주 용헐 것 없소. 나가 나 헐 일언 다 해놓고 따질 것언 따로 따지자고 맘 고쳐묵은 것잉게."

정상규는 문중 어른들까지 다 들으라는 듯 큰소리로 맞대거리하고 나섰다.

"그려, 그려, 그래야제. 니가 효자다."

"그렇제, 양반뻬가 달리 양반뻬간디."

문중 어른들이 반색을 하며 방에서 대청마루로 우르르 몰려나오고 있었다.

정도규는 한쪽으로 비켜서며 안도의 숨을 내쉬고 있었다. 작은형이 자신이 했던 말을 그대로 해버리지 않은 것이 그렇게 다행스러울 수가 없었다. 작은형은 그래도 자기 체면을 살릴 줄 아는 요령을 가지고 있었다.

그들 셋은 빈소 앞에 나란히 서서 문상객들을 맞이했지만 서로의 감정은 꺼끌거리고 삐그덕거렸다. 정도규는 큰형의 적대하는 눈길 속에서 큰형과 작은형이 부딪치지 않게 하려고 애썼다.

어찌어찌 하루씩을 넘기고 5일장을 치러냈다. 산소에서 돌아오면서부터 벌써 정재규와 정상규의 모습은 대조적이었다. 정상규의 얼굴에는 생기가 돌고 있었는데 정재규의 얼굴은 잔뜩 찌푸려져 있었다. 정도규는 형들의 그런 모습을 보며 새삼스럽게 마음이 무거워지고 있었다. 그동안 이모저모 생각해 보았지만 다툼이 벌어지지 않고 일을 조용하게 해결할 수 있는 묘안은 전혀 떠오르지 않았다.

문중 어른들의 힘을 동원한다고 해보았자 큰형이 말을 안 들으면 그만이었다. 큰형은 어머니 앞에서도 전 재산의 장자 상속을 주장해 오면서 몇 년을 끌어온 사람이었다. 큰형이 그 억지주장을 꺾고 아버지의 유언을 따르지 않는 한 시끄러운 다툼은 피할 수 없게 되어 있었다. 정도규는 자신의 입장을 냉정하게 생각해 보았다. 자신도 재산이 필요했다. 앞으로 대학공부도 해야 했고, 아이들도 태어날 것이고, 마음에 두고 있는 일도 많았다. 그러나 큰형이 억지를 부린다고 해서 작은형과 한덩어리가 되어 분란을 일으키고 싶지는 않았다. 그러면 무슨 방법이 있는가……. 생각은 언제나 여기서 막히고는 했다.

결국 원망스러운 것은 아버지였다. 아버지가 당신 뜻대로 재산을 나눠놓고 떠나셨더라면 이런 말썽은 일어날 까닭이 없었다. 그런데 아버지는 노환을 앓으면서도 완쾌되어 일어난다고 생각했지 돌아가신다고는 전혀 생각하지 않았던 것이다. 그러다가 운명 직전에 겨우 유언을 남긴 것이었다. 아버지가 그랬으면 어머니라도 강하게 아버지의 뜻을 따랐어야 하는데 어머니는 장자를 남편 버금가게 어려워하며 눈치보다가 그만 세상을 떠나고 말았다.

"성님, 인자 나 논문서 내줏시요!"

정상규가 대청마루에 걸터앉으며 토해낸 말이었다. 크고 힘이 들어가 있는 그 말에는 오랫동안 참고 견디어온 감정이 그대로 드러나 있었다.

정도규는 작은형의 그 말을 듣는 순간 가슴이 심하게 뛰는 것을 느꼈다.

"니가 사람이냐. 삼우제나 지내고 나서 말얼 꺼내야제."

정재규가 버럭 소리질렀다.

큰형의 그 대꾸에 정도규는 가슴이 더 두근거리기 시작했다. 큰형은 어리석게도 날짜만 뒤로 미룰 생각만 하는 것이었다. 욕심만 컸지 그 욕심을 채울 무슨 방도는 강구하지 못하고 있었다.

"아니, 인자 와서 또 뒤로 밀자는 것이요? 그런 드런 뱃보 가진 성님언 사람이오!"

정상규는 몸을 벌떡 일으키며 외쳐댔다. 그 기세가 곧 멱살잡이라도 할 것 같았다.

"머시라고! 니놈이 그리 일어나면 어쩔 것이냐."

정재규가 맞소리를 질렀다.

"당장 땅문서 안 내노면 가만 안 있겄소."

"못 내놓겠다. 어쩔 것이냐!"

"머시여!"

"아이고 성님덜, 어째 이러시요. 저 아랫것덜이 다 보고 있소."

정도규는 황급히 두 형 사이로 들어섰다. 하마터면 작은형이 큰형에게 덤벼들 뻔했던 것이다.

집 안을 치우고 있는 하인들은 아무 기척 없이 일손들을 놀리고 있는 것 같았지만 감은 것은 겉눈이었을 뿐 속눈으로는 볼 것을 다 보고 있었다.

"아서라, 아서. 헐 이애기덜 있으면 숨이나 돌리고 차근허니 방에 들앉어서 의논지게 혀라."

갈 길이 멀어 하룻밤 묵어가기로 한 문중사람 네댓이 언짢은 기색을 보였다.

"저녁이나 묵고 나서 보자."

정재규가 침을 뱉으며 돌아섰다.

"지기럴, 욕심대로 안 될 것잉마."

정상규도 침을 내뱉으며 고개를 틀었다.

정도규는 한숨을 푹 내쉬었다. 양반의 위신이고 체통이고 다 더러워지고 깨져나가고 있었다. 옆에 말리는 사람들이 없으면 마구 치고받고 할 판이었다.

정도규는 암담한 심정으로 대청끝에 털퍽 주저앉았다. 이런 식으로 서로가 맞서다가는 형제간의 관계고 뭐고 산산이 깨질 수밖에 없었다. 말로만 들어왔던 이런저런 재산분쟁의 풍문들이 이제 남들의 이야기만이 아니었다. 서로 다투다가 형제간의 의가 끊어졌다거나, 형제간들이 원수같이 되었다거나 하는 말들이 떠돌아다니고는 했다. 왜 그런 망신스러운 일들을 저지르는 것인지 이제야 그 속사정을 알 것 같기도 했다.

재산의 힘은 대단한 것이었다. 재산이 없으면 제아무리 걸쭉한 양반족보를 타고났더라도 양반의 위신이나 체통을 제대로 지킬 수가 없었다. 그러나 재산만 많으면 양반족보마저 사들이는 시절이 있었다. 그건 곧 재산은 사람값이고, 이 세상에서 돈으로 안 되는 일은 없다는 반증이었다. 돈의 마력은 그뿐만이 아니었다. 거친 일은 아예 몸에 익히지도 않았고, 평생 손에 흙 묻히고 살 생각이 없는 양반에게 재산이 없다는 것은 바로 굶어죽게 되는 막다른 길이었다. 그러니까 돈은 곧바로 목숨이기도 했다.

그런 돈의 마력에 휩쓸려 서로 탐심을 부리면 결국 형제끼리 반목하고 등을 돌릴 수밖에 없었다. 정도규는 자기네 삼형제가 그런 사나운 꼴을 벌여가면서까지 아버지 유언대로 재산을 나눠갖기를 원하지 않았다. 무슨 해결책이든 찾아내서 서로 원수처럼 되는 흉한 꼴만은 피하고 싶었다.

정도규는 낮부터 좀 씻으려고 상복을 벗고 뒤란 우물로 갔다. 마당에 비질을 하고 있던 나이 많은 머슴 강 서방이 눈치 빠르게 앞서 우물로 달려갔다.

"이것으로 됐네. 자넨 가서 딴 일 보게. 딴 일도 너무 많이 밀렸잖은가."

정도규는 두레박의 물을 물통에 쏟고 있는 강 서방에게 일렀다.

"아니구만이라우. 서방님이 어찌……."

"됐어, 가서 딴 일 하라니까."

그때 정상규가 다급한 걸음으로 우물가로 다가오고 있었다. 정도규는 강 서방에게 눈짓을 했다. 강 서방은 황송해하며 뒷걸음질로 물러났다.

"도규 니 어쩔 심판이냐."

우물가에 듬성듬성 놓인 돌을 깔고 앉으며 정상규가 따지듯 물었다.

"글쎄요, 묘안을 생각 중이오."

"묘안언 무신 놈에 묘안. 제갈공명이 나서도 묘안이고 묘수넌 없다. 장비맨치로 앞뒤 보덜 말고 사정없이 몰아치는 수밖에 없는겨."

"그리되면 우리 형제들은 막판이 나는 거요. 그럴 수는 없어요."

"니 시방 잠뜻허냐? 그리 안 허면 우리 땅문서 찾아질 것 겉으냐 말이여. 니넌 잔소리 말고 나가 허는 대로 따라오기만 허면 된게 시키는 대로 혀."

"내가 궁리를 하고 있으니 좀 기다려봐요. 땅이 썩는 물건 아니니까."

"궁리넌 무신 궁리냐. 날만 자꼬 보내면 우리헌티 이로울 것이 암것도 없다."

"알아요, 오래 끌지 않아요."

"니넌 맘이 어찌 그리 강단지덜 못허냐. 거렁뱅이로 살고 잡어?"

정도규는 그저 피식 웃었다. 더 말대꾸를 하고 싶지 않았다.

저녁을 먹고 나자마자 정상규는 다시 그 이야기를 꺼냈다.

"여러 말 헐 것이 없소. 아부님 유언대로 반에반언 내 몫아친께 당장 땅문서 내놓으시오."

"니 귀먹었냐? 아까 말헌 대로 삼우제나 지내고 보잔 말이여."

"참말로 이럴 것이여!"

정상규는 버럭 소리치며 손바닥으로 방바닥을 내리쳤다. 방 안의 분위기가 금방 살벌해졌다.

"큰형님, 한 가지만 묻겠어요. 지금도 전답 전부를 큰형님이 갖고, 작은형님과 저는 반의반에 해당하는 소출만 받으라는 큰형님 생각에는 변함이 없지요?"

정도규는 차분하게 물었다.

"그것이 순리고 이치에 맞다."

정재규의 당당한 대꾸였다.

"글쎄요, 아부님이 유언을 안 하셨으면 장자 상속에 맞추어 그리하는 것이 순리도 되고 이치에 맞을 수도 있겠지요. 허나 아부님께서는 어무님이나 우리 형제들이 다 듣게 농토의 절반을 큰형님께, 나머지 절반의 반반씩을 작은형님과 저에게 상속한다고 유언하셨습니다. 우리 형제들은 그 유언대로 하는 것이 순리를 따르는 것이고 이치에도 맞지요. 헌데 큰형님은 아부님의 뜻을 거역하면서도 순리고 이치를 내세웁니다. 그것을 바로잡자면 작은형님과 제가 힘을 합쳐 문서를 뺏을 수도 있습니다."

"머시라고! 니, 니 누구럴 협박허는 것이냐, 시방."

정재규는 막내동생의 말허리를 자르며 목소리가 갈라지도록 고함을 질렀다.

"그러지 말고 말이나 다 들어보고 화를 내든지 어쩌든지 하세요."

정도규는 냉정한 눈초리로 큰형을 쏘아보았다.

"그따우 버르장머리 없는 소리 들으나마나 아니여!"

정재규는 겉으로는 목청껏 소리를 높이면서도 속으로는 실수를 깨닫고 있었다. 막내동생의 싸늘한 눈초리가 자신을 비웃거나 업신

여기는 것이 분명했고, 그 말도 그렇게 하겠다는 단정이 아니라 그럴 수도 있다는 가정이었던 것이다.

"어쨌든 다 들어보세요. 그러니까 간략하게 말해서, 저는 재산을 놓고 형제간들이 싸우고, 서로 원수지간처럼 되는 것을 바라지 않아요. 그리해서 제가 한 가지 방안을 생각해 냈어요. 그게 뭔가 하면, 아부님께서 유언허신 제 몫 중에서 반을 큰형님한테 드릴 것이니 이 문제를 원만하고 조용하게 결말지으면 좋겠다는 겁니다. 큰형님 생각은 어떠세요?"

정도규는 여전히 차분하고 담담한 목소리로 말을 끝냈다.

"니 그것 참말이여?"

정재규는 놀라서 되물었고,

"도규야, 니 미쳤냐!"

정상규는 눈을 부릅뜨며 외쳤다.

"예, 참말이지요. 허나 작은형님한테까지 그런 조건을 요구하진 마세요. 허고, 제가 이렇게 큰형님을 대접했는데도 또 일을 뒤로 미루면 그땐 아까 말한 대로 작은형님하고 힘을 합칠 수밖에 없어요."

정도규는 앞뒤로 말뚝을 박았다.

"그려, 니 생각이 아조 좋다."

이 말은 정재규가 한 것이 아니라 정상규가 한 것이었다. 정도규는 작은형이 너무 속을 드러내는 것이 경멸스러워 눈길을 돌렸다.

정재규는 궐련을 피워물며 막내동생의 제의를 생각해 보았다. 문제는 막내동생이 제 몫의 반을 내놓겠다는데 받아들이느냐 마느냐가 아니라 전에 없이 완강해진 막내동생의 태도가 문제였다. 막내동생이 작은동생과 뜻을 합쳐 덤벼들면 더는 피할 길이 없게 될 것이다.

지금까지 재산 분배를 하지 않고 끌어올 수 있었던 것은 순전히 막내동생 덕이었다. 막내동생은 그동안 처분만 바라는 태도로 작은동생과 한덩어리가 되지 않았던 것이다. 그건 막내동생의 마음이 착하고 성질이 순한 편인 데다가 신식공부에 정신을 팔고 있었기 때문이었다. 또한 나이가 덜 차고 장가를 들지 않아 미처 재산에 눈을 뜨지 않았던 일면도 있었다.

그런데 막내동생은 그저 마음이 착하고 성질이 순하기만 한 것은 아니었다. 좀처럼 화를 안 내면서도 어쩌다 화가 났다 하면 제 팔을 물어뜯고 부들부들 떨 정도로 무서운 데가 있었고, 무슨 일로 한번 마음이 틀렸다 하면 그 사람하고는 아예 외면을 하고 마는 독기도 품고 있었다.

열 살 무렵이었다. 중국을 다녀온 아버지의 친지 앞에서 글을 읽고 치하와 함께 중국산 황모(黃毛)붓을 선사받게 되었다. 막내동생은 그 붓을 누구에게나 자랑하며 애지중지 여겼다. 그런데 작은동생이 제 동무들과 모여앉아 그 붓을 훔쳐내 심하게 붓장난을 하다가 들키고 말았다. 막내동생은 제 형에게 덤벼들어 팔을 물고늘어졌다. 작은동생은 죽는다고 소리치고, 그 누가 뜯어말려도 막내동생은 이빨을 풀지 않았다. 작은동생의 동무들은 다 뺑소니쳐 버리고, 아버지가 나서서 달래서야 막내동생은 겨우 입을 벌렸다. 작은

동생의 팔은 살점이 떨어져나갈 지경이 되어 있었다. 그러나 막내동생은 그것으로 끝나지 않았다. 제 형의 동무들을 하나하나 찾아다녔다. 그리고 덤벼들어 아무데나 물어뜯었다. 결국 작은동생의 동무들은 황모필 하나씩을 물어주고서야 막내동생한테서 풀려나게 되었다.

아버지 말년에 잠자리 동녀를 구해온 것은 작은고모였다. 그 예쁘장한 계집아이는 집에 데려오기 전에 벌써 이빨이 다 빠져 있었다. 잠자리 동녀 노릇을 해야 하는 계집아이들의 이빨을 다 뽑아버리는 것은 내시들의 불알을 다 까는 것이나 마찬가지 이치였다. 그런데 막내동생은 생짜로 이빨을 다 뽑힌 계집아이를 난생처음 본 것이었다. 막내동생은 그 계집아이를 못내 불쌍하게 생각했다. 그리고 작은고모를 미워하기 시작했다.

그런데 막내동생은 작은고모를 속으로만 미워하는 것이 아니었다. 마주쳐도 인사를 하지 않고 고개를 돌려버리는 식으로 노골적이었다. 입장이 난처해진 어머니가 그러지 말라고 타일러도 아무 소용이 없었다. 그리고 끝내는 작은고모를 생니빨을 다 뽑은 악독한 사람으로 몰아세우고 말았다. 막내동생은 작은고모가 손수 이빨을 뽑은 것으로 알았던 모양이었다. 어쨌거나 작은고모는 아버지가 돌아가실 때까지 발길을 끊을 수밖에 없었다. 아버지가 돌아가시면서 쓸모가 없어진 동녀는 내보내게 되었다. 그때 막내동생은 어머니를 졸라 벼 30섬을 그 계집아이와 함께 실어보내게 했다.

그런 막내동생이 마음을 바꿔먹고 작은동생과 합세를 하게 되면 판이 어떻게 돌변할지 정재규는 너무나 잘 알고 있었다. 막내동생은 이제 장가를 든 몸이었고, 어머니를 잃은 슬픔까지 보태져 있었다. 그런저런 감정이 덧나는 날에는 사태가 건잡을 수 없이 될 터였다. 그동안 재산을 분배하지 않아 만석 소출을 혼자 독차지하고 맘껏 쓸 수 있었던 것은 막내동생이 적극적으로 나서지 않은 덕이었다. 그러고 보면 작은동생도 어지간히 참아온 셈이기는 했다. 이제 더 욕심을 부려서는 형편이 곤란할 것 같았다. 어머니가 떠나가 버린 마당에 자신의 바람막이를 해줄 사람은 아무도 없었다. 어머니는 참 묘한 위치에 서 있었다. 어머니는 아버지의 유언대로 재산을 나눠주기를 바라면서도 동생들이 자신에게 버릇없이 거칠게 덤벼드는 것을 막아주고는 했던 것이다. 어머니는 창이면서 동시에 방패인 셈이었다. 이제 두 동생이 힘을 합쳐 땅문서를 뺏으려고 덤비는 경우에는 고스란히 당할 수밖에 없었다. 괜히 동생들에게 망신당할 것 다 당하면서 땅문서를 빼앗기느니 차라리 막내동생의 제안을 못 이기는 척 받아들이는 것이 어떨까 싶었다. 그러나 한 가지 미련이 강하게 남아 있었다. 작은동생도 막내동생과 같이 제 몫의 반을 내놓겠다고 한다면 일을 당장 결말낼 수도 있었다. 아니, 반의반이라도 내놓게 하지 않고서는 일을 끝낼 마음이 없었다.

"그려, 도규 니 말언 잘 알아들었다. 근디, 토지조사사업얼 당해 전답 안 뺏기고 지키니라고 반년이 넘도록 얼매나 애럴 쓰고 비용도 얼매나 많이 들었는지 상규 니도 잘 알 것인디? 나도 인자 재산얼 분배헐 맘이 있는디, 니도 무신 생각이 있어얄 것 아니겄냐?"

정재규는 작은동생을 향해 뻔뻔스럽도록 여유 있게 투망을 던지고 있었다.

"머시요? 나보고도 도규맨치로 절반얼 내노란 것이요!"

정상규는 기운 센 가물치가 물을 박차는 것처럼 튀어올랐다.

"꼭 절반얼 말허는 것이 아니다."

정재규는 투망을 급히 끌어당기지 않고 느긋하게 어르고 있었다.

"절반이 아니먼, 글먼 절반에 절반얼 내노란 말이오?"

정상규는 성질 급하게 푸득거리면서 오히려 투망에 감겨들고 있었다. 정재규는 속으로 무릎을 치면서도 짐짓 감정을 눌렀다.

"그것이야 나가 말허고 잡지 안 허다. 거그꺼정 생각이 돌았으먼 니가 알어서 맘얼 정헐 일이다. 밤새 더 생각히서 낼 아칙에 결말 짓도록 허고, 느그나 나나 다 곤헌께 그만 자도록 허자."

정재규는 자리를 털고 일어섰다. 그는 어느새 투망을 다 끌어당긴 셈이었다.

"더 생각허고 말고 헐 것 없소. 나넌 한 마지기도 안 내놀 것잉께!"

정상규는 부르르 떨면서 소리쳤다. 그러나 정재규는 들은 척도 하지 않은 채 방을 나가버렸다.

"요런 등신아, 니넌 어찌 그리 뒤가 물르냐! 니 땀세 나꺼정 되갱기게 생기덜 안했냔 말이여."

정상규는 화가 이글거리는 눈으로 동생 도규를 타박했다.

정도규는 묵묵히 앉아 있었다. 큰형은 그저 미련하고 경우 없는 욕심쟁이만이 아니었다. 자기의 욕심을 채우기 위해 토지조사사업까지 끌어다 대는 머리를 쓰고 있었다. 글줄이나 읽은 머리를 그렇게 쓰는 것이 가소로울 뿐이었다.

"작은형님, 화내지 말고 들어요. 절반의 절반을 내놓고라도 어서 결말을 짓는 것이 이득입니다. 왠지 아세요? 큰형님 손에 문서가 오래 있을수록 주색잡기로 땅은 자꾸 축나고 있어요. 땅이 다 없어질 때까지 고집만 부릴 건가요?"

정상규는 동생의 말에 가슴이 섬뜩해지는 걸 느꼈다. 사실 형의 주색잡기는 진작부터 소문이 난 터였고, 근자에는 노름질에 빠져 정신을 못 차리는 형편이었던 것이다.

"그려, 근자에 주색잡기 중에서도 질로 고약헌 노름질에 미쳐 돌아가고 있는 것이야 나도 다 안다. 근디, 아무리 노름에 미쳤다고 혀도 나락 소출이 얼매라고 땅꺼지 축내고 그럴 거나?"

정상규는 불안한 마음을 떼치고 스스로를 위안하고 싶은 마음으로 동생의 동의를 구하고 있었다.

"작은형님은 참 속편하시오. 큰형님은 아부님이 살아 계실 적부터 아부님 모르게 땅 축내서 왜놈들 손에 넘겨주고 한 것 잊어버렸소? 아부님이 살아 계실 때도 그랬는데 아부님이 안 계신 그간에 땅을 얼마나 없앴는지 누가 알겠소. 저러다가 만석꾼 재산 당대에 다 거덜낼 거라는 소문 작은형님은 듣지도 못했소?"

정도규는 일부러 작은형의 신경을 자극해 대고 있었다.

"그리 중헌 말얼 어째 인자사 허냐."

정상규는 벌컥 화를 내며 궐련을 짜증스럽게 뽑았다.

"작은형님이 바보요? 그러니까 여러 말 할 게 없어요. 절반의 절반이 아니라 그 절반의 절반을 내놓고라도 어서 일을 결말짓는 것이 상책이란 말이오. 땅문서를 작은형님 손에 쥐어야 그게 형님 재산이지 고집만 부리고 있다간 헛껍데기만 남으면 어쩔 거요. 어서 작은형님 몫을 찾게 되면 그것으로도 만석꾼 재산 또 만들 수도 있잖아요."

정도규는 작은형이 큰형과 타협할 수 있는 새로운 방안을 넌지시 일깨우는 한편 만석꾼의 꿈까지 꾸도록 작은형의 욕심을 긁어주고 있었다.

"근디 말이여, 절반에 절반이 아니고 그 절반에 절반으로 일이 끝나질끄나?"

정상규는 동생을 응시하며 마른침을 삼켰다. 그의 얼굴에는 불안한 기색이 드러나고 있었다.

"그리 맘만 정하면 내가 나서서 일을 결말짓도록 하겠소."

정도규는 작은형의 심중을 꿰뚫으며 자신만만하게 말했다. 재산을 분배하기 전에 무슨 수를 써서든 논을 한 마지기라도 더 움켜쥐려는 큰형의 탐심을 알고 있기 때문이었다.

"알겄다, 그리 맘 정허겄다!"

정상규는 화투짝을 치듯 궐련갑으로 방바닥을 쳤다.

"잘 생각했소. 구슬이 서 말이라도 꿰야 보배라고 하지 않던가요."

정도규는 큰 짐을 부려놓는 기분으로 작은형을 바라보며 고개를 끄덕였다.

"도규야, 근디 한 가지 빠진 것이 있다."

몸을 일으키던 정도규는 다급한 작은형의 말에 엉거주춤한 채로 고개를 돌렸다.

"금년 소출은 어쩔 것이냐. 그것도 몫몫이 갈르는 것이제?"

정도규는 그만 자신도 모르게 한숨을 쉬었다. 그 계산 빠른 욕심이 놀랍고도 한심스러웠던 것이다.

"작은형님, 그건 그냥 눈감고 넘깁시다. 타작하기 전에 벌써 노름빚으로 다 잡혔는지도 모르는데 그것까지 건드려서는 될 일도 안 되지 않겠소? 그까짓 한 해 소출 깨끗하게 잊어버리고 내년부터 알지게 챙기도록 합시다."

정도규는 다시 자리잡고 앉아 작은형을 달래듯 했다.

"억울허기야 허다만 니럴 봐서 참기로 허겄다. 어디 두고 보자. 나가 기연시 만석꾼 재산 맨글어 장남으로 못 태어난 설움 꼭 갚고 말 거싱게."

정상규는 뽀드득 소리가 나게 어금니를 맞물었다.

"인자 그만 잡시다."

정도규는 얼굴을 훔치며 무겁게 몸을 일으켰다.

정도규는 작은형의 그 원한에 찬 듯한 결의를 탓하지 않았다. 듣기가 거북했지만 그건 어디까지나 작은형의 문제였던 것이다. 작은형이 만석꾼이 되겠다고 하는 것은 결코 허황되게 들리지는 않았다. 작은형은 어렸을 때부터 큰형과는 달랐다. 큰형의 욕심이 헤프게 써 없애기 위한 욕심이라면, 작은형의 욕심은 차곡차곡 쌓기 위한 욕심이었다. 그래서 큰형한테서는 푼돈을 얻어쓸 수 있었지만 작은형한테서는 한지 한 장 빌리기가 어려울 지경이었다. 작은형은 장가를 든 다음에도 술은 곧잘 마셨지만 색과 잡기는 전혀 가까이 하지 않았다. 작은형은 만석꾼이 될 수도 있는 사람이었다.

정도규는 아침 일찍 큰형을 따로 만났다. 작은형이 마음먹은 바를 미리 귀띔해 일을 쉽게 처리하자는 것이었다.

"상규가 그리 생각헌다면 나도 더 여러 말 허지 않겄다. 니가 새중간서 애럴 쓰기도 허고."

정재규는 아무 표정이 없는 채 마지못한 척 대꾸했다. 그러나 속으로는 적이 만족을 느끼고 있었다. 힘 하나 들이지 않고 자신이 바라던 대로 일이 풀려 있었던 것이다.

"금년 소출도 당연히 몫아치대로 갈라야 이치에 맞는 것인디도 그냥 덮고 넘어가는 것잉게 우리 내년 1년 묵고 살 쌀이나 톡톡허니 내놔야 되겄소."

마침내 땅문서를 손에 넣은 정상규는 상기된 얼굴로 이렇게 사족을 달았다.

"알겄다. 작년보담 2할얼 더 주겄다."

정재규는 말이 길어지는 것을 막으려고 얼른 대답했다.

"되았소. 오늘 당장 실어갈라요."

"알아서 혀."

그들 사이에서는 잠시 말이 끊어졌다. 정도규는 자신의 앞에 놓인 땅문서를 물끄러미 내려다보고 있었다.

"저어, 도규 니넌 일본으로 유학 갈 생각언 변허지 안했냐?"

정재규가 말머리를 바꾸었다.

"예, 가야지요."

정도규는 고개를 들어 큰형을 바라보았다.

"일본유학이면 일이 년도 아니고, 그간에 니 재산언 천상 나가 맡아줘야 되겄구나?"

정도규는 그만 가슴이 철렁했다. 큰형이 자신에게 순수하게 관심을 쓰는 줄 알았는데 그게 아니었던 것이다.

"예, 그리 걱정해 주시는 건 고맙지만 제가 따로 관리하겠어요. 저도 이제 그만한 나이는 됐으니까요."

정도규는 완곡하게 그러나 확실하게 잘라서 말했다. 어물거리다가 큰형에게 말려들고 싶지 않았던 것이다.

"그리허먼, 처가에 맡길 것이냐?"

안색이 변한 정재규는 장가든 남자를 제일 모독하는 말을 거침없이 내쏘았다.

"처가에 재산 맡기는 미친놈도 있나요. 제게 다 방도가 있어요."

정도규는 불쾌한 기색을 감추지 않고 큰형을 향해 맞쏘았다.

"알었다, 니 알어서 해라."

정재규는 궐련갑을 들고 일어나버렸다.

"도규 니 참말로 야물다 이. 어무님이 저승서 편안허니 눈감으시겄다."

정상규는 방을 나가고 있는 형의 뒤에다 눈총을 쏘며 동생의 귀에 대고 흐흐거리고 있었다.

"제기랄, 이제 소원성취했으니 작은형님이나 야물게 하시오."

정도규는 작은형의 어깨를 밀쳤다.

"그려, 눈 똑똑허니 뜨고 두고 봐라. 나가 만석꾼이 되나 못 되나. 니, 나가 재산 맡아준다고 혀도 나도 안 믿겄지야? 능구렝이 겉은 놈!"

정상규는 동생을 쥐어박는 시늉을 하고는 바삐 밖으로 나갔다.

정도규의 가슴에서는 삭풍이 휘돌고 있었다. 혼자 외따로 떨어져버린 고적감이 밀려들고 있었다. 남부끄러운 말썽이 일어나지 않고 이렇게나마 문제를 해결하게 된 것이 그저 다행스러울 뿐이었다. 그러나 재산을 나눠갖고 나자 형제로 연결되어 있던 어떤 끈이 끊어져 버리고 제각기 뿔뿔이 흩어진 것 같은 외로움과 삭막함에 목이 메었다.

가난한 형제 사이에 우애 나고 부잣집 형제 사이에 동티 난다는 옛말이 하나도 그른 데가 없는 것 같았다. 어머니가 생전에 그리도 바랐던 돈독한 우애는 이미 깨진 것이나 마찬가지였다. 작은형은 큰형을 상대로 만석꾼이 될 오기를 품고 있었고, 자신은 큰형의 면전에다 대고 당신을 믿을 수 없다는 의사를 분명하게 나타냈던 것이다. 그리고 큰형이 작은형이나 자신을 미워할 것은 더 말할 것이 없었다.

정도규는 또 시름 깊은 한숨을 흘리며 땅문서를 챙겨들었다. 그만 마음을 정리하자고 생각했다. 어차피 피할 수 없는 길이었고, 자신은 이제 독립된 삶을 살 수밖에 없이 되어 있었던 것이다. 앞으로 가장 노릇보다 지주 노릇을 어떻게 해나가야 할 것인지 마음 무거울 뿐이었다.

정도규는 방을 나섰다. 사랑채 쪽으로 일꾼들이 분주하게 오가고 있었다. 멀리 보이는 대문도 활짝 열려 있었다.

작은형이 창고에서 쌀을 내가고 있는 것이었다. 정도규는 드림줄을 잡고 무겁게 다리를 댓돌로 내리며 눈을 감았다.

작은동생이 내년 날 쌀까지 실어가 버리자 정재규의 심정은 그야말로 시원섭섭해졌다. 다소 섭섭한 기분이야 어쩔 수 없는 것이고, 그동안 꺼림칙하고 찜찜하게 남아 있었던 문제를 해결해 버린 홀가분함은 양쪽 겨드랑이에서 날개가 돋는 것 같았다. 이제 재산을 어떻게 하고 무엇을 하든 눈치볼 사람도 신경쓸 사람도 없었던 것이다.

정재규는 홀가분한 기분에 붕붕 떠서 두루마기 자락에 바람을 일으키며 군산으로 나갔다.

"나 나왔네. 나락 처분헐 참이시."

장덕풍의 가게 앞에 잠깐 발을 멈춘 정재규가 던진 말이었다.

"아이고, 행차허셨는게라우 나리. 야아, 요새 금세가 아조 좋구만요. 왜상덜도 드글드글허고라우."

장덕풍은 정말 코가 땅에 닿을 지경으로 굽실굽실하며 귀에 단 말을 풀어내고 있었다.

"나 사쿠라에 가 있겄네."

정재규는 장덕풍의 입에 발린 장사치의 거짓말을 탓하지 않고 돌아섰다. 추수 끝난 지 얼마 안 되어 나락섬들이 한창 쏟아져 나올 때라 시세가 좋을 리 없었던 것이다.

"얼매나 처분허실랑게라?"

장덕풍은 허리 굽힌 채 따라붙으며 정재규를 치올려보았다. 욕심에 찬 그 눈이 묘한 빛을 내쏘며 희번득였다.

"시세 따라서 조절혀야제."

정재규는 걸어가면서 대꾸했다.

"시세야 양에 따라 저울질되는디요."

장덕풍은 어금니 사이사이로 지르르 흘러내리는 신 침을 꿀꺽 삼켰다. 정재규의 만석을 통째로 삼키고 싶은 욕심이 발동하고 있었다. 정미소도 차렸겠다, 미곡상도 겸하게 된 마당에 예전처럼 거간꾼 노릇을 할 이유가 없었다. 그러나 정재규에게는 미곡상을 시작했다는 말은 싹 감추었다.

"자네 말대로 금세가 좋기만 험사 한자리서 다 치울 수도 있제."

정재규는 그동안 몇 년 해본 솜씨로 슬쩍 미끼를 던졌다.

"알겄구만이라우. 금 높직허니 질르는 놈덜로 서넛 골라 후딱 갈 거싱게 구전이나 톡톡허니 내리씨요 이."

장덕풍은 말꼬리에다 꽁 힘을 박으며 꼽추걸음을 멈추었다. 그의 머릿속에서는 만석을 통째로 삼킬 방도가 짜여지고 있었다. 예년과 다름없이 미곡상 셋을 차례로 선보인다. 그런데 그들은 모두 자신의 말대로 움직이는 바람잡이들로만 채운다. 값은 차례로 조금씩 올림질하며 어르다가 세 번째 바람잡이가 배짱놀음으로 값을 높이게 해 정재규가 만석을 한꺼번에 토해내고 돈을 덥석 물게 할 작정이었다. 시세보다 값을 좀더 쳐주더라도 만석을 한꺼번에 몰아잡아 네댓 달만 묵혀놓으면 빚돈 이자보다도 더 돈이 남게 되어 있었다. 그리고 직접 정미소까지 하는 마당에 거기서 또 이문이 떨어지는 것이었다. 그러나 정재규도 나락은 묵힐수록 금값이 된다는 것쯤 다 알고 있었다. 어쨌거나 만석은 다 안 되더라도 그 반이라도 빼낼 작정으로 장덕풍은 숨길이 뜨거워지고 있었다.

정재규는 집에도 가지 않고 고급술집에 진을 치고 앉아 이틀 동안이나 미곡상들과 밀고 당기는 흥정을 했다. 그는 낮에도 20가지가 넘는 안주가 즐비하게 펼쳐진 술상을 받고 앉아 미곡상들을 그 앞에다 무릎 꿇게 했고, 밤이면 '아다라시'라고 해서 값이 따로 붙은 일본기생을 품고 잤다. 그는 나락 흥정에 정신이 팔리고, 술과 일본계집에 취해 상제 노릇도 까맣게 잊고 있었다. 장덕풍의 손에 놀아나는 줄도 모르고 5천 석의 거래를 끝낸 그는 돈보따리를 인력거에 싣고 술집을 떠났다. 거래액의 절반은 보름 뒤에 은행에서 찾기로 한 어음이고, 나머지는 현찰로 안고 인력거의 반동에 한들한들 흔들리고 있는 그는 천하를 다 얻은 기분이었다.

"큰형님, 대체 어찌 이럴 수가 있는 건가요!"

정재규는 집 안에 들어서자마자 막내동생의 노기에 찬 얼굴과 맞닥뜨려야 했다.

"니넌 여러 말 말어라. 다 장남 노릇 지대로 헐라고 나락 처분허니라고 그리됐다. 돈얼 장만해야 산소 치장이고 머시고 해나갈 것 아니겠냐."

정재규는 인력거를 타고 오면서 생각해 둔 말을 능청스럽게 늘어놓았다.

"어디 장남 노릇 잘해보시오!"

정도규는 거칠게 내쏘며 돌아섰다. 창백하게 일그러진 그의 얼굴에서는 증오가 타고 있었다.

위아래를 무시해 버린 막내동생의 언행이 몹시 속을 뒤집었지만 정재규는 마음이 켕겨 막상 상대할 말이 궁했다. 그저 이야기가 더 길어지지 않고 거기서 끝난 것을 다행스럽게 생각했다.

어둠 속에 밤이 깊어가고 있었다. 찬바람에 낙엽들이 쓸리는 소리만 밤의 정적 속에서 가냘프고 외로웠다. 검은 그림자들이 정재규네 높은 담을 넘고 있었다. 그 그림자들은 마치도 바람을 타고 오르내리는 것처럼 가볍고 소리 없이 담을 넘어 마당으로 뛰어내렸다.

그림자들은 사랑채 마루로 성큼성큼 올라섰다. 그림자 하나가 방문을 찔벅였다. 방문은 안으로 걸려 있었다. 그림자는 방문을 더 세게 잡아흔들었다.

"누, 누구여, 누구여!"

겁질린 소리가 방에서 울렸다.

"누구넌 누구여, 밤손님이제. 정재규, 얼렁 방문 따!"

낮으나 위압적인 그림자의 말이었다.

"불이야아, 불이야아아!"

갑자기 방에서 터져나오는 소리였다. 도적이야 하면 사람들이 숨고 불이야 하면 사람들이 모이기 때문에 도둑이 들면 불이야 해서 사람들을 불러모아야 한다는 것을 정재규는 그 위급함 속에서도 생각해 낸 것이었다.

"잘덜 지켜!"

그림자가 명령하며 어깨로 방문을 떠다밀었다. 방문이 우지끈 떠밀리며 열렸다.

"아이고메 나 죽네!"

방에서 울린 절망적인 소리였다.

방으로 뛰어든 그림자가 방구석으로 몰려 있는 정재규의 멱살을 틀어잡으며 칼을 들이댔다. 다른 그림자 하나가 또 방으로 들어섰다.

"얼렁 돈 내놔!"

"없는디요, 돈 없는디요."

"모가지 팍 도리기 전에 얼렁 내놔. 나락 처분헌 돈 있는 것 다 알고 왔어."

그림자가 칼끝을 목에 디밀었다.

"사, 살려줏씨요. 저그, 저그, 벽장에……."

칼끝이 목에 닿는 섬뜩함에 정재규는 있는 대로 목을 늘여빼 뒤로 젖히며 숨이 넘어가고 있었다.

돈보따리는 고스란히 그림자들의 손으로 넘어갔다. 두 그림자는 익숙한 솜씨로 정재규를 뒷결박 짓고 다리까지 묶었다. 그리고 입도 틀어막아 묶어버렸다. 정재규는 방 한가운데에 옆으로 쓰러진 채 돈보따리를 가지고 어둠 속으로 사라지는 그림자들을 바라보고 있었다.

새벽녘에야 하인들의 손으로 결박이 풀린 정재규는 뒤늦게 열이 뻗쳐 펄펄 뛰었다.

"요런 등신 팔푼이덜아, 나가 불이야 불이야 소리질러도 못 듣고, 도적놈덜이 방문얼 때래뿌셔도 몰르고 잠덜이나 자빠져 자! 느그덜이 사람새끼덜이냐 짐승새끼덜이냐! 그래 갖고도 삼시세끼 비싼 밥덜 처묵고 살어! 나가, 당장 다덜 짐 싸들고 나가!"

정재규는 하인들을 곧 잡아죽일 것처럼 눈에 불을 켜고 날뛰었다.

그런 큰형을 불쌍하다는 듯 정도규는 멀찍이서 물끄러미 바라보고만 있었다.

정재규는 아침밥도 먹지 않고 군산으로 내달았다.

"니놈이 변심해서 어지께 밤에 도적떼로 화했지야! 나가 나락 처분헌 것 니놈밖에 몰른다. 당장 내 돈 내놔라!"

정재규는 다짜고짜 장덕풍의 멱살을 틀어잡으며 소리쳤다. 장덕풍은 어젯밤에 어떤 일이 벌어졌는지 직감했다.

"나리, 어째 이러시요. 미곡상이 셋썩이나 붙은 판에 나리가 5천석 처분헌 것이야 군산바닥에 쫘악 퍼진 소문인디 어째 나만 안다고 이러시요."

숫기는 성질대로 하자면 같이 멱살잡이를 하고 싶었지만 장덕풍은 뒤를 생각해서 꾹 눌러 참으며 이렇게 응대하고 있었다.

"이놈아, 잔말 마라. 영축없이 니놈이 헌 짓이여. 가자, 경찰서로 가!"

"경찰서요? 갑시다."

정재규는 장덕풍을 경찰서로 끌고 가서 어젯밤에 들었던 도둑놈의 목소리와 장덕풍의 목소리가 똑같다고 고발했다. 장덕풍은 일단 유치장에 갇혔다.

정재규는 홧김에 또 일본술집 사쿠라로 갔다. 집을 뛰쳐나올 때는 장덕풍이가 틀림없다고 생각했었는데 경찰서를 나오면서는 왠지 그 생각에 자신이 없어지고 있었다.

장덕풍은 두어 시간 만에 풀려났다. 무혐의에다가 아들이 경찰이었다. 그는 경찰서를 나서며 히죽히죽 웃고 있었다. 장덕풍은 정재규에게 감정을 갖는 것이 아니라 그가 가지고 있는 나머지 5천석을 다시 몰아잡을 궁리를 하고 있었다.

8

뗴도둑의 소문

토지조사사업은 숱한 사고와 말썽을 일으키면서도 줄기차게 진행되어 나아가고 있었다. 각 면소재지로부터 시작된 그 사업은 해가 바뀌면서 변두리 지역이나 산골 오지 같은 데로 퍼져나가고 있었다.

세상은 뒤숭숭했고, 일본 헌병과 순사들의 기세는 갈수록 등등해지고 있었고, 사람들은 모이거나 흩어지거나 그저 한숨이었다. 어른들의 시름 깊은 한숨이 겨울 찬바람 아래로 깔리는 데 비해 아이들의 노랫소리는 바람을 타고 멀리멀리 퍼져나가고 있었다. 아이들이 헌병이나 순사들 몰래 부르는 노래는 작년에도 불렀던 장수탄생가였다. 아이들은 어른들의 시름겨운 마음을 위로하기라도 하듯 머지않아 명산의 정기를 타고난 여덟 장수들이 나타나리라는 노래를 지치지도 않고 부르고 있었다.

아이들은 기운 센 여덟 장수들이 꼭 나타날 것을 믿고 그 노래를 부르는 것이 아니었다. 헌병이나 순사들의 눈을 살살 피해가는 재미로 그 노래를 부르는 것도 아니었다. 왜놈들이 미워서 그 노래를 불렀고, 그 노래를 부르면 어디선지 모르게 기운이 돋았다. 그리고 어른들이 은근히 그 노래 듣기를 바라고 겉으로는 꾸짖듯 하면서도 속으로는 대견해한다는 것을 아이들은 문틈을 들여다보듯 빠꼼하게 알고 있었다.

아이들과 어른들의 마음은 언제 어느 때나 그렇게 교류하는 것인지도 몰랐다. 갑오년 그때에 농민군이 쇠해가면서 아이들은 〈새야 새야 파랑새야〉를 불렀고, 의병들의 세력이 드높을 때는 '의병장들의 노래'를 부르며 자라났던 것이다.

여덟 장수의 노래와 함께 삭풍을 타고 퍼지는 소문이 있었다. 떼도둑에 대한 이런저런 이야기들이었다.

"어이, 보소 보소. 그 이얘기 들었능가?"

"어허, 숨넘어가네. 어지께 밤에 자네가 윗뜸 과부허고 붙었다는 이얘기?"

"이사람아, 소금값도 비싼디 싱건 소리 말고. 그 떼도적덜이 또 만경 정 부잣집얼 털었다드랑게."

"머시여? 그것이 은제여?"

"아니, 아니, 쬐깨 있어보드라고. 시상이 살기 에롭고 뒤숭숭헝게 도적떼가 생기는 것이야 당연지산디, 자네넌 어째 그 도적떼가 그 도적떼라고 딱 못 치고 나슨가? 자네가 점쟁이여, 순사여?"

"저저 잘난 인종, 또 걸고 넘어간다. 아니, 딱 바라보니 지리산 천왕봉이요, 풍덩 빠지고 보니 똥통이드라고 그 도적질허는 모양새럴 보면 모르고 자시고 헐 것이 머시가 있어. 그 수가 너댓으로 떼럴 진 디다가, 짤막헌 칼덜얼 들었고, 만석꾼 부잣집덜만 골라서 터는디, 나락섬얼 처분히서 돈 지닌 것얼 딱 알고 찾아든다 그것이여. 이런디도 딴 도적떼여? 소문이 같은 도적이라고 쫘아악 퍼졌응게 자네넌 잘난 칙끼허덜 말고 귀동냥이나 푸지게 혀두는 것이 딴 자리 가서 잘난 칙허기가 좋을 것잉마."

"아이고, 저놈에 주딩이. 되로 주고 말로 받네그려."

"긍게로 나서덜 말어. 자네넌 항시 꽹매기 칠 자리서 징 치고 그려서 탈이여. 보소, 정 부자네가 은제 당혔어?"

"한 사날 됐다등마."

"얼매나 뺏겼다등가?"

"이, 만 석에 절반 5천 석얼 처분헌 돈뭉텡이럴 몽창 털렸다대."

"워따메 아까운 거!"

"아이고메 씨어언헌 거!"

"저 사람 저 창아리 없는 것 잠 보소. 앉은 자리에 풀도 안 날 정가가 자네헌티 땡전 한 닢도 안 줄 것인디 머시가 아까와. 속이 씨언허제."

"좆겉이 말트집 잡덜 말어. 도적놈덜이 그 많은 돈 다 묵을 것 생각헝게 아깝다는 것이제 누가 정가놈 편역드는 것이여?"

"맞네, 자네 말도 맞어. 근디, 그 떼도적이 찬바람 나고 부잣집만 골라 턴 것이 여러 번 아니라고?"

"긍게 말이시. 익산 문 부자, 부안 최 부자에 만경 정 부자꺼정 아닌가."

"고것 참 맹랑허시. 도적질로 떼부자 되잔 것일랑가? 허는 짓짓이 예사 도적언 아닌갑는디……."

"이, 그 도적놈덜이 우에서보톰 훑어 내래오고 있구마. 쬐깨 더 내래오면 우리 동네 김 부자가 당허게 생기덜 안했다고. 김 부자 붕알이 바짝 쫄아붙겄는디."

"어허, 자네넌 인자 날라리 불어댄가. 김 부자고 머시고 이얘기에 옆물꼬 트지 말고 가만이 잠 있으소."

"그려, 예사 도적이 아니라는 소문도 있드마. 그전에 거 동학군덜이 산으로 쫓겨 들어가 맨든 활빈당이니 머니 허는 것덜 안 있드라고. 이번에넌 의병 허든 사람덜이 그리 나슨 것이라는 소문이여."

"허! 그리만 되았음사 장허고 장헌 일이제. 시상이 이리 숨맥히고 퐉퐉헌디 그런 말만 들어도 살 것 겉으네."

"근디, 그 사람덜이 그런 사람덜임사 왜놈덜 농장얼 털어야제 어째 조선사람덜만 골라감서 터는고? 다 헛소문이여."

"아이고, 또 잘난 칙해도 자네가 헛짜시. 왜놈농장 쥔덜 집얼 못 봐서 허는 소리여? 총칼 든 놈덜이 지키제, 황소만헌 개덜얼 멫 마리썩 풀어놨제, 자네나 그런 불구뎅이로 들어가소."

"어디 그뿐이라고. 왜놈덜이 당했다고 허면 헌병이고 순사덜이 눈에 불얼 쓰고 나슬 판인디, 긁어 부시럼이제. 허고, 조선 부자양반덜이사 어디 인자 조선사람이간디. 요분 토지조사당험스로 싹 다 왜놈덜 되야부렀제. 고런 양반님네덜 차근차근 당해서 싸고말고."

"그려, 그 떼도적이 활빈당이든지 아니든지 간에 인심 사나운 부자덜이 당허는 것언 아조 꼬소름허시."

이런 말들은 바람만큼 빠르게 퍼져나가고 있었다. 남자들만이 아니라 여자들까지도 그 소문에 입을 모았다. 그 도둑들이 뺏은 돈이 전부 얼마나 될까. 그 도둑들이 과연 예전 활빈당 같은 것일까. 다음에는 어디 부자가 당하게 될까. 대개 이런 말들을 엮어갔다. 그런데 남자나 여자들의 입모음에는 공통적인 것이 있었다. 그 도둑들이 잡히지 않기를 은근히 바라는 것이었고, 부자들이 당한 것을 고소해하는 점이었다.

어른들의 관심이 큰 만큼 아이들도 그 소문에 한몫 끼어들고 있었다.

"그 도적덜이 나쁜 도적이 아니라 존 도적이라는 것이여."

"그려, 그려. 부자덜 돈만 털어서 우리겉이 가난헌 사람덜얼 골라 도와준다고 허드라."

"참말로? 글먼 밤에만 살짝살짝 찾아댕기겄지야?"

"요런 욕심쟁이야, 미리보톰 춤 꼴딱꼴딱 생키덜 말어. 목젖 떨어지겄다."

"근디 말이여, 그 도적덜이 무지무지허게 재주럴 잘 부린다는 말 느그덜도 들었냐?"

"이, 아무리 높은 담도 손 안 짚고 넘고, 방문얼 아무리 단단허니 잠과도 그냥 팍팍 열어불고, 축지법얼 써서 하로밤에 몇백 리럴 간다고 허드라."

"피이, 거짓말 말어. 홍길동이나 그런 재주 부리제 아무나 부린다냐?"

"이새끼야, 거짓말언 머시가 거짓말이여. 홍길동이맨치로 존 도적인게 그런 재주럴 부리는 것이제."

"니기미, 욕허지 말어. 니가 재주 부리는 것 봤냐, 봤어?"

"그려, 우리 아부지가 그러드라. 어쩔래?"

"아니여, 아니여. 그런 재주 부리는 것이야 틀림없어. 그런 재주 잘 부린게로 왜놈 헌병이고 순사덜이고 다 못 잡는 것 아니겄냐."

"아참, 니 말 맞다. 그 사람덜이 재주럴 기맥히게 잘 부린게 말 타고 총 지닌 헌병이고 순사덜이 그 사람덜얼 못 잡는 것이여. 으쩌냐 이새끼야, 또 헐 말 있냐!"

"새끼…… 넘이 다 갤차준 말 갖고 뎀비고 지랄이여……."

"근디 말이여…… 그 사람덜이 혹시 명산 정기 타고난 장수덜 아닐끄나?"

"머시여? 우리가 노래 불르는 그 야닯 장수 말이여?"

"이, 그려. 그럴란지도 몰르겄다!"

"피이, 아니여. 그 장수덜임사 당당허니 왜놈덜허고 싸와야제 어찌서 밤에만 댕기겄냐, 못나게."

담장 너머에서 들려오는 아이들의 조잘거림에 귀를 기울이고 있던 신세호는 생각 깊은 얼굴로 고개를 주억거리며 돌아섰다. 아이들의 마음은 맑은 거울과 같고, 세상을 바르게 사는 길은 항시 아이들의 마음을 지니는 것이란 말을 새삼스럽게 떠올렸다. 아이들의 조잘거리는 말에는 아이들다운 호기심이 넘치는 반면에 어른들을 앞지르는 소망이 담겨 있었다. 아이들이 여덟 장수를 기다리는 마음은 왜놈들을 무서워하면서도 미워하는 마음이었고, 어서 왜놈들을 몰아내고 살기 좋은 세상이 되기를 바라는 마음이었다. 그 마음은 또 어른들이 무엇을 해야 되는지를 일깨우는 가르침이기도 했다. 송수익과 공허의 얼굴이 떠올랐다. 그리고 공허의 말도 들렸다.

"송 장군님 말씸대로 조선사람 전부헌티 질로 중허고도 화급헌 일이 강도질당헌 나라럴 되찾는 일 아니겄는게라우. 근다고 빈손 맨주먹으로 다 나슬 수야 없는 일이제라. 화승총에 죽창 든 의병덜이 절딴나는 것으로 환허니 뵈었응께요. 인자 새로 싸울 채비럴 단단허니 해야제라. 선생님이 허실 일언 따로 있응게 소승이 허는 일에넌 맘쓰지 마시고 몰른 칙끼허시씨요."

비밀결사를 조직한 공허가 한 말이었다. 물론 그는 비밀결사가 몇 명이고 어떤 사람들인지 전혀 입에 올리지 않았다. 비밀결사니까 비밀을 지키기 위해서는 필요한 일이었다. 그러나 공허는 또다른 뜻을 가지고 있었다. 자신을 그 일에 연관시키지 않고 안전하게 해주려는 뜻이었다.

지금 생각해도 민망하고 부끄러운 일이었다. 공허가 받아들이든 받아들이지 않든 간에 자신도 그 일에 가담하겠다고 나섰어야 했다. 그런데 공허의 말을 따라 그야말로 모른 척하며 넘어갔던 것이다. 어차피 의병에도 나서지 못한 주제였지만, 사람을 고르는 공허의 엄격하고 단호한 태도 때문에 그런 뜻을 밝힐 엄두도 내지 못했는지도 모른다.

"임병찬이란 사람이 김개남 장군얼 생포헌 공으로 입신출세했담서요?"

어느 날 밤에 나타난 공허가 눈을 이글거리며 불쑥 내놓은 뜨거운 말이었다.

"그런 말 어디서 들었소?"

신세호는 그 물음이 갑작스럽기도 하고 뭐라고 대답하기도 난처해서 이렇게 되물으며 어물거렸다.

"어디서 누구헌티 들었냐가 중헌 것이 아니구만요. 그 사람이 참말로 그런 일얼 했냐 안 했냐가 중헌 일이제라."

공허는 숨까지 거칠게 쉬었다.

"그랬소, 태인서……."

신세호는 신음하듯 말을 흘렸다.

"김개남 장군 목얼 친 집안 사람덜허고넌 아무 일도 못허겄구만요. 우리 아부지도 동학군으로 죽었고, 나넌 개발바닥만도 못헌 쌍놈잉게요."

공허는 냉정해진 얼굴로 입가에 비웃음을 물었다.

신세호는 뭐라고 할 말이 없었다. 그때 동학군들은 두말할 것 없이 역적으로 몰렸던 것이고, 기세가 꺾인 동학군들의 뒤를 쫓은 양반 벼슬아치들은 한둘이 아니었다. 난리를 일으킨 역적들을 잡아 죽이는 것은 그들의 임무였고 그리고 자구책이었다. 다만 공허는 임병찬이란 사람이 한 일을 뒤늦게 안 것뿐이었고, 임병찬은 전봉준 손화중과 함께 동학군의 3대 거두 중의 한 사람인 김개남을 생포해서 처형한 탓에 두드러질 뿐이었다. 그러나 동학군의 처지에서 보자면 그런 양반들은 원수일 수밖에 없었다. 공허의 아버지가 동학군으로 죽었다니……. 공허가 어째서 머리를 깎게 되었고, 그리고 장삼을 걸친 몸으로 의병에 나서서 오늘에 이르게 되었는지를 비로소 알 것 같았다. '임병찬이란 사람이 김개남 장군얼……' 이 한마디로 공허의 심중을 환히 들여다볼 수 있었다. 공허는 그 이름도 들먹여서는 안 되는 김개남을 '장군'으로 받들고 있었고, 자신이 현재 하고 있는 일을 동학군이 말년에 내걸었던 구국을 실행하는 것으로 생각하는 성싶었다.

"갑오년에 선친얼 잃은 스님 흉중이 어떨지 짐작허기가 에롭지 않으요. 허나 나라럴 되찾자는 마당에 그때 일언 서로가 덮고 잊어감서 맘덜얼 합해야 대사가 이루어지덜 안컀소."

신세호는 공허의 감정을 다치지 않으려고 조심스럽게 말을 건넸다.

"야아, 그것이야 당연지사제라. 헌디, 임병서 그 양반이 소개헌 사람언 그것이 아니드랑게라. 즈그덜 집안 족보 자랑이나 줄줄이 엮어내림서 콧대만 잔뜩 높여갖고 지럴 대장으로 모시고 일얼 꾸미라는 것 아니겄능게라우. 그것도 다 존디, 허겄다는 일이 양반덜

보선발 문대고 앉었는 격으로 하품 나오는 소리만 허드만요. 나야 양반이고 백정놈이고 간에 군자금 모을 일에 목심 내걸고 나슬 사람이 필요헝게 그런 젠체허는 양반덜언 열이고 백이고 있어도 다 소양이 없구만요. 그나저나 송 장군 겉은 양반이 어디 흔허간디요. 임병서 그 양반 속언 어쩐지…… 만주길 내왕헌 일이 헛일이나 아닌지 모르겄구만요."

공허는 쓰게 웃었다.

그때서야 신세호는 자신이 공허의 마음을 헛짚었다는 것을 알았다. 자신도 공허에게 비웃음이나 당할 협량한 양반부스러기라는 사실에 얼굴이 뜨거웠다.

공허는 자기가 만주로 데려다준 임병서까지 못 미더워하며 떠난 뒤로 아무 소식이 없었다. 그런데 서너 달이 지나면서 들려오기 시작한 것이 떼도둑의 소문이었다.

신세호는 그 떼도둑이 바로 공허가 이끄는 비밀결사일 거라고 믿고 있었다. 그저 짐작만이 아니라 틀림없이 공허일 거라고 믿게 되는 확실한 이유가 있었다. 만석꾼 부잣집들만 골라가면서 터는 것이었다. 그건 공허가 다급해한 군자금 조달을 하기 위함일 터였다. 그리고 그 대담성과 기민성이었다. 그 대담성은 공허의 성품에 어울리는 것이었고, 그 기민성은 하루에 200리를 걷는다는 의병들의 재빠름과 흡사했다.

그런데 신세호는 소문만으로 알 수 없는 일이 한 가지 있었다. 그 부잣집들이 꼭 몇천 석씩을 처분해 큰돈이 생기고 나서 떼도둑이 들었다는 점이었다. 그건 우연일 리가 없었다. 공허는 어떻게 해서 그런 소식을 용케 알아내는 것인지 모를 일이었다. 어린애 마음처럼 그런 궁금증을 떼치지 못한 채로 공허가 기다려졌다. 그러나 공허를 쉽게 만나기는 어려울 거라는 생각도 하고 있었다. 공허는 정처가 어디인지 모르게 떠도는 사람이었고, 꼭 긴요한 일이 있을 때만 바람처럼 나타났다가 바람처럼 사라지는 사람이었다. 더구나 큰일을 벌인 데다 그 일에 자신은 아예 관계를 맺지 못하게 했으니 언제나 만나게 될지 모를 사람이었다.

신세호는 찬바람이 스며드는 옷깃을 여미며 야릇한 힘의 충동을 느끼고 있었다. 공허는 아이들의 마음속에서 홍길동이가 되고, 나라를 구할 전설의 장수도 되고 있었다. 천진하고 순박한 아이들의 마음까지 사로잡으며 사는 삶, 그것이 장부의 옳고 바른 삶의 길이리라 싶었다. 수없이 많은 왜놈들의 앞잡이가 어디에 박혀 있는지도 모르는 위험 속에서 남의 집 담을 넘고, 돈을 빼앗고, 몸을 숨겨야 하는 그 숨가쁜 긴장이 전신으로 저릿저릿 퍼지고 있었다. 그건 묘한 유혹이었다. 자신도 그런 박진감 속에서 사나이답게 살아보고 싶었다. 나라를 잃은 처지에 그 길은 역시 장부가 가야 할 길이었다.

그러나 신세호는 고개를 떨구었다. 목숨을 내거는 그 험난한 길을 나설 힘도 기백도 자신에게는 너무 모자랐다. 신세호는 스스로의 나약함을 혐오하며 공허가 무사하기만을 빌었다.

한편, 공허는 어둑발을 타고 군산 언저리로 접어들고 있었다. 들녘을 휘모는 바람이 세차고 매웠다. 공허의 폭넓은 장삼자락이 무슨 기폭처럼 펄럭거렸다. 불빛들이 여기저기 돋을 만큼 어둠살이 진해지고 있는데도 군산으로 뻗은 신작로에는 볏섬을 그득그득 실은 우마차들이 느리게 움직여가고 있었다.

공허는 재빠른 눈짓으로 주위를 훑고는 어느 초가로 들어갔다.

"아이고 시님, 오시능마요."

장독대 옆 수채에서 그릇을 부시고 있던 여자가 공허를 반겼다. 그런데 반가워하는 것과는 달리 여자의 목소리는 눌려 있었다.

"무고허셨소. 손샌언 왔소?"

공허의 목소리도 낮았다.

"야아, 드시제라. 시방 밥 묵고 있구만요."

여자가 서둘러 앞장섰다. 그 여자는 손판석의 아내 부안댁이었다.

"아짐씨 고상이 덜해 좋구만요."

"야아, 덕분에……."

공허가 한 말은 움막 신세를 면하고 헌 초가삼간이나마 집을 장만하게 된 것을 말하는 것이었다. 공허는 지난번에도 같은 말을 했었다. 그 말에서 그간에 자신이 겪은 고생을 스님이 진정으로 마음에 두고 있었음을 부안댁은 느끼고 있었다. 그 마음씀이 너무 고맙고 황송스러웠다.

"아이고 시님, 이리 오실지 알었음사 지가 밥얼 쬐께 있다가 묵어야 허는 것인디. 어이, 얼렁 밥 갖고 오소. 시님 시장허신디."

손판석은 밥을 먹다 말고 몸을 일으키며 아내에게 서두르라는 손짓을 했다.

"한저녁일 것인디 미안시러서……."

공허는 중얼거리며 주저앉았다.

"아니구만이라, 밥이 있구만요."

부안댁은 부산하게 돌아섰다.

"어여 밥보톰 묵으씨요."

"아니구만요. 금세 밥이 들어올 것인디요. 근디, 만경 일도 잘되셨는게라?"

"아조 깨끔허니 잘되았소."

"그런지넌 알었구만요. 헌디, 그 집서 또 5천 석얼 처분허기로 되았는디요."

공허는 느릿하게 고개를 저었다.

"거그넌 인자 안 좋은갑제라?"

밥을 먹다 만 손판석은 자신도 모르게 단 입맛을 다셨다.

"개도 물린 자리럴 두 번 물리덜 않소."

"글먼 거그서 무신 방책얼 쓸게라?"

"그야 뻔헌 일 아니겄소. 또 당헐랑가 무서와 돈얼 은행에다 맽기기가 쉽소. 그리되먼 영축없이 허방 딛는 것 아니겄소. 그리 안 허고, 니나 나나 양복 입기가 서툴디끼 은행 믿기가 껄찌근히서 집에 돈얼 둔다 허드라도 하인덜 잠 못 자게 해감서 파수 세울 것 아니겄소. 이러나저러나 그 집 돈언 인자 꼭지 떨어져뿐 홍시감이고, 강

건네가뿐 임이요."

공허는 고개를 더 세게 저었다.

부안댁이 밥을 가지고 들어왔다. 고봉으로 담긴 밥은 그릇 부분보다 위로 솟긴 것이 더 많을 지경이었다.

"급해 논께 밥도 있는 대로 보리밥에다가 비린 것 한 가지도 없이……."

부안댁이 밥상머리 인사를 했다.

"나가 아무리 땡초라도 암디서나 비린 것 입 다시고 그런다요. 벨로 허는 일도 없이 요런 상머심밥만도 과만허요."

공허는 지체없이 숟가락을 집어들었다.

"워메, 시님 앞이서……."

부안댁은 말실수를 깨닫고 입을 가렸고, 손판석은 아내에게 눈을 흘겼다.

공허는 숟가락등으로 밥을 다지듯 하는 익숙한 솜씨로 숟가락 가득 밥을 펐다. 그것도 밥그릇에 담긴 밥처럼 고봉이었다. 그 많은 밥이 어떻게 입으로 다 들어갈까 싶었다. 그러나 공허의 입이 쫙 벌어졌고, 밥알 하나 떨어지지 않고 숟가락은 입 속으로 쑥 들어갔다가 나왔다. 공허의 양쪽 볼은 곧 미어터질 듯이 불룩해졌다. 그런데 그는 젓가락을 쓰지 않고 왼손으로 배추김치 한 줄기를 집어들었다. 그는 고개를 약간 뒤로 젖히며 입을 벌렸다. 긴 배추줄기가 순식간에 입으로 다 들어갔다. 꼭 구렝이가 왕개구리를 한입에 집어삼키는 격이었다.

참말로, 밥도 오지게넌 잘 묵네 이!

부안댁은 순간적으로 이런 생각을 하며 깜짝 놀랐고, 자신도 모르게 스친 생각에 얼굴 뜨거워지며 얼른 방을 나섰다. 불현듯 스친 그 생각과 함께 불두덩 저 깊은 속이 찌리릿 울리던 느낌이 선명하게 남아 있었다.

니년이 집도 장만허고 배때지도 뜨뜻해징게 못허는 생각이 없구나.

부안댁은 스스로를 힐책했다. 그러나…… 집을 장만하고 미선소에 나다니지 않아도 끼니 걱정이 없게 되어서 그런 생각이 동하는 것이 아니었다. 남편은 다리를 절름거리게 된 다음부터 표나게 잠자리가 멀어졌던 것이다. 남편의 품이 배고픔을 면하게 해주지는 못했다. 그러나 세상살이의 고단함을 푸는 데는 그보다 좋은 약이 없었다.

"어허, 참 맛나게 자알 묵었다."

공허는 숟가락을 놓으며 시원스럽게 트림을 해올렸다.

"찬 없는 밥얼 그리 맛나게 잘 잡숴주신게 지 맴이 편쿠만이라우."

손판석이 숭늉그릇을 건네며 고마움을 표시했다.

"우리가 지닌 것이 머시가 있소. 몸뗑이덜뿐인디 밥맛 잊어불면 그날이 산송장 되는 날 아니겄소."

숭늉그릇을 받으며 공허는 씩 웃었다.

"아까 그 집 말고도 또 한 집이 큰돈 되게 처분허기넌 허는디……."

손판석은 곰방대를 집어들었다.

"머시가 께끄름허요?"

공허는 눈치 빠르게 손판석의 말꼬리가 흐려지는 것을 잡아챘다.

"야아, 한 5천 석 낸다고넌 허는디, 고것이 왜놈이란게라."

"왜놈?"

공허의 허리가 곧추섰다.

"야아, 저그 머시냐, 김제 옆뎅이 죽산면에다 터잡은 하시모토란 놈이 그놈이구만이라."

"하시모토고 할애비 토시고, 그놈덜 이름이야 어찌 되든 상관없고……. 농장 채린 왜놈이 즈그 연줄로 쌀얼 실어내덜 않고 미곡상에 처분헌다는 것이 무신 소리요?"

공허의 얼굴에는 의심의 빛이 역연하게 드러났다. 그는 그 정도의 상식은 이미 갖추고 있었다.

"야아, 그놈언 큰 회사서 채린 농장 지배인이나 농장장이 아니라 지가 혼자서 농토럴 장만해 감서 지주놀이럴 해묵고 있는 놈이구만요."

"혼자 자작으로 지주놀이럴 혀? 고놈 참 뱃보 좋고, 별종이시?"

공허는 고개를 갸웃하며 중얼거렸다.

"순사도 아니고 헌병도 아닌 거시 떠억허니 말도 타고 댕기는구만요."

손판석은 아니꼽다는 듯 담배연기를 내뿜으며 코웃음을 쳤다.

"말 타고 댕김서 우리 조선작인덜 닦달허잔 것잉가? 그놈 참 느자구없는 놈이시. 그려, 작년 여름이든가 언제든가 죽산면 짝 신작

로로 신바람 나게 말얼 몰아대든 놈이 있었는디, 그놈이 바로 그놈이었을랑가?"

공허는 기억을 더듬는 얼굴이었다.

"맞구만요. 총칼 안 차고 혼자 말얼 몰아댔으면 바로 그놈이구만이라."

"그러먼 그놈이 맞는갑소."

"근디 그놈이 땅이야 허먼 허천 들린디끼 사죽얼 못 쓰고, 작인덜헌티도 고약시럽게 헌다고 소문이 짜아허등마요."

"그놈이 처분허는 날이 은제요?"

공허는 얼굴을 모르는 그자에게 순간적으로 적개심을 느꼈다.

"오늘 미곡상덜 접허기 시작했당게 낼 안으로야 일이 끝막음되겄제라."

"되았소. 요분에넌 그놈이오!"

공허의 힘 뻗치는 말이었다.

"괜찮헐게라? 왜놈인디……."

"왜놈덜도 맛얼 봐야 허요. 조선땅서 난 쌀언 다 조선사람덜 것잉게."

"혀도 잘 살피도록 허시씨요."

손판석의 목소리가 침울해졌다. 그는 공허가 군자금 모을 집을 정할 때마다 자신이 다리병신이라는 비애를 사무치게 느꼈다. 걸어다니고 심장 노릇을 해먹기에는 별다른 불편이 없었지만 공허와 함께 밤일을 나설 형편은 못 되었던 것이다.

"알겄소. 서가놈언 잘 놀아나고 있소?"

공허가 말하는 서가는 서무룡이었다.

"야아, 부두가 지 시상이제라."

"그래도 그놈이 지도 몰르게 세우는 공이 크요. 그놈이 활개치고 잘 놀아날수록 써묵을 디가 많애진께 더 얼크러짐서 한패가 돼야 허요."

"알겄구만요. 염병헐 놈이 수국이 소식얼 불쑥불쑥 묻는 통에 간이 철렁철렁허능마요."

"허! 수국이헌티 반허기넌 오지게 반했는갑소. 나 이만 뜰라요."

공허가 튕기듯 몸을 일으켰다.

"하룻밤이라도 지무시고 가시면 좋 것인디. 지가 사람 노릇얼 못 히서……."

공허를 따라 일어서는 손판석의 목소리가 가라앉았다.

"고것이 무신 소리요. 손샌이 없음사 우리가 이 일얼 어찌허겄소. 송 장군님이 들으시면 손샌 공얼 크게 치하허실 것인디요."

공허는 손판석의 손을 잡았다. 손판석도 공허의 손을 맞잡았다. 둘이는 서로의 손을 힘껏 움켜잡았다.

밖에는 어둠이 짙게 드리워져 있었다. 바람끝이 매웠다. 손판석은 사립 앞에서 공허를 말없이 배웅했다. 공허의 먹물옷은 곧 어둠 속으로 묻히고 말았다.

손판석은 자기보다 젊고 뚝심 좋은 공허가 부럽다는 생각을 하며 아무것도 보이지 않는 어둠 속을 응시하고 있었다. 부러운 것은 그것만이 아니었다. 몸이 성한 것이 부러웠고, 매인 데 없이 훌훌 떠돌아다닐 수 있는 중이란 것도 부러웠다.

이리 살다가 삼출이고 송 대장님언 영영 못 만내보는 것일랑가…….

손판석은 한숨을 내쉬었다. 그리움과 함께 가슴이 먹먹해졌다. 부두에서 십장 노릇을 하게 될지는 꿈에도 몰랐던 일이었다. 십장 자리는 아무나 차지하는 것이 아니었다. 막일꾼들의 상전인 십장 자리를 차지하려면 부두에서 다진 발판이 있어야 했고, 주먹도 남다르게 세야 했다. 그러나 그런 것들보다 더 필요한 것이 든든한 뒷줄이었다.

서무룡이가 아니고서는 십장자리는 엄두도 낼 수 없었던 일이었다. 서무룡이는 다리를 절룩이는 자신을 하루아침에 십장자리에 앉혀주었던 것이다.

"다리 고런 것이 무신 숭이다요. 뙤국놈덜허고 싸우다 다친 것잉게 되레 넘덜보담 용맹시럽고 쌈 잘헌다는 표식이고 자랑거리제라. 아자씨도 주먹심 씨기로야 넘덜 뒷처지라고 허먼 서러워헐 양반잉게 아무 걱정 말고 십장질 당당허니 허씨요. 글고 말이오, 혼자 안 될 무신 일이 생김사 나가 있덜 않은게비요. 나 말 으쩌요?"

서무룡이는 주먹힘보다는 뒷줄이 훨씬 더 든든했던 것이다. 그가 어떻게 해서 그렇게 변했는지 알 수가 없었다. 그가 인사불성이 되도록 취했을 때 슬그머니 물어보기도 했다.

"모르는 것이 약이오, 약."

서무룡이는 번쩍 정신이 드는 눈을 희뜨며 같은 말만 되풀이했다.

서무룡이는 경찰서와 헌병대 양쪽에 다 선이 닿는 것 같았다. 그런데도 그는 등짐조의 십장도 아니었고 창고지기도 아니었다. 예전과 다름없이 막일꾼일 뿐이었다. 그러나 너무 달라진 것이 있었다. 사흘이 멀다하고 제멋대로 일터를 바꾸는 것이었다. 쌀가마니를 부두에서 배로 옮기는 등짐판에 끼기도 했고, 나락섬을 열차에서 하역하는 판에 끼어드는가 하면, 쌀가마니를 창고에서 부두로 져내는 일꾼들 사이에 섞여 있기도 했다.

그러니까 서무룡이는 부두의 일판들을 제 마음대로 휘젓고 다니는 셈이었다. 그건 아무나 할 수 있는 일이 아니었다. 막일꾼들은 20명이나 30명씩으로 조가 짜여 십장이나 창고지기 아래 묶여 있었고, 무슨 일이 생겨 그 조에서 떨어져 나가면 다시 돌아올 수가 없었다. 부두 밖에는 부두의 일자리를 구하려고 날품팔이 지게질을 하며 기다리는 사람들이 드글드글했던 것이다.

그렇게 일터를 옮겨다니며 서무룡이가 무슨 일을 하는지 짐작하기는 어렵지 않았다. 그러나 모르는 척할 수밖에 없었다. 그는 발넓게 돌아다니는 것만큼 아는 것도 많았다. 언제 어떤 배에 쌀이 얼마나 실릴 거라는 큰 것부터 누가 누구하고 어느 술집에서 계집을 다투다가 싸웠다는 시시콜콜한 것까지 알고 다녔다. 그러니 어느 날, 어느 부자의 나락 몇 섬이 거래되어 어느 쪽 창고로 들어오게 된다는 것을 모를 리가 없었다. 그건 쌀이 배에 실리는 것보다 더 중하게 여기는 문제였던 것이다.

물론 그런 소식은 서무룡이만 아는 것은 아니었다. 몇천 석 거래에 거간꾼이 붙게 되면 그 소식은 벌써 십장과 창고지기들 사이에 쫙 돌았다. 미곡상들은 그 많은 양을 빨리 옮겨 정미하고, 잘 보관하기 위해 미리 인부들과 창고를 확보하려고 다투었던 것이다. 그러나 큰 거래라고 해서 십장과 창고지기들이 다 아는 건 아니었다. 다른 일거리에 몰려 바쁜 십장들이나 빈 창고가 없는 창고지기들은 모르고 지나가기도 했다. 혹시 그럴 경우를 생각해서 서무룡이에게 슬쩍 물어보면 모르는 것 없이 다 알게 되고는 했다. 서무룡이는 부두에서 일어나는 모든 일들을 자기가 환히 알고 있다는 것을 꽤나 자랑스러워하고 뻐기기도 했다.

"이짝 속만 안 들키면 오래오래 써묵을 수가 있응게 그놈언 딴 앞잽이덜보담이야 그래도 나슨 놈이오. 못된 행투 미운 것이야 우선 접쳐두고 우리 이문 되게 써묵으먼 왜놈덜헌테 뒵데 똥 퍼붓는 것이 아니고 머시요."

이런 공허의 말대로 서무룡이는 역시 쓸모가 있었다.

그러나 서무룡이와 친근하다는 것이 차츰 주위 사람들의 눈치가 보이기 시작했다. 서무룡이가 끄나풀이라는 것을 알아차리는 것 같았던 것이다. 잘못하면 자신도 서무룡이와 같은 사람으로 손가락질당하기 십상이었다. 그러나 그런 말은 공허에게 꺼낼 수조차 없었다. 공허가 하는 일에 비하면 그런 것은 너무 하찮은 일일 뿐이었다.

공허와 함께 떼도둑의 소문을 퍼뜨리고 있는 사람들은 누구일

까를 생각하며 손판석은 사립을 들어섰다. 의병싸움을 했던 일이 까마득한 기억처럼 떠올랐다.

그때도 군자금을 구하려고 부잣집들을 가끔 털었었다. 의병이라고 밝히는데도 돈을 선뜻 내놓는 부자들은 거의 없었다. 협박을 하고 총을 들이대고 해서야 마지못해 내놓았다. 그리고 다음날이면 토벌대들이 뒤쫓게 만들었다. 그때도 그랬는데 의병이라고 밝히지도 못하면서 공허가 얼마나 애를 쓰고 있는지 짐작하기는 어렵지 않았다.

손판석은 함께 일을 하는 사람들이 누구냐고 묻지 않았다. 공허도 그들이 누구라고 말하지 않았다. 그건 의병을 할 때부터 몸에 익힌 것이었다. 다만 그들이 의병을 하다가 살아남은 사람들일 거라고 짐작할 뿐이었다. 그렇지 않고서야 잡히면 죽을 일에 나설 사람을 구하기는 어려운 일이었다. 기백 있는 사람들은 갑오년에 한바탕 죽어갔고, 십이삼 년의 세월이 흘러 새로 생겨난 기백 있는 사람들은 의병으로 또 한바탕 죽어간 것이었다.

"이 밤중에 어디럴 그리 부산허게 가신다요? 땅짐도 못허게 어둔디."

부안댁은 은근슬쩍 말을 걸쳤다.

"나도 몰르겄네. 이불이나 피소."

손판석은 언제나처럼 딴전을 피웠다.

어둠 속에서 그림자 넷이 재빠르게 움직이고 있었다. 밤이 깊을

대로 깊어서 잎 떨어진 실가지들을 울리는 바람소리만 차가웠다. 담 쪽으로 몸을 바짝 붙이고 기민하게 이동하던 그림자들이 어느 집 모퉁이에 멈춰섰다.

"요 집이오. 아까 말헌 대로 여그넌 주재소고 면사무소가 가차운게 더 정신 채리고 조심해야 허요."

그림자 하나가 숨가쁜 듯한 낮은 소리로 말했다. 다른 그림자들이 억누른 소리로 대답했다.

"자아, 시작헙시다. 왜놈집이라 울타리가 판자울잉게 소리 안 나게 잘해야 허요."

그림자들은 차례로 판자울타리를 넘기 시작했다. 판자가 삐걱이거나 울리는 소리 같은 것은 일체 들리지 않았다. 하나같이 몸놀림이 날렵하기도 했지만 그들은 무턱대고 판자끝을 잡고 매달리는 것이 아니라 판자울타리의 네 모퉁이에 박은 실한 기둥을 이용해서 울타리를 타넘고 있었던 것이다.

네 그림자는 마당 쪽으로 나섰다. 그리고 집 앞으로 신속하게 다가가고 있었다.

땅!

"꼼지락 말어, 순사다!"

"우고꾸나 웃쏘(꼼짝 마라 쏜다)!"

공허는 함정에 빠졌음을 직감했다.

"내빼, 내빼, 내빼!"

공허는 정신없이 외쳐대며 내닫기 시작했다. 다른 그림자들도 후닥탁탁 튀며 흩어지고 있었다.

"쏴라, 쏴라!"

탕, 타당 탕탕…….

총소리들이 어둠을 뒤흔들었다. 여기저기서 개들이 짖어대기 시작했다.

공허는 판자끝을 잡는 것과 동시에 몸을 날려 울타리를 넘었다.

"아이고메……!"

절박한 비명소리가 터졌다. 내달리려던 공허는 주춤했다. 누군가가 총을 맞은 것 같았다.

탕탕, 타당 탕…….

총소리에 막혀 공허는 다시 울타리를 넘어갈 수가 없었다. 어둠 저만치에서 누군가가 달아나고 있는 기척이 들렸다. 그때 판자울타리 사이사이로 불빛이 번뜩거렸다. 불붙어 타오르기 시작한 횃불이었다. 그리고 골목으로 뛰어나오는 구둣발소리들이 요란하게 울렸다. 더 지체할 수가 없었다. 공허는 눈을 질끈 감았다가 떴다. 주저하는 마음을 짓밟으며 마구 달리기 시작했다.

"저그다, 저그 도망간다!"

"잡아라! 쏴라, 쏴!"

조선말과 일본말의 외침이 총소리와 함께 뒤섞이고 있었다.

공허는 어둠을 방패 삼아 줄기차게 내달리고 있었다. 그는 어떻게 그런 덫에 걸리게 되었는지 어쩐지 생각할 겨를이 없었다. 총소리가 계속 뒤를 쫓아오고 있었던 것이다.

공허는 그 다급함 속에서도 일직선으로만 달리지 않았다. 총알을 피하고 쫓아오는 놈들을 따돌리기 위해 방향을 바꾸며 달렸다. 매운 북풍을 마주 보고 달리는 것도 그놈들을 빨리 지치게 하기 위해서였다.

얼마나 오래 달렸는지 모른다. 총소리가 들리지 않았다. 총소리가 들리지 않을 정도면 그놈들과는 꽤나 거리가 멀어진 것이었다. 그러나 안심할 수는 없었다. 그놈들은 총을 쏘지 않고 뒤쫓아오고 있는지도 모를 일이었다. 의병토벌에서 한두 번 당한 것이 아니었다.

공허는 속도를 줄였을 뿐 뛰기를 멈추지 않았다. 날이 밝기 전까지는 아무리 못해도 50리 밖으로 벗어나 있어야 했다. 먼동이 트기 시작하면 그놈들은 가까운 동네들부터 뒤질 것이 분명했다.

공허는 그 생각과 함께 한숨을 토해냈다. 대원들에게 그 사실을 주입시키지 않았던 것이다. 이런저런 위기에 대처하는 방법들은 가르쳤지만 그런 식의 함정에 빠지리라고는 상상도 못했던 것이다. 그러고 보니 사후 집결지도 정해져 있지 않았다. 위험 속에서 모두가 뿔뿔이 흩어지는 꼴이 되고 말았다. 그동안의 일들이 너무 순조로웠던 탓이었다.

그것이 도대체 어떻게 된 일일까……. 순사놈들이 먼저 매복을 하고 있다니……. 다소 여유를 찾은 공허는 계속 뛰면서 생각하고 있었다.

어제 낮에 그 집을 둘러볼 때만 해도 아무 낌새가 없었다. 왜놈 지주들 집에 흔한 개도 한 마리 없었고, 머슴 같은 남자하인들이 눈에 띄는 것도 아니었다. 건성으로 스치면서 본 것이 아니고 반나절이나 배회하면서 살폈던 것이다. 마음 놓고 일을 시작하기에 딱 알맞았다.

순사들은 돈을 털러 오기를 기다리고 있었다……. 그럼, 하시모토란 놈이 5천 석을 처분한다는 것부터 거짓말이었던 것이 아닌가! 이 깨달음과 함께 머리가 찡 울리는 충격을 받았다.

글먼, 손판석이가 나럴 둘린 것인가……? 아니겄제, 아니여, 손판석이도 그놈덜 거짓말에 둘린 것이겄제. 하먼, 손판석이야 지삼출맨치 믿을 만헌 사람이제. 손판석얼 의심허먼 나가 죄받을 일이여.

왜놈들이 자신들을 붙잡을 작정으로 그런 간계를 꾸민 것을 생각하니 그 함정을 빠져나온 것이 너무 아슬아슬하여 가슴이고 등골에 찌릿찌릿 전율이 일어났다.

손판석이에게 하시모토란 놈의 이야기를 듣고 나서 생긴 의문은 한 가지였다. 그가 왜놈인데 5천 석을 처분한 그 많은 돈을 조선지주들처럼 집에다 둘까 하는 점이었다. 돈깨나 있는 조선사람들이 은행이라는 것을 별로 달가워하지 않으며 돈을 선뜻선뜻 맡기지 않는 것에 비해서 일본사람들은 누구나 은행을 찰떡처럼 믿고 돈을 맡긴다는 것이었다. 일본것들이 조선사람들을 개명하지 못했다고 비웃는 것이 한두 가지가 아닌데 그중의 하나가 은행을 못 믿는 것이라고 했다.

그러나 하시모토의 집을 털기로 결정했던 것은 전액을 다 은행에 넣지 않았을 거라는 생각 때문이었다. 그리고 왜놈의 집을 털어

본때를 보여주고 싶었던 것이다. 하시모토란 놈을 처마끝에 거꾸로 매달아놓을 작정을 했던 것도 본때를 보이기 위해서였다.

어둠 속에서 물소리가 가늘게 들려오고 있었다. 공허는 숨을 몰아쉬며 뛰기를 멈추었다. 입에서 단내가 나고 목이 껄껄하도록 갈증이 심했다. 물소리를 따라 둔덕을 더듬어 내려갔다.

공허는 이가 시리도록 차가운 물을 벌컥벌컥 들이켰다. 물을 실컷 들이켠 그는 낯을 씻었다. 낯이 미끈덕거렸다. 땀이 많이 내밴 탓이었다. 낯을 씻고 나자 정신이 말끔해지고 새 기운이 솟았다. 그때 문득 스치는 생각이 있었다. 그 하시모토란 놈이 5천 석 지주라는 것도 거짓말일지 모른다는 생각이었다. 그건 미처 의심해 보지도 않았던 문제였다.

그러나 공허의 뒤늦은 의문은 적중하고 있었다. 하시모토가 올해 수확한 것은 3천여 석이었다.

공허는 머리에 동였던 수건을 풀어 낯을 닦으며 둔덕 위로 올라섰다. 혹시 중이라는 것이 드러날까 봐서 일을 나설 때는 언제나 민둥머리가 다 가려지도록 수건을 둘렀다. 그리고 옷도 농사꾼옷으로 갈아입었다.

공허는 수건을 다시 머리에 동여매며 사방을 유심히 살펴보았다. 어디인지 잘 알 수가 없었다. 그저 한 삼사십 리 달려온 것이 아닐까 싶었다. 그렇다면 금산사가 멀지 않았다. 그러나 금산사로 가고 싶지는 않았다. 내일 하루 동안이면 순사들의 발길이 충분히 미칠 수 있는 거리였다. 그리고 자신의 변복이 문제였다. 농군옷을 입고 갑자기 나타나면 금산사의 그 많은 중들에게 무슨 일을 저질렀다는 것을 광고하는 것이나 다를 것이 없었다. 그것이야말로 어리석기 그지없는 일이었다. 이제 중들은 믿을 수가 없었다. 의병들이 한창 일어날 때만 해도 중들은 거의가 우국충정을 가지고 있었다. 그래서 중들만으로 의병대를 만들 수도 있었고, 다른 의병대들이 산간 절에서 이모저모로 도움을 받을 수도 있었다. 그러나 의병세가 쇠잔해져 가면서 총독부의 위세가 천하를 흔들게 되고, 재작년에 사찰령이 공포되면서 중들의 태도는 달라지게 되었다. 절마다 수도에 용맹정진한다는 바람이 불면서 중들은 세상의 고통을 외면하며 득도정진에 열성인 척했던 것이다. 그리고 주지들은 노골적으로 총독부가 베푸는 혜택을 받으려고 나섰던 것이다. 그 혜택은 바로 토지조사사업에서 나타났다. 양반지주들이 우선적으로 보호를 받은 것처럼 모든 절들의 사답도 보호를 받았다. 그리고 그것뿐이 아니었다. 총독부가 강탈한 역둔토까지 암암리에 배당받게 되어 절들은 오히려 재산이 불어나고 있었다. 총독부는 농토를 미끼로 불교계를 장악해 나가고 있었고, 중들은 배가 불러가는 대신 왜놈들을 위해 목탁을 치는 친일배들로 변해가고 있었던 것이다.

공허는 어디로 갈까를 생각했다. 먼동이 트기 전에 이삼십 리를 더 벗어나 일단 몸을 숨겨야 했다.

그렇지, 거기를 찾아가면 되겠구나!

공허는 불현듯 그곳을 생각해 냈다. 그곳은 이삼십 리를 더 가야 했다. 순사들의 수사망에서 벗어나 몸을 숨길 수 있는 안전한 곳이었다.

그러나 공허는 잠시 망설였다. 마음 한구석에서 앞을 가로막는 손이 불쑥 나왔던 것이다. 그 손은 다름 아닌 부처님의 손이었다. 그는 그 손을 바로 내칠 수가 없어서 숨을 들이켜며 고개를 뒤로 젖혔다. 어둠 속 저 멀리서 겨울별들이 유난히 또렷또렷하게 반짝이고 있었다. 삼천대천세계로 보자면 사람의 한평생은 색즉시공이요 공즉시색이라, 하나의 물방울이요 한 덩이 뜬구름이니…… 귀에 못이 박이도록 들어온 말이었다. 인연을 맺지 마라, 인연은 괴로운 것이다. 그리운 사람은 만나지 못해서 괴롭고, 원수는 만나서 괴로우니라. 그저 지당할 뿐인 말이었다. 그러나 그런 말대로 하자면 아무 일도 할 필요가 없고 이 세상을 살아가야 할 이유도 없었다. 그때 또 떠오르는 말이 있었다. 불심은 어디에 따로 있는 것이 아니라 스스로의 마음에 있다. 그 마음에 따라 금덩이도 돌로 보이고 아무리 미색인 여자도 목석으로만 보이게 된다.

그려, 나도 절밥 죽인 만치는 불심이 있응게로!

공허는 그곳을 찾아가기로 마음을 굳혔다. 두 손바닥에 침을 퉤퉤 튀긴 공허는 다시 뛰기 시작했다.

비명을 질렀던 대원 생각이 다시 떠올랐다. 비명소리만으로는 그가 누구인지 알 수가 없었다. 만약 그가 총을 맞은 것이라면 무사할 가망은 거의 없었다. 붙잡힌 그는 총상의 고통에다가 고문까지 당하게 될 것이었다. 그런 막다른 처지에서 그가 조직의 비밀을 지켜낼 수 있을 것인가…… 확신할 수가 없었다. 그 어떠한 경우에도 조직의 비밀을 누설해서는 안 된다는 것을 누누이 강조하고 약속해 왔던 것이다. 죽어도 혼자 죽어가게 되어 있는 것이 첫 번째 강령이었다.

나는 그럴 수 있는가?

공허는 스스로에게 물었다. 그리고 냉정하게 생각해 보았다. 그럴 수 있다는 대답이 가슴 저 깊은 곳으로부터 울려왔다. 그 대답과 함께 눈앞에는 불길에 휩싸인 집이 꼭 어제의 일처럼 선명하게 떠오르고 있었다. 그 물음은 의병으로 나설 때 자신에게 물었던 것이었다. 그때나 지금이나 마음에는 변함이 없었다. 다시 절간으로 들어가 편한 밥을 먹을 수 없는 것도 그 마음 때문이었다. 목탁을 두들기고 앉아 있는 것이 헛사는 것 같은 생각은 고쳐지지도 떼쳐지지도 않았다. 큰스님은 '업보로다, 업보로다' 하는 말로 자신이 택한 길을 묵인해 주었다.

공허는 스스로의 생각에 문득 놀랐다. 짧은 생각이 퍼뜩 스쳐갔던 것이다. 차라리 죽었으면 좋겠다. 이 생각이 순식간에 스쳤고, 너무 잔인한 자신에게 놀랐던 것이다. 그러나 그 생각을 다시 곱씹어보았다. 그것이 꼭 잔인하고 몰인정한 것인가……. 어차피 순사놈들은 그를 살려주지 않을 것이었다. 고문을 할 대로 다 해서 모든 비밀을 알아낸 다음 그를 죽일 것은 뻔했다. 그렇게 당할 고생 다 당하고 죽느니 차라리 총에 치명상을 입고 죽는 것이 편한 죽음이었다.

그놈 멕얼 따야 헐 일이여!

공허는 하시모토라는 놈을 죽이고 싶은 살의를 느끼고 있었다. 그런 간계를 꾸민 그놈은 집을 비우고 주재소에나 피해 있었을 것이 분명했다. 그놈은 순사나 헌병들보다도 더 고약하고 악랄한 놈이었다. 지주라는 놈이 농사에나 마음쓰지 않고 그런 일까지 꾸미는 걸 보면 예삿것이 아닌 성싶었다. 그건 순전히 관에 잘 보이기 위한 수작이었다. 그런 악랄한 놈은 그냥 살려둘 수가 없었다. 그런 놈이 소작인들에게 어떻게 할지는 보나마나 뻔한 것이었다.

어디선가 닭이 울고 있었다. 공허는 반사적으로 사방을 둘러보았다. 동쪽하늘에 새벽빛이 어리고 있었다. 어둠도 꽤나 묽어져 있었다.

그곳까지는 얼마 남아 있지 않았다. 그러나 그 집에 들어갈 때 사람들의 눈에 띄어서는 안 될 일이었다. 공허는 더욱 세차게 뛰기 시작했다.

겨울이어서 다행이었다. 장닭들이 한바탕 울어댔는데도 동네에는 사람들의 모습이 보이지 않았다.

공허는 초가 뒤에서 뛰기를 멈추며 숨을 몰아쉬었다. 묽은 어둠에 묻힌 초가에서는 아무 인기척이 없었다.

공허는 나지막한 토담을 뛰어넘었다. 바로 눈앞에 조그마한 봉창이 나 있었다. 방문 앞으로 가는 것보다는 그 봉창을 두들기는 것이 나을 것 같았다.

봉창을 두들기려던 공허는 얼른 몸을 낮추었다. 발자국소리가 고샅을 지나가고 있었다. 낮은 담에 자신의 모습이 드러나거나 인기척이 담을 넘으면 큰일이었던 것이다. 자신의 모습도 감추어야 했고, 젊은 과부 집에서 남자 기척이 들린다는 것도 말이 안 되는 일이었다.

발자국소리가 완전히 사라진 것을 확인한 공허는 봉창을 두들겼다. 방 안에서는 아무런 기척이 나지 않았다. 공허는 봉창틀을 좀더 세게 두들겼다.

"거그 누구다요!"

잠기라고는 전혀 없이 긴장된 목소리는 낮고 빨랐다.

"땡초 공허구만이라우."

잔뜩 억눌린 목소리는 쉰 듯하며 갈라져 나왔다. 공허는 심하게 목이 말라 있었다.

"아이고메, 시님이!"

여자의 놀라는 목소리는 잠자리를 황급히 차고 일어나는 모습을 환히 느끼게 했다. 공허는 드문드문 박힌 새벽별들을 바라보며 여기를 찾아오기 잘한 것인가 어떤가를 그저 덤덤한 마음으로 되짚고 있었다. 산속 절까지 들어가자니 너무 멀었고, 자신이 하는 일을 알면서 몸을 숨겨줄 만한 사람들은 없었다. 홍씨는 자신이 만주를 오가는 것까지 알고 있는 처지였고, 이래저래 서로 믿음이 쌓여 있었던 것이다. 홍씨 집으로 발길이 이어진 것은 어쩌면 지극히 자연스러운 일이기도 했다.

송수익의 식구들이 전부 만주로 옮기기로 했다는 자신의 지어붙인 말에 홍씨는 몹시 낙담하는 기색이었다. 그 미안함을 어찌할 수가 없어서 지나는 길에 문안을 했더니 홍씨는 예상 밖으로 반가워했었다. 그 반가워했음이 머지않아 이사를 가게 된 것을 알릴 수 있게 되어 그랬다는 것을 늦게사 알았다. 홍씨가 이사를 가는 것은 자식 없이 홀로 된 청상이 시부모도 없는 시집과 절연한다는 뜻이었다. 그 신세 기박함이 가슴 아파 이사한 동네로 또 문안을 가보지 않을 수가 없었던 것이다. 처녀아이 하나만을 데리고 기와집에서 초가집으로 옮겨앉은 홍씨는 전보다도 더 반가워했다. 무엇보다도 다행이었던 것은 송수익의 이야기는 한마디도 입에 올리지 않는 것이었다. 그리 쉽게 잊었을 리 없건만 그렇게 마음을 다스리는 모습이 정갈하고 고와 보였다.

"시님, 방문 땄구만요."

봉창으로 흘러나오는 홍씨의 다소곳한 목소리였다.

"야아, 앞으로 가겄구만요."

공허는 빠른 걸음으로 집을 안고 돌며 사립께를 살피는 것을 잊지 않았다.

공허가 방 앞의 토방에 서자 방문이 먼저 열렸다.

"아니, 시님……!"

홍씨가 놀랐다. 그러나 곧 무엇인가를 알아차리는 듯한 얼굴이 되었다.

"야아, 쫓기는 몸이 됐구만요."

공허는 머리에 두른 수건을 풀며 멋쩍은 듯한 웃음을 지었다.

"어여 들어오시씨요, 어여."

홍씨는 마루로 나서며 손짓까지 했다.

공허는 밝아오는 새벽빛에 떼밀리듯 방으로 들어섰다. 온기와 함께 물큰 풍겨오는 냄새가 있었다. 그 야릇한 냄새에 공허는 가슴이 찡 울리는 것을 느꼈다. 젖내음처럼 비릿한 것도 같고, 치자꽃냄새처럼 쌉싸름한 것도 같고, 수국꽃냄새처럼 어지러운 것도 같은 그 냄새는 바로 혼자 사는 여자의 냄새였다. 공허는 가슴이 걷잡을 수 없이 요동치는 것을 느끼고 있었다.

"저그 아랫목으로 앉으시씨요."

공허의 짚신을 윗목 구석에다 놓으며 홍씨가 자리를 권했다.

"야아……."

공허는 당황하며 아랫목이 아닌 방 한쪽에 주저앉았다.

"땀이 많이 나셨는디……."

홍씨가 수건을 내밀었다.

"저어, 찬물 한 그럭……."

공허는 몹시도 목이 타서 물을 청하지 않을 수 없었다. 홍씨는 들릴락 말락 가늘게 대답하며 방을 나갔다.

공허는 방 안을 둘러보았다. 홍씨의 옷매무새가 그렇듯 방 안 어디에도 잠을 자다 일어난 흔적이라고는 없었다. 이불과 요를 서둘러 갠 것이었다. 공허는 그 냄새를 다시 맡으려고 코를 벌름거렸다. 그러나 냄새는 흐려져 있었다.

이놈아, 환장허덜 말고 정신 채려. 저것언 금뎅이가 아니고 돌뎅이고, 여자가 아니라 목석인 것이여.

공허는 벽에 등을 기대며 두 손바닥으로 얼굴을 감쌌다. 스스로의 마음에 매질을 했지만 효과는 전혀 나타나지 않았다. 초가집 지붕을 뚫을 기세로 물건은 빳빳하게 곤두서 있었다.

도무지 알 수가 없는 일이었다. 음심이 동하는 마음을 다른 마음이 매질하니까 음심을 품은 마음은 금방 말귀를 알아듣고 마음을 고쳐먹었다. 그런데도 물건의 기세는 수그러들지 않았다. 마음과 물건과는 아무 상관도 없이 제각기 움직이는 것 같았다. 그러나 그럴 리가 없었다. 마음이 시키지 않고서는 육신은 그 어떤 마디도 움직이지 않게 되어 있었다. 그렇다면 마음이 거짓말을 하고 있는 것이었다. 음심을 품은 마음은 한쪽으로 매질의 가르침을 따르는 듯하면서 또 한쪽으로는 음심을 그대로 품고 있었던 것이다. 자신의 마음이면서도 그 갈래가 얼마나 되는지 알 수가 없었다. 결국 불심이 수심을 이겨내지 못하고 있다는 증좌였다.

그런데 이상한 일이었다. 밤새껏 잠 한숨 못 자고 몇십 리를 내달아오느라고 기운은 다 빠졌는데도 어찌 된 것인지 그것만은 펄펄 살아서 독 오른 뱀대가리가 되어 있었다.

"남자 연장이 질로 짱짱허니 참나무토막이 되는 때가 언젠지 알어? 오륙십 리 질얼 똥줄 타게 걸은 담이여. 어째 그냐! 똥구녕살허고 좆뿌랑구허고넌 한통속으로 고리가 째여 있는디, 사람이 싸게 싸게 걸을수록 똥구녕언 지절로 옴죽옴죽험스로 심얼 받고, 그 옴죽옴죽허는 심이 좆뿌랑구로 살짝살짝 전해진다 그 말이여. 오륙십 리럴 걸음서 그리 모타진 심이 걸음얼 딱 끝내먼 어찌 되냐! 볼 것 없이 하늘로 뻗침서 좆대감지가 나 여깄다 허고 소리질르게 맨들제. 아, 나 말이 안 믿기면 다덜 당장 용두질 쳐갖고 똥구녕이 옴죽기리게 심덜 써봐. 좆대감지가 더 짱짱해짐스로 디딜방아럴 찧나 안 찧나. 헌디, 그 이치가 남자만 그러는 것이 아니여. 여자 그것이 짠득짠득험스로 넉글넉글허고 축축험서 따땃허니 질로 맛나는 것이 언젠지 알어? 여자도 사오십 리 싸게 걸은 담이여. 여자 똥구녕허고 거그도 문고리 두 개가 붙은 것맨치로 살이 서로 꿰여 있는디, 여자덜이 큰 방뎅이럴 흔들어댐서 걸어가면 심받은 똥구녕이 어찌 되겄어. 보나마나 옴죽옴죽 아니겄어. 근디 서로 살이 꿰여 있으니 똥구녕이 옴죽기리면 거그넌 어찌 되제? 그려, 거그도 옴죽옴죽이제 머. 앞 옴죽 뒤 옴죽, 앞 옴죽 뒤 옴죽, 이리 장단 맞침서 사오십 리럴 걸어대면 어찌 되겄어. 꼰꼰허니 땀 뱀서 따땃해졌겄다, 속살이 서로 씻겨댐서 축축허니 젖었겄다, 앞뒤로 옴죽기림서 찰져졌겄다, 지아무리 큰소리로 나 여깄다고 소리질르는 좆대감지도 거그 물리면 꼼지락달싹 못혀. 근디 각시가 남정네럴 몸 깨끔허니 히서 대허겄다고 거그럴 찬물로 씻거불면 도로아미타불이여. 긍게로 내우간에 서로가 구름 우에 붕붕 뜨는 진짜배기 맛얼 보자면 어찌허면 되냐! 장날마동 서방 각시가 장얼 보로 댕긴다 그것이여. 왔다갔다 몇십 리럴 걷고 그날 밤에 붙으면 판이 어찌 되겄어. 그 집 구들장 다 내래앉는 것이제."

의병을 하면서 음담 잘하는 어느 대원한테 들은 이야기였다.

나도 몇십 리를 뛰어서 이런 것인가……. 그러나 공허는 그 말쟁이의 말을 전적으로 수긍할 수는 없었다. 다소 그럴 수는 있는 일이지만 결국 마음이 문제였다. 자신의 마음이 이렇듯 쉽게 흔들리리라고는 예상하지 못했던 것이다. 내가 내심으로 홍씨를 좋아하고 있었던가? 홍씨는 고운 편이었을 뿐 꼭 그렇지는 않았다. 공허는 한 가닥 실마리를 찾아냈다.

자신의 그 고질병이 도진 것이 아닐까 싶었다. 전부터 어떤 급박한 형편에 처해 초조하거나 긴장하게 되면 엉뚱하게도 성욕이 동하는 것이었다. 그뿐만 아니라 남들은 슬픔에 겨워 있는 초상당한 집을 보게 되거나, 주먹을 부르쥘 만큼 분한 꼴을 당하게 될 때도 이상하게 성적 충동이 일어나고는 했다. 아무에게도 말 못할 묘한 증상이었다.

방문이 열렸다. 공허는 후다닥 몸을 바로잡았다.

"여그 꿀물 타왔구만요."

여자의 가늘고 하얀 손이 사발을 받쳐잡고 있었다. 여자의 몸에서는 싸아한 냉기와 함께 아까 그 냄새가 물큰 풍겨왔다.

공허의 가슴에서는 불길이 확 일어났다. 눈앞에 서 있는 것은 여자로만 보이는 것이 아니었다. 여자이되 발가벗고 있는 여자였다.

공허는 손을 뻗쳤다. 그 손이 텁석 잡은 것은 사발이 아니라 여자의 손목이었다. 놀란 여자의 숨 들이켜는 소리와 함께 사발에서 물이 넘쳐 방바닥으로 쏟아졌다.

공허의 손은 물이 엎질러지는 것도 아랑곳하지 않고 여자의 손목을 끌어당겼다. 여자는 끌려가지 않으려고 손목을 비꼬며 반대쪽으로 힘을 썼다. 그 실랑이 속에서 사발의 물은 잘도 넘쳐나고 있었다.

"시님, 어째 이러시요. 시님!"

홍씨는 상대를 정신 차리게 하느라고 '스님'을 두 번씩이나 불렀다.

"……."

그러나 공허는 들은 척도 안 하고 손목을 끌어당기고 있었다. 홍씨는 손목을 끌어당기는 힘이 오히려 더 강해진 것을 느끼고 있었다.

"시님, 이러먼 안 되는디요. 시님!"

홍씨는 오른손에 쥐여진 사발을 왼손으로 옮겨잡으며 공허를 쳐다보았다.

"……!"

홍씨는 가슴이 철렁했다. 그 이글이글 타오르고 있는 눈은 이미 승려의 눈이 아니었다. 평소의 그 편안하고 잠잠하던 눈은 흔적도 없었다. 오로지 남자의 열기만을 내뿜고 있는 눈이 자신을 노리고 있었다. 그 열기에 홍씨는 숨이 막혔다. 그 열기가 자신의 가슴에 뜨거운 바람을 일으키고 있었다.

"저그 저 방에 아가 깨는디요."

홍씨는 조금씩 끌려가면서 애달은 소리를 했다. 그 속삭임 같은 소리는 공허의 열기를 식히지 못했다.

"이따가, 이따가…… 밤에……."

홍씨의 말은 다급했다. 그러나 공허의 귀는 먹어 있었다. 아니,

그런 말들이 오히려 공허의 열기에 부채질을 해대고 있었다. 공허는 여자를 와락 끌어안았다.

"저 방문이나 걸고……."

홍씨가 공허의 어깨를 떼밀었다. 그러나 공허는 여자의 가는 허리를 더 세게 끌어안았다.

홍씨는 옆볼에 훅훅 끼쳐오는 남자의 거칠고 뜨거운 숨결을 느꼈다. 그 숨결에는 소나무의 송진냄새 같은 남자의 냄새가 진하게 섞여 있었다. 홍씨는 너무나 오랜만에 맡는 남자냄새에 정신이 혼곤해지고 있었다. 그러나 방문을 잠가야 한다는 생각에 홍씨는 상대의 어깨를 자꾸 밀어댔다. 그럴수록 남자의 힘은 더욱 억세게 몸을 압박해 올 뿐이었다. 그 기운 또한 너무 오랜만에 느끼는 것이었다. 가슴이 불붙고 몸이 허물어지고 있었다.

그러나 홍씨는 그대로 마음을 풀어놓을 수는 없었다. 누가 방문을 벌컥 열고 들어설 것만 같았던 것이다.

"방문이나, 방문이나 걸고……."

그때 홍씨는 몸이 번쩍 들리는 것을 느꼈다. 공허가 홍씨를 안은 채 몸을 일으킨 것이었다. 홍씨는 자신도 모르게 공허의 목을 끌어안았다.

서너 걸음을 옮긴 공허가 방문을 걸어잠갔다. 그 순간 홍씨는 저 아래가 화끈해지는 것을 느꼈다. 회오리바람에 휘말리며 어지럼증을 느꼈다.

공허는 다시 주저앉았다. 홍씨는 이불을 펴야 한다고 생각했다.

그런데 치마가 걷혀지는가 싶더니 남자의 손이 속곳 밑을 헤집고 들었다. 홍씨는 그때서야 자신이 두 다리를 벌려 남자 무릎 위에 올라앉아 남자의 목을 끌어안고 있다는 것을 알았다. 공허가 안고 일어났다가 다시 앉는 사이에 그렇게 자세가 변한 것이었다.

홍씨는 너무 놀라 남자를 떼밀었다. 그러나 남자는 절벽처럼 꼼짝도 하지 않았고, 속곳 밑이 양쪽으로 확 벌어지면서 남자의 손이 엉덩이를 움켜잡았다. 홍씨는 신음을 물며 몸을 부르르 떨었다. 그 다음 순간 홍씨는 정신이 퍼뜩 들었다. 거기를 치받는 짜릿하고도 뜨끈한 압박을 느꼈다. 홍씨는 그것이 어찌 된 일인지 알 수가 없었다. 그도 그럴 것이 공허는 문고리를 걸고 다시 앉기 전에 바지끈을 풀어버렸던 것이다. 끈이 풀린 바지가 흘러내리면서 공허의 아랫도리가 알몸이 된 것을 안겨 있었던 홍씨가 알 까닭이 없었다.

공허는 이제 불덩이가 되어 있었다. 홍씨도 그 불덩어리 속에 갇힌 숯덩어리였다.

"아으…… 으음……."

홍씨는 공허의 목을 다시 끌어안으며 부르르 떨었다.

홍씨는 전신을 휘돌기 시작한 뜨거운 바람에 휘감기면서 불덩어리가 되고 있었다. 뜨거운 바람은 굵고 크게만 느껴지는 불기둥이 속살을 파고드는 순간순간마다 회오리치며 불어오고 있었다. 홍씨는 그때마다 전신을 떨며 공허의 목을 더 세게세게 끌어안았다.

얄궂어라, 얄궂어라, 요리 화합되는 수도 있구마……. 이불도 안 피고 요리 되는 수도 있구마…….

공허에게 실려 공허가 하는 대로 흔들리며 정신이 아른아른해지는 속에서 홍씨는 이런 놀라움을 느끼고 있었다.

"꿀물이고 인삼물이고 다 소양없고 찬물로 주시오, 찬물……."

일을 다 끝낸 공허가 숨을 몰아쉬며 갈라지는 소리를 냈다.

홍씨는 물그릇을 들고 방으로 들어가지 못했다. 그 품에 더 오래 안겨 있고 싶은 아쉬움과는 달리 부끄러움이 앞을 막았다. 홍씨는 방문을 조금 열고 물사발을 디밀어놓았다.

물을 단숨에 들이켠 공허는 네활개를 펴고 벌렁 드러누웠다. 그는 곧 코를 골기 시작했다.

코고는 소리가 밖에까지 흘러나오게 되자 홍씨는 몸이 달아 조바심을 했다. 홍씨는 토방을 서성거리며 윗방 쪽을 살피다가 사립 쪽을 살피다가 하고 있었다. 일하는 아이가 잠을 깨서 나오는 것도 문제였고, 누군가가 불쑥 찾아들어도 문제였던 것이다.

그 걱정은 이내 발등에 떨어진 불이 되고 말았다.

"마님, 저것이 무신 소린게라?"

늘어지게 하품을 하며 방을 나서던 처녀아이가 눈을 휘둥그렇게 떴다.

"소리 낮추그라. 새북길에 공허 시님이 오셔서 지무신다."

홍씨는 꾸짖는 얼굴로 이렇게 말했다.

누구라는 것을 안 알릴 도리가 없었고, '공허 스님'이라는 것을 못박으면 그런대로 의심은 받지 않을 것 같았던 것이다.

"아이고 참말로 뻔뻔헌 시님이시요 이. 이 추운디 마님얼 요리 내쫓아놓고 드렁드렁 코럴 곰서 잠이 오는지 몰르겄소."

처녀아이는 안방 쪽에다 대고 째지라고 눈을 흘겨댔다.

"못쓰겄다, 그 입! 딴 입 놀리덜 말고 얼렁 아침밥이나 해라!"

홍씨는 엄한 얼굴로 눈총을 쏘았다. 처녀아이는 그 매운 눈초리에 서린 뜻을 알아채고는 부엌 쪽으로 걸음을 서둘렀다.

공허는 아침밥을 먹고 다시 잠이 들었다. 홍씨는 행여나 하는 마음으로 사립 밖 멀리를 살피고 있었다. 공허가 순사나 헌병들의 발이 미치지 못하도록 여기를 찾아온 줄 알면서도 마음 한구석은 불안했다. 홍씨는 무슨 일로 쫓기고 있느냐고 묻지 않았다. 그런 물음은 아녀자가 지켜야 할 범절에 어긋나는 것이었다. 그리고 공허라는 사람이 쫓길 짓을 했다면 물으나마나 의병 같은 일일 것이 뻔했다.

공허는 점심을 먹고도 또 잠이 들었다. 쫓기는 사람 같지 않은 그 태평함에서 홍씨는 커다란 바윗덩이 같은 실하고 든든한 남자를 느끼고 있었다. 그 느낌은 속살을 파고들며 치뻗어 오르던 불기둥의 느낌과 맞통하고 있었다. 그 불기둥은 아랫배를 뚫고, 윗배를 뚫고, 가슴을 뚫고, 목에까지 치받쳐올라 입이 딱 벌어지며 혀가 쑥 빠져나오게 만들었던 것이다. 난생처음 겪은 그 뜨겁고도 현란한 느낌은 아직까지도 뱃속 전체에 생생하게 남아 있었다.

공허는 고봉으로 푼 저녁밥도 남김없이 다 먹었다.

"전답언 묵고살 만허니 받었소?"

숭늉을 가지고 들어간 홍씨에게 공허가 불쑥 물었다.

"예……."

홍씨는 그저 간단하게 대답했다. 그러나 속으로는, 시님이 그냥 이대로 눌러앉아도 평상 배 안 곯케 받었구만요, 하고 있었다. 그 속말에 대답이라도 하듯 공허가 뚜벅 말했다.

"나 곧 떠야 되겄소."

홍씨는 비로소 고개를 들어 공허를 바라보았다. 그 사람은 새벽에 불쑥 나타났던 승려 공허가 아니었다. 그저 머리를 깎았을 뿐인 보내고 싶지 않은 남자였다. 속살을 섞기 전까지는 감히 상상도 할 수 없었던 생각이었다.

"나 또 오겄소."

공허가 몸을 일으켰다. 따라 일어서는 홍씨를 공허는 왈칵 끌어안았다.

공허가 떠난 다음 홍씨는 경대 서랍에서 마를 대로 마른 작은 솔가지를 꺼내다가 아궁이 속에 버렸다. 그건 송수익이가 만주로 떠나가며 무심히 떨구었던 그 솔가지였다.

한편 죽산면 주재소장은 잔뜩 궁지에 몰리고 있었다. 이틀 동안이나 인접한 면들의 주재소와 협동작전으로 수색을 펼쳤지만 범인들의 자취는 흔적도 없었던 것이다. 이틀 동안 사방 사오십 리 안팎을 샅샅이 뒤졌는데도 꼬리가 잡히지 않은 범인들은 더 이상 잡을 가망이 없다는 것이 각 주재소장들의 결론이었다. 그날 밤으로 범인들은 수사망을 벗어나 멀리 도주한 것이라는 의견이 덧붙여졌다.

형편이 이렇게 되자 독 안에 든 쥐를 하나도 잡지 못하고 다 놓친 책임을 죽산면 주재소장은 혼자 뒤집어쓰지 않을 수 없게 되었다. 좀더 정확하게 말하자면 넷인 범인들 중에서 하나를 잡기는 잡았다. 그런데 그 범인은 복부관통상을 입고 혼수상태에 빠져 있다가 날이 새기 전에 숨이 끊어지고 말았다. 그 범인이 경상을 입고 죽지 않았어야만 나머지 범인들도 일망타진하게 되었을 것이다. 그러나 그 기회를 놓치고 말았으니 총을 난사해서 넷 중에 하나를 죽인 것을 공으로 내세울 수는 없는 노릇이었다.

"그거야말로 그물 속에 든 잉어도 아니고 손바닥 안에 든 사탕이었어요. 일을 그렇게 완전하게 꾸며줬는데도 그걸 놓치다니, 대일본제국의 경찰 위신이 이거 말이 됩니까?"

하시모토의 공박은 아주 노골적이었다. 그 공박 앞에서 주재소장은 한마디 대꾸도 변명도 할 수가 없었다.

"하시모토 상, 이거 참 면목 없이 되었소. 그놈들이 그리 날쌜지 누가 알았겠소. 허나, 하나는 죽여없앴으니…… 이 일을 어찌하면 좋겠소?"

주재소장은 솔직하게 하시모토에게 굽히고 들어가며 도움을 청했다.

"그걸 내가 어찌 알겠소. 내가 관할서장도 아니고 경찰청장도 아니잖소."

하시모토는 냉담하게 외면했다.

하시모토는 이미 그 일을 도모할 때의 하시모토가 아니었다. 주재소장은 절망을 느꼈다. 그리고 그의 말을 듣고 그 일에 나섰던 것을 후회했다.

새로운 상황을 맞으면서 하시모토는 신속하게 새로운 생각을 꾸며내고 있었다. 승진을 꿈꾸었던 주재소장은 이제 문책을 면할 길이 없게 되어 있었다. 어떤 처벌을 받게 될지는 모르지만 주재소장 자리가 바뀌게 될 것만은 분명했다. 그 자리에 자기와 친한 사람이 올 수 있도록 손을 쓸 작정이었다.

처음에 도둑놈들을 잡기로 일을 꾸미면서는 실패라는 것은 생각하지도 않았던 것이다. 도둑놈들을 집 안까지 끌어들일 수 있느냐 없느냐가 문제였지 일단 집 안으로 끌어들인 놈들을 놓친다는 것은 예상할 필요조차 없는 일이었다.

"하시모토 상의 재간으로 그놈들이 울타리만 넘게 만드시오. 그 다음은 내가 제까닥 해치울 테니. 으흐흐흐……."

주재소장은 하시모토가 바람을 넣은 대로 승진할 꿈에 들떠서 큰소리를 쳐댔다.

하시모토는 어떻게 하면 역둔토를 불하받을 수 있을지 골몰해 있었다. 그런데 어느 날 그 소문 시끄러운 도둑놈들을 잡아 그 공을 이용하자는 생각이 문뜩 떠올랐던 것이다. 그는 그 기막힌 생각을 곧 실천에 옮겨 부두 일대에 헛소문을 퍼뜨리는 동시에 주재소장을 끌어들였다.

하시모토는 자신의 일을 망쳐놓은 주재소장이 괘씸하기 이를 데 없었다. 그 공을 내세우면서 쓰지무라 과장의 도움을 업으면 주인

없는 땅이나 마찬가지인 역둔토를 욕심껏 불하받기는 어려운 일이 아니었다. 그럴듯한 명분만 있으면 쉽게 차지할 수 있는 것이 국유화된 역둔토였다. 하시모토는 자신의 일을 망친 보복감 때문에도 주재소장이 무사하게 되는 것을 방관할 수가 없었다.

하시모토는 이번 기회에 주재소장까지 자기편 사람으로 바꿔 이 일로 본 손해를 차차로 복구해 나갈 심산이었다. 그는 마음을 굳히자 지체없이 말을 군산으로 몰았다.

사흘째 되는 날 주재소장은 전화를 받았다. 김제경찰서에서 걸려온 전화였다. 바로 그 사건에 대한 조사고 추궁이었다. 주재소장은 연상 전화통에다 대고 굽실거리면서 쩔쩔맸다.

"당장 본서로 오시오!"

이 말을 마지막으로 전화가 끊겼다. 출두 명령이었다.

"아이고, 이제 망했구나!"

주재소장은 수화기를 떨어뜨리며 의자에 털퍽 주저앉았다.

9

뿌리뽑힌 나무

"이놈덜아, 누구 맘대로 넘 땅에다 말뚝 박고 지랄이여어? 이놈덜아, 느그 죽고 나 죽자."

괭이를 꼬나든 오 영감은 눈이 뒤집혀 치달아가고 있었다.

"아니, 저 영감탱이가 이리 쫓아오덜 않소?"

"그런디요. 괭이럴 꼬나잡았구만이라."

"정신 나가서 무신 일 저질르는 것 아니겄소?"

"걱정 마시오. 분김에 저래 보는 사람이 어디 한둘이오. 저리 기럴 세우다가도 우리허고 딱 맞대허먼 풀이 죽어 그냥 돌아스게 되야 있소."

밭 가장자리를 따라 말뚝을 박아나가고 있던 네 사람이 저쪽에서 달려오고 있는 오 영감을 바라보며 말을 주고받았다. 두 사람은 인부였고 다른 두 사람은 면서기와 이장이었다.

“이놈덜아, 당장 우리 땅서 물러가그라. 글안허면 느그 죽고 나 죽기다!”

오 영감은 어기차게 외치며 그들과 가까워지고 있었다.

“허, 허, 이놈에 영감탱이야 주재소로 잽혀가기 전에 헛소리 말고 정신 채려. 누가 기한 내에 신고서 안 내라고 혔어. 요것언 총독부가 허는 일이여, 총독부. 무식헌 영감탱이가 총독부럴 알기나 혀, 어쩌?”

한 남자가 뒷짐을 지고 버티고 서서 오 영감을 향해 호령조로 목청을 뽑고 있었다. 그 면서기는 상대방의 기를 꺾기 위해 입에 익어 있는 엄포를 놓고 있었다.

“이놈아, 그 땅언 내 피고 살이여. 그 땅 뺏는 놈언 다 내 웬수여어! 이놈아, 어디 죽어봐라!”

면서기의 계산은 오산이었다. 오 영감은 이렇게 외쳐대며 내달아 온 기세 그대로 괭이를 내리찍었다.

“어쿠쿠쿠…….”

가슴팍을 찍힌 면서기는 숨넘어가는 비명을 토하며 그 자리에 곤두박였다.

“아이고메 사람 잡네.”

인부 하나가 들고 있던 말뚝을 내동댕이치며 내빼기 시작했다.

“참말로 미쳐부렀네.”

다른 인부도 커다란 나무망치를 내던지며 달아나기 시작했다.

“이놈아, 니놈도 내 웬수여!”

오 영감은 우왕좌왕하고 있는 이장에게로 덤벼들었다. 그 눈에는 푸른 살기가 어려 있었다.

"아이고, 나넌 아니여."

질겁을 한 이장은 후닥닥 도망치기 시작했다.

"요런 도적놈아, 거그 서, 거그."

오 영감은 이장을 뒤쫓았다. 그러나 젊은 이장과의 사이는 점점 벌어지고 있었다.

"아부니임, 아부니임―."

아까 오 영감이 왔던 쪽에서 여자가 목청을 뽑으며 달려오고 있었다.

"죽일 놈덜이여. 베락얼 맞어 뒤질 놈덜이여. 손바닥만헌 종우쪼가리 한 장 내던지고넌 말 한마디 없다가 고것 안 냈다고 땅얼 뺏어? 숭악헌 날도적놈덜이여. 땅 뺏으면 목심 뺏는 것인디, 아무리 숭악허기로 어디 그런 인심이 있는 법인가……."

어깨가 늘어진 오 영감은 울 듯이 일그러진 얼굴로 터덕터덕 걸어가며 중얼거리고 있었다.

면서기는 신음을 흘리며 가까스로 몸을 일으키고 있었다.

"이, 니가 안 뒤지고 안직 살었냐!"

오 영감의 두 눈에 다시 살기가 확 피어났다. 동시에 괭이를 치켜들었다. 그리고 면서기를 향해 뛰기 시작했다.

"아부님, 아부님, 안 되능마요. 참으시씨요, 아부님."

여자가 숨가쁘게 외치며 오 영감 앞으로 달려들고 있었다. 여자가 조금만 더 늦었더라도 오 영감이 내려친 괭이는 반쯤 몸을 일으키고 있는 면서기의 머리나 등을 찍게 되어 있었다.

"냅더라, 저놈 죽이고 나 죽을란다."

오 영감은 며느리에게 잡힌 팔을 뿌리치려고 했다. 그 여자는 보름이었다.

"아부님, 삼봉이허고 지넌 어찌 살으라고 그런 말씸얼 허시는게라."

보름이의 목이 메었다.

"아니여, 어채피 저놈얼 찍었응게 나가 성키넌 다 틀린 것이여. 기왕지사 죽을 목심 저놈이나 죽이고 죽어야 써."

"아부님, 죽이먼 안 되는구만이라. 삼봉이럴 생각허서 참으시씨요."

보름이의 눈에서는 눈물이 흘러내렸다.

"삼봉이……."

오 영감의 어깨에서 힘이 빠지고 있었다.

"삼봉이가 집이서 기둘링마요."

보름이는 그저 아들 삼봉이를 앞세웠다. 시아버지가 세상에서 제일 애지중지하는 것이 삼봉이었다. 삼봉이라는 이름도 집과 마주 보고 솟아 있는 세 봉우리에서 따서 시아버지가 지은 것이었다.

"그려, 삼봉이헌티 가야제."

오 영감은 주름투성이인 얼굴을 찡그리며 먼 데를 바라보았다. 굵은 주름살은 말할 것도 없고 자디잔 실주름살 가닥가닥에도 괴로움과 슬픔이 흐르고 있었다.

"아가, 니 알지야? 우리 밭뙈기덜이 어쩐 땅인겨."

"야아, 아부님 피고 살이구만이라우."

보름이는 또렷한 소리로 대답했다. 시아버지가 그러기를 바라서만이 아니었다. 시아버지가 평생을 바쳐 그 밭들을 일궈낸 눈물겹고 쓰라린 곡절을 생각하면 자신도 모르게 마음이 곧게 서고는 했다.

"그려, 니넌 똑똑헝게 이 애비 맘얼 잘 알 것이여. 저 땅언 우리 삼봉이 것이제 아무도 손 못 대. 나가 없어져 부러도 니 맘 강단지게 묵고 삼봉이 잘 키워야 헌다 이. 알겄지야?"

"아부니임……."

보름이는 시아버지를 원망조로 부르며 눈물을 훔쳤다.

"니 알겄지야!"

오 영감은 좀더 힘이 들어간 소리로 다짐했다.

"아부님, 그 사람얼 죽인 것이 아닝게 벨일 없을 것이구만이라."

보름이는 시아버지보다도 더 힘주어 말했다. 그렇게 믿고 싶었고, 시아버지를 안심시켜야 했던 것이다.

"얼렁 대답혀라. 니 알겄지야!"

오 영감은 우뚝 멈춰서며 며느리에게 눈길을 쏘았다. 그 얼굴이며 눈이 엄하기 그지없었다.

"야아……."

보름이는 고개를 떨구며 겨우 대답했다. 그러나 속으로는 완강하게 고개를 내젓고 있었다. 시아버지가 계시지 않는 세상살이란 상상할 수도 없는 일이었다.

보름이는 시아버지의 말이 자꾸만 걸려 집에 돌아와서도 마음을 잡지 못하고 서성거렸다. 그런데 시아버지가 마음쓴 것이 들어맞았다. 미처 반나절도 지나지 않아 순사들이 들이닥쳤던 것이다.

"니 알지야? 우리 삼봉이……."

등을 떼밀려가는 시아버지가 몇 번이고 고개를 돌리며 다짐한 말이었다.

"더 따라오덜 말어!"

순사보인 조선남자가 개머리판으로 칠 것 같은 몸짓을 했다. 보름이는 업고 있는 삼봉이가 다칠까 봐 부리나케 뒷걸음질을 했다.

"아가, 가그라. 어여 집으로 가."

오 영감은 고갯짓을 했다.

보름이는 이른 저녁밥을 해가지고 주재소를 찾아갔다. 그러나 주재소에서는 면회를 시켜주지 않았다.

"만내덜 못허면 이 밥이나 잠 전해주시씨요."

보름이는 몇 번이고 애걸했다. 그러나 순사는 끝내 말을 들어주지 않았다.

다음날 아침밥때가 조금 지나서 오 영감은 마을로 끌려왔다. 하룻밤 사이에 오 영감의 몰골은 말이 아니게 상해 있었다. 수척해진 얼굴 여기저기에 피멍이 잡혀 있었고, 상투머리도 어지럽게 헝클어져 있었다. 그리고 걸음도 엉그적거리고 있었다. 오 영감이 심한 매질을 당했다는 것은 어린아이도 한눈에 알 수 있었던 것이다.

순사들은 동네사람들을 다 모이게 했다. 보름이는 동네사람들

속에서 서럽게 느껴울고 있었다.

"에에 또, 잘들 들으시오. 토지조사사업을 하는 데 있어서 토지 신고서를 기한 내에 안 내는 것도 죄를 진 것이오. 헌데 이 오영길이는 그런 죄를 진 데다가 공무를 집행하는 관리를 괭이로 찍어죽이려 했소. 총독부가 추진하는 중대 사업을 방해하고 관리를 살해하려고 한 이런 흉악범은 총독부의 법에 따라 엄벌에 처해야 하오. 일벌백계하기 위하여 범인 오영길을 총살형에 처함!"

주재소장이 카랑카랑하게 말했다. 동네사람들은 하나같이 기가 꺾여 얼어붙어 있었다.

"저쪽 둔덕으로 끌고 가!"

주재소장이 손가락질하며 명령했다.

"아부님, 아부님! 우리 아부님얼 살래주시씨요, 살래주시씨요."

보름이는 주재소장에게 매달리며 눈물을 뚝뚝 떨구고 있었다.

"바까야로, 조센징!"

주재소장은 사정없이 보름이를 떠다밀었다. 보름이는 그대로 나뒹굴어졌다.

"살래주시씨요, 살래주시씨요……."

허둥지둥 일어난 보름이는 다시 주재소장에게 매달렸다.

"칙쇼, 바까야로!"

주재소장은 고함을 지르며 구둣발로 보름이의 어깻부들기를 내질렀다. 보름이는 여지없이 곤두박질쳐졌다.

"살래주시씨요, 우리 아부님 살래주시씨요. 무신 죽을죄럴 졌다고……."

허겁지겁 몸을 일으킨 보름이는 또다시 주재소장에게 매달렸다. 낭자머리가 풀어지고 얼굴은 눈물범벅이었다. 동네여자들은 울상이 되어 발을 동동거리거나 안절부절못했고, 남자들은 고개를 떨군 채 한숨을 짓거나 먼 데를 바라보며 혀를 찼다.

"고노아마(阿魔)메, 고로시데 야루조(이년, 죽여버리겠다)!"

열이 치받친 주재소장은 니뽄도를 홱 뽑으며 소리쳤다. 햇빛을 번쩍 내쏘며 치켜올려진 긴 칼은 곧 아래로 내리쳐질 기세였다.

"아니구만이라, 아니구만이라."

어느 여자가 부리나케 달려가 보름이를 주재소장한테서 떼어냈다.

그러는 사이에 오 영감은 둔덕 위의 소나무에 묶여 있었다. 주재소장은 칼을 휘두르며 둔덕으로 올라갔다.

수건으로 오 영감의 눈이 가려졌다. 순사 둘이 옆에 총을 하고 나란히 섰다.

"준비이잇, 발사!"

땅 땅 타당 탕.

"삼봉아아아……."

총소리에 휘말리는 오 영감의 외침이었다.

"아부니이임……."

사람들에게 붙들려 몸부림치고 있는 보름이의 울부짖음이었다.

산골을 뒤흔든 총소리들은 겹겹인 산줄기를 따라 울리고 되울리는 긴 메아리를 지으며 감감하게 멀어져 가고 있었다. 사람들은 모두 고개를 떨군 채 굳어져 있었다. 어느 산에선가 소쩍새가 푸풀꾹 풀꾹 서러움이 사무치는 쉰 소리로 울고 있었다.

장례라고 할 것도 없었다. 비명횡사라 시신을 집 안에 들여놓아서는 안 된다고 했다. 보름이는 동네사람들의 말을 도무지 이해할 수가 없었다. 그리도 억울하고 원통하게 돌아가신 것이니 시아버지를 더욱 정성스레 모셔다가 장례를 치르고 싶었던 것이다. 동네사람들은 하나같이 펄쩍 뛰었다. 산 사람들한테 액이 끼친다는 것이었다. 원한을 품은 망자의 혼백일수록 빨리 저승으로 보내야지 그러지 않고 옆에 붙들어두면 그 혼백은 생전에 제일 좋아하던 사람에게 붙으며 원수를 갚아달라고 졸라대기 시작한다는 것이다. 혼백으로서는 당연한 일이지만 산 사람은 그때부터 실성기를 보이며 사람 노릇을 제대로 할 수 없게 된다고 했다.

보름이는 물러설 수밖에 없었다. 아들 삼봉이에게 횡액이 끼치게 할 수는 없는 일이었다.

동네사람들이 나서서 다음날로 출상을 했다. 보름이는 몸을 가눌 수가 없도록 서럽고 서럽게 통곡했다. 시아버지를 생각하는 서러움과 스스로를 생각하는 서러움이 얽히고설켜 겹겹으로 밀려들었다.

그러나 보름이는 곧 서러움의 물결에서 헤어나지 않으면 안 되었다. 농사철이 다가왔는데도 농사지을 땅이 없었던 것이다. 다른 집들과는 달리 보름이네는 빼앗긴 밭을 소작으로 내주지도 않았다. 죄인의 집이라는 것이었다.

그 산골마을은 서너 채씩 모여 있는 집을 전부 합해야 스무 가구 남짓이었다. 그 마을에 종이쪽 한 장씩이 돌려진 것은 네댓 달 전이었다. 아무 설명도 없이 돌려진 그 종이쪽을 한문이라고는 모르는 사람들은 아무렇게나 취급해 버렸다. 어떤 사람들은 귀한 종이 구경을 하게 되자 비싼 궐련 피우는 흉내를 내느라고 담배를 말아피웠고, 또 어떤 사람들은 오랜만에 거기 호강시키느라고 뒷간에서 요긴하게 써 없앴다. 기껏 간수 잘한 사람이라고 해야 마루기둥 옆 처마 아래 댓살 사이에다가 찔러두고는 까맣게 잊어버렸던 것이다. 그런데 그것이 마을사람들 모두의 밭뙈기들을 날아가게 만든 흉물이었다.

마을사람들은 밭을 빼앗기게 된 다음에야 그 종이쪽지 이름이 토지신고서라는 것을 알았다.

"그렇게 혼자 나스면 멀혀."

"긍게 말이여. 그냥 참었어야제."

"긍게로. 그리 죽는 사람만 불쌍허제."

"무신 소리여. 죽어뿐 사람이야 멀 알간디. 뒤에 남은 식구덜이 앞날 캄캄허니 불쌍허게 생겼제."

마을사람들은 단체로 항의를 하고 어쩌고 할 사이도 없이 오 영감이 참살당하는 것을 보고는 그만 기가 질려 그런 뒷소리들만 소곤거렸다. 그리고 그들은 하루아침에 소작인 신세가 된 것을 속으로만 앓고 있었다. 그들은 어쩌면 보름이네처럼 되지 않은 것만도 다행으로 여기는지도 몰랐다.

"어이, 소작도 못 얻으면 어찌 살랑가. 토지조사국이란 디럴 찾어 가서 어찌 잠 히도라고 사정얼 혀보소."

여자들이 보름이를 걱정하며 내놓은 의견이었다.

"산 입에 거무줄 치겄소."

보름이는 싸늘한 얼굴로 고개를 저었다. 찾아가서 애걸을 한다고 소작을 부쳐줄 왜놈들이 아니었다. 시아버지한테 저녁밥도 전해주지 않은 채 그리도 몰악스럽고 허망하게 시아버지를 죽인 놈들이었다. 남편을 죽이고 시아버지까지 죽인 그놈들은 철천지원수였다. 굶어죽었으면 죽었지 그런 놈들을 찾아가 소작을 부쳐달라고 애걸할 수는 없었다. 만약 그런 짓을 하면 시아버지가 저승에서 틀림없이 대로하리라 싶었다.

"나가 여그 산골로 도망질해 온 것이 열일곱 살 적이여. 느그 시엄니럴 쥔 아덜놈이 망칠라고 드는디 그냥 보고 있을 수가 있었간디. 서로가 눈혼약얼 헌 사인디. 나락 두 섬 지는 기운으로 패대기럴 쳐뿌렀시니 살길얼 찾어얄 것 아니겄냐. 이 골짝으로 찾아들기넌 혔는디 지닌 것이야 몸띵이덜뿐인게 안 굶어죽을라면 어쨌그나 농새질 땅얼 맨들어낼 수밖에 없었니라. 밤낮으로 땅얼 파고 파고 또 팠제. 나무고 풀 무성헌 산비탈얼 밭으로 맨들자는 것이여. 논이야 생각지도 못허는 것이고. 나무뿌랑구덜언 짊으제, 돌뎅이덜언 많제, 연장언 부실허제, 그 고상이야 말로 다 허기가 에롭다. 밭 한 뙈기럴 일굴라면 그 땅 한 치마동 쏟은 피땀얼 다 합치면 몇 말썩언 될 것이여. 그 피땀이 말르지만 안 했음사 땅이 척척허니 젖었

겠제. 긍게 시방 우리가 지닌 밭뙈기 한나한나넌 다 그리히서 맨글어진 것이제. 무신 말인고 허먼, 그 밭뙈기덜언 넘덜 눈에넌 보잘것이 없드라도 이 시애비 피고 살인 심이여."

남편이 죽고 나서 시아버지가 먼 산줄기를 바라보고 앉아 들려준 이야기였다. 그런 다음부터 산밭농사 짓기 어려운 것을 차근차근 일깨워주고는 했다.

보름이는 밤잠을 잃은 채 앞일을 생각하고 또 생각했다. 소작도 부쳐주지 않는 것은 굶겨죽이려는 것이든지 아니면 동네에서 몰아내려는 수작이었다. 농토가 없다고 꼭 굶어죽으란 법은 없었다. 산채를 뜯거나 약초를 캐서 어찌어찌 살아갈 수도 있을 터였다. 그러나 어린아이를 데리고 할 수 있는 일이 아니었다. 더구나 깊은 산으로 들어가야 하는 약초 캐는 일은 여자 혼자의 몸으로는 어림없는 일이었다. 그러고 나면 밥벌이할 것이 없었다. 제 농사를 질 때도 서로 품앗이로 일을 했는데 이제 모두가 소작질을 하게 되면 하루 날품에 한 끼 밥 얻어먹을 데도 없을 판이었다.

그러면 살길을 찾아 산골을 떠나야 하는가……. 그러나 이내 앞이 가로막혔다. 시아버지, 남편, 그리고 시어머니의 산소가 있는 곳이었다. 떠나고 싶어도 마음대로 떠날 수도 없었다. 또한, 막상 떠난다고 하더라도 찾아갈 만한 데가 마땅하지도 않았다. 친정은 진작 만주로 떠나고 없었다. 떠나기 전에 들렀던 어머니는 가서 자리잡히는 대로 소식 전하마고 했었다. 그런데 여지껏 아무 소식이 없었다. 찾아가자고 해도 만주 어디인지 알 길이 없었다.

친정말고 찾아가 볼 데는 딱 한 군데가 있었다. 다리를 다쳐 만주로 못 뜨고 군산에 주저앉았다는 판석이 아재 집이었다. 군산에는 일거리도 많고 돈벌이도 수월하다는 풍문이었다.

보름이는 밤마다 잠을 설치면서도 마음의 갈피를 잡을 수가 없었다. 동네사람들은 소작이나마 농사일에 매달려 바삐 돌아가고 있었다. 절기를 놓쳐서는 안 되는 것이 농사일이라서 어찌할 수가 없는 노릇이었다.

보름이는 앞길이 너무 막막하여 아들을 데리고 시아버지 산소를 찾아갔다. 질정없는 말들을 중얼거리며 실컷 울다가 내려왔다. 밤에 뒤척이다가 잠이 들었다. 꿈에 시아버지가 나타났다.

"가그라, 떠나그라. 삼봉이 잘 키울 디로 떠나. 우리 걱정 안 해도 된게 삼봉이나 잘 키워. 나가 바래는 것언 그것뿐잉게로 어여 떠나. 나 니만 믿겄다, 삼봉이 잘 키워라 이."

하얀 옷을 입은 시아버지는 서운한 기색이면서도 연상 떠나라는 손짓을 했다. 보름이는 시아버지를 부르며 달려갔다. 그 순간 시아버지의 모습은 온데간데없이 사라지고 말았다.

보름이는 소스라쳐 잠이 깼다. 삼봉이만 옆에서 곤히 잠들어 있었다. 마치 시아버지가 옆에서 말을 하고 있는 것처럼 꿈에서 들은 목소리는 너무나 생생하게 울리고 있었다.

날이 밝자 보름이는 아들을 데리고 시아버지 산소를 찾아갔다. 아들과 나란히 산소 앞에 서자마자 난데없이 회오리바람이 일어났다. 그 바람은 삼봉이를 감싸듯 휘돌이를 하고 있었다. 그런데 어디

서인지 모르게 꿈에서 들었던 시아버지의 말이 들리고 있었다. 보름이는 몸을 웅크리고 서서 마을을 떠나기로 마음먹고 있었다.

보름이는 산소에서 내려오는 길로 집 떠날 채비를 시작했다. 그 채비라는 것은 이삿짐을 꾸리는 것이 아니었다. 집을 맡길 마땅한 사람을 찾자는 것이었다. 그건 집이 아까워 빌려주었다가 되찾으려는 것이 아니었다. 자기 집만 못한 집에 사는 사람 누구에게나 물려주고 그 대신 시아버지의 산소를 돌보아달라고 할 작정이었다.

보름이의 뜻이 전해지자마자 서너 사람이 나섰다. 보름이는 그들 중에서 김 서방네를 골랐다. 재작년에 이 마을로 들어와 어물어물 자리잡은 김 서방네는 아직도 움막살이나 다름없이 집이 변변하지 못했던 것이다. 그러나 이건 다른 사람들을 서운하게 하지 않으려고 겉으로 내세운 이유였다. 김 서방은 이 마을로 들어오기 전에는 무엇을 하고 살았는지 입을 뗀 적이 없었다. 그런데도 마을사람들 사이에서 조심조심 돈 말은 그가 의병을 했다는 것이었다. 젊은 나이에 비해 도무지 말이 없는 그 사람은 부지런하고 신실한 편이었다. 그러나 너무 늦게 들어와 땅이 마땅하지가 않아 고생하는 만큼 밭뙈기를 일궈내지 못했다. 김샌은 시아버지 장례 때도 궂은 일을 도맡다시피 했다.

"지가 자주자주 올라고 맘언 묵겄지마는 아부님 산소럴 잘 부탁허겄소."

보름이는 집을 떠나면서 몇 번이고 다짐했던 말을 또 했다.

"야아, 지 아부님이라 생각허고 잘 뫼시겄구만이라. 그 어러신이 생전에도 지헌티 잘해주셨구만요."

시아버지가 그 사람에게 무엇을 잘해주었는지 알 수는 없었다. 그러나 보름이는 김 서방의 가식 없고 얄팍하지 않은 눈빛을 보고 그 언약을 믿었다.

"그려, 시아부지가 점지허신 질잉게 가란 대로 가야제."

"하먼, 하먼. 시상 어디 가서 살아도 요 산골짝만 못헌 디가 어디 있겄능가."

"우리도 산소 돌볼 것잉게 정만 두고 가제 맘꺼정 두고 가지넌 말소."

"맘만 자주 오제 몸도 자주 오겄능가마는 그려도 더러 걸음허소 이."

동네여자들은 모두 눈물 글썽이며 보름이를 떠나보냈다.

보름이는 뒤를 돌아보고 또 돌아보고 하면서 흘러내리는 눈물을 주체하지 못했다. 산골 어귀에서 그렇게 눈물을 흘리는 것이 두 번째였다. 처음은 시집올 때 산골로 들어서며 친정 쪽을 돌아보고 또 돌아보며 한정 없이 눈물을 훔쳤던 것이다. 그때나 이때나 두고 떠나는 정이 눈물의 샘이었다.

보름이는 낯모르는 동네에서 헛간잠을 자고 다음날 친정동네를 지나게 되었다. 몇 번 망설이다가 그냥 지나치기로 했다. 아는 얼굴들이야 많았지만 어머니가 없는 동네가 친정일 리가 없었다. 괜히 자신의 초라해진 몰골만 구경시키게 될 뿐이었다. 동생 정분이를 차차 만나기로 한 것도 그런 까닭이었다. 신세 기박하게 된 언니가 동생네를 기웃거리는 것은 사돈집에 흉이고 흠을 보이는 것이었지 자랑일 수 없었다.

그러나 보름이는 동무 오월이는 만나러 가기로 했다. 서로가 진작 신세 험하게 된 처지였고, 지나는 길목인데 그냥 지나치면 언제 또 만나게 될지 모를 일이었다. 보름이는 오월이가 동무라서 마음이 쓰이는 것만이 아니었다. 오빠가 하와이로 떠나지만 않았더라면 오월이의 신세도 그렇게 꼬이지는 않았을 거라는 안타까움이 영 시들지 않고 괴로움이 되고 있어서였다.

"아이고메, 요것이 누구여어. 무주 산골년 보름이가 무신 바람이 불었다냐아."

아이를 들쳐업고 마당에서 빨래를 널고 있던 오월이는 손바닥을 맞때리며 뛸 듯이 반가워하면서 전혀 조심성 없이 목청껏 소리를 내질렀다.

"아이고, 니 미쳤냐! 무신 난리당헐라고 이려."

보름이는 질겁을 하며 안방 쪽을 향해 빠른 눈짓을 했다.

"체에, 니도 똑똑헌지 알았등마 헛짜시. 나가 전에 없이 맘놓고 말얼 해불고, 빨랫줄에 빨래가 이리 늘어지고 처지게 많이 걸린 것얼 척 보면 니가 금세 무신 일 일어난지 알지 알었는디."

오월이는 입가에 비웃음도 쓴웃음도 아닌 미묘한 웃음을 피워내며 보름이를 빤히 쳐다보았다.

"글먼…… 느그 시엄니가 바람맞었다냐?"

보름이는 놀란 얼굴로 물었다.

"그려도 눈치넌 그만허시. 풍이 아니라 노망잉게 사람 잡제."

오월이는 한숨을 쉬며 쓰게 웃었다.

"심허냐?"

"이 줄줄이 걸린 빨래럴 보면 몰르겄냐? 싸고 뭉개고 볼르고, 아이고 말도 말어라. 한 가지 존 것언 사람도 못 알아보고 말귀도 못 알아듣는 거이다." 오월이는 피식 웃고는, "니 허리 뿐질러지겄다. 아그보톰 내래라." 보름이의 등에서 자고 있는 삼봉이의 볼기짝을 토닥거렸다.

"니가 인자 임금님이다 이."

보름이는 처녀 때처럼 활달해지고 기가 살아난 오월이에게 눈을 흘겼다. 찾아오기 잘했다고 생각하면서.

"하이고, 날이 날마동 똥빨래허는 임금님도 있다디냐. 그나저나 똥빨래허는 고상이야 혀도 인자 사람이 살겄다. 시상에 만상에 시집살이가 맵고 짜고 독허다고 혀도 어디 우리 시엄니 겉은 사람이 이 시상에 또 있을끄나 이."

오월이는 입심 좋은 여편네들처럼 맘놓고 말을 퍼질러놓고는 혀끝을 톡톡 튕기듯이 쨧쨧 혀를 차면서 고개를 내둘렀다. 그 유별나게 짧고 차지고 당찬 소리에는 그동안 당했던 시집살이의 서러움과 분이 응어리져 있었다.

"느그 시엄니가 시집살이럴 오지게 당허고 살었을 거이다. 니나 담에 그러덜 말어라."

"니 시방 정신이 있냐 없냐. 요 잡것이 머시매가 아니라 가시네여, 가시네!"

오월이는 입이 튀어나오도록 마땅찮은 표정을 지으며 업고 있는 아이를 이쪽저쪽으로 마구 내둘렀다.

"아이고, 나가 그만……."

보름이는 헛나간 말을 쓸어담을 수도 없는 민망함에 얼굴이 붉어졌다.

"아이고메, 말도 마라. 요놈에 가시네 땀세 새잡이로 시집살이당헌 것 생각허면 자다가도 치가 떨린다. 요것이 꼬치럴 달고 나왔어도 그랬을 것이냐. 요것이 조갑진 것얼 보고 나등마 니년이 샛서방질헌 것 아니냐 허는 표럴 더 심허게 내는디, 그 분허고 원통허기가 사람이 도구통얼 싸안고 자빠져 죽을 일이고, 맷돌얼 허리에 달고 둠벙에 뛰어들어 죽을 일 아니었겄냐. 나가 니맨치 이쁘기럴 허니 샛서방질얼 허겄냐, 느그 오빠가 여그 있기럴 허니 샛서방질얼 허겄냐. 그 사람 피 보트게 허는 시집살이가 새잡이로 시작된 것얼 따지면 순전히 그 못난 물건 땀시여. 그 물건이 돌림병도 못 이기고 뒤질람사 씨나 지대로 뿌리고 뒤져얄 것 아니겄냐. 넘 먼첨 뒤져 고상시키고, 조갑지나 까게 혀서 또 못살 일 시키고, 어디 웬수가 따로 있다냐. 아니여, 아니여, 나 욕심이 과헌 것이제. 돌림병 못 이기고 뒤진 빙신이 어찌 꼬치 씨럴 뿌릴 수 있겄냐. 조갑지 씨 뿌리는 것이야 당연지사제."

오월이는 씁쓰레한 웃음을 흘렸다.

보름이는 그동안 부쩍 말이 많아진 오월이를 멍하니 바라보고 있었다. 소문나게 심한 시집살이를 하면서 가슴에 맺히고 얹혔던 말들이 그렇게 터져나오는 모양이었다. 죽은 남편에 대해서도 아무 정이 없는 것을 생각하면 보름이는 오월이에게 한없이 미안하고 면목이 없었다. 오월이가 그러는 것은 하와이로 떠난 오빠를 못 잊어하기 때문이었다.

오월이의 남편은 돌림병으로 죽으면서 오월이의 배에 씨를 뿌렸던 것이다. 뒤늦게야 임신이 된 것을 알았는데 매사에 트집인 시어머니는 오월이를 의심하는 눈치를 보였던 것이다. 그런데 딸아이를 낳게 되자 그 의심이 더 심해졌으니 오월이가 얼마나 속울음을 울고 가슴을 치며 살았을지 알 만하기도 했다.

"니 그려도 그 딸래미라도 태와준 것이 얼매나 다행헌 일이냐. 저러다가 시엄니 시상 떠불먼 니 혼자 고적허니 어찌 살 판이었냔 말이여."

보름이는 오월이를 위로하는 마음으로 말했다.

"하이고, 넘 속도 몰르는 소리 허고 앉었네. 이 가시네새끼 없었음사 활활 털어불고 바다 건너 하와이로 사진결혼 떠나제."

"머시여?"

보름이는 너무나 놀라는 것과 동시에 야릇한 반감을 느꼈다. 오월이가 10년이 가까워오는 동안 한 번도 입에 올리지 않았던 이야기를 그토록 대담하게 하는 것에 놀라지 않을 수 없었고, 또한 시집을 가서 이미 더럽혀진 몸을 가지고 오빠를 찾아가려고 하는 그 생각에 더욱 놀랐던 것이다. 순간적으로 일어난 반감은 그 체면 모르는 생각 때문이었다. 아무리 친한 동무라 해도 몸 더럽혀진 오월이를 올케로 받아들일 수 없다는 생각이 불꽃처럼 튀었던 것이다.

"니 어째 그리 놀래고 그냐? 처녀도 아닌 것이 느그 오빠 찾어갈랑가 무서와서 그러지야?"

오월이는 보름이의 가슴 한복판을 정통으로 찌르고 들었다.

"아니, 아니여. 니가 하도 안 허든 소리럴 급작시리 내논게 누가 안 놀래겄냐."

보름이는 당황스런 기색을 애써 감추며 얼버무리려고 했다. 그러면서 자신의 약지 못한 실수를 후회하고 있었다. 딸아이가 엄연히 등에 업혀 있는 형편에 그런 생각은 어디까지나 가슴에 담겨 있을 뿐인 소원이었고 또 오월이 같은 처지에서는 그런 말이나마 해야 팍팍한 세상살이의 고단함이 다소나마 풀릴 수 있는 일이었다. 오월이를 위로했으려면 오월이의 그 말에 그저 맞장구를 쳤어야 했던 것이다.

"그려, 나가 미쳤다냐. 느그 오빠럴 찾아가게. 요 가시네 안 태이고, 나가 혼자가 되고, 느그 오빠가 핀지 보내 나럴 불렀다고 히도 나가 무신 낯짝으로 느그 오빠헌트로 가겄냐. 맘 기댈 디 없고 묵을 디 없응게 그냥 실답잖은 소리 히보는 것 아니겄냐. 그런 실답잖은 소리도 안 허는 것보담이야 나슨게."

오월이는 한숨을 가느다랗게 내쉬며 쓸쓸하게 웃었다.

"그려, 니넌 그래도 나보담 낫다. 그리 가심에 묻어두고 두고두고 생각헐 사람이나 있고."

보름이는 오월이의 딸아이 머리를 쓰다듬어주었다.

"무신 소리여? 니야 참말로 영감이고 총각덜이고 쌔고쌨덜 안혀? 니럴 보고 홀까닥 반허지 않은 남정네덜이 어디가 있냐. 늙다리 김 참봉이야 징헝게 치덜 말고, 앞동네 박 부자 아덜, 웃뜸 최부자 동상, 한동네 갑수, 이 글고 하와이로 사람 끌어가든 군산놈……. 워메, 그놈 이름이 머시드라…… 거 안 있냐 와, 그 징헌놈 낯짝언 환헌디 이름이 영 생각 안 나네. 나도 인자 늙었능가 어찐가, 그놈 이름이……."

"아이고, 실답잖은 소리 그만허고 느그 시엄니나 잠 딜다보는 것이 사람 노릇 허능 거 아니겄냐."

보름이는 말머리를 돌려버렸다. 오월이가 기억해 내려고 하는 그 사내의 이름이 장칠문으로 또렷하게 떠올랐지만 마당에 비질을 하듯 지워버렸다.

"아서, 아서, 아까 나가 헌 말 까묵어부렀냐. 사람얼 아무도 못 알아보는 디다가 그 방에 들어가면 쿠린내에다가 찌린내, 늙은이 냄새꺼정 진동해서 속 다 뒤집어진다. 니 사람 노릇 잘못헌다고 나무랠 사람덜 없응게 절로 가서 편허니 앉기나 허자."

오월이는 손을 내젓고 머리까지 흔들며 마루 쪽으로 걸음을 옮겼다.

"니가 애 많이 묵겄다. 그려도 니가 잘해야제 어쩌겄냐. 시부모도 부몬게."

보름이는 그냥 오월이의 말을 따르기로 했다. 잘 아는 사람도 못 알아보는 형편이라면 어쩌다가 대했던 자신의 얼굴을 알아볼 리 없었던 것이다.

"아이고 말도 마라. 나가 시집살이당헌 만치 갚아주고도 잡은디, 그리되면 넘덜헌티 욕묵고 숭잽히는 것이 무서와 더 잘해주게 된당게로, 염병허고."

"그려, 다 니가 복 받을 일이제."

"그나저나 니넌 무신 바람이 불어 이리 뜸금없이 걸음했다냐? 농사철이 코앞으로 닥쳤는디."

이제 오월이가 말머리를 돌렸다.

"우리 시아부님이 돌아가셨다."

"머시야? 무신 병으로?"

"병이 아니여. 왜놈덜 손에……."

"어쩌끄나! 무신 일인디?"

오월이는 눈이 휘둥그레지게 놀라며 보름이 옆으로 바짝 다가앉았다.

"참말로 기맥힌 일이여……."

보름이는 벌써 목이 메며 눈물을 훔쳤다. 보름이는 시아버지만 생각하면 눈물이 쏟아지려 했고, 그 억울함을 온 세상 사람들에게 알리고 싶은 뜨거움이 끓어올랐다.

보름이는 연상 눈물을 훔치고 가슴을 눌러가며 시아버지가 당한 이야기를 해나갔다. 무슨 수로든 시아버지의 원한을 갚아야 한다는 생각을 다시금 속다짐해 가면서.

"아이고메 엄니, 어쩌끄나!"

보름이의 시아버지가 총 맞아 죽는 대목에서 오월이는 엉덩방아를 찧으며 글썽이고 있던 눈물을 쏟았다. 보름이도 이야기를 잇지 못하고 흐느꼈다.

"아나, 찬물이나 한 사발 묵고 나서 남치기 이애기 더 해라. 니 속이 얼매나 원통허고 천불이 일겄냐."

오월이는 잽싸게 부엌으로 가서 바가지에 떠내온 물을 제가 먼저 벌컥거리고 나서 보름이에게 내밀었다. 입으로는 '찬물이나 한 사발' 하면서 내민 것은 긴 금이 가서 실을 굵게 꼬아 꿰맨 헌 바가지였다. 보름이는 바가지의 찬물을 받아 천천히 마시며 물맛을 달게 느끼고 있었다. 그건 그냥 물맛이 아니라 오월이의 정맛이었던 것이다.

"글먼 시방 군산으로 가든 참이여?"

오월이는 제가 먼저 이야기를 마감했다. 보름이는 쓸쓸한 얼굴로 보일 듯 말 듯 고개를 끄덕였다.

"이 일얼 어쩌끄나. 우리 집이라도 농사가 푼푼허먼 니랑 나랑 항께 살 것인디. 근디 니도 다 알디끼 우리 시집이 애초에 째지게 가난헌 집구석 아니여?"

"알어, 말만이라도 고맙구먼."

"빌어묵을, 빈말 백날 고마우먼 멀혀." 오월이는 제풀에 돋는 성질에 짜증을 내면서, "그나저나 니나 나나 무신 놈에 팔자가 요리도 꾀이고 틀리고 요 모냥일끄나? 우리 아부지덜이 묏자리 잘못

쓴 것 아니겄냐?"

오월이는 시름겹게 보름이를 바라보았다.

"글씨, 우리맨치로 팔자 뒤틀린 젊은 여자덜이 어디 한둘이다냐. 다 시상이 잘못 돌아가다 봉게 그리되는 것이제."

보름이는 흘러내린 머리카락을 쓸어넘기며 가늘게 한숨을 쉬었다.

"맞어, 왜놈덜 시상만 안 됐어도 느그 오빠가 하와이로 팔려갔을 택이 없제."

오월이의 그 재빠른 대꾸에 보름이는 또 가슴이 뜨끔해졌다. 오빠 이야기만 비쳤다 하면 언제나 죄지은 것처럼 가슴이 찔리는 것이었다. 보름이는 뭐라고 대꾸할 말이 마땅찮아 그저 고개만 끄덕였다.

"느그 오빠도 인자 사진결혼인지 머신지 했을끄나?"

오월이가 느닷없이 물었다. 보름이의 가슴에서는 서리 맞은 모과 떨어지는 소리가 쿵 울리고 있었다. 그 말은 오월이가 그동안 참고 참아왔던 것이었다. 그러나 보름이는 난처하고 난감하기 이를 데 없었다. 자신이라고 먼먼 데 떨어져 있는 오빠가 그동안 어찌했는지 알 까닭이 없었던 것이다.

"그간에 아무 소식이 없었는디 그런 짓이야 혔겄냐. 그랬으면야 무신 소식이 있었겄제."

보름이는 자신이 없으면서도 자신이 있는 척 말했다. 우선 오월이의 가슴을 허물어서는 안 될 일이었다.

"글먼 이적지 혼자 몸으로 살끄나? 여자인 나도 혼인얼 혔는디."

오월이는 풀죽은 소리로 말했다.

"금메, 우리 오빠가 혼인얼 혔으먼 거그서 영영 살아분다는 것인디, 오빠넌 그리헐 사람이 아니여. 무신 일이 있어도 꼭 돌아오겄다고 혔응게."

보름이는 이제야말로 자신이 생겨 말에 힘을 넣었다. 어머니는 만주로 떠나면서도 오빠가 꼭 돌아올 것을 믿었다. 그래서 자신과 동생 정분이에게 친정동네에 더러 발길해 보기를 당부했던 것이다. 오빠가 언젠가 돌아오리라는 것은 자신도 믿고 있었다.

"사진결혼이라는 거이 생길지 알었음사 친정서 아무리 못살게 몰아댔어도 시집얼 안 갔을 것인디."

오월이가 짙은 한숨을 내쉬었다.

"그려, 나 인자 가봐야 쓰겄다."

보름이는 마음 무겁게 일어섰다.

"니 미쳤냐, 밥이나 한 끄니 묵고 가야제. 니 나가 이 집 임금님인 거 알지야?"

오월이는 보름이의 치마를 잡아끌었다.

보름이는 오월이를 물끄러미 바라보았다. 오월이의 얼굴에는 그냥 보내지 않겠다는 기색이 어느 때 없이 진하게 드러나 있었다. 보름이는 가슴 찡한 정을 새삼스럽게 느꼈다.

"니 시집살이 벗어났다고 니 맘대로 허다가넌 살림 망쳐묵는다."

보름이는 눈을 곱게 흘기며 도로 마루에 앉았다.

"하이고, 그런 걱정 안 해도 돼야. 이 집구석 살림살이가 아무리 궁상이라도 니헌티 밥 한 그럭 믹였다고 안 망허고, 이 집 보리쌀 한 알갱이라도 누가 다 쌔빠지게 농새진 것인디?"

오월이는 다부지게 말했다.

"그려, 니 고상이야 나가 다 알제. 헌디, 니나 나나 혹뎅이가 하나썩 붙었응게 앞으로가 더 걱정이여. 보리쌀 한 알갱이, 지푸랑구 한 가닥이라도 애낌서 맵고 짜게 살아야제."

"쟈 잠 보소. 니넌 복뎅이가 붙은 것이고 나만 혹뎅이가 붙은 것이여. 고상고상 히감서 가시네새끼 키우먼 머헐 것이냐. 시집가 불먼 도로아미타불이고 빈 확돌이제. 가시네먼 잠 이쁘게나 타고났으먼 또 몰라. 즈그 애비 탁해서 인물도 요리 꼴짜로 생겨묵었시니 키우는 재미도 없단 말이여. 요것언 이래저래 애물단지고 두통거리여."

오월이는 딸아이에게 눈 흘기며 쥐어박는 시늉을 했다.

"아서, 아서. 아그덜도 말문 떨어짐서 눈치가 환해지고 알아들을 말 다 알아듣는다. 글고, 그 인물이 어쩐다고 그리 말허고 그러냐. 아그덜언 커남서 열 번 변헌다는 말도 못 들었냐."

보름이는 진정으로 나무라는 눈짓을 보내며 고개를 저었다.

"치이, 느그 아덜 그 쪽 빠진 인물에 비허먼 이년 낯짝언 머시매새끼라고 히도 못나빠진 모과뎅이제 머시다냐. 느그 아덜언 니럴 탁해서 그리 깎아논 밤톨맨치로 잘생긴 것이제. 근디 저어……."

오월이는 금방 넘어오는 말을 문득 되삼키고는, "아이고, 이놈으 정신 잠 보소. 이얘기에 넋빼다가 밥때 다 지내가겄다. 쬐깨 기둘려라 이. 나 얼렁 밥 안치고 올팅게." 서두르는 몸짓으로 자리를 차고 일어났다.

"무신 밥얼 따로 안치고 그러냐. 식은밥 있으면 한술 뜨고 없으면 말고 그러제."

보름이는 거북하고 옹색한 얼굴이 되었다. 그러나 오월이는 보름이의 말을 들은 척도 안 하고 부엌으로 들어갔다.

오월이는 부엌 문턱을 넘어서며 그 말을 하지 않고 참은 것이 잘했다 싶었다. 서로 사돈을 맺자는 말이 곧 튀어나오려고 했었다. 그러나 보름이가 어찌 생각할지 모른다 싶어 어렵사리 참아냈던 것이다. 자신은 보름이 오빠와 인연을 맺지 못했으니 딸이나마 보름이 아들과 짝지어 줘 한을 풀고 싶었다. 하지만 그건 어디까지나 자신의 욕심일 뿐이었다. 인연이란 저절로 맺히고 얽히는 것이지 억지로 되는 것이 아니었다.

오월이가 해 내온 밥은 쌀이라고는 구경할 수 없는 보리잡곡밥이었다. 그러나 가난한 살림에 3월을 넘기면서 그런 밥이나마 내놓는 것에 보름이는 폐스러워 마음이 쓰였다.

"니 나 땀세 너댓 끄니 죽거리 다 없앴는갑다."

"아이고, 궁상떨지 말고 얼렁 맛나게 묵기나 혀라. 나 죽 묵고 안 산다."

오월이가 숟가락을 들어 보름이의 손에 쥐여주었다. 오월이의 말은 그저 듣기 좋은 거짓말이었다. 보름이는 더 말이 없이 밥을 떴다. 밥을 본 삼봉이가 염치없이 덤벼들고 있었던 것이다.

"참, 니 올 적에 기차 탔디냐?"

"뜸금없이 기차넌?"

아들에게 밥을 떠먹이던 보름이가 의아하게 오월이를 쳐다보았다.

"이, 호남선인가 머신가가 다 돼서 목포서 한성꺼지 왔다갔다헝게 살기 편해졌다고 요새 야단덜잉게."

"고것이 그리 빨르게 놓였능가……. 아무리 편허고 빨르먼 멀혀. 우리 겉은 것덜헌티야 그림에 떡이제."

"그려, 철길이 깔림서 개명시상이 되네, 일본 덕에 편케 살게 되았네 해쌓는디 결국 애쓰고 고상고상 헌 것이야 가난허고 불쌍헌 조선사람덜 아니겄냐."

"긍게 말이여. 죽은 사람덜도 많다는 소문이든디 얼매나 죽었을랑고?"

"고것얼 누가 알 것이여, 죽인 왜놈덜이나 알 일이제."

"그렇겄제. 조선사람덜만 땅 뺏기고 골빠지고, 징헌 눔에 시상이여."

보름이는 한숨을 쉬며 고개를 저었다.

"밥맛 떨어지는디 그 이얘기 그만허자. 나가 실없는 주딩이 깠다."

오월이가 떫은 웃음을 짓고는 밥을 한입 가득 퍼넣었다.

호남선은 착공된 지 3년 10개월 만에 개통되었다. 총독부에서는 그 빠른 작업속도를 대일본제국의 또다른 능력으로 과시하는 동시에 막대한 돈을 들여 철도를 놓는 것은 순전히 조선사람들에게 살기 좋고 편한 개명세상을 만들어주기 위해서라고 일본의 은혜를 선전해 댔다. 신문에 기사를 써대는 것은 물론이었고, 각급 학교마다 학생들에게 주입시켰고, 관리들은 관리들대로 일반인들을 상대로 선전원 노릇을 했다. 그 일방적인 선전 앞에서 총독부가 왜 그렇게 줄기차게 철도공사에 열을 올리고 있는 것인지 그 저의를 꿰뚫어보는 사람들은 별로 없었다. 사람들은 우선 기차라는 그 해괴하게 생긴 물건을 신기한 구경거리 삼기에 바빴고, 말에 비교할 수 없이 훨씬 더 빠른 그 속도에 현혹되고 있었다. 겉으로 드러난 것으로만 볼 때는 분명 개명세상은 오고 있는 것이었고, 걸어서 열흘이 넘게 가야 할 길을 하루에 가버리니 일본의 은혜가 아니라고 할 수가 없기도 했다.

"니 군산 가면 묵고살아지겄냐?"

사립 밖으로 따라나오며 오월이가 근심스럽게 물었다.

"가봐야 알제."

보름이는 고개를 저으며 스산한 웃음을 지었다. 오월이는 아직도 예쁜 모습이 그대로 남아 있는 보름이의 그 쓸쓸한 얼굴이 가을 찬바람 속에 핀 들꽃 같다는 생각을 했다.

"그려, 쥐도 군산쥐넌 배가 터지게 불르고 지름기도 자르르 흘른다고 허드라. 농새 못 지묵게 된 사람덜이 다급허니 찾어가는 디가 군산이고, 거그서덜 어찌어찌 묵고살아지는갑드라. 니넌 밤질 더듬는 것이 아니고 손샌얼 찾아가는 것잉게 어찌 되덜 안컸냐. 니 가서 자리잡히면 나도 좀 불러도라. 우리 시엄니도 오래 살 것 겉지넌 않은디, 시엄니 시상 떠불면 여그서 멀 바래고 혼자 살겄냐."

오월이의 말은 갑작스러웠다. 그러나 그 어조며 얼굴이 그냥 지나치면서 하는 말이 아니었다.

"그려, 그런 존 일자리가 생기면 좋겄다. 나 얼렁 갈랑게 더 나오덜 말어."

보름이는 업고 있는 아이를 추슬렀다.

"이, 해 떨어지기 전에 집얼 찾아들어 가야겄제. 얼렁 가그라, 얼렁."

오월이는 고개를 끄덕이며 손을 흔들었다. 보름이는 걸음을 서두르기 시작했다.

저 인물에 양반피럴 타고났으면 저것 팔자가 두고두고 춘삼월 호시절이었을 것인디. 새끼넌 딸리고 저것 팔자도 인자 첩첩산중 아니라고. 멀어져 가는 보름이를 바라보며 오월이는 눈시울이 젖어들고 있었다.

보름이는 손판석의 집을 찾느라고 애를 먹었다. 너무나 몰라보게 변해버린 군산이 낯설어서만이 아니었다. 어머니가 가르쳐준 손판석네 집은 움막동네였다. 그런데 손판석은 그동안 십장자리에서 일하게 되면서 집을 구해 동네를 옮겨앉았던 것이다. 길을 묻고 또 물어 보름이가 손판석네를 찾아든 것은 어둑어둑해진 다음이었다.

"아이고메, 요것이 누구다냐! 꽃순이 아니라고, 꽃순이. 무신 바람이 불어 무주골서 여그꺼지 왔능고."

부안댁은 보름이를 끌어안으며 반가워했다. 부안댁이 부르는 '꽃순이'라는 이름은 보름이가 꽃처럼 예쁘다고 하여 동네여자들이 어렸을 때부터 불렀던 별명이었다.

"그려, 그 산골서 어찌 살겄어. 오기넌 잘 왔구먼. 자석 키움서 살어야 헝게 돈벌이럴 허기넌 히야겄제. 어디, 일자리럴 찾아보도록 허드라고."

보름이의 이야기를 다 듣고 난 손판석은 분을 참아내는 얼굴로 말했다.

"하먼, 자석얼 잘 키와야제. 어디 존 자리럴 후딱 잠 구허씨요 이."

부안댁은 마음을 놓으며 남편에게 다짐했다. 남편이 그 말을 하기 전까지는 괜히 눈치가 보이며 마음이 조마조마했던 것이다.

"그래야제. 구해보면 어디 쓸 만헌 자리가 있겄제. 다 한집안식군디."

손판석이 무겁게 고개를 주억거렸다.

"아그가 잘도 자네. 자네도 곤헐 것인디 아무 걱정 말고 푹 자소."

부안댁이 잠든 삼봉이를 안았다.

보름이는 잠자리에 누워서도 잠이 오지 않았다. 살갑게 대해주는 손샌 내외가 너무 고마웠다. 찾아오긴 하면서도 얼마나 마음이 쓰였는지 몰랐다. 그리고 앞날이 두렵고도 걱정스러웠다. 친정을 떠나 무주 산골로 들어갈 때보다도 마음은 한결 더 움츠러들고 찬바람이 일었다. 아까 어둠살이 내리는 속에서 얼핏얼핏 보았던 낯선 도회지가 다시 떠오르고 있었다.

"저어…… 근디 말이오, 미선소넌 안 되겄제라?"

어둠 속에서 천장만 올려다보고 누웠던 부안댁은 조심스럽게 말을 건넸다.

"그놈으 미선소넌 말도 꺼내덜 말소. 보나마나 손탈 인물에다가, 저 네 살밖에 안 묵은 아그넌 어쩌고 미선소 나댕기겄능가."

퉁명스럽게 대꾸한 손판석은 끄으응 된소리를 물며 돌아누웠다.

부안댁은 더 이을 말이 없었다. 미선소는 안 된다는 것을 알면서도 아무리 생각해도 그것밖에 생각나는 것이 없어서 남편은 무슨 생각을 하나 싶어 말을 꺼냈던 것이다. 남편은 수국이가 미선소에서 당한 일을 잊었을 리가 없었다.

미선소가 아니라면 또 어떤 밥벌이가 있을까……. 아이까지 딸려 있으니 더 마땅한 일거리가 생각나지 않았다. 그렇다고 남편한테 다시 말을 걸어볼 수도 없었다. 남편이 된소리를 내며 돌아누워 버린 것은 말하기 싫으니 귀찮게 굴지 말라는 뜻이었다. 그런 때 말을 걸어보았자 퉁을 맞거나 버럭 소리를 지르기가 십상이었다. 남편도 보름이 일을 궁리하느라고 그러는 모양이었다. 어차피 남편에게 맡길 수밖에 없는 일이었다. 부안댁은 소리나지 않게 돌아누웠다.

손판석은 어젯밤에 이어 하루 내내 생각해 보았지만 보름이에게 마땅한 일자리를 찾아내기가 쉽지 않았다. 부두 근방에서 여자가 돈벌이를 할 만한 일거리가 흔하지 않은 데다가 보름이한테는 어린아이까지 딸려 있어서 더 문제였다.

십장으로 미선소 일자리를 구하기는 너무 쉬웠다. 그러나 그 일자리는 아예 외면해 버렸다. 수국이가 당한 일도 일이었지만, 미선소에서 여자들의 몸을 샅샅이 더듬어대는 것을 생각하면 치가 떨렸던 것이다. 자신이 다리가 아파 있을 때 아내도 그 꼴을 당한 것을 생각하면 언제든지 열이 치뻗어올랐다. 그때 몰랐기에 망정이었고, 다시 돌이키고 싶지 않은 기억이었다. 그런 인간 말종들이 도사리고 있는 소굴로 보름이를 들여보낼 수는 없었다.

미선소를 접고 나면 막상 여자가 돈벌이할 자리는 찾기가 어렵게 되어버렸다. 부두에도 드나드는 여자들이 없는 건 아니었다. 그러나 그 여자들은 돈벌이하는 일자리를 얻은 것이 아니라 십장들의 묵인 속에 거렁뱅이 노릇을 하는 것이나 마찬가지였다. '낙미쓸이'라고도 하고 '참새떼'라고도 부르는 여자들과 '창고쓸이'라고 하는 여자들은 차마 보기가 딱할 지경이었다.

낙미쓸이는 말 그대로 땅에 떨어진 쌀알들을 쓸어모으는 것이었다. 정미된 쌀가마니를 창고에서 배로 옮겨싣게 되면서 쌀알들이 몇 개씩이라도 떨어지게 마련이었다. 그런데 하루에 몇십 가마니가 아니고 수천 가마니씩 실어내다 보면 그 양도 수월찮은 것일 수밖에 없었다. 그 쌀알들을 그냥 내버려두면 숨가쁘게 뛰고 돌아가는 수많은 인부들의 발에 짓밟히고, 그런 다음에는 밤에 쥐들을 포식시키게 되었다. 어느 여자가 처음에 그 쌀알들을 쓸어가는 대신 부두 청소를 해주겠다고 했는지 모를 일이었다. 하루 동안 그 많은 쌀가마니들을 실어내면 부두는 청소를 하지 않을 수 없게 지저분해지게 마련이었고, 떨어진 쌀알들을 방치해 쥐새끼들을 불러들여 부두를 더 더럽게 만드느니 낙미쓸이들을 두면 청소부를 따로 두고 비용을 없앨 필요가 없었던 것이다.

창고쓸이를 하는 여자들도 마찬가지 이유로 쌀창고를 드나들 수 있었다. 그 여자들은 나락이든 쌀이든 떨어지기가 무섭게 쓸어담기 때문에 창고바닥은 언제나 깨끗했다.

급하니까 흙이든 검불이든 가릴 새가 없이 쌀알과 함께 쓸어담는 그 천한 일도 아무나 할 수 있는 것이 아니었다. 다 그 나름으로 감독과 알음이 있거나 십장들과 끈이 닿아 있었다. 그리고 그들끼리 구역도 정해져 있었다.

손판석은 고개를 저었다. 아이는 아내가 맡아준다 하더라도 보름이에게 차마 그 짓을 시킬 수는 없었던 것이다.

"어찌, 쓸 만헌 일자리가 있습디여?"

부안댁은 이제나저제나 기다리다 못해 잠자리에 들며 조심스레 말을 꺼냈다.

"어허, 일자리럴 찾었음사 말얼 안 내놓겄능가. 초라니 방정떨지 말고 진득허니 기둘리소. 어찌 되기야 허겄제."

손판석의 퉁명스러운 대꾸에는 짜증이 묻어나고 있었다. 부안댁은 말을 더 걸지 않기로 했다. 남편의 건짜증은 그만큼 애를 쓰고 있다는 표시였던 것이다.

손판석은 다음날도 인부들을 단속하는 둥 마는 둥 하면서 일거리 찾기에 마음을 팔고 있었다. 삼출이를 보나 감골댁을 보나 보름이가 살아갈 방도는 의당 자신이 마련해 줘야 할 일이었다. 그러나 아무리 눈을 크게 뜨고 찾아보아도 마음에 드는 일거리는 보이지 않았다.

잡것, 눈 딱 감고 창고쓸이로 들앉혀서 한밑천 잡게 해부러?

손판석은 문득 이런 생각에 사로잡히기도 했다. 그건 그럴듯한 계략이었고 마음 동하는 유혹이었다. 단둘이만 짜는 것이니까 한밑천 톡톡허니 잡게 해서 감쪽같이 해치울 수 있는 일이었다.

자신이 맡고 있는 창고에 보름이를 창고쓸이로 바꿔치기하는 것은 손바닥 뒤집기만큼 쉬운 일이었다. 그리고 보름이가 매일 한 됫박 정도의 쌀을 몸에 지니고 나가게 하는 것도 자신의 뜻에 달려 있었다. 네댓 달만 그렇게 하면 단출한 장사밑천은 마련할 수 있을 터였다.

창고쓸이 여자들이 마음만 돌려먹으면 창고 하나에서 쌀 한 됫박 정도씩을 빼내가기란 너무 손쉬운 일이었다. 창고 하나에 사오백 가마니씩 쌓이고 허물어지고 하는 판에서 한 가마니에 한 주먹, 아니 한 담배통씩만 빼내도 한 됫박이 넘을 것이었다. 그런 손버릇을 한다고 해서 어떤 십장들은 미선소와 마찬가지로 불시에 몸을 더듬기도 했다. 어느 십장은 여자의 몸을 더듬어내리다 보니 속곳 사타구니 사이에 달린 주머니에 쌀이 담겼더라는 것이다. 그런데 뭐라고 할 사이도 없이 여자가 옷을 훌렁훌렁 벗어댔다는 것이다. 여자는 얼굴보다 몸이 더 고와서 십장은 그만 마음이 동하고 말았다. 길이 그리 트이고 보니 여자는 마음 놓고 주머니에 쌀을 채우려고 들었다. 과부인 그 여자는 꿩 먹고 알 먹고로 나온 것이라고 했다. 십장은 그 여자에게 휘말리다가는 끝내는 자기 밥줄이 끊어질 것을 무서워해 그 여자를 몰아내고 말았다는 것이었다.

그런 일이 아니고도 창고쓸이 여자들의 얼굴은 심심찮게 바뀌었다. 그러나 다른 십장이나 인부들도 그 곡절을 알려고 하지 않았다. 물으나마나 손버릇을 나쁘게 한 것이 뻔했던 것이다. 어쩌다가 십장의 음흉한 손길을 뿌리쳐 쫓겨나는 여자들도 있었다. 그러나 그런 여자들마저 십장들의 입에서는 '손버릇 나쁜 년들'이 되고 말았다.

"아재, 무신 걱정거리 있으시오?"

손판석이 창고문을 단속하는데 서무룡이가 건들거리고 다가서며 물었다.

"이, 자네여? 걱정언 무신 걱정."

눈치 하나는 빠르다고 생각하며 손판석은 짐짓 시치미를 뗐다.

"에이, 어지께보톰 아재 눈치가 요상시러운디라? 무신 근심 있제라?"

서무룡이는 그 툭 불거지고 불량기 도는 눈으로 손판석을 빤히 쳐다보았다.

"요놈에 다리가 살살 아파서 그렁마."

손판석은 눙치고 들며 얼굴을 찡그렸다.

"체에, 눈치껏 살살 허씨요, 살살."

손판석은 어물어물 서무룡을 따돌렸다. 서무룡을 믿지 않는 한 아무리 사소한 것도 속마음을 내비치지 않았다.

손판석은 집으로 돌아오며 그 일을 하기로 작정했다. 그 방법만이 가장 안전하고 그리고 빠르게 보름이의 앞길을 열어주는 것이었다. 마음을 작정하고 나자 손판석은 자신이 십장 노릇을 하고 있는 것에 또다른 보람을 느꼈다.

저녁을 먹고 아이들을 재운 다음 손판석은 그 이야기를 꺼냈다.

"……긍게로 그 일얼 도적질이라고 생각헐 것이 없다 그것이여. 왜놈덜언 자네 친정아부지럴 죽인 심이고, 자네 서방에 시아부지꺼정 죽였제. 글고 땅도 다 뺏어 자네럴 요 모양으로 맨들었네. 긍게 그 일언 왜놈덜헌티 원수갚음허는 것이다 그 말이여. 나 말 알아묵겄능가!"

손판석의 말은 단호하고 힘찼다.

"야아……."

"그냥 야아가 아니고 야물게 허겄어?"

"야아, 야물딱지게 허겄구만이라우."

보름이의 목소리에도 힘이 짱짱했다.

10

국민군단의 깃발

꺽꺽꼬오옥 꼬옥…….

컬컬한 듯하면서도 맑은 소리가 탄력 좋게 울려퍼지고 있었다. 장닭이 어디선가 맘껏 목청을 뽑아대고 있었다.

"지기럴, 저놈에 달구새끼……."

방영근은 잠에 취한 소리를 하며 돌아누웠다. 아침마다 장닭들이 어기차게 목청을 뽑아대는 소리를 들으며 씨부렁거리게 되는 소리였다.

장닭의 울음소리에서는 어김없이 고향냄새가 물큰 풍겨왔다. 그리고 고향집의 모습도 순간적으로 스쳐갔다. 어떻게 된 것인지 장닭의 울음소리는 고향의 것과 너무나 똑같았다. 한 마리가 목청을 뽑기 시작하면 다른 놈들도 질세라 줄줄이 목청을 뽑아대는 것마저 똑같았다. 참으로 이상한 일이었다. 하늘도 흙도 바람도 그리고 나무들이며 풀들도 고향의 것과 같은 것은 아무것도 없었다. 그런데 신새벽마다 듣게 되는 장닭의 울음소리만은 어찌 그리도 똑같은지 이상하고도 묘한 일이었다.

10년 세월 동안 들어온 그 소리에는 이제 둔감해질 만도 했다. 그런데 장닭의 울음소리는 아침마다 잠을 깨우는 것과 동시에 가슴속을 파고들었다. 고향 그리움이 식을 줄을 몰라서 장닭 울음소리가 마냥 새롭게 들리는 것인지, 장닭 울음소리가 고향것과 똑같아서 아침마다 고향냄새를 맡게 되는 것인지 모를 일이었다.

방영근은 한층 요란해지고 있는 장닭들의 울음소리를 들으며 끈적끈적 달라붙는 잠을 뜯어냈다. 새벽잠은 끈끈하고 찰지기가 언제나 뻘 밭이거나 찰흙반죽 같았다. 어서 고향땅으로 돌아가고 싶은 소원 다음의 것이 몇 날 며칠이고 허리가 내려앉도록 실컷 자보는 것이었다.

방영근은 맘놓고 소리를 내며 늘어지게 기지개를 켰다. 팔다리를 아무리 내뻗으며 기지개를 켜도 몸이 찌뿌드드한 것은 다 풀리지 않았다. 나날의 고된 노동에 비해 잠이 모자라는 탓이었다. 방영근은 언제나처럼 몸뚱이를 이쪽저쪽으로 굴리기 시작했다. 그렇게 몇 번이고 뒹굴게 되면 잠도 떼쳐지게 되고 찌뿌드드한 무거움도 풀리게 되었다.

방영근은 마음대로 몸뚱이를 굴리며 독방생활을 하는 자유스러움을 즐기고 있었다. 그전의 바라크 생활에 비하면 독방생활은 집 한 채를 지닌 것이나 다름이 없었다. 코를 골아대고 자든, 괴상한 소리를 지르며 기지개를 켜든, 몸뚱이를 굴리는 것만이 아니라 머리를 박고 거꾸로 서든 누구 눈치 볼 것도 없고 누가 말질을 하지도 않았다. 형편이 이 정도 풀린 것도 파인애플농장으로 옮긴 덕이었다. 아니 그건 잘못된 말이었다. 조선노동자들이 다른 나라 노동자들보다 부지런하면서도 일솜씨가 뛰어난 때문이었다. 조선노동자들은 독방을 마련해 주지 않으면 파인애플농장으로 옮기지 않았다. 그러니까 파인애플 농장주들은 어쩔 수 없이 바라크식으로 길게 지은 건물에다가 칸막이를 해서 독방들을 만들었다.

방영근은 문을 밀치고 밖으로 나왔다. 희끄무레한 새벽어둠 속에서 산뜻하고 싱그러운 시원함이 느껴졌다. 비가 한바탕 쏟아진 다음에 오는 느낌이었다. 방영근은 그때서야 간밤에 폭풍우가 요란을 떨었던 것을 생각해 냈다.

집 주위로는 샌달우드 나무 잎들이 비에 젖어 어지럽게 떨어져 있었다. 빗물이 여기저기 고여 있기도 했다. 간밤의 폭풍우도 꽤나 극성을 떨었던 모양이었다. 그러나 별로 느낌이 없었다. 처음과는 달리 언제부터인가 모르게 폭풍우가 몰아치는 것에는 둔감해지고 말았다. 하와이의 폭풍우는 밤에는 세상을 뒤엎을 것처럼 요란하고 극성스럽다가도 날이 새면서 거짓말처럼 사라져버리기가 일쑤였다. 처음 얼마 동안은 누구나 잠을 설치게 마련이었다.

저놈에 이파리덜 치우자면 또 한일이시……. 방영근은 마땅찮은 생각을 하며 물구덩이를 피해 뒷간 쪽으로 걸음을 옮겼다.

"아이 깜짝이야!"

갑작스러운 여자 목소리에 방영근은 고개를 치켜들었다.

"이, ……어찌 요리 일찍허니……."

방영근은 앞쪽에 선 여자가 말녀인 것을 알아보면서 낮게 중얼거렸다.

"아저씨도 일찍 일어나셨네요. 어젯밤에 무서워 한잠도 못 잤어요."

댕기머리인 처녀는 부끄러운 듯한 몸짓을 하면서도 야릇한 눈웃음을 지었다.

"첨에넌 다 그러요."

방영근은 퉁명스레 말하며 빠른 걸음으로 처녀 옆을 지나쳤다.

"오늘도 일찍 일 나가나요?"

처녀가 얼른 말을 걸었다. 그 목소리는 야릇한 눈웃음만큼 묘한 냄새를 풍기고 있었다. 그러나 방영근은 들은 척도 하지 않고 뚜벅뚜벅 걸어갔다.

"흥, 귀가 먹었나."

처녀는 제풀에 토라져 방영근의 뒤꼭지에 째지게 눈을 흘겨대고는 고개를 홱 돌렸다. 그 바람에 검은 머리채와 함께 빨간 댕기가 그네를 뛰었다. 약이 오른 처녀의 목소리는 방영근의 귀에 환히 들렸다.

"지랄, 물으나마나 헌 소리 멀라고 허고 그려. 늦게 일 나가면 지가 밥 믹여줄 것이여? 무신 놈에 처녀란 것이 비우짱이 저리도 존고……."

그래서 사진결혼을 하겠다고 그 멀고 먼 바다를 건너왔을 거라고 생각하며 방영근은 뒷간으로 들어갔다. 또 오월이의 생그레 웃는 모습이 밟혀 그는 눈을 질끈 감았다가 떴다.

말녀라는 처녀가 가까이 있게 되면서부터 방영근은 거의 밤마다 오월이를 꿈에서 만나고 있었다. 그런데 어찌 된 일인지 꿈은 생시의 생각과는 전혀 다르게 험하고 흉하게만 꾸어졌다. 오월이를 자주 생각하게 된 것은 사진결혼하는 사람들이 자꾸 늘어가게 되면서부터였다.

그러나 오월이의 생각이 떠오를 때마다 방영근은 고개를 젓고는 했다. 오월이는 이미 오래전에 남의 사람이 되었을 거라고, 그간에 아이들을 낳았어도 네댓은 낳았을 거라고, 다 지나가버린 일이니 부질없는 생각 하지 말라고 스스로를 일깨우고는 했다.

방영근은 오월이가 진작 남의 사람이 되었을 것이라는 걸 의심하지 않았다. 집안끼리 서로 혼인을 언약한 사이도 아니었고, 그렇다고 아무도 모르게 뽕밭이나 보리밭 신세를 진 관계도 아니었다. 그저 남들 눈 피해가며 조심조심 눈길을 맞추고 마음을 나누었던 것이다. 그런 여자에게 칠팔 년이 지나도록 편지 한 장 띄우지 않았으니 딴 남자에게 시집을 갔을 것은 보나마나 빤한 일이었다. 그때 오월이의 나이 열여덟이었으니 그녀가 마다해도 집안에서 시집을 안 보냈을 리가 없었다.

오월이는 고사하고 집에도 소식 한 번 전하지 못하고 보내버린 칠팔 년의 세월은 지긋지긋하게 긴 것 같으면서도 한편으로는 어이없이 허망하기도 했다. 중노동에 시달리는 하루하루는 그렇게도 지겹고 지루했는데 어떻게 해서 칠팔 년의 세월이 지나갔는지 모를 일이었다.

"세월언 다 그런 것이여."

"허허 참 기맥힐 노릇이네."

"그러니 한평생 일장춘몽이라 했지."

사람들은 그저 하늘을 바라보며 허망한 웃음을 흘릴 뿐이었다.

집에 아무런 소식을 전하지 못한 사람들은 너무나 많았다. 그런데 그들이 소식을 보내지 못한 이유는 거의가 비슷비슷했다. 그들은 우선 머지않아 돌아가리라고 생각했다. 그리고 그들은 매일매일 채찍질이 난무하는 중노동에 휘말려들었다. 채찍질을 당하지 않고 하루를 넘기기에 정신이 없었고, 잠자리에 쓰러지면 고향생각이고 뭐고 할 짬도 없이 소나기잠에 빠져들고는 했다. 그러면서 보낸 세월이 2년이었다.

계약기간이 끝나면서 달라진 건 한 가지뿐이었다. 누구나 마음대로 고향에 돌아갈 수 있게 된 것이었다. 그러나 그들은 바다를 건너온 뱃삯을 갚았을 뿐 바다를 건너갈 뱃삯을 가진 사람은 아무도 없었다. 이제 바다를 건너갈 뱃삯을 벌기 위해 중노동을 시작하지 않을 수 없었다. 그들은 머지않아 돌아가게 된다는 생각을 새롭게 마음에 심으며 중노동과 싸웠다.

그들은 집에 돌아가지 못하는 세월이 너무 길어지고 있다는 것을 얼핏얼핏 느꼈다. 그때마다 소식을 전해야 된다는 생각도 했다.

그러나 그들은 글을 쓸 줄을 몰랐다. 글을 읽을 줄 아는 사람들은 더러 있었지만 그들도 쓰는 것은 서툴기만 했다. 글을 막힘없이 잘 쓰는 사람을 찾자면 일삼아 교회까지 가야 했다. 교회를 찾아가는 것도 망설여지는 데다가 그 신세도 그냥 지는 것이 아니라고 했다. 신세를 지게 되면 그 다음부터 교회에 나다녀야 한다는 것이었다. 그들은 그 짐스러움을 당하고 싶어하지 않았다. 그리고 또 편지를 부친다는 일이 전혀 몸에 익지 않은 생소한 일이었다.

"에이, 무소식이 희소식이지 뭐."

"그려그려, 우리가 어디 애기간디."

"맞어, 곧 가면 되니까."

그들에게 무소식이 희소식이란 말은 더없이 좋은 약이었다. 그들은 그 말을 나누며 서로를 위로하고 위안받았다.

다시 2년이 흘렀지만 뱃삯은 모아지지 않았다. 뱃삯이 모아지려면 더 일을 하는 수밖에 없었다. 그런데 장인환 사건이 터졌다. 왜놈들의 앞잡이 노릇을 하며 왜놈들이 조선을 빼앗으려는 일을 거든 미국사람을 쏘아죽인 그 사건은 그들을 흥분시켰다. 그들은 미국땅에서 그동안 당한 온갖 고통과 서러움이 다 풀리는 것 같은 통쾌함을 맛보았다.

애국자 장인환을 살리자!

재판비용을 대기 위한 대대적인 모금운동이 벌어졌다. 그들은 주저하지도 않고 아까워하지도 않고 돈을 냈다. 나라를 구하려고 장한 일을 한 사람을 살려내야 한다는 뜻이 한덩어리가 되었다. 그렇게 모아진 돈이 자그마치 7천 달러가 넘었다.

장인환은 사형을 면하고 25년형을 선고받게 되었다. 그 대신 그들은 또 몇 년인가 노동을 하지 않으면 안 되게 되었다. 그러나 그들은 25년이나 감옥살이를 해야 하는 장인환을 생각하며 농기구를 잡은 손에 새 힘을 모았다. 그리고 농장들마다 조선노동자들이 부지런하고 일 잘한다고 해서 서로 끌어가려고 하는 것을 위안으로 삼았다.

다시 2년 가까이 일을 해서 목돈이 되어가고 있었다. 그런데 나라를 완전히 빼앗겼다는 소식이 전해져 왔다. 그들은 낙담하고 절망했다. 너나없이 술들을 부쩍 많이 마시기 시작했다. 노름도 심해지게 되었다.

빼앗긴 나라를 되찾자!

국민회가 다시 나서서 소리 높이 외쳤다. 농장마다 군사훈련이 실시되었다. 그리고 새로운 모금운동이 일어났다. 나라를 빼앗긴 실감은 금방 나타났다. 일본영사관에서 인구조사를 나서며 조선사람들의 주인 행세를 하려고 들었다. 그리고 하와이의 인심이 조선사람들을 일본사람이나 중국사람은 말할 것도 없었고 필리핀사람들보다도 더 천대하게 되었다. 그런 사태의 돌변 속에서 그들은 주저할 것 없이 군사훈련을 받으러 나섰고, 모금운동에 속주머니의 돈들을 털어냈다.

고향으로 돌아갈 바닷길은 다시 멀어진 셈이었다. 그러나 그들의 마음에는 새로운 고향길이 열려 있었다. 모두 군사훈련을 열성으로 받아 만주로 건너가서 압록강 두만강을 넘어 왜놈들을 무찌른다는 것이었다. 국민회에서 세운 그 계획에 그들은 흥분하고 긴장했다. 총을 멘 군인이 되어 압록강 두만강을 넘어 왜놈들을 무찔러대며 고향으로 간다는 것은 생각할수록 꿈만 같고 가슴 두근거리는 일이었다. 그들은 그날이 오기를 기다리며 낮에는 농장일을 하고 밤에는 힘드는 줄도 모르고 군사훈련을 받았다.

목총을 들고 하는 군사훈련이 몸에 익어가고, 속주머니에 돈이 조금씩 불어나는가 싶더니 또 2년 세월이 후딱 지나갔다. 하와이의 8년 세월이 흘러간 것이었다. 그런데 그 2년 동안에 모아진 돈은 그전에 비해 그다지 많지 않았다. 국민회에 돈 낼 일이 자주 생긴 탓이었다. 빼앗긴 나라를 꼭 찾아야 한다는 생각을 자극하고, 돈을 아까운 줄 모르고 내게 충동하는 여자들이 생겨났다. 그들은 바로 사진결혼을 하려고 태평양을 건너오는 신붓감들이었다.

각기 다른 지방에서 오는 처녀들은 그동안 일본사람들에게 당한 일들을 총총한 기억력으로 이야기했던 것이다. 아니, 아무리 말수가 적거나 말재주가 없는 처녀라 하더라도 자기네가 보고 겪은 일들을 낱낱이 이야기하지 않을 수가 없었다. 고국의 소식에 굶주린 그들에게 에워싸여 이야기를 엮어내지 않고는 견딜 재간이 없었던 것이다. 그들은 처녀들의 입을 통해서 의병들이 일본군들에게 얼마나 참혹하게 죽어갔는지 알게 되었고, 나라를 빼앗기고 일본천지가 된 다음에 학교 선생들까지 칼을 차고 다닐 정도로 조선사람들이 짓눌리며 사는 것을 알았고, 토지조사사업으로 얼마나 많은 사람들이 억울하게 농토를 빼앗기고 거지 신세가 되고 있는지도 알았던 것이다. 그런 이야기들을 듣고 그들은 분풀이하듯 국민회에 기부금이고 성금을 냈다.

"나 먼첨 와 앉었는 화상이 누구라고. 잘 잤능가?"

남용석이 뒷간으로 들어서며 인사했다.

"자네 그 왕신단지 어쩔 참이여?"

방영근은 불쑥 대질렀다.

"왕신단지넌 무신 왕신단지?"

"말녀 말이시, 말녀."

"말녀럴 나보고 어쩌라고?"

"아, 그 가시네럴 밑깔개럴 삼든지 딴 디로 내보내든지 히얄 것 아니여. 언제꺼정 탱탱 놀림서 아까운 밥만 축낼라고 헝가."

"이사람아, 어찌서 나보고 그려? 맘이 동허먼 자네나 밑깔개 삼소."

"머시여? 저 가시네럴 딜고 오자고 헌 것이 누군디."

"어어, 사람 잡네, 자네가 먼첨 불쌍허다고 혔제 나가 언제 그렸어."

"어허 이사람, 참말로 사람 잡네. 먼첨 따라오라고 말헌 것이 누구여. 이사람, 인자 봉게 재판 걸어야 헐 사람이시."

"재판 걸어보나마나 나가 이기제. 자네가 나보담 술 잘 못 마시는 것이야 시상이 다 안께. 그날 자네가 술이 너무 취해 자네가 헌 말얼 나보고 혔다고 허는 것이여. 재판 걸티면 걸어."

남용석은 징그럽도록 능청스러운 웃음을 흘리며 반칸막이 너머로 방영근을 빤히 쳐다보았다.

"요런 능구렝이. 어쨌그나 나넌 그리 개명허고 똑똑헌 여자 싫은게 자네가 구어묵든 삶아묵든 알아서 혀."

방영근은 바지를 치켜올리며 일어섰다.

"허 참 그사람, 200딸라 애끼고 지절로 굴러들어온 신붓감얼 마다네그랴. 평양감사도 지 싫으먼야 그만잉게 벨 수 없는 일이제. 나가 100딸라에 어디다 팔아묵어도 속씨레허지넌 말드라고 이."

남용석은 방영근의 뒤에다 대고 능글능글하게 말엮음을 해대고 있었다. 그가 말하는 200달러는 사진결혼을 하기 위해 신붓감이 하와이에 도착하기까지 드는 비용이었다.

방영근은 눈부시게 밝아오는 동쪽하늘을 바라보며 숨을 들이켰다. 집은 그쪽이 아니라는데도 아침마다 찬란하게 뻗쳐오르는 햇살을 보며 집 생각을 하고는 했다. 하와이는 햇살도 고향의 것과 달랐다. 하와이의 아침햇살은 언제나 하와이의 꽃들처럼 화사하면서도 금빛가루를 뿌려놓은 것처럼 현란하게 빛났다. 간밤에 비가 온 아침이면 햇살은 더욱 찬란하고 황홀했다. 대낮의 햇살이 지긋지긋한 반면에 아침햇살은 그지없이 곱고 눈부셨다. 간밤에 폭풍우가 지나가서 와이키키 해안을 감싸고 불어오는 바람도 한결 시원하고 싱그러웠다. 그 바람결에 향기 짙은 하와이꽃들의 향내가 실려오고 있었다.

방영근은 자신의 나이가 어느덧 서른이 꽉 찬 것을 되짚고 있었다. 살았다고 할 것이 없이 흘러간 10년이었다. 사진결혼을 해서 바다를 건너오는 처녀들에게 고국의 이런저런 소식들을 들으며 다시 또 흘려보낸 2년 세월이 그나마 실속 있었던 것은 파인애플농장에서 일하게 된 때문이었다.

파인애플은 하와이 여러 섬들에 새롭게 퍼지기 시작한 농사였다. 농장주들은 사탕수수보다 수익성이 좋은 파인애플 재배에 열을 올리게 되면서 일 잘하는 노동자들을 경쟁적으로 구하고 나섰다. 조선노동자들이 그 대상이었고, 고용조건도 달라지게 되었다.

그 새로 생긴 고용조건이 청부농작법이었다. 그건 쿠바의 사탕수수농장에서 쓰고 있는 방법을 도입한 것으로, 소출량에 따라 임금을 조정하여 지불하는 계약제였다. 농장주는 일정한 면적을 노동자들에게 맡겨 농작물을 자작시키고 그 소출량에 따라서 임금을 계산하는 일종의 소작제였다. 농장주들로서는 그전의 강압적인 방법에 비하면 수입이 줄어드는 달가운 방법이 아니었지만 세상이 달라졌으니 어쩔 수 없는 일이었다. 물론 노동자들은 모두가 그 방법을 환영했다. 일을 하는 만큼 수확이 느는 것이 농사였고, 수확이 느는 만큼 임금이 많아지니 그보다 더 좋은 방법이 없었다. 그리고 농사를 자작하게 되니까 루나라는 인종들의 손아귀에서 벗어나 자유로워지는 것이었다.

조선노동자들은 그 청부농작법에 맞추어 열다섯이고 스물씩 서로 가까운 사람들끼리 조를 짜서 사탕수수농장을 떠나 파인애플농장으로 옮겨가기 시작했다. 루나들의 감시와 간섭도 없고, 판자 칸막이일망정 독방생활을 하게 된 그들은 비로소 사람처럼 살아보는 맛을 즐기게 되었다. 일할 신명이 저절로 솟았다. 이미 조선사람들 사이에서는 더 일찍 일어나고, 더 부지런히 일하고, 더 알뜰하게 절약하고, 더 많이 배우자는 뜻이 뭉쳐져 있었다. 나라를 빼앗긴 다음부터 퍼져나간 소리 없는 구호였다. 방영근네 작업조 20명도 그런 마음으로 파인애플농사에 달라붙게 되었다.

감독인 루나들이 없어진 것은 노동자들에게만 좋은 것이 아니었다. 농장주들의 입장에서는 루나들에게 지출되던 일체의 경비가 절약되었고, 루나들의 횡포로 발생했던 크고 작은 충돌과 말썽들이 없어지게 되었다. 그리고 집단농장 시절에 노동자들이 일으키고는 했던 집단시위 같은 것에도 신경쓸 필요가 없게 되었다. 노동자들은 많은 소출을 하려고 자기네들끼리 힘을 합쳐 일에 열성을 바쳤던 것이다.

그 청부농작법은 자연스럽게 사탕수수농장으로도 퍼져나갔다. 사탕수수농장의 노동자들이 파인애플농장에서 시행하는 농작법을 구경만 하고 있지는 않았던 것이다. 그러나 파인애플에 비해 사탕수수는 수익성이 낮아 사탕수수농장 노동자들의 수입이 파인애플농장 노동자들의 수입과 같을 수가 없었다. 그만큼 조선노동자들의 수입은 다른 나라 노동자들의 수입을 앞지르고 있었다.

하와이말로 '할라 카히키'라고 부르는 파인애플은 그 열매의 별명을 따로 가지고 있었다. 파인애플 열매를 사람들은 '황금의 열매'라거나 '돈덩어리'라고 불렀다. 통조림을 만드는 파인애플은 그 맛이 너무 좋아 없어서 못 팔 지경이라고 했다. 호놀룰루 시 와히아와에 있는 제임스 돌(Dole)의 통조림공장은 어마어마하게 컸고, 그는 하와이에서 제일가는 부자였다. 영어를 전혀 모르는 노동자들도 여기저기 농장에 내걸려 있는 빨간 글씨의 'Dole'이란 간판만은 금방 알아보았다.

파인애플농장에서 수입이 좋아지게 되자 사진결혼이 전보다 훨씬 더 활기를 띠게 되었다. 자꾸 나이들은 먹어가고, 결혼비용은 비축되고, 남들의 결혼생활이 부럽기도 하고…… 그 이유는 여러 가지였다. 거기에다가 국민회에서나 각 교회에서는 사진결혼을 적극 권하고 있었다. 결혼하지 않은 젊은 사람들이 피하기 어려운 생활의 방탕과 돈의 낭비를 막자는 것만이 아니었다. 모두 결혼을 해서 노동력을 확대시킴과 동시에 조선동포 사회를 안정되게 형성하자는 것이었다. 그 최종 목적은 독립군기지의 구축이었다. 국민회는 이미 오래전부터 만주와 연해주에 독립운동 조직을 만들어놓고 있었다. 생활여건이 변하면서 노동자들도 차츰 결혼을 생각하지 않을 수 없게 되었다.

파인애플농장으로 옮기고서도 식사는 그전처럼 당번제로 해나갔다. 그런데 결혼하는 사람이 하나둘 늘어가면서 그 문제가 곤란하게 되어갔다. 여자들의 반찬솜씨에 남자들의 솜씨는 아예 비교가 되지 않았고, 그렇다고 남의 아내들을 식모처럼 부려먹을 수도 없는 노릇이었다. 그런 난처함을 피하려고 결혼한 사람들은 따로 숙식을 하게 되었다. 집단생활에서 차츰 개인생활로 바뀌어가는 것이었다. 그건 어쩌면 지극히 자연스러운 일일지도 몰랐다.

그들의 단란한 가정생활만이 결혼을 충동질하는 것이 아니었다.

조선의 농가생활이 그렇듯 여자들도 머릿수건을 두르고 농장일에 나서는 것이었다. 두 사람 벌이가 한 사람 벌이의 두 배일 뿐이면서도 생활을 꾸려가는 데 있어서는 세 배도 되고 네 배도 되는 묘술을 부렸던 것이다.

"자네 맘언 어쩐가?"

달빛 속에 담배연기를 내뿜은 남용석이 울적한 듯한 소리로 물었다.

"무신 맘이 어쩌?"

방영근은 슬프도록 밝은 푸르른 달빛을 멍하니 바라본 채 되물었다.

"아, 장개들 맘이 어쩌냐 그 말이제."

"자네넌 맘이 동허는갑제?"

"아니여, 그냥 물어보는 것이구만."

"나 눈치볼 것 없어. 자네 맘이 동허면 장개드는 것이 좋제."

"참 사람, 어찌 그리 무정허니 말허고 그려. 동무 따라 강남 간다는 말도 몰라서 말인심이 그리 야박헌가?"

"글먼, 나가 장개들먼 자네도 장개들겼다 그런 말이여 시방?"

"아니제. 나가 장개들먼 자네도 장개들겼냐 그런 말도 되제."

"아따, 자네 말재주 늘었네그려. 나넌 죽으나 사나 집 찾어갈라네."

"장개든다고 집에 못 가간디?"

"넋나간 소리 말어. 늙다리덜이 어째서 빚내감서 허천나게 장개드는디? 심든 일 해묵기 에로운게 일꾼 하나 딜여서 여그 영영 주저앉자는 심뽀제."

"그런 시커먼 심뽀 지닌 사람이야 얼매나 되간디. 집 찾어가 봤자 왜놈덜 밑에서 여그보담 살기가 에롭당게 우선 여그서 자석이나 낳고 보자 허는 것이제."

"그것언 혼자 맘이여. 한 다리 마누래헌티 잽히고 또 한 다리 자석새끼덜헌티 잽히면 무신 수로 집얼 찾어가. 꼼지락달싹 못허고 하와이귀신 되는 것이제. 나넌 죽어도 그리 못혀."

"그 똥고집 춘향이 절개시. 염병허고, 달언 징허게 밝고 맘언 싱숭생숭허고 앞길언 막막허고 히서 자네 맘 떠본 것잉게 나가 장개들지 몰른다고 걱정허지 말소."

남용석이 담배꽁초를 멀리 튕기며 피식 웃었다.

"몰르겄네, 그간에 기부금이고 머시고 돈 낼 일에넌 눈 딱 감고 한푼도 안 내고 돈 꿍쳐갖고 집 찾어간 사람들이 잘헌 것인지 잘못헌 것인지."

방영근은 한숨을 푹 쉬며 담배를 뽑아 물었다.

"에이, 고런 느자구없고 싹수머리없는 인종덜 이얘기넌 꺼내지도 말어. 발등에 떨어진 불 몰른 칙끼해 감서 즈그덜 잇속만 챙긴 인종덜이 조선땅에 가서 또 무신 짓거리덜 허고 살겄어. 보나마나 즈그 잇속 따라 왜놈덜헌티 붙어묵겄제."

"그려, 그럴 것이여. 꼭 돈 내야 헐 일에 낯짝 딱 돌리고 몰른 칙끼허는 것도 다 타고나야 허는 재주여."

"그려도 그런 못된 인종덜보담 안 그러는 사람덜이 훨썩 더 많은게 이 시상이 그작저작 살맛도 생기는 것 아니여?"

"공자님 말씸이제."

그동안 그런 식으로 돈을 챙겨가지고 고향으로 돌아가는 배를 탄 사람들도 적지 않았다.

남용석은 그 뒤로 사진결혼에 대해서는 더 말을 꺼내지 않았다. 방영근은 그가 사진결혼에 마음이 솔깃해져 있다는 것을 알면서도 전혀 내색을 하지 않는 것으로 그의 마음을 가로막으려고 했다. 창녀를 찾아가 돈을 없애느니 결혼을 하는 게 나을 수도 있었다. 창녀를 찾아가면 돈만 없애는 것이 아니었다. 재수 없이 성병이 걸려 고생하면서 치료비로 목돈을 없애는 수도 더러 있었다. 그러나 방영근은 결혼을 해서는 안 된다고 생각했다. 결혼을 하게 되면 집에 돌아가지 못하고 하와이에 주저앉게 된다는 생각에 사로잡혀 있었던 것이다.

"아니, 자네 밥당번임스로 여그 서서 멀혀?"

뒷간에서 나온 남용석이 허리띠를 조이고 다가서며 큰소리로 외쳤다.

"해 구경허네."

"무신 귀신 씨나락 까묵는 소리여. 날이 날마동 사람 잡는 저놈에 징헌 해럴 무신 구경이여. 실답잖은 소리 말고 얼렁 가서 밥혀."

남용석이 방영근의 등을 밀었다.

"밥이야 말녀가 있는디 무신 걱정이여."

"잉? 자네 각시 삼기로 해부렀어?"

남용석은 펄쩍 뛰며 놀라는 시늉을 했다.

"그리라도 부려묵어야 밥값이라도 빼제. 공밥 얻어묵기 염치없응게 지가 걷어붙이고 나스기도 허고."

"허, 알고 봉게 자네 독허시 이. 근디 저 여자 서방언 어째 찾으로도 안 댕기능고? 살기넌 글른 년이다 허고 아조 작파해분 것잉가?"

"아매 그럴란지도 몰르제. 여자가 저리 도망 나와 살기럴 작파해뿐 남자덜이 한둘이 아닝게 말이시."

"열흘이 다 돼가는디…… 저것 골칫덩어리시."

남용석이 떫은 입맛을 다셨다.

"어찌 되겄제. 가세, 밥 다 됐을 것인디."

방영근은 앞서 걷기 시작했다. 어찌 될 거라고 한 것은 그저 막연하게 한 소리가 아니었다. 며칠 안으로 말녀와 남용석이를 부부로 맺어주게 할 작정이었다. 말녀는 첫날부터 남용석의 말을 듣고 따라나선 것이니 더 말할 것이 없었고, 남용석이도 내놓고 내색을 못할 뿐이지 은근히 말녀를 좋아하는 눈치였다. 말녀는 어지간한 남자가 있으면 몸을 맡겨야 할 처지였고, 남용석은 작년부터 사진결혼에 마음을 써왔던 것이다. 뜸만 들면 되는 밥이었고, 꼭지 간 댕거리는 홍시였다. 다만, 중이 제 머리 못 깎는 법이니까 옆사람들이 풍악을 울려주는 일만 남아 있었다.

그날 밤은 유독 술맛이 달았다. 한쪽 밭에서 파인애플을 따내고 임금을 받은 데다가 머지않아 국민군단이라고 이름 붙인 군인부대가 정식으로 만들어진다는 소식을 들었던 것이다. 속상해 마시는 쓴 술맛이 많았지 기분 좋아 술맛이 달기는 드물었다. 다른 때보다 한결 더 취해 노래를 부르며 야자수길을 비틀거리며 걸었다.

왜 왔던고 왜 왔던고
하와이땅 왜 왔던고
가고지고 가고지고
고향땅 가고지고

그들은 진정으로 그리움이 사무쳐 몸부림이 일어나는 것처럼 아리랑을 목놓아 구성지고 서럽게 불러댔다.

술에 취하면 누구나 아리랑을 불렀다. 불러도 목놓아 불렀다. 목놓아 부르다 보니 가락은 제멋에 겨워 더 늘어지며 슬퍼지고 넌출져 휘감기며 처연해지고, 술에 젖은 가슴은 그 가락을 못 이겨 허물어지며 더 서러워지고 녹아내리며 한스러워져 이어지고 또 이어지는 가락에는 끝내 물기가 묻어나고는 했다. 그들은 통곡을 대신해 그 가락을 목놓아 부르고, 분을 삭이려고 목놓아 부르고, 외로움을 달래려고 목놓아 부르는 것인지도 몰랐다.

"아이고, 잘못했어요, 잘못했어요. 살려줘요, 잘못했어요."

숨넘어가는 여자의 울부짖음이 비명과 함께 울리고 있었다.

"엉? 저것이 무신 소리여!"

"조선여자 소리 아니라고!"

방영근과 남용석은 누가 먼저라고 할 것 없이 노래를 뚝 그치며 그 자리에 멈춰섰다.

"아야야야, 살려줘요, 잘못했어요."

한 여자가 머리채를 잡혀 휘둘리고 있었고, 한 남자가 악을 써대며 주먹을 마구 휘두르고 있었다. 치마저고리를 입은 여자의 머리끝에 빨간 댕기가 선명했다. 그리고 남자의 화난 외침은 일본말이었다.

"왜놈이 어째 조선여자럴 패고 저려?"

남용석이 눈을 사납게 부릅떴다.

"안 되겄네, 가보세."

방영근이 침을 내뱉었다.

밤이 늦어서인지 길거리에는 사람들이 드물었다. 여자가 주먹질을 당하고 있는 조그만 가게 앞에도 다른 사람들은 없었다.

"머시여, 어째 이려, 이거!"

남용석이 버럭 소리지르며 주먹질하는 남자 앞으로 나섰다.

"어째 조선여자럴 패고 이려!"

방영근이 더 크게 소리치며 나섰다.

"어머 아저씨들, 나 좀 살려주세요, 살려주세요."

그들이 조선사람인 것을 알아본 여자가 황급히 소리쳤다. 눈물로 얼룩진 얼굴은 앳돼 보였다.

주먹질하던 남자가 뭐라고 큰소리로 말을 했다. 그는 어느새 거머잡고 있었던 여자의 머리채를 놓은 상태였다. 남용석과 방영근은 그가 떠드는 일본말을 한마디도 알아들을 수가 없었다. 영어가 그렇듯 일본말도 그들은 욕지거리 몇 마디를 아는 것이 고작이었다.

"어찌서 이리 맞고 있소?"

남용석이 자신의 옆으로 바짝 붙어서서 떨고 있는 여자에게 물었다.

"예에…… 배가 고파서, 너무 배가 고파서 저 떡을 하나 훔치다가……."

처녀는 주르륵 흘러내리는 눈물을 손등으로 훔치며 울음을 추슬러올렸다. 처녀가 떡이라고 한 것은 빵이었다.

"허어 참, 사진결혼헐라고 바다 건너온 시악씬갑는디, 서방언 어쩌고 배가 고프다고 도적질이다요?"

남용석이 어처구니없어하며 헛웃음을 쳤다. 방영근은 처녀를 물끄러미 지켜보며 수국이가 저 나이또래일 거라고 생각하고 있었다.

"꼬박 이틀을 굶어서…… 아무리 참을라도 참을 수가 없어서……."

처녀는 얼굴을 감싸며 그만 울음을 터뜨렸다. 그러는 동안에도 가게주인인 일본남자는 연상 뭐라고 떠들어댔다.

"하우 머취?"

영어라도 잘하는 것처럼 남용석은 기세당당하게 가게주인에게 물었다. 그런 그의 왼손은 빵을 가리키고 있었고, 오른손은 돈을 꺼내느라고 주머니 속에 들어가 있었다. 빵값을 물어주겠다는 뜻이었다.

"노오, 노오."

가게주인은 성난 얼굴로 고개를 내두르고 손을 저었다. 그리고 일본말로 뭐라고 해대며 처녀를 잡아채려고 했다.

"이놈이 경찰서로 보내겄다고 허는 말인갑는디?"

방영근의 얼굴에 화가 돋아올랐다.

"그렇제? 요런 씨부랄 놈이!"

남용석이 입맛을 다셨다. 그리고 동전을 다시 주머니에 넣고는 손이 속주머니로 옮겨졌다.

"헤이, 완 딸라!"

남용석은 1달러짜리 종이돈을 가게주인 앞에 흔들어 보이며 사정하는 웃음을 지어내고 있었다.

그 순간 방영근은 두 가지 사실에 놀라고 있었다. 술기운인지 어쩐지 영어가 술술 잘도 나오는 데다, 너무 큰돈을 내밀고 흥정을 벌이는 것이었다. 그러나 피식 웃고 말았다. 아는 영어래야 그 정도로 동이 난 판일 것이고, 경찰서로 끌려가는 것을 막자면 한 개에 이삼 센트밖에 안 하고 더 비싸보았자 5센트일 빵값을 1달러라도 내는 도리밖에 없었던 것이다.

"노오오, 노오!"

일본남자는 아까보다 더 완강하게 고개를 저으며 돌아섰다. 그리고 전화통 손잡이를 잡았다. 경찰서로 연락을 하려는 것이었다.

"바까야로!" 남용석이 돈을 내던지며 가게 안으로 뛰어들더니, "야 이 씨부랄 놈아, 대갈통이 반으로 짝 갈라져야 정다시겄냐!" 일본남자의 멱살을 틀어잡고 곧 박치기를 해버릴 기세였다.

"어이, 참소 참어. 그놈 박아불먼 우리 신세 끝장이여."

방영근은 허둥지둥 남용석을 붙들었다.

"냅둬, 요런 놈언 쓴맛얼 봬야 혀."

남용석이 방영근을 뿌리치려 했다.

"요놈 겁묵은 낯짝얼 보소. 자네가 물러스먼 나가 알아서 허겄네."

과연 일본남자는 얼굴색이 변하도록 겁에 질려 있었다. 조선사람들의 박치기는 그 위력이 무섭기로 널리 소문나 있었다. 10여 년의 세월에 걸쳐 크고 작은 싸움이 벌어지면서 조선사람들은 한 방에 코피를 터뜨리게 할 수 있는 박치기의 위력을 잘 보여주었던 것이다.

"좆겉은 놈, 수박 쪼개디끼 대갈통얼 두 짝으로 팍 쪼개부러야 허는디."

남용석은 큰소리를 쳐대며 못 이기는 척 가게를 떼밀려나갔다.

"헤이, 쏘리, 쏘리, 아이 엠 쏘리."

방영근은 웃는 얼굴로 돈을 일본남자의 손에 쥐여주며 어깨를 다둑거렸다.

"예스, 예스, 땡큐."

일본남자는 언제 고개를 내두르며 전화를 걸려고 했느냐 싶게 나긋나긋해져 허리까지 굽실거렸다. 그도 다른 일본사람들처럼 박치기는 질색인 모양이었다.

세 사람은 한참을 말없이 걸었다. 처녀가 가끔 떨리는 소리로 울음을 추스르고는 했다. 어느 가게 앞에 이르러 남용석이 불쑥 말했다.

"자네, 묵을 것 잠 사소, 이 시악씨 뱃가죽 등에 붙게 생겼응게."

"이, 그러제. 돌른 것 묵어보도 못허고 당허기만 했을 것잉게."

방영근은 이제 자신이 돈을 쓸 차례인 것을 알고 가게로 들어갔다.

그들은 가까운 해변가로 가서 자리잡았다. 밤바다의 파도소리가 속삭임처럼 연하고 부드럽게 찰싹거리고 있었다. 반쪽도 안 된 달이 곧 바다로 빠질 것처럼 기울어 있었다.

"배고픈디 얼렁 묵으씨요."

방영근은 처녀에게 봉지를 내밀었다.

"고, 고마워요……."

"고마울 것 없소, 같은 동포라서 그런 것잉게. 얹힌디 꼭꼭 씹어 묵기나 허시요." 남용석은 퉁명스럽게 말하며 담배에 불을 붙이고는, "대체 무신 일로 이틀썩이나 굶고 그런 꼴얼 당허요?" 처녀 쪽으로 고개를 돌렸다.

"저어…… 징그럽고 무서워 못살겠어서 도망을 나와서……."

"누가, 서방이?"

남용석은 이미 그 사연을 짐작하며 이렇게 이야기의 맥을 짚고 들었다. 방영근이도 벌써 처녀가 어떤 처지에 빠진 것인지 짐작하고 있었다. 그런 일은 다른 처녀들이 진작 당하고 말썽이 일어나고 해서 조선사람들치고 모르는 사람은 하나도 없었다.

"사진얼 안 봤소?"

방영근은 남용석의 허벅지를 찔벅였다. 빤한 이야기를 두고 남용석의 짓궂음이 동하고 있었던 것이다.

"사진은 젊고 그리 안 생겼었는데……."

빵을 너무 많이 몰아넣어 처녀의 목소리는 메어 있었다.

"사진언 젊고 잘생겼었는디, 와서 만내봉게 늙고 문딩이 상호로 생겨묵었드라 그것이오?"

"예에, 꼭 그랬어요."

"여필종분디, 그런다고 여자가 도망얼 나와서야 쓰겄소!"

남용석이 느닷없이 목청을 높였다.

"아니에요, 혼례식도 안 올리고 초야도 안 지냈으니까 여필종부가 아니에요."

처녀는 변명하듯 재빨리 말했다.

"머시여? 초야도 안 지냈으면 글먼 빨간 댕기 그대로 안직 숫처녀란……, 아이쿠메 엄니!"

남용석은 술기운에 취해 나오는 대로 지껄이다 말고 숨막히는 소리를 토했다. 너무 듣기 민망한 말이라 방영근이 팔꿈치로 옆구리를 내질렀던 것이다. 처녀는 아무 대꾸를 못한 채 고개를 폭 떨구고 있었다.

"이사람아, 말로 허도 다 알아들을 것인디 사람 잡자는 것이여 머여?"

남용석은 옆구리를 매만지며 볼멘소리를 했다.

"헐 소리가 따로 있제, 자네넌 술 묵으면 탈이여." 방영근은 퉁을 놓고는, "보시오 시악씨, 원님 앞이서 무신 문초당허는 것도 아니겄고, 답답허고 벌떡징나게 한마디 묻고 한마디 답허고 허덜 말고, 집이 어디고 어찌히서 배럴 타고 그 담에 어찌 된 것인지 첨보톰 끝꺼정 쫘악 이야기럴 혀부시요." 그는 남용석이가 헛소리하는 것을 막으려고 처녀에게 이렇게 일렀다.

"이 그려, 고것이 좋겄구마. 근디 이얘기럴 허기넌 허는디 설렁설렁 해불지 말고 할무니덜이 장화홍련전이고 심청전 이얘기허디끼 조단조단허니 맛나고 찰지게 허란 말이여."

남용석은 어느덧 편안하게 말을 낮추어 하고 있었다.

처녀는 먹다 만 빵을 손에 든 채 머뭇거리며 눈치를 보았다.

"찬찬히 빵 묵어감스로 이얘기허시요. 여그서넌 멀 묵음서 이얘기허는 것이 하나또 숭이 아닝게."

방영근이 말해 주었다.

"예에…… 저는 집이 황해도 해주고, 아버지는 곡물상에 건어물상을 하시고, 저는 일남오녀 중에 넷째딸로 이름이 김말녭니다. 소학교는 해주에서 예배당학교를 다니고, 중학교는 외삼촌이 사는 인천에서 다녔습니다. 중학교를 나와서 일본사람이 하는 병원에 취직해서 간호원 노릇을 하는데……."

"쬐깨 기둘려, 빼묵고 지내가는 것이 있구마. 이름 담에 나이럴 대야제, 나이."

남용석이 팔을 내저었다.

"어허, 자알 나가는디 어째 토막치고 이려. 그것이야 이따가 말허면 되제."

방영근이 짜증스럽게 혀를 찼다.

"아, 이얘기럴 허자먼 순서가 착착 맞어야 허능 것 아니드라고. 그 중헌 걸 빼묵고 지내가먼 맘이 껄쩍지근히서 담 이얘기가 귀에 안 들어옹게 그러제."

"그려, 되았네. 시악씨, 나이 대고 나서 이얘기 잇대시오."

방영근은 남용석의 옆구리를 찔벅이며 처녀에게 말했다.

"저어…… 나이는 열아홉이에요. 으음…… 간호원 노릇을 하는데 밤에는 너무 심심했어요. 언니 동생들은 없고, 예배당도 밤마다 여는 것도 아니고요. 그래서 구경 다닌 것이 활동사진이에요. 활동사진은 볼수록 재미있었어요. 심심하지도 않고, 활동사진마다 새 이야기가 나오니까 사람을 유식하게 해주는 거예요. 미국이란 신식나라를 구경한 것도 활동사진에서였어요. 미국사람들이 신식으로 사는 것이 너무 좋아 보이고 부럽고, 저도 그렇게 살아보고 싶었어요. 그래서 영어를 배우려고 미국목사님이 영어를 가르쳐주는 예배당으로 옮겼어요. 그런데 몇 달이 지나서 제 꿈이 이루어졌어요. 목사님이 사진결혼을 해보라고 권하신 거예요. 여러 사람들의 사진 중에서 하나를 골라 집으로 가지고 갔지요. 아버지는 처음에 안 된다고 하셨지만 제가 어머니를 졸라 서류에 아버지 도장을 받았어요. 아버지는 딸자식이 많으니까 하나 없는 셈친다고 하셨어요. 배를 타고 고생고생해서 하와이에 내렸는데 저를 마중 나온 사람은 사진의 그 사람이 아니라 엉뚱한 노인네였어요. 늙고 얼굴이 울퉁불퉁 흉 천지였어도 사진의 그 사람하고 닮은 데가 있어서 그 사람 아버지구나 했어요. 그런데 집에 와서 보니까 그 늙은이가 바로 그 사람이라는 거예요. 나이가 서른아홉이라는데, 우리 아버지가 마흔하나예요. 조선에서는 나이도 가르쳐주지 않았고, 얼굴은 사진하고 딴판이고, 저는 그때서야 속은 걸 알았어요. 그런데…… 혼례식도 뭣도 올리지 않고 그날 밤부터 잠자리를 함께하자는 거예요. 너무 징그럽고 무서워서 견딜 수가 없었어요. 그런 흉하게 생긴 늙은이하고 사느니 차라리 바다에 빠져 죽는 게 낫다 싶었어요. 그래서 그 길로 도망 나온 거예요. 아무리 돌아다녀 봐도 집으로 돌아갈 길은 막막하고, 죽어버릴 수도 없고, 배는 고프고……."

처녀는 훌쩍거리며 울었다.

"그놈에 활동사진 좋아허다가……."

방영근은 자신도 모르게 중얼거리다가 얼른 입을 다물었다. 입안에 가둔 말은 '신세 망쳤구먼'이었다.

"고것이 시악씨럴 역부러 속히잔 것이 아니고 다 알 만헌 쪼여. 좌우간에 인자 어쩔 심판이여?"

남용석이 꺼억 트림을 하며 물었다.

"몰라요……."

처녀는 두 남자를 바라보며 고개를 저었다. 그 모습이 처량하기 그지없었다.

"체에, 활동사진으로 멋쟁이 양코배기덜만 봐온 시악씨 눈에넌 우리도 나이 묵은 늙다리에 문딩이 상호일 것인디 멀 그리 쳐다보고 그려?"

남용석의 어조가 비꼬이고 있었다.

"아니에요, 그 사람보다 훨씬 젊고 얼굴도 흉하지 않은데요 뭘. 그 사람도 이랬으면 도망 나오지 않았을 거예요."

처녀는 얼떨결에 말을 해놓고 부끄러운지 고개를 떨구었다.

남용석이 방영근의 무릎을 툭 치며 씨익 웃었고, 방영근이도 떨떠름하게 웃었다.

"저것 불쌍허니 되았제?"

남용석이가 고개를 돌리고 속삭였다.

"불쌍허기야 허제."

"저것얼 딜고 가먼 어쩌겄능가?"

"어쩔라고?"

"여그다 띠내뿔고 갈 수도 없는 일이고, 집으로 가자도 지 몸띵이 놀려 돈얼 벌어야 헐 것인디, 지가 따라나스겄다먼 딜고 가야 사람 도리가 아니겄냐 그 말이시."

"그도 그렇제. 자네가 물어보소."

남용석은 담배에 불을 붙여 서너 모금 빨고 나서 입을 열었다.

"시악씨, 나가 허는 말 잘 들어야 되겄구만. 시악씨가 당헌 일이 어찌 그리되았는지넌 차차로 알게 될 것이고, 시악씨가 도로 집으로 가자도 손수 돈벌이럴 히얄 것인디, 우리럴 따라서 농장으로 가면 우리가 그 벌이넌 허게 맨들어줄 것잉마. 그럴 맘이 없으면 우리넌 인자 가야 헝게 여그서 작별얼 혀야 허고. 어쩔 것이여?"

"아니에요, 따라가겠어요, 따라가겠어요."

처녀는 이쪽에서 떼어놓기라도 하는 것처럼 먼저 몸을 일으켰다.

말녀를 농장으로 데리고 오자 사람들의 화젯거리가 된 것은 더 말할 것도 없었다. 사진결혼으로 하와이에 건너온 여자들 태반이 남편을 마음에 안 들어하고, 사흘거리 불화가 일어나는 집안이 많고, 1년 남짓 살다가 갈라서는 부부가 더러 있는가 하면, 남편을 마땅찮아하는 대부분의 여자들이 여필종부라는 어찌할 수 없는 올가미 때문에 마지못해 살아간다는 것은 누구나 다 아는 일들이었다. 그러나 첫날밤에 도망 나온 신부를 눈앞에서 맞대하는 것은 처음이었던 것이다.

남용석이네 조에서 말녀를 노골적으로 꺼려하는 건 이미 장가를 든 세 남자였다. 그와 반대로 말녀를 반색하며 반긴 건 그들의 아내였다. 그도 그럴 것이 남자들은 말녀로 하여금 자신들의 입장이 새삼스럽게 곤궁해지고 난처해지는 것을 바라지 않았던 것이다. 그러나 그들의 아내는 자신들과는 다르게 마음에 들지 않는 남자를 박차고 나온 말녀를 만나게 되면서 평소에 참아왔던 속임수 결혼에 대한 불만과 푸념을 털어놓을 수 있는 기회를 잡은 것이었다.

말녀는 마음 의지할 데 없던 참에 세 여자들과 금방 친해졌다. 나이도 비슷비슷한 데다가 고향을 떠나 타국에 와 있는 심사도 다를 게 없었던 것이다. 말녀는 낮에는 빈둥거리며 놀다가 밤이면 농장일을 끝내고 돌아온 여자들과 모여앉아 입놀림하기에 바빴다. 남용석도 방영근도 농장일을 시작해서 돈벌이를 하라고 밀어대지는 않았다. 너무 야박스럽게 몰아대지 말고 말녀가 마음을 정할 때까지 며칠 쉬게 하자는 것이었다.

말녀는 여자들과 모여앉게 되면서 왜 사진과 실물이 그토록 다른지를 알게 되었다. 세 여자는 그 이야기를 하면서 하나같이 자기들을 속였다고 분해하고 눈물까지 떨구었다. 말녀도 그 어이없기도 하고 황당하기도 한 이야기를 들으며 또다시 자신의 꿈이 산산조각으로 부서지는 절망을 느끼지 않을 수 없었다.

노동자들이 사진을 부쩍 많이 찍게 된 것은 물론 사진결혼이 시작되면서부터였다. 그러나 그전부터 나비넥타이에 양복 차림으로 사진을 한 장쯤 박는 것은 그들이 즐기는 최고의 호사였다.

타국생활을 하는 그들이 특별히 쇠는 명절이라고는 없었다. 풍속이 달라져서만이 아니었다. 남의 농장 고용살이를 하는 신세에 추석을 쇨 이유가 없었고, 정월 대보름이 따로 있을 수가 없었다. 해가 바뀌어 새해가 왔지만 그건 고향에서 쇠던 설이 아니었다. 계절의 변화가 없이 봄인 듯하면서 여름이고 가을인 듯하면서 여름일 뿐인 하와이의 기온 탓에 고국의 명절은 더 멀어지기만 했다. 추수감사절이니 크리스마스니 했지만 그건 어디까지나 백인들의 명절일 뿐이었다.

그런데 그들이 쇠는 명절 아닌 명절이 꼭 하나 있었다. 자신들의 생일이었다. 그들은 고생에 지친 스스로를 위로하기라도 하는 것처럼, 아니면 자기 자신이 살아 있다는 것을 확인하려는 것처럼 틀림 없이 생일을 쇠었다. 물론 생일을 쇤다고 하여 무슨 큰 잔치를 벌이는 것이 아니었다. 잔치를 벌일 돈이 없는 처지들이라 가까운 몇몇 사람들에게 술 한잔을 사며 오늘이 자신의 귀빠진 날이라는 것을 알리는 정도였다. 그러면 술대접을 받는 사람들은 손바닥에서 불이 나도록 손뼉을 쳐대며 넘치고 늘어지게 생일을 축하해 주고 건강을 빌어주었다. 그리고 새 술자리를 벌여 답례를 겸해 다시 한 번 생일을 축하했다.

사진관을 찾아가는 것은 그런 다음날쯤이었다. 물론 누구나가 생일사진을 박을 수 있는 것이 아니었다. 사진관을 찾아가는 사람은 그래도 생일을 잘 쇠는 축에 들었다.

그들이 사진관에 들어갈 때는 부스스하게 헝클어진 머리칼에 허름하고 볼품없는 노동복 차림이었다. 그런데 며칠 만에 찾은 사진에는 기름기 자르르 흐르는 머리에 앞가리마를 타고, 하이칼라 나비넥타이에 검정양복을 입은 어엿한 신사로 둔갑해 있었다. 사진사가 요술을 부리거나 신통술을 부린 것이 아니었다. 사진관에서 머릿기름을 발라 빗질을 해주었고, 나비넥타이며 양복을 빌려주었던 것이다. 어느 나라 노동자들이나 그런 멋들어진 모습으로 사진을 찍어 고향에 보내고 싶어했으므로 사진관에서는 재빨리 그런 것들을 준비해 놓고 있었던 것이다.

사진에는 그들의 머리모양이나 옷차림만 달라져 있는 것이 아니었다. 가장 중요한 얼굴 생김도 실물보다 훨씬 젊고 미남으로 나와 있었다. 그것이야말로 사진사가 요술 아닌 기술을 부린 것이었다. 사진사가 기다랗고 뾰족하게 깎은 연필심으로 필름을 기막히게 수정해서 억센 사탕수수 잎이나 날카로운 파인애플 가시에 긁히고 찔려서 생긴 크고 작은 흉터는 말할 것도 없고 어려서부터 잡힌 이마의 주름살 같은 것까지 말끔하게 없애버렸던 것이다.

사진결혼을 하려는 사람이 그 당장 사진을 찍어 조선으로 보내도 반년 후에나 하와이에 도착하는 신붓감이 기름기라고는 없이 부스스한 머리칼에 허름한 노동복을 걸친 후줄근한 모습으로 마중을 나간 흉터 많은 신랑감의 얼굴을 보고 소스라치게 놀라지 않을 수 없는 일이었다. 그런데 사오 년 전이나 칠팔 년 전의 생일기념으로 찍은 사진을 보냈을 경우는 어떠할 것인가. 세월이 흘러 늙은 데다가 긁히고 찔려 흉터는 더 많이 생겼으니 신붓감이 자기 시아버지 될 사람으로 착각하는 것은 전혀 무리가 아니었다. 그런데 나이가 많이 든 신랑감들일수록 나중에 신붓감들이 낙담할 것은 생각하지도 않고 장가들 욕심만 앞세워 될 수 있는 대로 젊었을 때 찍은 사진을 보내려고 했다.

뒤늦게 그런 곡절을 다 알게 된 말녀는 자신이 덤벙대다가 빠진 허방이 너무 깊은 것을 느끼며 밤새도록 소리 죽여가며 울었다. 그러나 아무런 해결책이 없었다. 기왕 엎질러진 물인데 그 남자를 다시 찾아갈까 생각해 보기도 했다. 그러나 그 남자는 진절머리나게 다시 보기가 싫었다. 그 흉측하게 생긴 얼굴도 얼굴이었지만 아버지뻘이나 되는 나이 많은 사람하고 산다는 것은 너무 징그럽고 끔찍스러웠다. 어쩌면 자신을 구해준 두 남자 때문에 그 생각은 더 심해지는 것인지도 몰랐다. 그 두 남자 중에 하나라면 그저 정을 붙이고 살 만도 하다는 생각이 스쳐 스스로 놀라기도 하며 밤을 밝혔다.

말녀는 그날 아침부터 밥하는 일을 거들고 나섰다. 여자가 남자들이 하는 밥을 무작정 얻어먹기가 면목이 없었고, 자기도 여자 몫의 일을 해낼 수 있다는 것을 보여주고도 싶었던 것이다.

아침식사를 끝내고 나서 모두 한자리에 모였다. 다시 하루 일이 시작되는 것이었다. 어둠기는 완전히 자취를 감추어버리고 햇발에서는 벌써 더운기가 느껴지고 있었다. 커다란 불덩어리로 이글거리며 수평선 저 멀리서 해가 솟아오르고 있었던 것이다.

"다덜 보이소. 오늘 밤에 서쪽밭 파인애플 따내는 거 알지러. 오늘 낮일이야 밤일 채비허는 거니께네 다 아는 일 아닝교. 오늘도 그리그리 잘덜 허입시더 마."

나이가 제일 많아 조장인지 좌장인지를 떠맡고 있는 구상배가 언제나처럼 투박하고 어설프게 말했다. 그는 스스로가 무식하고 말주변이 없다고 해서 앞으로 나서지 않으려고 했었다. 그러나 나이대접을 해서 모두가 그를 앞자리에 세웠다. 그는 언제나 일을 앞장서서 하고 마음이 무던해 조장 노릇을 착실히 해나갔다. 나이가 서른아홉인 그는 재작년에 사진결혼을 했는데 아직 아이가 없어서 투덜거리는 횟수가 잦아지고 있었다. 그의 아내는 이제 스물이었는데 언제나 얼굴에 불만이 차 있었다. 열여덟에 하와이땅을 밟은 그 여자는 마산이 고향이었다. 그 처녀도 사진과 너무 다른 늙어빠진 신랑감을 보고는 질겁을 해서 도로 집으로 돌아가겠다고 소동을 부렸던 것이다.

"이놈으 가스나, 팍 쌔래 뭉카뿌까!"

늙은 신랑감 구상배는 처녀의 목을 조이며 정말 때려 뭉개버릴 것처럼 눈에 불을 켰다는 것이었다. 처녀는 정말 죽일지도 모른다 싶어 주저물러 앉았고, 그나마 같은 경상도사람이라 정을 붙여보기로 했다는 것이었다. 구상배야말로 굼벵이 궁굴 재주 하더라고 장가들 욕심에 6년 전에 찍은 사진을 떡하니 보낸 사람이었다.

그 일이 있은 다음부터 그들은 일을 하다가도 걸핏하면 '팍 쌔래 뭉카뿌까!'를 소리쳐 외치고는 했다. 처음 얼마 동안 구상배는 '어허, 그 소리가 그리도 좋나. 얼라덜맹쿠로' 하며 멋쩍은 듯 언짢은 기색을 내비치고 하다가 끝내는 자기 힘으로 그 외침을 막을 수 없다고 단념했는지 그저 사람 좋게 웃어넘기고 말았다. 결국 그 투박한 경상도말은 그의 별명으로 굳어졌다. 사람들은 모두 그의 그런 무던함을 좋아하며 화목을 이루어나갔다.

"참말이제 얄궂데이. 우에 아럴 몬 배노. 저 가스나 밑이 쳇밑 아이가."

몇 달 전부터 구상배가 불현듯 구시렁거리고는 하는 소리였다. 처음에 사람들은 그 말이 무슨 뜻인가 했다. 그의 끝말 한마디가 얼핏 잡히지 않았던 것이다. 그런데 그 말이 바로 체질을 할 때 가루가 흘러내리듯 자기 아내의 그것이 실하지 못한 것을 타박하는 것임을 알고 사람들은 배꼽을 잡았다.

"머시라카노, 동네 개가 다 웃을 일 아이가. 내사 마 솔밭인 기라. 늙어빠진 지가 쭉찡이지."

그의 젊은 아내 마산댁의 거침없는 반격이었다.

사람들은 또다시 배꼽을 잡지 않을 수 없었다. 그러나 그들은 양쪽의 그 우스운 말을 놀림감으로 삼지는 않았다. 아이 얻기를 바라면서 한쪽에서는 밭이 부실하다고 하고, 한쪽에서는 씨가 부실하다고 하는 그 공방은 뒤에서 웃을 수는 있어도 면전에 대놓고 웃음거리를 삼을 수 없는 자못 심각한 가정사였던 것이다.

그들은 일터로 걷기 시작했다. 방영근은 남용석의 눈치를 살피며 구상배 옆으로 다가갔다.

"성님, 의논헐 말이 있는디요."

"의논? 무신 이바구고?"

"중매 잠 서야 쓰겄소."

"중매라니……?"

"아이고, 용석이가 듣겄소." 방영근은 빠르게 남용석이 쪽을 살피고 나서, "저그 머시냐, 성님이 나서서 용석이허고 말녀럴 맺어주면 좋겄소. 용석이도 그렇고 말녀도 그렇고, 서로가 좋아허는 눈치기넌 헌디 즈그가 살겄다고 나스지넌 못허고 있구만이라." 나직나직하게 말했다.

"그기 참말잉강? 그 가스나도 엉치에 뿔 돋친 물건 아이가?"

구상배는 뭐를 잘못 안 게 아니냐는 눈길로 고개를 갸웃거렸다.

"나가 다 알고 허는 말잉게 성님언 얼렁 중매나 스란 말이오."

"허, 그기 그리됐나? 서로 맘에 있다카믄 못 나슬 기 머꼬."

"뜸딜이고 어쩌고 헐 것 없는디요."

"알긋다, 오늘 당장 해치울 끼다. 중매술이나 톡톡히 내라 그만."

구상배는 시원한 대답 그대로 해가 지기 전에 일을 마무리짓고 말았다. 자기는 남용석을 맡아 밀어붙였고, 말녀는 자기 아내에게 맡겨 대답을 받아냈던 것이다.

구상배는 저녁밥을 먹기 직전에 모두에게 그 사실을 알렸다. 사람들은 손뼉을 치며 기뻐하고 축하를 보냈다.

"용석이 저 사람 참 요령 좋네. 1딸라 쓰고 200딸라를 벌었네그려."

"우짜믄 좋노. 나넌 우에 그런 재수가 안 걸려드노."

"그 돈 혼자 다 챙기면 배탈나네. 반만 뚝 잘라서 혼인잔치를 벌여."

"이, 허다가 그 말 한분 잘혔구마. 그 돈이먼 소도 잡제."

모두들 정겹게 말꼬리를 잇대었다. 얼굴이 벌겋게 달아오른 남용석은 그저 벙긋거리기만 했다.

그들이 말하는 200달러란 사진결혼을 하기 위해 남자가 부담하는 일체의 비용이었다. 여자가 하와이로 타고 오는 뱃삯은 70달러였다. 그런데 일본을 경유하게 되면서 숙식비 보건비 입출국수속비 같은 명목으로 나머지 돈이 추가되었다. 일본 경유로 배보다 배꼽이 더 커지고 있었다. 그러나 태평양을 건너자면 일본배 지양환이나 천양환을 타지 않을 수가 없으니까 울며 겨자를 먹지 않을 도리가 없었다. 미국배 퍼시픽 메일이 있기는 했지만 여러 가지 불편한 점이 많아 이용하기가 어려웠다.

사진결혼을 하려면 남자 쪽에서 먼저 사진과 생업을 적어서 보냈다. 그러면 사진으로 남자를 고른 여자 쪽에서 다시 사진과 호적등본 그리고 부모의 동의서를 보냈다. 그것을 받아본 남자가 신붓감이 마음에 들면 비용과 동의서를 보내는 것으로 사진결혼은 성사되었다. 하와이에서 그런 일들을 맡아 도와주는 곳이 국민회와 교회였다. 특히 교회에서는 그들의 조직을 활용해 신붓감까지 소개해 주고 있었다.

"자네가 그리 맘쓸지넌 몰랐는디……."

밤일을 나서는 길에 남용석이 어색스럽게 웃으며 뒷머리를 긁적였다.

"중이 지 머리 못 깎는 법잉게."

방영근이 남용석의 어깨를 가볍게 치며 씨익 웃었다.

"자네헌티 고맙기도 허고 미안시럽기도 허고……."

"벨소리 다 허네. 다 하늘이 점지헌 것잉게 아덜딸 많이 낳고 잘 살어야 혀."

"글씨…… 나넌 무식허고 여자넌 유식허고…… 껄쩍찌근헝마……."

"지가 유식허면 얼매나 유식허겄어. 여자야 다 남자가 채잡기에 매였응게 그런 걱정 허덜 말고 꽉 틀어잡소."

방영근은 코웃음까지 치며 손아귀를 쥐어 보였다. 그러나 자신의 마음에도 그 대목이 꺼림칙하게 걸렸다. 말녀는 다소곳이 오므린 꽃이 아니라 되바라지게 열린 꽃 같아서 마음에 들지 않았다. 그러나 그보다 더 마음에 안 드는 것은 그녀가 신식물을 너무 먹었다는 점이었다.

"용석이 저 사람은 복도 많아. 장가 비용 쓰라고 제때 파인애플도 따내게 되고."

파인애플밭이 가까워지며 누군가가 큰소리로 말했다.

"엎어져도 가지밭에만 엎어지는 과부 재수가 붙은 것이제."

누군가의 맞장구에 사람들이 와아 웃었다.

파인애플밭에는 전깃불이 환하게 밝혀져 있었다. 파인애플을 따내기 좋게 하려고 통조림공장에서 가설한 이동시설이었다. 파인애플은 언제나 밤에만 따도록 되어 있었다. 왜냐하면 통조림을 만들면서 그 신선도와 단맛을 최상으로 유지하기 위해서였다.

파인애플이 가장 싱싱하면서도 맛좋게 익은 시기에 맞추어 따내는 날짜를 정하는 것은 통조림공장에서 나온 감독관들이 하는 일이었다. 경험이 많은 감독관들은 식별능력이 남달라 파인애플을 맛보지 않고 색깔만 보고도 언제 따내야 할지 척척 알아냈다. 파인애플은 조금만 과하게 익어도 씹기에 질기고 맛이 시어졌다. 그런 열매로 통조림을 만들면 질기고 신맛은 더 심해졌다. 그건 상품으로서 치명적인 흠이었다.

그런 실패를 예방하기 위해서 감독관들이 신경을 곤두세워 수확날짜를 정하면 노동자들은 어김없이 그날 밤으로 야간작업을 시작했다. 낮에 따게 되면 트럭에 싣고 공장으로 옮기고 하는 동안에 강렬한 태양열에 익어 맛이 변하는 것을 막기 위해서였다.

파인애플 열매를 따내는 일은 보통 어려운 게 아니었다. 가시투성이인 잎들이 우산살을 뒤집어놓은 것처럼 쭉쭉 벌어져 있는 데다가, 그 한가운데 달린 커다란 열매도 억센 가시로 에워싸여 있었던 것이다. 그 가시들은 길이만 약간 짧을 뿐이지 탱자나무 가시와 하나도 다를 것이 없이 억세고 날카로웠다. 파인애플을 키울 때부터 따낼 때까지 노동자들은 무시로 그 가시들에 긁히고 찔리고 긁고 덧나고 하면서 손이고 얼굴이 흉터투성이가 되어갔다.

백인들은 파인애플을 '황금의 열매'니 '돈덩어리'니 하고 불렀지만 노동자들은 '가시 돋친 쇠불알'이라고 불렀다. 그 열매의 크기는 모과나 참외는 댈 것이 아니었고, 정말 오뉴월 한낮에 축 늘어진 황소의 불알만했던 것이다. 손과 얼굴을 아무리 감싸고 작업을 한다고 해도 해가 뜨기 전까지 해치우지 않으면 안 될 작업량은 언제나 벅차기 때문에 가시에 찔리지 않으려고 몸을 사리고 조심하고 할 틈이 없었다. 열매를 따내는 데는 먼저 밑줄기에 칼질을 한 다음 손으로 받아냈다. 그 큰 열매의 무게 탓으로 손바닥이 가시에 찔리지 않을 수가 없었다.

그러나 노동자들은 평소에는 말할 것도 없었고 수확을 하면서도 파인애플 맛을 볼 수가 없었다. 파인애플은 한 그루에 열매가 하나씩만 달리기 때문에 몰래 따먹으면 금방 표가 났고, 그 껍질이 두껍고 가시까지 촘촘히 박혀서 그런지 어쩐지 무슨 벌레가 먹은 것도 없었다. 노동자들은 칼질을 해나갈수록 더 진하게 번지는 달

콤한 향기만을 밤참 대신해서 실컷 들이켰다.

남용석과 말녀는 며칠 뒤 일요일에 혼례를 올리기로 했다. 말녀는 교회에서 풍금 울리며 신식예복을 입고 혼인식을 하기 원했다. 그러나 도망 나온 처지에 그렇게 남들 눈에 띄도록 판을 벌였다가 혹시 무슨 말썽이 벌어질지도 모른다는 의견이 모아져 그냥 농장에서 조촐하게 치르기로 했다.

혼례는 더운 한낮을 피해 아침나절에 올리기로 했다. 가지들이 넓게 퍼지고 두꺼운 잎들이 무성해 짙은 그늘을 드리우는 섄달우드 나무 아래 조선식 혼례상이 차려졌다. 조선의 당산나무와 흡사하게 생긴 섄달우드 나무는 하와이 토착민들이 신성시해서 제를 올리고 굿을 하며 받드는 나무였다. 그러나 상차림은 조선식일 수가 없었다. 조선과일 대신 하와이과일이 올랐고, 떡 대신 빵이 올라 있었다. 쌀이야 있었지만 다른 기구들이 없었던 것이다. 초와 촛대도 서양것이었다. 그러나 조선것과 똑같은 것이 하나 있었다. 술잔에 묶여 길게 늘어진 청실홍실이었다.

신랑과 신부도 예복을 갖추어 입을 수가 없었다. 신랑은 평상복을 새로 사입었고, 신부는 신랑이 준 돈으로 한복을 새로 해입었다. 호화로운 예복은 입지 않았어도 새 옷으로 단장한 신랑 신부는 평소하고는 딴판으로 잘나고 고와 보였다.

"보래 보래, 무신 절인심이 그리 고봉으로 후하노."

"저 사람 저렇게 배꼽이 땅에 닿게 절하다가 딸만 열 낳겠다."

"긍게 말이여. 시악씨 귀허다고 남자 우세 혼자서 다 시키네."

둘러선 남자들이 다투어 짓궂은 말들을 한마디씩 걸쳤다. 혼례 기분을 돋우어가는 그 말장난에서 조선혼례장다운 흥이 살아나고 있었다.

"저런, 저런, 고개를 더 푹푹 숙여야 이쁨받고 아들 줄줄이 낳지."

"각시 허리에 대나무가 들었다냐 어쩐다냐. 고것언 큰절이 아니고 반절이여, 반절. 더 팍팍 숙여."

"신부 절하는 걸 보니까 또 딸만 열 낳겠다. 어허, 양쪽을 합치면 딸만 스물이네, 스물!"

남자들은 한층 흥이 나서 신부의 흠을 잡고 기를 꺾으려 하고 있었다.

청실홍실을 묶은 술잔이 신랑과 신부에게로 왔다갔다하게 되면서 혼례식 기분은 한껏 흥겹게 어우러지고 있었다. 긴 청실홍실이 하나로 얽히고설킨 것처럼 오래오래 다정하고 다복하게 살아가라는 덕담들이 흘러넘치고 있었다.

혼례식이 끝나고 곧 잔치가 벌어졌다. 그들은 나무그늘에 푸짐하게 차려진 잔칫상에 둘러앉아 맘놓고 술들을 마시기 시작했다. 그들의 왁자지껄함은 흥겹기 이를 데 없었다. 그러나 술에 취하기 시작하면서 그들의 입에서는 슬픔에 찬 노래들이 흘러나왔고, 어떤 사람은 꺼이꺼이 울기도 했다.

몸을 가눌 수 없도록 곤죽이 된 신랑은 밤이 늦어서야 신방으로 옮겨졌다. 기다리다 지친 신부가 졸고 있었다.

남용석은 다음날부터 이런저런 놀림감이 되었다. 남들보다 조금만 늦게 일어나도, 밥맛이 없어해도, 걷다가 하품을 해도, 일손이 약간만 떠도, 점심을 먹고 나무그늘에서 졸아도 늦장가든 재미에 빠져 그렇다는 놀림거리였다. 그러나 남용석은 벙긋벙긋 느물느물 웃어가며 온갖 짓궂은 놀림들을 잘 받아냈다. 날이면 날마다 바늘 끝처럼 내리꽂히는 따가운 햇살과 숨이 막히도록 후끈거리는 폭염 속에서 고되고 지루한 노동을 하는 그들에게는 흔쾌하게 웃을 일이 드물었다. 그래서 그들은 어떤 놀림거리가 생기기만 하면 스스로 싫증나고 물릴 때까지 말질을 일삼으며 웃음자리를 만들었다. 남용석이보다 먼저 결혼한 세 사람도 한동안씩 웃음거리가 되는 곤욕을 달게 치르지 않으면 안 되었던 것이다.

남용석이 남자들 사이에서 장가든 벌을 서고 있는 뒤편에서 말녀는 여자들에게 빈축을 사면서 따돌림을 당하기 시작하고 있었다. 말녀는 혼인을 하고 사흘이 지나고 닷새가 지나도 다른 여자들과는 달리 농장에 일을 나오지 않았던 것이다. 여자들이 농장일에 나서는 것은 당연한 것으로 되어 있었다. 세 여자의 고까워하는 빈정거림은 자연히 남자들 사이에도 퍼지게 되었다.

"나 참, 사람 환장헐 일이시. 저 잡것얼 으째야 쓰까?"

저녁을 먹고 나서 방영근을 찾아온 남용석이 화가 묻은 얼굴로 한숨을 토했다.

"잡것이 누구여?"

방영근은 짐짓 모르는 척했다.

"누구넌 누구겄어, 말녀 그 느자구없는 것이제. 자네도 발써 귀동냥했을 것인디, 저 잡것이 농장일언 죽어도 못허겄다고 뻔대니 어째야 쓰겄능가?"

"글씨…… 너무 잡지지 말고 쬐깨 더 있어보소. 맘이 변헐란지도 몰릉게."

"아니여, 변헐 맘이 아니여. 그 잘난 것이 머시라는지 아는가? 국민회고 교회 겉은 디서 필(筆) 놀림서 돈벌이허겄다고 주딩이 깐단 말이시. 쬐깨 배우고 개명헌 티럴 그리 내능마, 차암!"

남용석은 기가 찬다는 얼굴로 하늘에다 헛웃음을 토했다.

"그려……?" 방영근이도 금방 코웃음이 나오려는 것을 누르며, "그런 일자리만 생김사 나쁠 것이 없제. 그 빌어묵을 농장일에 처백히기넌 배운 것이 아깝기야 안 허다고. 허고, 농사일 평상 안 해봤응게 겁도 나덜 안컸어. 너무 욱대기덜 말고 짠허니 생각험서 더 좀 두고 보세. 당장 일 안 나슨다고 누가 굶어죽는 것도 아니겄고." 그는 속이 꼬이면서도 남용석의 마음을 헤아려 좋은 쪽으로 이야기를 돌리려고 애썼다.

"짠헌 맘이 들기도 헌디, 우선에 사람덜 앞에 넘세시러서 살겄능가."

남용석의 기색이 약간 밝아지는 것 같았다.

"넘세시럽기넌 머시가 넘세시러. 고것이 넘 못헐 일 시키는 죄도 아니겄고. 사람이야 다 지각각 사는 법잉게 넘덜 눈치 너무 보고 어쩌고 헐 것 없네."

"그래도 될라능가……?"

"걱정 말소. 나가 옆이서 거듬세."

방영근은 웃으며 남용석의 어깨를 두들겼다. 남용석은 고개를 끄덕였다.

의외로 쉽게 풀어지는 남용석을 보며 방영근은 그의 진심이 무엇인지 짐작할 수 있었다. 남용석은 겉으로 말하는 것과는 다르게 아내 말녀를 사랑하고 있었던 것이다. 겉으로 말을 거칠게 하는 것은 남들 대하기가 거북하고 눈치보이니까 자기가 마땅찮아하는 것보다 더 심하게 말을 하는 것 같았다.

남용석의 속마음이 그렇다 하더라도 방영근은 무언가 께름칙한 느낌을 떨칠 수가 없었다. 남용석을 위로한 것과는 다르게 저것이 예삿일이 아니로구나 하는 걱정이 생겨났던 것이다.

그러나 며칠이 지나 방영근은 말녀의 일 정도는 잊어버리게 되었다. 다른 사람들의 눈길도 새로 생긴 일에 일제히 쏠리게 되었다. 그들만이 아니라 하와이에 있는 조선사람들 전체의 관심이 집중된 그 일은 다름 아닌 국민군단의 창설이었다.

국민회에서 독립군 부대를 정식으로 발족시킨다는 소문은 진작부터 나 있었다. 농장마다 밤에 군사훈련을 실시하게 되면서부터 그 이야기는 생겨나게 되었다. 그건 괜한 풍문이 아니라 조선사람이면 누구나 바라는 것이었다. 그동안 사람들은 회비며 기부금 같은 것을 꾸준히 내왔고, 국민회에서는 그 준비를 계속 추진시켜 왔던 것이다.

국민군단은 마침내 6월 10일 정식으로 창설되었다. 공식 명칭은 대조선국민군단이었다.

그날 수많은 조선사람들은 호놀룰루 서북쪽에 드높이 솟아 좌우로 억센 줄기들을 거느리고 있는 콜라우 산봉우리 아래 아후이마누 파인애플농장으로 모여들었다. 박용만이 이끄는 국민군단의 창설식에 참석하기 위해서였다. 훈련병들의 병영과 훈련장이 들어설 그 파인애플농장은 국민회의 소유였다. 그동안 조선노동자들이 푼푼이 모은 돈들을 회비며 기부금으로 내놓아 사들인 것임은 더 말할 것이 없었다.

"친애하는 동포 여러분!

우리는 오늘 왜 이 자리에 이렇게 많이 모였습니까. 여러분들께서 너무나 잘 알고 계시다시피 우리는 대조선국민군단을 창설하기 위하여 이 자리에 모인 것입니다. 대조선국민군단은 두말할 필요도 없이 왜놈들에게 강탈당한 나라를 되찾기 위해 군인을 양성하는 동시에 왜놈들을 무찌를 전투의 선봉에 나설 부대인 것입니다. 다시 말해 조선의 독립을 쟁취할 독립군 기지이며 독립군 부대들이 바로 대조선국민군단입니다.

경애하는 동포 여러분!

오늘의 대조선국민군단은 누가 창설한 것이며, 어떻게 창설된 것입니까. 이 사실 또한 여러분들께서 너무나 잘 알고 계십니다. 대조선국민군단은 이 자리에 참석하신 여러분들을 포함하여 하와이의 여러 섬들에 살고 계신 6천여 동포 여러분들의 나라를 되찾고자 하는 거룩한 마음과 뜻이 모아져 창설된 것입니다. 그리고 동포 여러분들께서 사탕수수농장과 파인애플농장에서 생살을 찔리고 찢기며 중노동으로 번 돈들을 아낌없이 희사하여 오늘의 대조선국민군단은 창설된 것입니다. 여러분들께서 희사하신 돈은 그저 돈이 아니라 여러분들의 피요 살이요 고통이요 눈물인 것을 우리 모두는 다 알고 있습니다. 여러분들은 생살을 찢기며 얼마나 많은 피를 이 하와이땅에 뿌렸으며, 날마다 불볕 속에서 중노동을 하며 또 얼마나 많은 땀을 흘리고 살을 태웠습니까. 그러하기 십개성상, 그동안 여러분들께서 참고 견디어온 고통이 그 얼마이며, 돌아가지 못하는 고향산천을 그리며 뿌린 눈물이 또 그 얼마입니까. 그런 귀하고 소중한 돈들을 여러분은 아낌없이 희사하여 영광된 오늘을 맞이할 수 있게끔 하신 것입니다. 저는 이 자리에서 자신 있게 말할 수 있습니다. 강탈당한 나라를 되찾겠다는 거룩한 일념으로 이런 장한 일을 해내신 여러분들께서는 모두가 장인환 선생이나 안중근 선생의 뒤를 이어가는 애국자들이시며 구국투사들이라는 사실입니다. 여러분 보십시오! 나라를 왜놈들에게 팔아먹은 이완용 일당인 을사오적이나 지금도 왜놈들 앞잡이 노릇을 하며 호의호식하고 있는 친일역도들에 비하면 여러분들은 얼마나 장한 애국자들이며, 얼마나 당당한 구국투사들입니까.

만장하신 동포 여러분!

우리는 어찌하여 왜놈들에게 나라를 강탈당한 것입니까. 그건 한마디로 말해서 힘이 약했기 때문이었습니다. 그럼 강도 왜놈들한테서 나라를 되찾으려면 어찌해야 되겠습니까. 왜놈들을 무찔러

조선땅에서 완전히 몰아낼 군인을 길러내고 군대를 갖추는 길뿐입니다. 그래서 우리는 대조선국민군단을 창설하게 된 것입니다. 우리 국민군단은 용맹스러운 군인들로 막강한 군대를 만들어 만주로 건너갈 것입니다. 그리고 만주에서 더 많은 부대들과 힘을 합쳐 압록강 두만강을 건너 왜놈들을 무찌르게 될 것입니다. 이번에 자원자가 수백 명이었지만 아직 시설이 부족하고 우선 젊은 청년들부터 훈련을 실시해야 하기 때문에 인원을 130명으로 제한할 수밖에 없었습니다. 나이가 조금씩 많아 뽑히지 못한 분들은 조금도 섭섭해하지 마시기 바랍니다. 차차로 다 훈련을 받게 될 것이며, 하와이의 동포 모두는 국민군단의 대원들인 것입니다.

경애하는 동포 여러분!

지금 조선땅에서는 약간의 의병들이 평안도에서 왜놈들과 싸우고 있습니다. 그리고 홍범도부대가 만주땅에서 두만강을 넘나들며 왜놈들과 전투를 벌이고 있습니다. 또한 만주와 연해주에는 작은 규모의 무관학교가 몇 개 있습니다. 그러나 많은 동포들이 구국의 뜻으로 혈전(血錢)을 모아 군단을 창설한 것은 우리가 최초입니다. 이 얼마나 자랑스럽고 당당한 일입니까. 이런 여러분들의 장한 뜻은 앞날에 길이길이 빛날 것입니다."

박력 있고 격정에 넘치는 박용만의 연설이었다. 발 디딜 틈이 없이 식장을 가득 메운 사람들이 박수를 치기 시작했다. 하나같이 상기되고 흥분되고 비장감 어린 얼굴로 그들은 뜨겁게 박수를 치고 있었다. 투박하고 거친 손으로 눈물을 훔치는 사람들이 있는가 하면, 눈시울이 붉어져 어금니의 뿌리가 엿볼에 드러나도록 입을 꾹 다문 사람들도 많았다.

그칠 줄 모르고 우렁차게 울려대는 박수소리는 굽이치는 파도가 되어 원시림을 흔들어대면서 콜라우 산줄기로 퍼져갔다. 깎아지른 듯 경사 급한 산줄기의 암벽에 부딪힌 박수소리는 되울리고 되울리는 반향을 일으키며 멀리멀리 퍼져나가고 있었다.

오오 우리의 대한국민군
소년자제 건장한 대한 건아들
모두 나와 한목소리로
대한국민군 군가 부르자

산 너머 물 건너
백만 적군 한칼로 후려쳐서
승리하고 드높이 외치자
대한국민군 군가 부르자

흑룡강 맑은 물
남북 만주 푸른 물 넓은 벌판에
우리의 말안장을 벗기어라
대한국민군 군가 부르자

부르자 국민군 군가
드높이 외치자 건아의 목소리를
잠든 자 깨어나고 죽은 자 일어나도록
우리 모두 국민군 군가 부르자

훈련병들이 다 같이 목소리를 가다듬어 힘차고 씩씩하게 부른 국민군단 군가였다. 나팔 12개와 드럼 7개가 장단을 맞추어 군가는 더욱 박력 있고 감동적으로 사람들의 가슴을 울렸다.

국민군단의 창설은 국민회의 전폭적인 지원 아래 박용만이 주도한 것이었다. 네브래스카 대학에서 군사학을 전공한 박용만은 2년 전에 하와이로 옮겨와 국민회 기관지 《신한국보》의 주필을 맡으면서 나라를 되찾기 위해서는 무장투쟁을 전개해야 한다는 사실을 역설해 왔다. 국민군단의 창설은 바로 그 무장투쟁론의 첫 단계 실현이었다.

열여덟에서 스물두 살까지로 제한된 국민군단의 신병들은 130명이었다. 그들은 모두 어린 나이에 부모를 따라 하와이로 건너와 자라난 젊은이들이었다. 그리고 군단이 갖춘 장비는 사관용 45구경 단총 39정, 장도 10벌, 목제총 350정, 나팔 12개, 드럼 7개, 미합중국 보병학교 교재 28종 등속이었다.

원래 미국통치령 내부에서는 외국인들의 군사훈련이나 군사활동은 일절 금지되어 있었다. 그러나 하와이 군사령부에서는 국민군단의 창설을 묵인했다. 그건 국민회의 교섭능력만이 아니라 조선인

노동자들이 각 농장에서 발휘하고 있는 노동능력의 영향이기도 했다. 그리고 지난해에 미국 국무장관 브라이언이 발표한 이례적인 성명서와도 무관하지 않았다.

'조선인은 어느 점에서도 일본인이 아니라고 확신하는 바이다. 따라서 언제나 조선인 사건이 발생했을 때에는 조선인 교포단체와 교섭하여 결과를 해결지을 것이며 일본인의 간여를 허가하지 않을 것이다.'

국무장관 브라이언이 굳이 이런 성명을 발표한 데는 그럴 만한 하나의 사건이 계기가 되었던 것이다.

작년 6월에 캘리포니아 리버사이드 지역의 헬미트 과수원에서 자두 따는 노동자들을 모집했다. 그 광고를 보고 조선인 노동자 11명은 후한 임금에 끌려 기차를 탔다. 그런데 농장 가까이 있는 기차역에 내리자마자 그들은 백인노동자들에게 시비를 당하게 되었다. 냄새나는 난쟁이 노란둥이놈들은 얼씬거리지 말고 당장 없어지라는 협박이었다. 미국땅 어디에서나 당하는 인종차별이었다. 그 시비가 커지는 것을 막으려고 농장주인이 그들의 왕복 차비를 물어주었다. 그들은 발길을 돌릴 수밖에 없었다.

며칠이 지나 그들에게 양복을 빼입은 두 사람이 찾아왔다. 그들은 로스앤젤레스 일본영사관의 직원이었다.

"이번에 우리 일본사람들이 헬미트 농장에서 집단적으로 인종차별을 당해 취직을 못한 것을 우리 영사관에서는 중대 사건으로 생각하고 있습니다. 따라서 우리 영사관에서 법적 조치를 취해 여러분들의 손해보상을 받아주려고 합니다.”

친절이 넘치는 두 남자의 말이었다.

조선노동자 중에서 영어를 잘해 그들의 대표격인 최순성은 두 남자가 왜 그런 친절을 베푸는지 금방 간파했다. 자신들이 조선사람인 것을 뻔히 알면서도 일본영사관 직원들은 ‘우리 일본사람들’이라고 했던 것이다.

“도대체 무슨 말인지 모르겠소. 우린 일본사람이 아니라 조선사람이오. 그리고 왕복 기차요금을 받아가지고 왔으니까 손해본 건 아무것도 없소.”

최순성은 그들의 의도를 꼬집고는 고개를 돌려버렸다.

그러나 영사관 직원들이 돌아가는 것으로 일은 끝나지 않았다. 일본영사관에서는 그 일을 사건화시켜 자기네들 신문에다 크게 보도했다. 그뿐만 아니라 그 사건은 미국과 일본의 통상조약 위반이라는 거창한 이유를 붙여 미 국무성에 항의각서를 띄우게 되었다.

그때서야 샌프란시스코 국민회에서는 사건의 내용을 알게 됨과 동시에 일본영사관이 왜 그런 일을 꾸미고 있는지 그 의도를 금방 파악했다. 국민회에서는 곧바로 그 사건에 뛰어들었다.

‘로스앤젤레스 일본영사관에서 헬미트 사건을 기화로 미국정부에 강력한 항의를 제기하고 있으나 그것은 결코 우리가 원하지 않는 협조인 것이며, 일본영사관에서는 미국에 거주하는 조선인들에게까지 보호책을 쓰려고 함인데 그것은 언어도단입니다. 우리는 한일합방이 되기 전에 대한제국의 국적으로 미국에 온 것이므로 절대로 일본국민이 아닙니다. 또한 일본사람들과는 국가적·정치적·민족적인 면에서 전혀 아무런 상관이 없습니다. 그러므로 우리는 일본영사관이 조선인의 문제를 가지고 미 국무성에 끈질기게 정치적 교섭을 벌이는 것을 인정할 수 없으며, 또한 미국정부에서 그 사건을 의뢰받아 조사하는 것도 원하지 않는 바입니다.'

샌프란시스코 국민회 총회장 이대위가 국무장관 브라이언 앞으로 보낸 공문이었다. 뒤따라 미국땅에서조차 조선사람들을 지배하려고 하는 일본의 보호정책을 부정하는 미 국무장관의 성명서가 발표되었던 것이다.

호놀룰루에서 발행되는 일간신문 《스타불레틴》은 국민군단의 창설을 크게 보도했다. 그 내용은 단순한 사실보도가 아니었다. 그 기사는 국민군단이 왜 창설되어야 하는지에 대한 정당성과 필연성을 제시하고 있었다. 그건 편집국장 라일리 앨런의 영향으로 이루어진 일이었다. 앨런은 조선의 자주독립을 지지하는 사람이었다.

국민군단의 군가는 동포들 사이에 널리 퍼져나가기 시작했다. 특히 아이들은 병정놀이를 하며 군가를 소리 높여 불러댔다. 오가는 어른들의 칭찬을 받으며 아이들은 더 신명이 오르고는 했다.

국민군단의 창설은 동포들만 더욱 단단하게 뭉쳐지게 한 것이 아니었다. 다른 나라 사람들에게 조선사람들의 힘을 과시하는 역할을 하게 되었다. 그 반응은 이곳저곳에서 나타났다. 농장 관리인들이 먼저 관심을 드러내며 태도가 부드러워졌는가 하면, 중국음식점에서는 한결 친절을 베풀며 조선사람 최고라고 엄지손가락을 세워 보였고, 네댓 명씩 패거리로 맞서게 되었을 때 일본노동자들은 전보다 더 조선노동자들과 시비가 일어나는 것을 피하려고 했다.

드높이 솟은 험준한 콜라우 산봉우리는 어디에서나 잘 보였다. 조선사람들은 누구나 그 산봉우리를 새로운 마음으로 바라보게 되었다. 사람이 오르지 못하도록 급경사의 억센 모습과, 언제나 푸르스름한 색깔에 감싸여 신령스럽게 느껴지는 그 봉우리 아래 나라를 되찾을 장정들이 밤낮없이 훈련을 받고 있었던 것이다. 사람들은 그 훈련병들을 자랑스러워하며 '산 너머 총각들'이라고 부르게 되었다.

콜라우 산줄기가 거대한 톱니처럼 날카로우면서 깎아지른 암벽으로 험준한 것은 화산의 폭발로 이루어진 탓이었다. 그리고 산줄기 전체가 신비스러운 푸르름으로 감싸여 있는 것은 자주 몰려오는 폭풍우를 막아서느라 습기가 많이 찬 때문이었다. 그곳 사람들은 그 일대를 템페스트 존이라고 불렀다. 말 그대로 그곳은 폭풍우 지대였다. 안개나 구름이 중턱을 휘감았을 때는 푸르른 색깔의 산봉우리들은 마치 바다에 뜬 섬들처럼 더욱 신비스러웠다.

만년의 정적에 묻힌 그 산줄기 아래서 매일 아침 6시면 젊은이들의 우렁찬 노래가 울려퍼지고는 했다.

〈5권에 계속〉

아리랑 4

제1판 1쇄 / 1994년 8월 13일
제1판 44쇄 / 2001년 2월 20일
제2판 1쇄 / 2001년 10월 10일
제2판 26쇄 / 2006년 10월 10일
제3판 1쇄 / 2007년 1월 30일
제3판 37쇄 / 2020년 6월 30일
제4판 1쇄 / 2020년 10월 15일
제4판 4쇄 / 2023년 9월 30일

저자 / 조정래
발행인 / 송영석

발행처 / (株)해냄출판사
등록번호 / 제10-229호
등록일자 / 1988년 5월 11일(설립일자 | 1983년 6월 24일)

04042 서울시 마포구 잔다리로 30 해냄빌딩 5·6층
대표전화 / 326-1600 팩스 / 326-1624
홈페이지 / www.hainaim.com

ⓒ 조정래, 1994, 2001, 2007, 2020

ISBN 978-89-6574-934-9
ISBN 978-89-6574-943-1(세트)

파본은 본사나 구입하신 서점에서 교환하여 드립니다.